如何读懂古典诗歌 孙静 著 北京大学出版社

图书在版编目(CIP)数据

绝妙好诗:如何读懂古典诗歌/孙静著.—北京:北京大学出版社,2017.5

ISBN 978-7-301-28284-7

Ⅰ.①绝… Ⅱ.①孙… Ⅲ.①古典诗歌—鉴赏—中国 Ⅳ.①I207.22

中国版本图书馆CIP数据核字(2017)第083482号

书　　　名	绝妙好诗——如何读懂古典诗歌 JUEMIAO HAO SHI
著作责任者	孙　静　著
责任编辑	徐　迈
标准书号	ISBN 978-7-301-28284-7
出版发行	北京大学出版社
地　　　址	北京市海淀区成府路205号　100871
网　　　址	http://www.pup.cn　新浪微博:@北京大学出版社
电子信箱	pkuwsz@126.com
电　　　话	邮购部 62752015　发行部 62750672　编辑部 62752022
印　刷　者	北京中科印刷有限公司
经　销　者	新华书店
	965毫米×1300毫米　16开本　25印张　280千字
	2017年5月第1版　2018年2月第2次印刷
定　　　价	58.00元

未经许可,不得以任何方式复制或抄袭本书之部分或全部内容。
版权所有,侵权必究
举报电话:010-62752024　电子信箱:fd@pup.pku.edu.cn
图书如有印装质量问题,请与出版部联系,电话:010-62756370

前 言

中国古典诗歌的艺术创造丰富而高妙,它所展现的艺术天地,给人以高度的美学享受,令人赞叹不已、品玩不厌。这是一个博大精深的艺术矿藏,也是一笔宝贵的艺术财富,值得深入地挖掘、享用和借鉴。

接受古典诗歌这份珍贵的遗产,首先要读懂它。所谓读懂,有两方面含义:一是能够打通古今语言的隔阂,明晓其文字含义;一是掌握其艺术创造的特点、路径和手法。而这二者的前提,是要了解文学创作的基本特点(古典诗歌属于文学创作),这是一把打开艺术创造包括古典诗歌的艺术创造不可或缺的钥匙。

文学创作与一般意识传输有根本的不同之处。譬如我们用语言交流思想,关注点只在将思想传达给对方。只要话讲得清楚,对方听得明白,就达到目的了,看重的主要是传输的结果。至于传输的过程,也就是传输的方式和形态,并非问题的本质所在,则不甚在意。可以说,重结果,轻过程。但文学创作不同,它的独特价值,恰恰表现在传输的方式与形态的创造上,是在传输的过程里。所谓文学的艺术创造、文学的特殊价值、文学的创造性，都表现在这个传输的过程中，表现在传输的方式与形态的创造上。这也就是一般所说的文学的形象性所在。称为形象性也好，称为传输信息的独特性也好，都在提示我们不能只看传输的结果，而要重视传输的过程，要特别注意这个过程中的传输方式与形态的创造，在其中发掘、体认和享受其艺术美。

我们可以举一些诗歌为例，具体认识这种特点。唐人王之涣写有一首《登鹳雀楼》，诗曰：

白日依山尽，黄河入海流。欲穷千里目，更上一层楼。

鹳雀楼，位于山西永济市蒲州古城西面黄河东岸，共三层。前望为中条山，俯瞰为黄河。全诗只五言四句，很简单，传达的意蕴也很单纯，但它的艺术创造却极高超。诗的前两句推出一个阔大的画面。登上城楼，纵目观望，远处是白日落山，眼下是黄河奔流，展现出一个异常浩渺广远的空间，激起了诗人深邃的哲思："欲穷千里目，更上一层楼。"那中条山的背后是什么样子？那从天边流来向东海流去的黄河延展的情况又是什么样子？要看得再远一些吗？那就再上一层楼。全诗所表达的意蕴可以用六个字表现出来，就是："站得高，看得远。"但如果我们只是说"站得高，看得远"，那还有诗吗？只成了一句格言或谚语。这首诗的价值和独创性，不仅表现在所传达的意蕴上，更重要的是表现在传达此意蕴所创造的特殊方式与特殊形态上，也就是一般所说的形象的创造上。开篇推出的阔大场景，是通过远山落日、大河奔流的景象表现的；其哲思的吐露，又与登楼远望密切相关，乃即景生思，水到渠成，全诗浑然一体，也就是这首诗的艺术美的创造性所在。看不到这种表现形态的艺术创造，就没有文学了，跟读非文学作品一样，只有一个"站得高，看得远"的观念存在。对文学作品，就是要注意掌握这种独特的东西，即审美感受，是美的鉴赏与享受。

再看一首诗，宋人王安石的《登飞来峰》：

飞来山上千寻塔，闻说鸡鸣见日升。不畏浮云遮望眼，自缘身在最高层。

诗里也含有站得高的意蕴，不过与前一诗的侧重点不同。前一首是说要想看得更远，就要上得更高；这首则是说已经站在了最高处，浮云尽在脚下，不怕浮云遮了视线。"浮云"二字，有所喻指，此处不细论。诗歌表现意蕴所创造的形象也与前诗不同。诗的前两句着重突出一个"高"字。飞来峰在浙江杭州灵隐寺南，传说是从天竺灵鹫山飞来，故曰"飞来峰"，高可五十丈，已是高峰；人又站在此峰峰顶的千寻塔上，可谓高而又高了。所以最早见到太阳，鸡鸣天晓，即见日升，这句仍是烘托所处地位之高。浓墨重笔，突出了"高"字，便水到渠成地过渡到了下两句，浮云再也挡不住望眼了。如果我们读了这首诗，只是明白了站得高就什么也遮不了眼，那也就没有了文学，也没有了艺术创造，只剩一个抽象的理念。

从这两首诗的对读中，我们还可以看到，正是传达意蕴的形象创造，使相近意蕴的表达也有了不同的表现形态。文学作品所以千姿百态，也是来自这里。掌握文学传达意蕴过程中的这种创造，是读懂文学作品的关键。

再举两首小诗。一首是唐人宋之问的《渡汉江》，也有人说它是

晚唐李频的作品,且先抛开作者不论,诗曰:

岭外音书断,经冬复历春。近乡情更怯,不敢问来人。

岭外指五岭以南,今两广一带地方,是诗人故乡所在。来人,指由家乡来的人。音书断绝,没有消息,又经冬历春,时间不短了。作者十分担心家乡有了什么变故,所以越接近家乡,心里的恐惧感越是增多,生怕迎面而来的是不幸的消息。抒写归乡时的一种心理、一种感情,堪称入木三分、真切动人。另一首是唐人贺知章的《回乡偶书》:

少小离家老大回,乡音无改鬓毛衰。儿童相见不相识,笑问客从何处来。

抒写少小离家、老大归乡的情景和感慨。虽然家乡口音未变,两鬓的毛发却已花白稀疏。小时离乡,老大归来,乡里成长起的一代新人,哪里认得这个老乡亲,倒把他当作过路的客人了。情景的描绘同样传神。两首诗都是写归乡,但各有各的感受着力点,也各有各自的形象创造。情事相近,而情思情景以及表现的形象却各不相同、各有千秋,就在于它们有不同的艺术创造。所谓艺术,所谓文学,就表现在这里。

再看一首诗。宋人杨万里的《檄风伯》:

峭壁呀呀虎擘口,恶滩汹汹雷出吼;沂流更著打头风,如撑铁船上牛斗。风伯劝尔一杯酒,何须恶剧惊诗叟!端能为我霁威否?岸柳掉头荻摇手!

"檄"是古代公文的一种文体,用于征召、告谕或声讨。"风伯"指风神。作者向风神发布檄文。试想一下,这首诗是写什么,作者想表现的是什么。实际内容非常简单,只是写风。如果用概念表述,就是一个字——"风",这自然不是诗。作者在这首诗里,不局限于描写风的状态,还采取拟人化的趣笔,与风神对话,所以写得意趣盎然。前四句描绘峭壁险滩逆流遭风行船之难,形象鲜明;后四句转为趣笔,写无法使风停止。诗人向风神奉上一杯酒,请它享用,跟它说,何必如此恶作剧惊吓这个一把年纪的诗人呢。于是与风神商量能否收敛一下威风,别那么狂啸不息了。结果风神未理,诗人没有再从风神落笔,而是用柳枝翻飞、荻草摇摆这些自然景物的状态来表现风没有停,而且还不小,构思巧妙。这首诗的艺术价值、艺术创造,就表现在这些独特的表现方式中,离开这些,就没有此诗的妙处了。不了解这些,就读不懂古典诗歌,进入不了它的艺术创造天地,也就没有审美的享受了。

可以说,古代文学作品,就表现的思想内涵来说,是相当有限的,诸如表现爱国思想,关心民生疾苦,批评政治腐败,抒发士不遇的愤懑,以及写爱情、亲情、友情、乡情等等,但历久经年,给我们留下那么多脍炙人口的作品,百草争奇,百花斗艳,各自不同,千形万态,能把人带入各种不同的审美境界中,主要是来自诗人这种独特的艺术创造。

了解和把握了文学创作的根本特点,是读懂古典诗歌、走进古典诗歌艺术天地的第一步;是跨入门坎,而非终点。明了文学创作这种特点比较容易,但要掌握具体分析和认知其艺术创造的能力,就非轻而易举的事了,而这是真正读懂古典诗歌所不可或缺的。这是一个学习的过程。要通过对其艺术创造进行认真、具体地分析来锻炼:分析它用了什么素材,建构了怎样的形象体系,采用了哪些艺术手法,表现了怎样的主题思想。每一首诗都有其独特的表现方式、独特的艺术创造,如上举的五首小诗,就是显证,不可一概而论。但只要对具体作品分析多了,就会逐渐积累起审美的认知和经验,提高分析和审美的能力,逐步掌握诗歌艺术创造的规律及其主要手法与途径,就能读懂古诗,打开其艺术创造的奥秘了。

  本书就是基于上述认识,选了上百首古典诗歌,对每一首都作了具体解析。所谓"解",即释其义,讲清该诗词语的含义;所谓"析",即赏其美,揭示该诗艺术表现方面的创造。这些解析并非完美,只是提供参考,希望能起到引路和启导的作用。这上百首古典诗歌,从作者说,包括了从《诗经》《楚辞》起,直到"五四"时期两千多年来的一些著名诗人;从作品体裁说,包括了诗经体,楚辞体,乐府体,五、七言古诗(包括歌行),五、七言近体诗(律诗和绝句),从短至二十个字的五言绝句,至长到一千七百字的五言古诗,可以说囊括了古代各种体裁、各类特点的诗歌;从诗歌笔路来说,有抒情,有叙事,有颂扬,有讽刺,有以韵胜、兴象丰满之唐音,有以意胜、生涩瘦劲之宋调,有以意境胜之陶诗,有以朦胧著之李诗,各有其独特的创造与贡献。相信读者经过这一百余首诗的解读的锻炼,从这些作品的具体分析中了解每一首诗的艺术创造,当能进一步提高识解古诗文字的水平,也能大大提高赏识古诗艺术创造的能力,会向读懂古典诗歌迈进一大步。本书对所选的诗歌,按主题或风格分组编排,以便读者比较和揣摩。

目　录

缠绵恋歌	001
田园天地	016
横眉冷对	038
决绝之音	079
静中世界	099
乡情友情	110
生活小景	123
拓域开境	140
别调新声	160
苦捱岁月	177

直讥切讽	206
家国情深	232
名业千秋	254
曲曲传真	278
朦胧诗境	291
好山好水	305
故事佳酿	317
奇章妙构	351
杂花一束	380
后　记	389

缠绵恋歌

"匪女之为美,美人之贻"——《诗经·邶风·静女》

"风飒飒兮木萧萧,思公子兮徒离忧"——《楚辞·九歌·山鬼》

"海水梦悠悠,君愁我亦愁"——南朝民歌《西洲曲》

"匪女之为美,美人之贻"

——《诗经·邶风·静女》

静女其姝,俟我于城隅。爱而不见,搔首踟蹰。
静女其娈,贻我彤管。彤管有炜,说怿女美。
自牧归荑,洵美且异。匪女之为美,美人之贻。

这是一首优美的恋歌,一位青年男子抒写他心中火一般的恋情。

《诗经》的作品,都是配乐演唱的。所以它都顺从音乐的结构——分章,成为它在形式方面的一种特色。有时几章内容基本相同,只变换个别的字,主要是起反复咏唱的作用;有时几章共叙一种情事,则表现为章章内容前后相接的形态。这首诗就属于后者。全诗共分三章,内容先后相衔,层层推衍,完成主人公的全部抒情。

第一章写赴约。"静女其姝,俟我于城隅。"文静漂亮的姑娘向小伙子发出了邀请,说在城角的地方等他。"静",文静。

"姝",美丽。"俟",等候。"城隅",城角。小伙子高高兴兴地跑去了,却不见人:"爱而不见,搔首踟蹰。""爱"是"薆"的借字,古代使用同音之字假借比较多。"薆"是隐蔽的意思。原来姑娘有意跟小伙子开个玩笑,藏到隐蔽处去了,害得他焦灼地搔着头皮,踱来踱去,四处张望。这一章前两句交代背景,点明约会。其中首句对女既称"静女",又别夸其"姝",可谓赞不胜赞,充分显露出无限倾倒的心态。后两句描写践约时的情景,一句写恋人,一句写自己。"爱而不见",虽只四个字,女孩子顽皮活泼的性情如见;"搔首踟蹰",亦只四个字,小伙子期而不得的焦灼神情亦活现纸上:都是善于捕捉富有表现力的细节,故话语虽简,却形象鲜明、传神尽致,可谓言简意丰、意广象圆,是诗歌语言的高境。

第二章写受赠。漂亮的恋人不仅来了,而且情意深长地赠给他一支"彤管"。彤管究系何物,历来众说纷纭。从字面上看,应是红色管状物;从诗意推勘,当与下章的"荑"为一物。荑是初生的茅草,那么彤管应是红色管茎的茅。荑确有红色的,晋代郭璞《游仙诗》说"陵冈掇丹荑",即是一证。丹即红色。由于彤管是心爱的恋人所赠,小伙子觉得它分外美好可爱,不禁对着它讴歌起来了:"彤管有炜,说怿女美。""炜"有光泽的样子。"说"通"悦"。"悦怿"是喜欢的意思。"女"通"汝",即你,指彤管。彤管多么光泽鲜亮呵,真喜爱你的漂亮!爱屋及乌,把对赠者的一片深情通过对赠物的赞颂表现出来,这个艺术构想,曲折含蓄、隽永有味。

第三章写把物思人。小伙子思念自己的恋人,不禁又抚玩起那株赠草,并热情讴歌以寄相思之情:"自牧归荑,洵美且异。"

从郊野处赠给我的这株红茅，实在美丽又不寻常。"牧"是郊野放牧之地。二人约会处在城角，正连郊野，从"爱而不见"还可以约略窥见其处草木丛生之状。"归"通"馈"，赠予。"洵"，实在。"异"，不寻常。读到这里我们才发现，第一、二两章所写的全是追忆，这章才是写当前的实景。小伙子是在把玩那株赠草以寄缠绵的相思时，想起了当初约会与赠物的甜蜜情景，将其一宗宗倾诉出来，在回味中咀嚼它的甘美。这样的章法安置，颇有藏头露尾之妙，令人回甘无穷。诗歌结构是诗的艺术创造的一个方面，有许多高妙的技巧，用得好，为诗增色。末尾二句收结得尤奇，刚刚还在亟口夸赞红茅之美，却突然一转，对着它说："匪女之为美，美人之贻。""匪"通非，"贻"，赠给。哪里是你有什么漂亮，只是因为你是美人的赠物。如此造想，陡起波澜，出人意表，妙趣横生，而抒发的情意却更为深挚。

　　从汉人起，就用赋、比、兴的概念解说《诗经》作品。赋是用白描手法直陈其事，比是比喻，兴是先咏他物以引起所咏之词。这首诗全是赋笔。实描其景，直叙其怀。赋笔用得不好，易流于抽象平板，但本诗实描其景，注意选择细节，有生动引人的形象，诸如"爱而不见，搔首踟蹰"；而直叙其怀，也注意变换表现手法，诸如以赞赠物而赞人；再加上巧妙安排结构，一、二章追叙先不明言，直到第三章才图穷匕见，耐人回味咀嚼，故全诗生动引人，堪称佳构。

缠绵恋歌

"风飒飒兮木萧萧,思公子兮徒离忧"

——《楚辞·九歌·山鬼》

若有人兮山之阿,被薜荔兮带女萝。既含睇兮又宜笑,子慕予兮善窈窕。乘赤豹兮从文狸,辛夷车兮结桂旗。被石兰兮带杜衡,折芳馨兮遗所思。余处幽篁兮终不见天,路险难兮独后来。表独立兮山之上,云容容兮而在下。杳冥冥兮羌昼晦,东风飘兮神灵雨。留灵修兮憺忘归,岁既晏兮孰华予!采三秀兮於山间,石磊磊兮葛蔓蔓。怨公子兮怅忘归,君思我兮不得闲?山中人兮芳杜若,饮石泉兮荫松柏,君思我兮然疑作。雷填填兮雨冥冥,猿啾啾兮狖夜鸣。风飒飒兮木萧萧,思公子兮徒离忧。

这一篇是"楚辞体"诗歌。要注意"楚辞体"与"诗经体"具有不同的形态。"诗经体"产生于西周至春秋中叶的北方黄河流域,基本是四言体;"楚辞体"则产生于战国时期长江中上游的南方楚地,是一种新诗体,有其独特的形式。主要特点有两个:一是诗句里有规则地使用语助虚词，主要是"兮"字，起音节停顿和加强抒情咏叹的作用，或置于一句之中，或置于一句之尾，或置于两句之间。这首诗就是放在句子中间的。一是受战国时期散文蓬勃发展的影响，有散文化倾向，句子和篇幅加长。这首诗如果不计语助虚词，基本是六言句，长于《诗经》。

《山鬼》是《楚辞·九歌》中的一篇。《九歌》原是楚地民间祭神的一组乐歌，经过屈原的加工润色和再创造。《山鬼》这篇是祭山神的，主要内容是表现女神的相思心绪，抒写得细腻而深沉。"山鬼"是什么山神呢？篇中有一句说："采三秀兮於山间。"古代"於"与"巫"同音，"於山"就是巫山。楚地很早就有关于巫山神女的传说，不过这个传说的内容流传下来不多。《文选》李善注中引《宋玉集》说，楚国的先王游于高唐，梦见一位妇人，自言"我帝之季女，名曰瑶姬，未行而亡，封于巫山之台"。"季女"就是小女儿，"未行"指未出嫁。据此，巫山神女乃是天帝的小女儿，没有出嫁便死去，葬于巫山。《山鬼》所祭，就是巫山神女。顾成天《九歌解》、孙作云《九歌山鬼考》、闻一多《什么是九歌》都持这种说法。篇名不称"神"而称为"鬼"，也许与神女的早死而葬此有关。实质上山鬼就是指山神。由于流传下来的巫山神女故事只是只言片语，并不能反映这个神话的全貌。神女很可能有一个幼年恋爱的故事，因为早亡而使美好的愿望落空。所以篇中抒写的是女神独处山中的孤独幽悽之情和不得圆梦的落寞之感，将她企盼意中人前来相会的焦灼情绪、疑虑不安的心境以及深沉的相思和盘托出。

诗的前四句为一节，写山鬼的美丽姣好。第一句点出山鬼的所在，"若有人兮山之阿"，她独处于丛山的深处。"阿"，山的弯曲处。第二句写山鬼的装束，"被薜荔兮带女萝"。"被"通"披"。"薜荔"是蔓生植物。"带"，这里作为动词用。"女萝"，地衣类植物。她穿着用薜荔制作的衣裳，扎着用女萝编织的带子。以芳美的植物作为衣着或者器用，用以表现纯洁美好，是楚辞常用的表现手法，其中含有象征的意味，所谓芳草美人的比兴。这身穿着，不仅与她山居的环境相宜，也散发着女神品格芳洁的浓郁气息。第三句写山鬼的仪容情态，"既含睇兮又宜笑"。"睇"是微视的样子，"宜笑"，笑貌自然动人。写仪态之美不是从静态上呆描眉目口颊，而是从一"睇"一"笑"的动态上刻画，使山鬼的美貌更加生动迷人。短短的三句诗将我们带进一个幽僻的环境里，看到一位芳洁而又美丽多情的女神，笔墨是很传神的。这三句诗，口气上似乎都是第三者对女神的描述，而非女神的自我抒情，这与《九歌》这种祭神乐歌的演唱方式有关。演唱时，歌中的人物都是由巫扮演的，它既是歌中的人物，又实非歌中的实际人物，因此随时转换身份，来个自我描述，就像旧戏里常有的角色自我表白一样，是可能的；同时，也不能排除有伴唱的巫，由伴唱者对主神做客观的描述赞美，口气自然有别了。第四句说："子慕予兮善窈窕。""子"，指山鬼思念的意中人。"慕"是欣羡爱慕之意。"予"，山鬼自称。"窈窕"，姿态美好的样子。山鬼深信意中人是倾心于自己的品德容貌的，说明他们之间有过亲密的往来、深切的了解。

"乘赤豹兮从文狸，辛夷车兮结桂旗。被石兰兮带杜衡，折芳馨兮遗所思。"这四句为第二节，写山鬼出行去与意中人相会。首二句写她的车驾。她乘坐的是辛夷木做的车子,上面插着桂枝编结的旗子,以赤豹驾车,以文狸拉边套。"赤豹",毛色红褐的豹。"文狸"毛色有花纹的狸。"辛夷"是一种香木。这种车驾的描写,不仅与她的穿着一样酿造着芳洁的气息,也使神话增彩。"被石兰兮带杜衡,折芳馨兮遗所思。""石兰",兰草的一种。"杜衡",香草名。"馨",香气。"芳馨"泛指各种鲜花。大约因为去与意中人相会,她特地换上一身新装,是石兰制作的衣服,杜衡编结的佩带,并采撷了芳香的花束,准备献给意中人。表面看来,只是描写女神的一些举动,而她的一往情深就在这些举动中喷薄而出。

"余处幽篁兮终不见天"以下八句为第三节,写山鬼怀着一腔热爱而来却没有见到意中人的失意。"余处幽篁兮终不见天","幽篁",深邃浓密的竹林。"终不见天"不仅显示出竹林的茂密,也传达出浓重的寂寞孤处的气氛。她穿过不见天日茂密的竹林,经过艰险的山路,耗去好多时光,很晚才赶到这里,"路险难兮独后来"。这行动本身便显示着她的一片志诚和热烈的追求。结果没有见到意中人,于是爬上高高的山顶眺望,"表独立兮山之上"。"表",突出之意。楚辞的诗句,往往将状语置于句首,此即一例。可是天气很坏,向下望去,浓云密布在脚下,白昼阴晦得如暗夜一般,东风不识趣又吹来一天细雨:"云容容兮而在下。杳冥冥兮羌昼晦,东风飘兮神灵雨。""容容",云气浮动的样子。"羌",冠辞,无义。"神灵雨",意谓雨神在施雨。展现在女神眼前的,只有这一片昏沉沉的景象,与其期而不见的失望黯淡心境密合无间、浑融一体,达到了情景交融的境界。景不再纯粹为景,成为情之烘托,将情渲染得更为深浓,这是很高明的诗笔。本节最后两句说:"留灵修兮憺忘归,岁既晏兮孰华予!""灵修"指山鬼的意中人,《离骚》"怨灵修之浩荡兮",以"灵修"指楚王,"灵"为神明之意,"修"为美好,故以之指称尊敬或亲爱之人。"留灵修"即为灵修而留的意思。"憺",安然。"憺忘归"是说山鬼痴心等待,忘记了归去。未得见到意中人,却迟迟不肯离去,其留恋期待之深自在不言中。"晏",晚。"岁既晏"本是岁晚的意思,这里实包含青春年华徒然逝去的迟暮之感。"孰华予",犹如说待到盛年已去谁能使自己重返青春呢?这沉重的伤感叹息,在似对意中人没有前来的怨艾中,表露了愿与意中人同享青春欢乐的强烈期望。

"采三秀兮於山间"以下七句为第四节,写山鬼不见意中人后的复杂心境。前四句为一层,写山鬼的百无聊赖,以在丛石杂草中觅采灵芝的举动,含蓄地表达此种情怀。"采三秀兮於山间,石磊磊兮葛蔓蔓。""三秀"即灵芝的别称,植物开花称"秀",灵芝一年三度开花,故曰三秀。"磊磊",形容山石丛错。"蔓蔓",形容葛草连延伸展。"怨公子兮怅忘归,君思我兮不得闲?"她抱怨公子不来,惆怅不已,不肯轻易离去,思绪纷然,不禁揣想意中人没有前来的缘故,或许他也是思念自己的,只是不得闲吧!后三句为一层,写她疑信参半的内心活动。从自己的芳洁写起——"山中人兮芳杜若,饮石泉兮荫松柏"。"山中人",即山鬼自指。"杜若",香草名。她像杜若一样芳香,饮食居处也是高洁的,喝的是石罅中流出的清泉,住处有松柏青荫覆盖其上,无不雅洁芬芳,这还不足以使意中人倾心吗?从这一方面想,她对爱情充满了信心，认为对方是肯定思念自己的，所以下了"然"的判断；可是既然如此，为什么迟迟不来呢？不免又疑心重重，产生了"疑"的判断。"君思我兮然疑作"，她完全陷入了疑信不定的彷徨境地。这一段，刻画山鬼在爱情纠葛中的复杂心理活动，真切细腻。

末四句为第五节，是本篇的结束，只写出山鬼相思的愁绪，戛然而止，余味悠然。她犹疑徘徊，在那里孤独地企盼，忧思满怀，"思公子兮徒离忧"。"离"通"罹"，遭受。伴随她的只有雷声、雨声、猿声、狖声、风声、树声，"雷填填兮雨冥冥，猿啾啾兮狖夜鸣。风飒飒兮木萧萧"，"填填"，雷声。"冥冥"，因落雨而天光幽晦。"啾啾"，猿叫声。"狖"，猿之一种，尾长。"飒飒"，风声。"萧萧"，树受风吹发出之音。这一切构成一曲忧郁的交响乐，徒助神女增愁而已，这也是以景衬情的高妙的笔墨。

《山鬼》在描写与抒情上，都达到很高的艺术水平。第一，它善于用简练传神的笔墨描摹物色、刻画形象，如对山鬼的美貌及其骑乘的描写，造型优美奇丽，给人以深刻的印象；第二，它善于用人物的行动含蓄而真切地表现人物的感情，如以折芳馈赠表山鬼深情，以穿越险路写其志诚，以山中采芝表其百无聊赖的心境等，同时注意到揭示人物复杂的心理，如山鬼对意中人态度的疑信参半的揣测等，有形貌，有行为，有思绪，有心理活动，将人物刻画得十分丰满，富于立体感；第三，用自然景物烘托主人公的心境，如第三节和末节。这样的写法往往能创造出浓郁的气氛，别具一种意境美。

缠绵恋歌

"海水梦悠悠,君愁我亦愁"

——南朝民歌《西洲曲》

忆梅下西洲,折梅寄江北。单衫杏子红,双鬓鸦雏色。西洲在何处?两桨桥头渡。日暮伯劳飞,风吹乌白树。树下即门前,门中露翠钿。开门郎不至,出门采红莲。采莲南塘秋,莲花过人头。低头弄莲子,莲子清如水。置莲怀袖中,莲心彻底红。忆郎郎不至,仰首望飞鸿。鸿飞满西洲,望郎上青楼。楼高望不见,尽日栏干头。栏干十二曲,垂手明如玉。卷帘天自高,海水摇空绿。海水梦悠悠,君愁我亦愁。南风知我意,吹梦到西洲。

本篇《乐府诗集》编入《杂曲歌辞》,称为古辞,是南朝民歌中少见的长篇抒情民歌。其中有些词语显得工巧,可能经过文人的润色。诗的中心是抒写一个女子对外出情人的相思。由于艺术构思和表现手法的别致,写得意境迷离、声情摇曳、荡人情思,所以陈祚明称它是"言情之绝唱"(《采菽堂古诗选》)。我国文学史上有些作品,前无古人,后无来者,独此一篇,值得珍视,此篇即是其一。

诗每四句为一节,一层层展开相思情怀的描写,而且全都是通过主人公的行为表现,情景动人,含蓄有味。开篇四句写折梅寄远。篇名为《西洲曲》,篇中也贯穿着西洲。如开端的"忆梅下西洲",篇中的"西洲在何处"和"鸿飞满西洲",篇末的"吹梦到西洲"。西洲当是与女主人公爱情生活密切相关的地方,大约就是在这里她与情人发展了爱情关系的。西洲上的梅树尤有特殊的意义,说不定她就是在梅树下与情人定情的。所以,当她想到西洲梅花已开始凋谢,便折一枝梅花寄给羁留江北的情人,寄托自己的相思,也希望唤起对方的相思:"忆梅下西洲,折梅寄江北。""下"是指梅花开始凋落,《楚辞·湘夫人》"洞庭波兮木叶下",即指落叶。次二句用倒插笔补叙出折梅寄远的主人公:"单衫杏子红,双鬓鸦雏色",她穿着杏红色的单衫,一头油黑光泽的鬓发。推出主人公只从其穿着与发色上落笔,让人去悬想她的年轻美丽,用笔亦含蓄而富于暗示力量。"鸦雏色",像小乌鸦的羽毛一样乌黑光亮。从这四句看,梅花已谢,人着春装,暗暗指明了这是冬末春初的季节。

"西洲在何处"四句写旧地重游。"西洲在何处?两桨桥头渡。"前一句指明前往的目的地,后一句写登程的起点,由桥头的渡口上船。由于西洲给女主人公留下太多美好的记忆,当情人不能归来时,她便去独游旧处,回味咀嚼往事的甘美,恋念之深之切俱在不言之中。后两句是写归来的时间:"日暮伯劳飞,风吹乌臼树。"大约留恋不已,直到日暮黄昏方才归来。伯劳,鸟名,仲夏开始鸣叫。乌臼,即乌桕树,夏季开花。这句巧妙地带出伯劳、乌柏，季节已暗暗推移到仲夏。

"树下即门前"四句写门边待郎。"树下即门前，门中露翠钿。"女主人公的家即在乌柏树下。"翠钿"，用翠玉制成的首饰，这里又用所戴首饰指代女主人，变换多端，绝不单调乏味。女主人公切盼情人归来，推开院门张望，走出大门遥观，始终不见情人身影，只好去采红莲。"开门郎不至，出门采红莲"，一股百无聊赖的心绪，直扑纸面。"红莲"即荷花，荷花盛开已是深夏季节。结末落到采红莲，既点明时令，又为下文具体的采莲描写做了铺垫。

"采莲南塘秋"四句以采莲活动抒情。"采莲"指采莲子，下句的"莲花过人头"中的莲花统称莲株，故说它高过人头。"莲"既指实际的莲，又用双关语义谐"怜"。"莲子"亦即"怜子"，即"爱你"之意。所以女主人公对莲子表现出分外爱怜之情。"低头弄莲子，莲子清如水。"她低头抚玩，又盛夸其清纯似水，可谓一往情深。莲子业已成熟可采，时令已到秋季了。

"置莲怀袖中"四句由怀莲转至望鸿传书。"置莲怀袖中，莲心彻底红"，她将莲子置于胸前袖中，下句的"莲心"是谐音"怜心"，即爱恋之心，"彻底红"，犹如说像火一样热烈。后两句说："忆郎郎不至，仰首望飞鸿。"古有鸿雁传书的故事，长年思念，郎终不归，秋来大雁南飞，不禁把目光转向它们，也许它能带来江北情人的书信吧！鸿雁南飞，已是深秋季节了。

"鸿飞满西洲"四句写登楼望郎。鸿雁没有带来书信，空空飞过，落脚到西洲上。于是女主人公登上青楼，凭高远眺："鸿飞满西洲，望郎上青楼。""青楼"，用青色涂饰的楼，古代女子居处的通称。青楼虽高，仍然望不到江北，不过整天在栏杆之侧徒自徘徊罢了："楼高望不见，尽日栏干头。"一片痴情弥漫于字里行间。

"栏干十二曲"以下八句都是就登楼远眺生发。前四句写失望惆怅情怀。"栏干十二曲，垂手明如玉"，大有十二栏杆抚遍的味道，哪一曲栏杆上没有抚扶的痕迹呢，徘徊不肯离去的情态活现纸上。"卷帘天自高，海水摇空绿"，卷起帘子，往高处远处望去，可是入目的，无非是高天广水，无限惆怅之情尽寓景语之中。由于江面辽阔，南人常有以海称江的。"摇空绿"三字极妙。天倒影于江中，江天相连，上下一色，江涛起伏，好像青天也在随波荡漾。后四句写痴心的一种希冀："海水梦悠悠，君愁我亦愁。""悠悠"双接海水与梦，海水悠悠，指江水遥隔，梦悠悠，指梦亦难成，故下句说两地同愁，从而生出来末两句的祝祷："南风知我意，吹梦到西洲。"南风如知我意，就将我的梦吹到西洲，在那里做一次梦中的同游吧。结得余味悠然。

这首诗的中心是写闺人相思，其艺术表现上值得注意和思考的是：第一，对相思之情，不取直抒胸臆的笔法，而是通过女主人公一系列相思行动表现出来，诸如折梅寄远、旧地重游、待郎望郎、采莲怀莲等，把相思情绪，一一具体的生活情态化了，因此画面丰富多彩，情景动人，表情蕴藉含蓄、委婉缠绵。第二，诗中所抒发的并非一时的思绪，而是长年的相思。虽写长年相思，又不采取一般的四季调一类格式，分明区划季节，重沓推进，而是创造性地改为点染一些富有季节特征性的事物，诸如梅花凋谢、人换春装、伯劳鸟鸣、乌桕花开、莲子成熟、大雁南飞等等，呈现时序推移，潜移暗转，自然活脱，意趣盎然。第三，诗中杂采一年中相思情事，先后情事之间并没有紧密的自然的联系，而且往往有季节的跳跃，全是靠使用顶真格和钩句法连结成篇。所谓顶真格，即上句句尾之字与下句句首之字相同，如"风吹乌臼树。树下即门前"。所谓钩句法，即两句相接的地方用同类事物的词语，如"尽日栏干头。栏干十二曲"。用这些修辞方法结构篇章，过脉隐约，似断而实连，别有一种迷离之美。第四，音韵流美。除了大量使用顶真格与钩句法增加了音节的流宕之外，全诗又平仄韵脚相间，换韵处即意脉转换处，使得全诗抑扬起伏、音韵铿锵。所以后来有人专门模拟此诗的音调作诗。总之，这首民歌代表了南朝民歌的成熟，真挚的情怀与优美的艺术形式实现了巧妙的结合。看来杂乱无端的情事，无不是触绪而起、声情婉转动人。正如陈祚明所说："盖缘情溢于中，不能自已，随目所接，随境所遇，无地无物非其感伤之怀。故语语相承，段段相绾，应心而出，触绪而歌，并极缠绵，俱成哀怨。"（《采菽堂古诗选》）

田 园 天 地

"开荒南亩际,守拙归园田"——陶渊明《归园田居》其一

"山气日夕佳,飞鸟相与还"——陶渊明《饮酒》其五

"饥者欢初饱,束带候鸣鸡"——陶渊明《丙辰岁八月中于下潠田舍获》

"昼出耘田夜绩麻,村庄儿女各当家"——范成大《四时田园杂兴》

(录五首)

"开荒南亩际,守拙归园田"

——陶渊明《归园田居》其一

少无适俗韵,性本爱丘山。误落尘网中,一去三十年。羁鸟恋旧林,池鱼思故渊。开荒南亩际,守拙归园田。方宅十余亩,草屋八九间。榆柳荫后檐,桃李罗堂前。暧暧远人村,依依墟里烟。狗吠深巷中,鸡鸣桑树巅。户庭无尘杂,虚室有余闲。久在樊笼里,复得返自然。

《归园田居》是标志陶渊明生活重要转折的一首诗。陶渊明生活在东晋后期,他早年就受到儒、道两家思想的濡染。他从道家接受的是自然主义,崇尚任真自得。本诗首二句说"少无适俗韵,性本爱丘山",《与子俨等疏》中说"少学琴书,偶爱闲静,开卷有得,便欣然忘食。见树林交荫,时鸟变声,亦复欢然有喜。常言五六月中,北窗下卧,遇凉风暂至,自谓是羲皇上人",都是这种追求的表现。他接受的是儒家事功思想,向往做一番治国济民的事业。《饮酒》其十六说"少年罕人事,游好在六经",《杂诗》其五说"忆我少壮时，无乐自欣豫。猛志逸四海，骞翮思远翥"，《感士不遇赋》更明确提出"大济于苍生"，都表明向往建功立业。但东晋是门阀制度社会，门阀士族垄断政治。陶渊明的曾祖父陶侃虽曾以武功而居高位，但非门阀世家，而陶渊明既非陶侃嫡支，家境又已没落，所以很难在当时社会中找到足以施展怀抱的位置。后来迫于家贫，才于二十九岁到四十一岁的十三年中，断断续续做了几任官，无非是祭酒、参军、县令一类微职，与施展政治怀抱无关，倒饱受官场污浊、政局动荡的煎熬。他在《饮酒》诗中说"世俗久相欺""举世少复真""行止千万端，谁知非与是"，感到"志意多所耻"，就强烈地系念田园。他说："商歌非吾事，依依在耦耕。投冠旋旧墟，不为好爵萦。养真衡茅下，庶以善自名。"（《辛丑岁七月赴假还江陵夜行涂口》）晋安帝义熙元年（405），就是诗人四十一岁那年的冬天，他便毅然辞去彭泽令，归田隐居，从此再不出仕了。转过年来，便写下了这首诗。在过去的大半生中，诗人有过韬晦不出闲居田园的生活体验，也有过置身充满污浊倾轧的官场的痛苦经历，两相比较，实在觉得后者未免是误入歧途，前者才是人生的正路："实迷途其未远，觉今是而昨非""悟已往之不谏，知来者之可追"（《归去来兮辞》）。他要彻底丢弃"已往"即官场，去热情拥抱"来者"即复归园田。所以诗人是带着总结半生经验的觉醒，带着对官场的无比憎恶，对田园的由衷喜爱，怀着觉悟的欢欣、鲜明的爱憎写下这首诗的。

诗的前八句为一部分，通过归田经历有倾向性的叙述，表现归田的欣喜之情。诗人早年虽然有"性本爱丘山"和"猛志逸四海"两方面的好尚和志趣，但经过出仕的实践和前后的对比，不觉对后一面心灰意冷，对前一面倍增热爱恋念，所以一落笔便特别强调了前者："少无适俗韵，性本爱丘山。"大有出仕本非素志之谓，一股喜尚田园之情喷薄而出，笼贯全诗，为全诗奠定了情绪的基调。那么，那十三年宦途的经历如何呢？"误落尘网中，一去三十年"，"三十"当是"十三"的误倒。他从二十九岁出仕到四十一岁归田恰好十三年。这两句诗中，无一字言及对官场的憎厌，然而一个"误落"，一个"尘网"，那对官场的鄙薄不屑之情已溢于言表，是善用文字者。官场就是一个大罗网，一个污水缸，人在那里不仅"志意多所耻"，还随时都有丧失性命的危险。诗人在《感士不遇赋》中说："密网裁而鱼骇，宏罗制而鸟惊。彼达人之善觉，乃逃禄而归耕。"陶渊明就是善觉的达人，从罗网中逃出来了。黑暗的现实既然是一面罗网，入仕就自然做了"羁鸟"和"池鱼"。但是"羁鸟恋旧林，池鱼思故渊"，被关在笼中的鸟无时不在想着往时自由飞翔的"旧林"，被圈囿在池中的鱼儿也无时不在怀恋过去任性浮游的"故渊"。两句中的"羁鸟""池鱼"之喻，把诗人对羁绊仕途的反感和怀思田园的热切心境，都生动形象地表现出来了。接下去便落到归田："开荒南亩际，守拙归园田。"诗人特别点出两点：一是"开荒"，说明他的归隐是要身亲垄亩，自食其力；一是"守拙"，实含讽意。"拙"是与"机巧"相对的。"守拙"正是坚持高尚的操守，两个谦退的字眼下面，实在饱含骨鲠与倔强。以上八句诗，两句言早年性之所尚，两句言误入宦途，两句言身在官场心在田园，两句言守拙归田，层次分明，诗意显豁，语虽浅淡而情思深郁，诗人那对"尘网"的鄙夷之意，对"田园"的倾倒之情，对耿介归田的坚定意志，洋溢于字里行间。

诗的后半十二句为一部分，描写美好的田园风光、田园生活特有的情境以及复返田园那种如释重负重获自由解放的深刻感受。先从归田的那所宅院落笔："方宅十余亩，草屋八九间。榆柳荫后檐，桃李罗堂前。"十多亩的宅地，八九间的草屋，房后榆柳围护，堂前桃李成行。一所方宅草屋、绿荫环绕的农家宅院活现在纸上了。写了宅院，再移笔到所在的村落："暧暧远人村，依依墟里烟。狗吠深巷中，鸡鸣桑树巅。""暧暧"，写村落处在绿树荫护之中，"远人"指远离尘世。诗人《癸卯岁始春怀古田舍》其一说："寒草被荒蹊，地为罕人远"，其中的"人"字与这里的"人"字同义，指人世。远离烦嚣人世的村落，轻柔地飘浮着缕缕炊烟，狗在深巷中叫，鸡在树头上啼，淡淡的四句诗，宅院所处的幽远安谧的村落景象又活现在纸上了。从自身的宅院写到宅院所处的村落，再回笔到诗人在这种新天地里的生活情境："户庭无尘杂，虚室有余闲。""尘杂"指世俗人物、达官贵人车马的搅扰，因为户庭中没有了这些东西，所以才有了"虚室"，安静的居处。彻底抛开了心劳力拙穷于应付的世俗，自然心地安恬而有余闲了。把这与那一刻都不得安宁的官场做一个对比，不禁从心底里倾倒出那深刻的感受："久在樊笼里，复得返自然。"真是逃出了"樊笼"，回到了"自然"也就是自由自在的适性自得的生活天地里来了。

这里所说的"自然"，不单纯是大自然的含意，而含有道家自然主义的内涵。老庄的道家思想认为，万物都是体道而生的，各具其性，自然而然。万物都应顺应自然，适性发展，任真自得地生活。陶渊明吸取了这些思想，把田园描绘成万物各得其所、都能适性发展的理想生活天地，来与充满欺诈、倾轧，使万物不得其生的黑暗现实相对立。可以说，诗里描绘的这个符合"自然"原则的田园，就是现实的雏形的"桃花源"。诗中渗透着与污浊现实相对立的理想生活境界，是这首诗的主要特点之一，也是陶诗富于意境的一个重要因素。

陶诗的基本风格是平淡自然，这首诗就是突出的代表。所谓"平淡"，就是语言朴素，不雕琢，甚至没有任何鲜明的色彩；所谓"自然"，就是不做作，"不待安排，胸中自然流出"（朱熹语）。陈师道说："渊明不为诗，写其胸中之妙尔。"（《后山诗话》）陶渊明只是将他的胸中之妙真实地倾倒出来。这首诗就是以白描的手法自然的笔调将其思想感情、生活情景如实地真切地表现出来，使人几乎不觉文字的存在，而直触其诗情诗境。语虽舒徐，汩汩而出，却又"文体省净，殆无长语"（锺嵘《诗品》），没有一字冗言，精洁洗练，这是运用语言的高境。

"山气日夕佳，飞鸟相与还"

——陶渊明《饮酒》其五

结庐在人境，而无车马喧。问君何能尔？心远地自偏。采菊东篱下，悠然见南山。山气日夕佳，飞鸟相与还。此中有真意，欲辩已忘言。

《饮酒》是组诗,共二十首,作者自序说:"偶有名酒,无夕不饮。顾影独尽,忽焉复醉。既醉之后,辄题数句自娱。"大约即因此总题为《饮酒》。这只是说明了这些诗写于酒后,二十首诗并没有统一的主题,而是杂抒其各种感情,每首各有其独特内容。这一首是第五首。主要是抒写对一种生活意趣、生活境界的体认与肯定。

诗的开篇两句说:"结庐在人境,而无车马喧。""结庐",盖房子。"人境",世人聚居的地方。"车马"指官僚士大夫,他们总是乘着高车大马。用有特征性的事物——车马指称官僚士大夫,既避免了词语的单调又富于形象。诗人并没有躲到深山僻林中去,就居处在人世间,然而却避开了贵人车马的喧扰,说明他与庸俗的利禄之徒割断了联系,一落笔便透露出超然脱俗的高人气息。这两句和诗人的许多作品一样,笔调舒缓,起势悠扬,却不平不板,一个"在"字,一个"无"字,转折有势。并很自然地逼出一个问题:"问君何能尔?"你为什么能够做到这样呢?紧承这个设问醒目地推出那个斩截干脆而又耐人咀嚼的答案:"心远地自偏。""心远"二字力重千钧,充分显示出诗人的真正高处。结庐在人境之中,地本不偏,只因心远,即从心底里抛开了那个庸俗的利禄群体,便虽处人境,而如居僻乡,脱俗卓立了。这绝不是那些矫情做作、自饰清高、身居江海、心存魏阙的人所可比拟的。两句诗，一问一答，平淡的诗语变得摇曳多姿。如果说前两句还只是透露出高人的气息，那么这两句便赫然现出高人的品格了。

由于从心中彻底抛弃了那个庸俗的现实社会，诗人便"别有天地非人间"，拥有了一种新的生活天地、新的生活境界。"采菊东篱下"，诗人长日无事，便到东篱下采采菊花。古人认为饮菊花酒是可以长寿的，诗人自己就说过"酒能祛百虑，菊解制颓龄"（《九日闲居》）。"制颓龄"即延长寿命。只此一句，优游闲逸之味已经扑面而来。采菊当中，偶一抬头，那秀逸的南山又闯入眼帘，"悠然见南山"，真是悠然而又悠然。只是采菊、见山两个动作，诗人那闲远自得之态已经晃荡眼前，可谓传神之笔，见出诗人提炼生活素材以表现生活情态的艺术功力。"见南山"一本作"望南山"，虽只一字之别，于诗的意象却关系极大。苏轼说："'采菊东篱下，悠然见南山'，因采菊而见南山，境与意会，此句最有妙处。近岁俗本皆作'望南山'，则此一篇神气都索然矣。"（《东坡题跋》）《蔡宽夫诗话》说："'采菊东篱下，悠然见南山'，此其闲远自得之意，直若超然邈出宇宙之外，俗本多以'见'字为'望'字，若尔，便有褰裳濡足之态矣。""见"字所以优于"望"字，在传悠然自得之神。"见"则无心而遇，自然而然，与闲远之境水乳交融；"望"则有意为之，不免吃力之感，而有褰裳濡足之态了。这两句把高人的生活情态勾勒成鲜明的画面，使人见其形而体其神。

闯入眼帘的南山又是什么样的景色呢？"山气日夕佳，飞鸟相与还"，是夕阳余晖中一片秀美的迷蒙暮色，倦飞之鸟结队投林归巢了。陶渊明在仕途中说："望云惭高鸟，临水愧游鱼。"（《始作镇军参军经曲阿作》)在刚归田后追忆过去说:"羁鸟恋旧林,池鱼思故渊。"(《归园田居》其一)如今他在黄昏暮色之中亲眼看到了栖息在旧林中的鸟的自由生活。它们晨兴腹饥,便出林觅食,日暮饱腹,便结伴还林,一切都因任自然地自由地运转,真个是"云无心以出岫,鸟倦飞而知还"(《归去来兮辞》),这与他那采菊东篱、悠然见山的生活多么和谐一致!不过一为鸟,一为人而已,而人、鸟之间则含有共同的意蕴。所以诗人体认说:"此中有真意,欲辩已忘言。"那里面含有"真"意,不过欲辨析而言,因已得其意而忘其言了。《庄子·外物》说:"言者所以在意也,得意而忘言。""言"只是求"意"的工具和手段,不应滞其言而失其意,应该得"意"而忘"言",诗人"欲辩已忘言",说明他已体悟到其中的"真"意,与"意"冥合为一,达到"忘言"之境了。什么是所谓"真"意呢?《庄子·渔父》说:"真者所以受于天也,自然不可易也。故圣人法天贵真,不拘于俗。""真"就是"自然",万物因任自然,适性自足,不违本性,就是"真"。诗人在《连雨独饮》中说"任真无所先",在《始作镇军参军经曲阿作》中说"真想初在襟",在《赴假还江陵》中说"养真衡门下",都是讲的这个"真"字。现在诗人已经像投林归鸟一样适性自足地自由自在地生活了,所以融化到顺应自然的"真"的境界中去了。

这首诗艺术造诣之高,历来为人们所称道。主要是意境创造的高妙。首先,其"意境"中所含之意,具有独自的特点,既不同于"言志"的"志",也不同于"抒情"的"情"。曹植《白马篇》说"捐躯赴国难,视死忽如归",左思《咏史》诗说"铅刀贵一割，梦想骋良图"，这是所谓言志，写其壮怀；杜甫《曲江》其一云"一片花飞减却春，风飘万点正愁人"，欧阳修《蝶恋花》词云"泪眼问花花不语，乱红飞过秋千去"，这是抒情，抒其伤春之情。陶渊明的"意"则非"志"非"情"，而是一种生活境界。它符合老庄自然主义原则，其中隐含着一种理想的社会形态。这种"意境"是前人所没有的，是陶渊明对中国诗歌意境创造的一大贡献。正如陈师道所说"渊明不为诗，写其胸中之妙耳"，一语破的，"胸中之妙"即其独特的"意"。

其次，诗人这种"意"，全寓物象之中，通过物象以鲜明的画面体现出来。他善于取物造境，尽相传神。如以采菊、见山表现悠闲自得的生活情态，以日夕、飞鸟显示任真自得的生活意蕴，无不恰到好处、妙合无间。见之为物象，味之则意蕴，意与象浑然一体，理即象，象即理，难再分拆为二，在意境的艺术创造上，可以说达到了出神入化的境地。物象一经诗人截取入诗，则此象最能尽此意。正如王士禛所说："篱有菊则采之，采过则已，吾心无菊。忽悠然而见南山，日夕而见山气之佳，以悦鸟性，与之往还。山花人鸟，偶然相对，一片化机，天真自具。既无名象，不落言筌。"（《古学千金谱》）就在于诗人所取之象与诗人自具之意，密合无间。

再次，平淡自然的笔墨，与所表现的意境高度谐适。境之淡与笔墨之淡，境之自然与笔墨之自然，一表一里，融为一体。沈德潜说："胸有元气，自然流出，稍着痕迹便失之。"（《古诗源》）如此悠然自得的境界，笔墨稍有做作吃力之感，也会有损意象的完美，诗人恰恰做到了表里如一。"望"不如"见"，即其一证。总之，此诗堪称达到了艺术上的化境。

饥者欢初饱，束带候鸣鸡

——陶渊明《丙辰岁八月中于下潠田舍获》

贫居依稼穑，勠力东林隈。不言春作苦，常恐负所怀。司田眷有秋，寄声与我谐。饥者欢初饱，束带候鸣鸡。扬楫越平湖，泛随清壑回。郁郁荒山里，猿声闲且哀。悲风爱静夜，林鸟喜晨开。曰余作此来，三四星火颓。姿年逝已老，其事未云乖。遥谢荷蓧翁，聊得从君栖。

先从题目看起。"丙辰"是古人惯用的干支相配纪年，"丙辰岁"是晋安帝义熙十二年（416）。这一年，诗人五十二岁。他从四十一岁在彭泽令任上弃官归田，不再出仕，到这时，首尾已经十二个年头了。"八月"是阴历八月，"八月中"正是秋风吹，百谷熟，开镰收割的好季节。"下潠田舍"是诗人一处田舍的名称。诗中有一句说"勠力东林隈"，那么，这处田舍当是在东林脚下了。"隈"是林脚的曲折处。从诗中看，诗人到那里去收割，要乘舟越过一段湖面，再沿涧中溪流进入荒山，可见这处田舍正坐落在涧水下泄的低洼的湖畔，故称"下潠田舍"。"下潠"是低湿地的意思。"获"就是指收割了。诗题已经清楚表明，这是一首写秋收的诗。且看诗人怎样落笔写去，又通过这件事的描写表现了什么样的内容。

首二句以叙事发端，"贫居依稼穑，勠力东林隈"。因为贫居，故靠力农为生。语调舒徐，悠然而起，表现出陶诗特有的那种从容不迫的风度。虽不过是一些朴实的词语，却含意丰厚，形景动人，见出诗人选辞用字的工夫。播谷叫"稼"，收谷叫"穑"，农事而言"稼穑"，便晃动着春种秋收的生动过程。又不只此，《尚书·无逸》说："不知稼穑之艰难，乃逸。"不知稼穑的艰苦，就会堕落成为安逸游手之辈。如此看来，这"依稼穑"三字，还显有不为不劳而食者的傲意。依靠自己的双手解决衣食问题，是诗人一向引为自豪的，他的《劝农》诗就说："相彼贤达，犹勤垄亩；矧兹众庶，曳裾拱手！"《庚戌岁九月中于西田获早稻》也说："人生归有道，衣食固其端。孰是都不营，而以求自安！"人都应该自食其力。正因为这样，他的务农不是摆样子的，所以说"勠力"，也就是说尽其力气干活。这平常的两个字，也晃动着诗人流汗力田的形象。"东林"虽亦可说是地名，却不必指实为庐山的东林。它与诗人作品中常说的"南山""西畴""东皋"并没什么两样，不过以方位冠头随意指称其田地处所而已。但是有了这"东林"二字，便展现出一片密林脚下田地的画面，迥非一般抽象词语可比。平平的两句诗中，已经呈露出一个兀傲的贫居力耕者的形象。文学是语言的艺术，语言的创造性运用，是作家艺术功力的重要表现，对作家在语言上的用心，是不可以轻轻滑过的。

陶渊明的归田，也是隐居，但不要与一般的隐逸相混。陶氏生活的时代，隐逸成风，但动机与条件不同，隐居的实际生活也各式各样。比诗人略前的谢安，隐于东山时，"出则渔弋山水，入则言咏属文"（《晋书·谢安传》），优哉游哉，因为他出身高贵的门阀世家，拥有雄厚的庄园，是一种富隐。与诗人同时并一起列名为"浔阳三隐"的周续之，"身为处士，时践王廷"（《高贤传·周续之传》），与朝廷打得火热，被称为"通隐"。另一同时人皇甫希之秉承篡晋自立的桓玄的旨意，假意屡征不起，为桓玄制造一个装潢门面的"肥遁之士"，被称为"充隐"。这类隐者自然都是不愁生活来源的。陶渊明不同了，既非世族富家，又非"通隐""充隐"之流，而是一个由厌憎官场污浊走向真隐的寒门士子，归隐便只能"贫居依稼穑"，真的务农了。然而靠劳动为生，谈何容易！他归田以来，生活不断下降。"躬耕未曾替，寒馁常糟糠"（《杂诗十二首》其八），劳动未尝休止，却常常落得饥寒交迫，弄到"夏日抱长饥，寒夜无被眠"（《怨诗楚调示庞主簿邓治中》）的地步，这就是诗人真实而又沉痛的总结。所以，躬耕是否有获，对诗人来说，就不是无关轻重的了，关系到一身的饥寒温饱。因而有了次两句诗："不言春作苦，常恐负所怀。"不怕付出耕作的辛劳，只怕没有收成。这战战兢兢的心理中，饱含十多年躬耕的甘苦体验和寒士持家的酸辛，浅语之下，寓有深慨，很有点打动人心的力量。他的思想感情与一般劳动者越来越靠近了。

现在，居然收成在望了，怎能不在诗人心中激起一股欣喜的暖流呢？不过诗人并不平直道出，而是插了一笔司田的传语："司田眷有秋，寄声与我谐。""司田"是主管田地的官吏。管田的官员也盼望收成好，寄话来了。"谐"是相合之意，指与诗人的想法相合。有此一笔，诗语便显得波折不平，生动活泼。到此为止，共六句诗，自然地成为一节，好似序言，把诗笔水到渠成地引到"获"上来。下面就转入兴匆匆下田，正面写"获"了。诗是写得很有层次的。

写"获"从清晓落笔。"饥者欢初饱"，诗人箪瓢屡空，每日那顿晚餐，大约常常是对付一下了事，因为反正不干活了，要睡觉了，少吃一点没有关系，所以不到早饭时节，已经饥腹雷鸣了。早餐之后要去劳作，不免有所偏袒，要吃得足一点，蓄积力气。饥腹竟得一饱，自然意惬情怡，所以有了"饥者欢初饱"那样的特殊感受。写贫居力耕者的生活情状，可谓入木三分。虽只一句诗，因为抓住了细微独特的感受，表现力便不一般，新颖深切。可能是诗人对于收成过于兴奋了，不觉起了一个大早，吃罢了早饭，扎束停当，还不到鸡叫的时候，所以"束带候鸣鸡"，静等雄鸡报晓，东方发白，好启途登程。非常朴实的情景描写，把诗人那种极度热切而又十分亢奋的心绪无比鲜明地传达出来了，与"饥者欢初饱"善于捕捉特异细节、生动含蓄的表情有异曲同工之妙，确实是大家的手笔。鸡叫之后，诗人就上路了。他乘上一叶扁舟，驶越一片湖水，进入曲曲弯弯的涧谷，"扬楫越平湖，泛随清壑回"。"楫"，船桨。"回"是弯转曲折之意。不要把这看成是闲笔墨，这是要通过行程样态的描写，隐约地呈露内心喜悦之怀。所以划桨特别用一"扬"字，舟行特别用一"泛"字，很有《归去来兮辞》里"舟遥遥以轻飏，风飘飘而吹衣"的味道。欢快心绪，尽在不言之中。溪谷两边的荒山，植被茂密，青装绿裹，不时传来一声猿啼,"郁郁荒山里,猿声闲且哀"。对猿声于"哀"字之外,特别着一"闲"字,"哀"是猿声的自然本色,"闲"则重在突出一种悠然自得之神,大约是由于它生活在没有人世纷争倾轧的大自然中的缘故吧!这"闲"字实藏深刻的意蕴。"悲风"二句造意造语的高妙,尤其令人叹服。前一句写风声,晨光初开,夜色未尽,宿风因夜寂而显,故云"悲风爱静夜";后一句写鸟鸣,毕竟是暗夜将消,天光破晓,林中已是一片晨鸟的噪声,故云"林鸟喜晨开"。写晨夜交替之景,可谓刻画入微。而写风着一"爱"字,写鸟着一"喜"字,自然风物都被拟人化了,一片生意盎然。这里面酿造出来的气氛,与诗人的心境是一致的,景与情浑然一体,有分外引人的力量,使人不禁移其情而入其境。

全诗写"获",到此为止,成为本诗的第二节。值得注意的是,写"获"不仅没有触及开镰,甚至连收割的地点都没有到,只不过是写了晨兴和上路的一个小片断而已。为什么是这样独特的取材?这就与诗人最想表现的东西相关了。诗人之意本不在描写收割的辛劳,而是重在抒写面对收获的那种心绪兴致。这一个片断已经把这种心境表现得意完神足,也就戛然而止,不再去写"获"了,正像王子猷雪夜访戴,乘兴而行,兴尽而返,不必见戴一样。从中可以体会到选取素材与表现意旨之间的关系,作者处理二者关系的手法之高超。

当然,这首诗还不止停留在"兴"上,还由"兴"而引出"感",表示对这种自食其力、自得自足的生活的评价,从而形成诗的第三节。"曰余作此来",是指从力田开始至现在,"三四星火颓",是说已经十二个年头了。"星火"即火星,"颓"是倾落的意思,火星每年秋季夜晚在西方的天空上出现,有似下沉之势。"三四"即十二,经历了十二次,就是十二年。容颜渐衰、年岁虽老,但采取这种生活方式与生活态度却并不错:"姿年逝已老,其事未云乖。"所以诗人不无自豪地说:"遥谢荷蓧翁,聊得从君栖。"《论语·微子》篇载:子路向一荷蓧丈人询问孔子的去向,丈人回答说:"四体不勤,五谷不分,孰为夫子!"便扭头耕田去了。诗人选用这个典故,实有向不事生产的士大夫投以鄙薄的眼光之意。所以这一段平实的抒"感"中,有力地显示出诗人固穷守志、躬耕自给的高风亮节及傲世之情。

我们看,本是一首秋收诗,却并未于"获"上落笔,而是着重在秋获的兴致上;又不停步于兴致,而是由"兴"引发出"感",表示对一种生活、一种人生态度的肯定。诗就这样潜移暗转,步步升华。表面看来,不过是秋收的情事,实际上内含皎洁的人格、高尚的人生。陶诗说:"此中有真意,欲辩已忘言。"(《饮酒》其五)读陶诗也要善于得意忘言,透过表面的形与迹识得其中的意与神。谷有成,心有喜,不过是其形其迹;对脱离污浊官场、归田力耕的自傲与肯定,才是其意其神。陶诗总是这样于平淡的语言、寻常的情事中含有"奇趣""高趣"。后来写田园诗者往往摹得其形其迹,而失落了它的意与神,正是在这里,显出了陶诗的高处,也启示我们读古诗应当置力之点。

"昼出耘田夜绩麻,村庄儿女各当家"

——范成大《四时田园杂兴》(录五首)

蝴蝶双双入菜花,日长无客到田家。鸡飞过篱犬吠窦,知有行商来买茶。

——《晚春田园杂兴》其二

社下烧钱鼓似雷,日斜扶得醉翁回。青枝满地花狼藉,知是儿孙斗草来。

——《春日田园杂兴》其五

昼出耘田夜绩麻,村庄儿女各当家。童孙未解供耕织,也傍桑阴学种瓜。

——《夏日田园杂兴》其七

垂成穑事苦艰难,忌雨嫌风更怯寒。笺诉天公休掠剩,半偿私债半输官。

——《秋日田园杂兴》其五

新筑场泥镜面平,家家打稻趁霜晴。笑歌声里轻雷动,一夜连枷响到明。

——《秋日田园杂兴》其八

我国田园诗的代表诗人，陶渊明之后，非范成大莫属了。他是南宋爱国诗人，晚年写下组诗《四时田园杂兴》，共六十首，广泛反映了农村生活的方方面面，以致被称为"田园诗人"。诗前小引说这是在南宋孝宗淳熙十三年（1186），他又到石湖旧日隐居的地方，于"野外即事，辄书一绝"，终岁共得六十首。这些诗全为七言绝句，形式短小灵便，一诗一事，又都是即事而书，像一幅长卷，将春、夏、秋、冬四季不同的田园情景，举凡农家环境、风土民俗、耕织收获、苦难欢乐，都一一铸成鲜明的画面，真切生动，读来饶有兴味。王载南说它"纤悉毕登，鄙俚尽录，曲尽田家况味"（《柳亭诗话》引），可谓的评。

范成大写田园，与陶渊明有很大不同。陶诗理想色彩较浓，往往以田园之景，写其胸中之妙，重在在田园生活中体验一种自由、自在、自得的生活境界，以与庸俗不宁的官场及世俗社会相对照，颂此而非彼。范诗则全是实描，是农村生活的真实展现。所以，对陶诗要见其景而思其意，对范诗则要读其诗而明其事。本文共录五首，以见一斑，体味其特色。

第一首写村居的宁谧清静。诗以一个生动的画面开端："蝴蝶双双入菜花"。园圃里菜花盛开，引来翩翩飞舞的对对蝴蝶。花、蝶相映，光景引人。"入菜花"，虽只三个字，已传出浓郁的田家气味。次句是一笔直叙："日长无客到田家。""客"指村落以外的生人。古代交通不便，农家经济也大半自给自足，很少有外客进村。说的是大实话，表现的也是大实情，真气逼人。诗到这里为止，似乎未免平实了一点，且慢，波澜来了："鸡飞过篱犬吠窦"。突然，鸡儿高飞越过篱笆，狗也在狗洞前狂吠起来。"窦"指田家院墙上留给看家狗出入的洞穴。为什么鸡飞狗叫？末句回答出来："知有行商来买茶。""行商"与"座商"相对而言，座商有铺面，古称为"贾"，行商则游走贩卖。这里则专指入乡收购茶叶的商人。旧时田家个体收获的茶叶，主要是靠他们收购转卖。"知有"二字不可轻意放过。一听鸡飞狗叫，就知道是买茶行商来了，这一定是有过了多次体验，才能有如此认知。这进一步反衬出除了买茶行商，小村子几乎没有其他外人光顾，真个是"日长无客到田家"了。这两句展示出的田家小景，生动、翔实、鲜明，使人如见。三、四两句的次序安排，颇有讲究。"鸡飞"句在前，"知有"句在后，如此才奇峰突起，波折有味。如果将二句倒转，便平板无奇了。唐代诗人王维《观猎》首二句说："风劲角弓鸣，将军猎渭城。"与此相类，风劲弓鸣在前，将军射猎在后，起势突兀，劲健有力；如果掉转过来，就不免平直乏气了。可见，即使诗句先后安排这样的细事，亦关系匠心和艺术的奥妙，不可小觑。

　　第二首写社日景象。社为土地神，古代有祭社的习俗，称为社日。宗懔《荆楚岁时记》载，这一天四邻都聚集于社树下，有"牲醪"即酒肉，醪为酒，牲为肉，"为屋于树下，先祭神"，然后饮酒食肉，肉称福肉。颇有一些节日的气氛。诗的首句说"社下烧钱鼓似雷"，"烧钱"，烧纸钱，敬神以祈其护祐。祭社是要敲鼓的，《周礼》就记载有"以灵鼓鼓社祭"，灵鼓是六面鼓，祭社时敲,可见祭社击鼓,是个很古老的传统了。"鼓似雷",鼓声震天,说明兴高采烈,鼓锤不觉就下得着力,表现曲折有味。次句说:"日斜扶得醉翁回。"不仅鼓敲得响,人也尽兴,饮酒食肉,直闹到白日西斜,才罢手,醉醺醺的老者,要人扶着才能回去了。诗到此好像社日之事已经写足,后两句却又别翻出一幕动人情景:"青枝满地花狼藉,知是儿孙斗草来。""狼藉",散乱的样子。"斗草"是民间小孩子的一种竞赛游戏,互比手中持有的花草,以品样多者为胜。满地青枝花瓣,说明斗得起劲,玩得入迷。社日不只有成年人的活动,也有孩子们的天地。老少群态,尽摄笔下。画面丰满,欢腾喜庆之气弥漫其中。后两句次序的奥妙,与前诗相类,如此才警动有力,如果掉转过来,就大减引人的力量了。

  第三首写全家人的劳作。这首诗要先从第二句看起:"村庄儿女各当家。"说"村庄"就不是一家,户户如此。"儿"指男子,"女"指妇女,"儿女"即男男女女。"各当家",犹如说各有各的营生,各做各的本分职事,撑起这个家,没有好吃懒做的游手。明白了这第二句的意思,再回头来看首句"昼出耘田夜绩麻",就明白了其意思是说,男子白天下地种田,以供口食;妇女夜晚纺麻织布,以供衣着。耘田、绩麻分属"儿""女"两类人。这就是"儿女各当家"。"耘田"即耕田,"绩麻"即纺麻为布。两句诗语的组织,将主词与谓语分开,谓词集中在第一句,主语却在第二句里,前后对应,述普通事,避开了单调平板,耐人寻味,颇巧于用笔。两句诗写出了田家无分男女,个个勤苦劳作的真实。但还不是到这里为止:"童孙未解供耕织,也傍桑阴学种瓜。""童孙"指还未懂事的小儿女,耕供食,织供衣,"未解供耕织",即还不懂得用耕织以支撑家用，也就是还没有"当家"的意识，但也在桑树阴旁种起瓜来了。农民全家劳作，风习所染，小孩子虽未懂事，也学着干起农活。这一生动的细节，大大增添了全诗的劳作气息，更真切地反映出农家风习，表现了诗人的艺术敏感，善择典型情事以有力地表现主题。

第四首写农家的辛苦。"垂成稼事苦艰难"，"稼事"，种庄稼活计；"垂成"指庄稼就要成熟，即将收成。这是经过艰难经营的结果。次句写担心各种自然灾害："忌雨嫌风更怯寒。""忌雨"，水灾；"嫌风"，风灾；"怯寒"，冷得早，影响庄稼灌浆，颗粒饱满，算作是早寒灾。"忌""嫌""怯"意思相类，但用三个不同的动词而不是用一个，避免了词语的重复无味，保持了诗语之丰美。"笺诉天公休掠剩"，"天公"，老天爷，民间信仰中的最高神；"笺诉"，写封信诉求，望天公垂怜，莫再予伤损；"休掠剩"，可见已经不知遭遇了多少次灾害，抗过来了，这不过是可能得到的一点点而已，真切道出了农民劳苦而又战战兢兢的心境。再说剩下的这点收成，也并非就归自己："半偿私债半输官。"一半要用去还债，一半要用去纳官租。如果连这一点也保不住，那么，债也不得还，租也不得缴，日子简直不知怎么撑下去了。写农家的辛苦劳累，紧张心理，沉重负担可谓真切入微。

第五首写打谷的欢快。"新筑场泥镜面平"，旧时庄稼脱粒，都要在地里选块地，压实压平，扫净沙石，叫作"场院"，场泥即场院，打谷场；"镜面平"，平整而又干净。在场院打谷，都是露天进行，最怕连雨天，一旦有了好晴天，机不可失，所以"家家打稻趁霜晴"。"霜晴"这里犹如说秋日的晴天。"笑歌声里轻雷动"，抢得晴天，脱粒顺畅，打谷场上，一片笑声歌声。"轻雷动"指远处隐隐的雷声，是将要有雨的警示，所以"一夜连枷响到明"，为赶在雨前，连夜不息地干下去了。"明"指天亮。"连枷"，一种打谷的工具，在长竿头上用转轴系上长方形的枷片，扬竿时枷片上翻，落下时即打在平铺的谷物上，使颗粒脱落。"响"即指连枷打在谷物上发出的声音。这首诗生动地表现了收获的紧张与欢乐。

范成大的田园诗，用比较平实的语言，真切生动地描绘农村及田家的情事，给了我们丰富的画面。陈衍评杜甫诗说："任是如何景象，俱写得字字逼真者，惟有老杜。其余则如时手写真，肖得六七分，已欢喜过望矣。"（《石遗室诗话》）范成大的田园诗，至少在"肖得六七分"以上。把他的田园诗与陶渊明的田园诗，对比细读，则可认识带有理想色彩的笔路和写实的笔路的不同，并体认到他们创造出的不同的艺术境界的特色。

横眉冷对

"泛舟越洪涛，怨彼东路长"——曹植《赠白马王彪》

"图穷事自至，豪主正怔营"——陶渊明《咏荆轲》

"烽火燃不息，征战无已时"——李白《战城南》

"狱户春而不草，独幽怨而沉迷"——李白《万愤词投魏郎中》

"天生我材必有用，千金散尽还复来"——李白《将进酒》

"奇龙怪凤爱漂泊，琴高之鲤何反欲上天为？"——龚自珍《西郊落花歌》

"萧萧悲壮士，今在易京门"——章炳麟《狱中闻沈禹希见杀》

"泛舟越洪涛，怨彼东路长"

——曹植《赠白马王彪》

  谒帝承明庐，逝将返旧疆。清晨发皇邑，日夕过首阳。伊洛广且深，欲济川无梁。泛舟越洪涛，怨彼东路长。顾瞻恋城阙，引领情内伤。

  太谷何寥廓，山树郁苍苍。霖雨泥我途，流潦浩纵横。中逵绝无轨，改辙登高冈。修坂造云日，我马玄以黄。

  玄黄犹能进，我思郁以纡。郁纡将何念？亲爱在离居。本图相与偕，中更不克俱。鸱枭鸣衡轭，豺狼当路衢。苍蝇间白黑，谗巧令亲疏。欲还绝无蹊，揽辔止踟蹰。

  踟蹰亦何留？相思无终极。秋风发微凉，寒蝉鸣我侧。原野何萧条，白日忽西匿。归鸟赴乔林，翩翩厉羽翼。孤兽走索群，衔草不遑食。感物伤我怀，抚心长太息。

  太息将何为？天命与我违。奈何念同生，一往形不归。孤魂翔故域，灵柩寄京师。存者忽复过，亡没身自衰。人生处一世，去若朝露晞。年在桑榆间，影响不能追。自顾非金石，咄唶令心悲。

  心悲动我神，弃置莫复陈。丈夫志四海，万里犹比邻。恩爱苟不亏，在远分日亲。何必同衾帱，然后展殷勤。忧思成疾疢，无乃儿女仁。仓卒骨肉情，能不怀苦辛！

　　苦辛何虑思？天命信可疑。虚无求列仙，松子久吾欺。变故在斯须，百年谁能持？离别永无会，执手将何时？王其爱玉体，俱享黄发期。收泪即长路，援笔从此辞。

　　这首诗有序，大意是说，魏文帝黄初四年（223）五月，诗人与白马王曹彪、任城王曹彰一起到京师朝见，正逢朝中举行迎节气礼。任城王在京城暴卒。七月，作者与白马王还返封地，又被有司阻止同行，诗人"意毒恨之。盖以大别在数日，是用自剖，与王辞焉。愤而成篇"。大体说明了诗的写作背景。"白马王"，作者的异母弟。任城王，作者的同母弟。

　　这首诗篇幅较长，内容丰富，共分七章，每章各有侧重的内容，七章蝉连而下，将纠结在心头的复杂感情淋漓尽致地抒发出来。其采用之轳辘体，为古诗中所稀见。

　　第一章写离京的眷恋之情。"谒帝承明庐，逝将返旧疆。""帝"指魏文帝曹丕。"承明庐"，汉宫室名，这里是用古称指魏宫室，这种作法古诗中常见。"逝"，这里是离去的意思。"返旧疆"即返回封国。"清晨发皇邑，日夕过首阳。""皇邑"指京城洛阳。"首阳"，山名，在洛阳东北。这里特别强调了"清晨"和"日夕"，突出行步迟迟、眷恋不愿离去之意。"伊洛广且深，欲济川无梁"，伊水、洛水都流经魏都洛阳，想要渡过，却没有桥梁,隐指回京是没有希望了,伤叹无奈之情,弥漫句中。"泛舟越洪涛,怨彼东路长。"终于图穷匕见,亮出了"怨"字。作者从洛京返还封地,是向东行。"顾瞻恋城阙,引领情内伤。""顾瞻",回头望。"引领",伸长脖子看。一个接以"恋城阙",一个接以"情内伤",其不愿归藩、远离京师之情,洋溢纸面。屈原《哀郢》写被流放离开郢都时说:"发郢都而去闾兮,怊荒忽其焉极?楫齐扬以容与兮,哀见君而不再得。望长楸而太息兮,涕淫淫其若霰。过夏首而西浮兮,顾龙门而不见。"时隔四百年,情怀的抒写,何其相类!都几乎是一步一回头的神态,可以对照着读。诗人的顾恋京城固然是希望母子兄弟常能聚首,但更重要的是希望能在政治上有所作为。在这次朝见曹丕之前,作者曾上《责躬表》和《责躬诗》,当时吴国立足东南,是魏国极大的威胁,诗人表示了强烈的用世愿望:"愿蒙矢石,建旗东岳","甘赴江湘,奋戈吴越"。但是诗人的这种志怀成为梦想,朝见之后,曹丕仍是令他返藩闲居。在《杂诗》中诗人唱出"将骋万里途,东路安足由","闲居非吾志,甘心赴国忧"的愤慨的诗句。他的恋京之情中实饱含着政治上的压抑感。知道了这一点,就能更深刻理解诗人为什么"怨彼东路长"了。

第二章写返藩路程的艰难。"太谷何寥廓,山树郁苍苍。""太谷",关名,在洛阳东南。"寥廓",空旷广大。"郁苍苍",林木茂密。谷大树深,难行之一。"霖雨泥我途,流潦浩纵横。"连绵大雨称"霖雨",又赶上连雨天后,道路泥泞。"潦",路上积水。"浩纵横",浩大漫衍。又是积水满路,难行之二。"中逵绝无轨,改辙登高冈。修坂造云日,我马玄以黄。"

道路已被流潦淹没，只好改行山路，而山路高险，马都累病了。四通八达的路曰"逵"，这里即指大路。"轨"，车辙。"修坂"，高长的坡道。"造云日"，高峻及天。"玄黄"，用《诗经·周南·卷耳》语"陟彼高冈，我马玄黄"，指马因疲累而毛色变黄。这一章用铺排的笔墨，从谷、雨、逵、坂、马等多方面，着力描写归途的险恶难行，可以说是前一章眷恋京阙的余音和"怨彼东路长"的复奏。前一章的恋京之情，主要是通过行步迟迟的描写表现，这一章之不愿返藩之意，主要是通过路途难行表现。视角、取材各有不同，不愧是大诗人的手笔。

第三章重点是写对有司干预二王同行的指斥。"玄黄犹能进，我思郁以纡"，马病还可以勉强前行，忧思却不可开解。前一句的反衬，巧妙自然而有力，思怀郁结难开表现得更突出了。"郁"，浓盛。"纡"，屈曲纠结。从本章起，各章用顶真格承接转换，意脉紧凑自然，音节回环流美。本章的首二字，即上章的尾三字。"郁纡将何念？亲爱在离居。本图相与偕，中更不克俱。"为什么愁怀难解？是兄弟马上要分别。本想同行，继申友于之情，却又遭横暴的阻止。"偕""俱"义近，一起行止之意。"鸱枭鸣衡轭，豺狼当路衢。""鸱枭"，猛禽恶鸟。"豺狼"，食人野兽。"衡"，车辕前的横木。"轭"，夹在马的颈部的马具。"衢"，亦指路，四通八达者称衢。诗人用鸱枭比喻"有司"（即朝廷安置在诸侯国的监国使者），意谓他们总是给人带来不祥；用豺狼揭露他们凶狠专横的本质。"苍蝇间白黑，谗巧令亲疏。""间白黑"，颠倒黑白。郑玄笺《诗经·青蝇》"蝇之为虫，污白使黑，污黑使白"，此用其意。二句谓有司颠倒黑白，以佞巧的谗言蒙蔽了曹丕，使骨肉不能亲密。作为魏国的臣子，诗人的话只能说到这里，如果直斥曹丕，便超越君臣的名分了。其实诸王不可一同宿止，还不是出于魏国的规定！"欲还绝无蹊，揽辔止踟蹰。"回京之路已经断绝，只能停在那里犹豫徘徊了。"欲还"指回返京城，"蹊"，路。"揽辔"，提着马缰绳。"踟蹰"，徘徊。

第四章写对骨肉的相思之情和离居的孤寂之感。首二句直抒己怀："踟蹰亦何留？相思无终极。"为什么徘徊不进，因为兄弟相思情深。以下则多用有选择性的景物描写，借景抒怀，画面鲜明，感情凄清悲凉。"秋风发微凉，寒蝉鸣我侧。"秋日渐凉的天气，寒蝉在身边凄厉地鸣叫。"原野何萧条，白日忽西匿。"旷野一片萧杀气象，又是日暮黄昏。"匿"，藏，指日落。"归鸟赴乔林，翩翩厉羽翼。"归鸟疾急返巢，猛力地煽动着翅膀。"乔林"，高林。"厉"，用力。"孤兽走索群，衔草不遑食。"失群的孤兽，惶急地寻找离散的兽群，连衔在口里的草都来不及吃了。八句诗，四种景象，没有一种不深深地刺激着诗人此时的情怀。故本章末两句说："感物伤我怀，抚心长太息。"此种笔墨更具文学意味，把诗人与骨肉同胞隔离的孤独感、相思情生动有力地表现出来，感人至深。"抚心"，抚摸胸口，痛苦悲伤已极的表现。"太息"即深深地叹息。

第五章写任城王曹彰死别之悲。"太息将何为？天命与我违。"为何事叹息，天命与我的愿望相背。"奈何念同生，一往形不归。孤魂翔故域，灵柩寄京师。""同生"，指兄弟。"形"，形体。诗人这里特别渲染了曹彰之死的凄凉。突然之间便故去了，只有孤魂飞向故土，尸身还留在京师，既是表现深沉的悲悼之情，也寄寓了极其不平的心绪。据《世说新语》记载，曹彰乃是被曹丕毒杀。"存者忽复过，亡没身自衰。"按诗意，"存者"与"亡没"二语应对掉，成为"亡没忽复过，存者身自衰"，死者忽然死去，生者也会日渐衰老。"人生处一世，去若朝露晞。年在桑榆间，影响不能追。"由曹彰的瞬即死去联想到人的生命的短暂，简直有如朝露，而又年在桑榆，陨落之速超过影与响的速度。"晞"，干。"桑榆"，两个星名，在西方，人们说日在桑榆，就是日快落了，此喻人已近老。本章末以无奈的悲叹作结："自顾非金石，咄唶令心悲。"身非金石，何能长保。"咄唶"，惊叹声。诗人本年不过三十出头，已有如此浓重的迟暮之感，可见其在政治上备受压抑的情况下，心境之衰飒了。

　　第六章写与白马王彪的生离之慨。本来痛苦至深，悲怀难解，却强打精神做宽释的豪言壮语："心悲动我神，弃置莫复陈。丈夫志四海，万里犹比邻。恩爱苟不亏，在远分日亲。何必同衾帱，然后展殷勤。"大丈夫志在四海，万里犹如比邻。只要恩爱之情不衰，相离虽远而情分日深。何必一定得同居共处才能展布情怀呢？"衾帱"，被子和帐子。东汉姜伯淮与弟弟仲海、季江友爱，同被共眠，"同衾帱"暗用此典。"忧思成疾疢，无乃儿女仁。"因分离而忧思成疾，岂非儿女情长、英雄气短！"疾疢"，泛指疾病。这一番宽解语可谓振振有词，然而到底抹不掉心头的悲酸。最后还是苦辛压倒了豪迈，骨肉情冲垮了英雄气。好像共同遭遇了伤心事，却竭力劝导别人减哀，但是说着说着自己却忍不住嚎啕起来。"仓卒骨肉情，能不怀苦辛！"陈祚明说："人情至无聊之后，每有此强解语。强解者，其中正有不能解之至情也。"（《采菽堂古

诗选》)

第七章写与白马王彪的诀别。"苦辛何虑思？天命信可疑。"思虑什么而使心情如此辛苦，天命是可疑的，善者未必即有善报；"虚无求列仙，松子久吾欺"，神仙之说也是不可信的，求仙从来没有什么结果。"松子"，赤松子，古仙人。真实的现实是："变故在斯须，百年谁能持？"斯须之间就可能发生变故，任城王就是最好的例证，那么谁又能必保百年之期呢？"离别永无会，执手将何时？"这生离一似死别之怀，并非一种夸张。魏时不准诸王相互往还，"婚媾不通，兄弟永绝"，"隔阂之异，殊于吴越"（《求通亲亲表》），是这种特定境遇所产生的特定感情。"王其爱玉体，俱享黄发期"，"黄发"，高寿之人头发由白变黄。"收泪即长路，援笔从此辞。"以收泪写诗赠别结束长诗。

这是我国文学史上少见的独具一格的抒情长篇，就其篇幅言，可以与叙事长篇《焦仲卿妻》《悲愤诗》媲美。首先，它容纳了丰富的内容。诗人对任城王暴卒敢怒而不敢言的深沉悼念，对白马王生离一似死别的骨肉至情，对监国使者苛虐诸王的无比愤怒，都一股脑儿倾泻在诗中。其次，抒情楚楚动人。虽然拘于当时的形势和君臣的名分，叙事上隐约其事，抒情上也不能恣意尽情，但以低回哀怨之笔写出了吞声忍泣之悲。再次，以抒情为主，兼及叙事，衬以写景，三者交互生发，形象鲜明，气氛浓郁，而又笔墨场景变幻多姿。最后，段落之间的衔接基本用顶真格，除第一章外，每章章末之字与下章章之字重叠，前后蝉联，回环而下，衔接自然，有如贯珠，音节流转，与感情的缠绵妙合无间。

"图穷事自至,豪主正怔营"

——陶渊明《咏荆轲》

燕丹善养士,志在报强嬴;招集百夫良,岁暮得荆卿。君子死知己,提剑出燕京。素骥鸣广陌,慷慨送我行。雄发指危冠,猛气冲长缨。饮饯易水上,四座列群英;渐离击悲筑,宋意唱高声。萧萧哀风逝,淡淡寒波生。商音更流涕,羽奏壮士惊。心知去不归,且有后世名。登车何时顾,飞盖入秦庭。凌厉越万里,逶迤过千城。图穷事自至,豪主正怔营。惜哉剑术疏,奇功遂不成!其人虽已没,千载有余情。

《咏荆轲》是一首咏史诗。所咏荆轲刺秦王故事,最早见于《战国策·燕策》。汉代司马迁作《史记》,采入《刺客列传》,也别见于《燕召公世家》。比司马迁稍前,汉淮南王刘安及其门客所著之《淮南子·泰族训》中,有一节文字涉及易水饯别之事,所记与《战国策》相近,细节略有参差,当是传闻异辞。总括文献所载，其事之大致梗概是：燕太子丹为抗御强秦的吞并，厚礼壮士荆轲，派他入秦劫持秦王嬴政。荆轲伪装为向秦国奉图献土之士，以燕之督亢地图卷匕首而往。秦王展图，图穷匕见。可惜荆轲未能击中秦王，事败被杀。本篇即咏其事。

清人陶澍注《靖节先生集》说："古人咏史，皆是咏怀，未有泛作史论者。"不仅概括了咏史诗的优良传统，也中肯地阐明了本篇的性质。即它并非泛议史事是非，而是借史抒怀，托古见志。陶渊明后期经历了晋、宋的易代。古人如宋人汤汉、元人刘履、明人黄文焕直至清人陶澍等，都认为这首诗作于易代之后，针对代晋而立的刘裕而发。从大的时间背景上说是不错的；但他们意在阐扬忠于一姓思想，往往单纯强调"愤宋武弑夺之变""寓报仇之志"（刘履《选诗补注》），就未免过于偏狭了。从陶渊明的整个思想以及陶诗的形象体系及其特定的寓意来看，这首诗决非单纯愤弑夺之变、寓报仇之志、表现作者忠晋思想，而是愤暴乱之政、寓除暴之怀，概括了更为深广的历史内容。

陶渊明生活在东晋王朝没落的年代。自孝武帝时司马元显父子专权，统治阶级内部矛盾便趋于白热化。淝水大捷的大好形势烟消云散，接踵而起的是叛乱相继，杀夺不已。先是王恭、殷仲堪的起兵，继而桓玄篡逆，接着刘裕以讨桓起家，又步桓之后尘代晋自立。在陶渊明看来，所有这些都是暴乱政治的代表，是政不清明、世不安宁、民不聊生的根源。他以被古人视为暴虐无道的秦喻指这股政治势力，寄寓自己的憎恶。除本篇外，《桃花源诗》也说："嬴氏乱天纪，贤者避其世。"如果说《桃花源诗》以秦为喻，用编织理想社会图景的方式表示了对暴乱政治的鄙夷不屑的态度；那么这首诗便是以秦为喻，用歌咏荆轲刺秦王的故事表现了对暴乱政治的摧锄铲灭的感情，突出地反映了诗人"金刚怒目"的一面。

按照事件发展的历程，全诗可分为四个段落。首四句为一段，写寻士："燕丹善养士，志在报强嬴；招集百夫良，岁暮得荆卿。""燕丹"，燕王喜之太子，名丹。"强嬴"即强暴之秦，秦为嬴姓。"报强嬴"，是燕太子之志，荆轲行动的目标，也是本篇的主线，贯穿全诗。"百夫良"，能力超越百人的良材。有了此句，下句推出荆轲，就陡增神采，给人以非一般勇士的强烈印象。"荆卿"即荆轲，原在齐国，入燕后燕人称为荆卿，是战国时著名刺客。

"君子"以下六句为一段，写出京。前二句曰："君子死知己，提剑出燕京。"这二句紧接"得荆卿"之后，大大增强了荆轲为事勇决的神采。而写其出京行动，特别冠以"提剑"二字，形象地表现出其勇武猛鸷、嫉暴如仇、挥剑欲试的神情。承接既紧，又善于择词刻画，见出作者艺术创造的功力。"士为知己者死"，乃中国古代壮士、士子的一种传统精神，荆轲受燕太子赏识，决心以死相报，虽知恩图报的节义思想较浓，但统摄在"报强嬴"之下，便与除暴主旨关合，境界自大不同。"素骥鸣广陌，慷慨送我行"，《战国策》《史记》都说荆轲出京时，"太子及宾客知其事者，皆白衣冠以送之"，只言送行者衣白。汉末阮瑀《咏史诗》其二说："素车驾白马，相送易水津。"有了素车白马之说。作者选取了后者，又弃车留马，锻炼成"素骥鸣广陌"一句，既不失素色送行之悲壮，而骏马号鸣进一步加浓了悲壮的气氛。"素骥"即白马。"广陌",大路。"慷慨",意气激昂的样子。又史载送行时"士皆瞋目,发尽上指冠",诗人不直言"瞋目",而将怒发冲冠化为"雄发指危冠,猛气冲长缨"两句。"缨"是系帽的带子。二句于冲冠之外,又加以缨扬一事,冠振缨扬,更能传众士激昂慷慨之态。此二句中,"发"言雄发,"冠"言危冠,"气"言猛气,"缨"言长缨,都有加浓壮怀激烈气氛的作用。"雄发"与"危冠","猛气"与"长缨",意象上又都浑融一体,也分外增加了表现力。"危"是"高"的意思。

"饮饯"以下八句为一段,写饯别。"饮饯易水上,四座列群英",饯别宴饮设在易水岸边,众英豪都与宴送行,场面壮盛,也可见燕人"报强嬴"的万众一心,同仇敌忾。易水,水名,流经今河北易县。"渐离击悲筑,宋意唱高声。萧萧哀风逝,淡淡寒波生。商音更流涕,羽奏壮士惊。"《战国策》《史记》均言:"高渐离击筑,荆轲和而歌。"《淮南子》则云:"高渐离、宋意为击筑而歌于易水之上。"《水经注》引《燕丹子》所载更为具体,言"荆轲入秦,太子与知谋者皆素衣冠送之于易水之上。荆轲起为寿,歌曰:'风萧萧兮易水寒,壮士一去兮不复还。'高渐离击筑,宋如意和之。为壮声,士发皆冲冠;为哀声,士皆流涕。"可见关于荆轲入秦,记其事者甚多,诗人则审慎择取,凝结为上述六句诗,意象鲜明,气氛浓郁,有强烈的感人力量。"渐离"即高渐离,荆轲至燕结识的侠士。宋意,按《燕丹子》所载,当是宋如意。"萧萧"风声,当与《燕丹子》所记荆轲所歌"风萧萧兮易水寒,壮士一去兮不复还"相关。参之"淡淡寒波生",就更为明显。于渐离击筑、宋意高歌之后,加此写风写波二句,并非闲笔,大大加强了悲慨的色调。"商音更流涕，羽奏壮士惊。"此即《燕丹子》中所谓"为壮声，士发皆冲冠；为哀声，士皆流涕"之意。"商""羽"皆为古代五音之一。商音哀婉，羽音雄激。六句诗传出的气息，悲壮淋漓，于中可侧见主人公壮气冲霄之概。

"心知"以下六句写登程："心知去不归，且有后世名。登车何时顾，飞盖入秦庭。凌厉越万里，逶迤过千城。"前二句表现出为完成抗秦大业，视死如归。"顾"，回望。"盖"，车上遮阳避雨之圆形蓬盖。"飞盖"，车行如飞。"凌厉"，奋起直前。"逶迤"，连延不断，这里有马不停蹄之意。登车不顾、凌厉万里，连越千城，略带铺排的浓郁笔墨中，传神表现出主人公勇往直前的气势。

"图穷"二句自为一段，写搏击："图穷事自至，豪主正怔营。"荆轲以献燕国督亢地图之名，见秦王，图卷匕首，展图至尽，遂持匕首劫秦王，故云"图穷事自至"。"怔营"，惊惧的样子。二句虽极简括，但从"豪主正怔营"中，可以想见荆轲鸷猛凌人之势，始皇惶惧无措之态，笔墨含蓄有力。清人康发祥说："太白于张子房则曰'报韩虽不成，天地皆震动'。独不可曰：报燕虽不成，风云为之变色乎？"这里确实刻画出了锄暴勇士足以使风云变色的神采。

结尾四句为一段，以惋惜奇功未成结束全篇："惜哉剑术疏，奇功遂不成！其人虽已没，千载有余情。""剑术疏"，指掷匕首而未能击中。"惜哉"之叹，"奇功"之称，人虽没，千载之下余情不已，皆深见作者惋惜与景仰之怀。

咏史诗借史抒怀，不能不受到史实的限制。但是作者虽不能脱离或更改史实，却有选取和渲染史事不同侧面的自由空间。这首诗的成功处之一，就在于善于组织史事素材，为表达作者思想服务，意旨显豁，主题鲜明。在陶渊明之前，汉末阮瑀的《咏史诗》其二和西晋左思的《咏史》其六，都是歌咏此事的。阮诗只截取易水送别场面，突出表现饯别的悲壮之情；左诗则侧重荆轲酣饮燕市、旁若无人的片断，以寓作者藐视豪右的气概。陶渊明此诗不同，意在抒发铲强锄暴感情，所以取了事件全过程。从"报强嬴"的行动意图始，至"剑术疏"的奇功不成止，使除暴之旨像一条主线纵贯全诗。

有些汉乐府和汉末古诗是偏重叙故事、写人物的，突出的如《孔雀东南飞》。它们叙事性强，人物形象往往通过行动细节的描写和个性化的对话表现。本篇本质上也属于叙事性质，却蹊径独辟。诗中完全没有人物的语言，人物的行动也是大关节、粗线条的，它主要是通过渲染环境气氛，以烘托人物之神。环境烘托部分往往是实笔，人物本身则往往是虚笔。如出京一节，六句中除首二句直言荆轲外，以下全从送行者落笔，从送行者的激愤情绪中，烘托出荆轲怒目横眉之神。为把气氛写得浓郁，作者对素材做了精心的抉择。不仅汲取《战国策》《史记》所言"白衣冠以送之"，而且从阮瑀诗中取了"素车驾白马"之说，又仅于白马上点染，写其号鸣大路，都加浓了悲壮气氛。又如饮饯一节，全从饯别时的乐声着笔。"渐离"二句只实写渐离击筑、宋意高歌以创造悲慨气氛。"萧萧"二句以易水环境加浓别乐的悲凉色调，使易水之"哀风""寒波"与哀感动人之别乐相激相发，其意境之浓烈，竟使易水寒气成为壮烈精神的象征。初唐骆宾王《于易水送人》诗说："昔时人已没，今日水犹寒。"其中含蕴的力量，未尝不得力于此诗。"商音"二句从众士之闻乐激昂进一步渲染别乐之哀厉。商音之悲，使士皆流涕；羽声之激越，使士皆警动。六句全写别乐之悲壮，无一笔具体刻画主人公,而在此悲壮气氛中,主人公壮怀激烈之神态毕出,并且留给人们丰富的想象空间,比实写更耐人寻味咀嚼。吴乔所谓"文章实做则有尽,虚做则无穷"(《围炉诗话》)。我国古代绘画有写实、写意之分,如以绘画为喻,《孔雀东南飞》近于写实派,重在摹形;《咏荆轲》则属于写意派,重在传神。二者各有妙处,而后者往往更富意境。这是与陶诗重在表意、善于造境、诗多余味的总的艺术倾向相一致的,但用在人物刻画上,便为叙事诗别开一径。

总起来说,这首诗对秦及秦王突出其强暴,对燕太子丹突出其报嬴之志,对主人公荆轲则突出其勇于铲强除暴精神,三位一体,相互衬托,将锄暴气氛涂抹得极浓。而诗人似乎只是客观叙述,不动声色;实际作者已将对暴乱政治的憎恶倾注在秦及秦王身上,将锄暴之强烈激情倾注在燕丹特别是荆轲身上。因此咏史的过程也就是表达诗人意旨的过程,故全诗显得形象生动、含蓄蕴藉而鲜明有力。有了这样深厚的基础,诗末结以对奇功不成的惋惜,对锄暴勇士的由衷怀念,便成为画龙点睛之笔,使诗人锄暴之情,赫然昂立于纸上了。

朱熹说:"陶渊明诗,人皆说是平淡,据某看他自豪放,但豪放得来不觉耳。其露出本相者,是《咏荆轲》一篇。"(《朱子语类》)是颇有眼力的。陶诗主调是平淡自然,但作者胸有"金刚怒目"之情,故亦有豪放一面,本篇即典型代表。清末诗人龚自珍《杂诗》其一说:"陶潜诗喜说荆轲,想见《停云》发浩歌。吟到恩仇心事涌,江湖侠骨恐无多。"深得此诗三昧。但是,陶虽有豪放,却又"豪放得来不觉",既不似屈原那样狷急激切,也不似李白那样壮浪纵恣。即以本篇而论,仍是以舒缓之笔写激愤之情,以平淡之语表刚毅之志，内寓坚刚而外敛锋芒，与平淡自然有其相通之处。这就是卓然成家有独特风格的大家的风范，非一般功力所及的。

"烽火燃不息，征战无已时"

——李白《战城南》

去年战，桑干源；今年战，葱河道。洗兵条支海上波，放马天山雪中草。万里长征战，三军尽衰老。匈奴以杀戮为耕作，古来惟见白骨黄沙田。秦家筑城备胡处，汉家还有烽火燃。烽火燃不息，征战无已时。野战格斗死，败马号鸣向天悲。乌鸢啄人肠，衔飞上挂枯树枝。士卒涂草莽，将军空尔为。乃知兵者是凶器，圣人不得已而用之。

这首诗的主题与乐府古辞的内容一致，是抨击封建统治者穷兵黩武的。萧士赟说："开元、天宝中，上好边功，征伐无时，此诗盖以讽也。"所评颇中肯綮。

天宝年间，唐玄宗轻动干戈，逞威边远，而又几经失败，给人民带来深重的灾难。一宗宗严酷的事实，汇聚到诗人胸中，同他忧国悯民的情怀产生激烈的矛盾。他沉思、悲愤，内心的呼喊倾泻而出，铸成这一名篇。

这首诗大体可分为三段和一个结语。

第一段共八句，先从征战的频繁和广远方面落笔。前四句云："去年战，桑干源；今年战，葱河道。"写征伐的频繁，以两组对称的句式出现，不仅音韵铿锵，而且诗句复沓的重叠和鲜明的对举，给人以东征西讨、转斾不息的强烈印象，有力地表达了主题。"桑干"，河名，流经今山西、河北北部，地属北方。"葱河"，即葱岭河，在今新疆西南部，地属西方。"洗兵条支海上波，放马天山雪中草"，写征行的广远。左思《魏都赋》描写曹操讨灭群雄、威震寰宇的气势时说："洗兵海岛，刷马江洲。"此二句用其意。"洗兵"，洗去兵器上的污秽，"放马"，牧放战马。在条支海上洗兵，天山草中牧马，其征行之广远自见。"条支"，西域国名，即唐时的大食，在今伊朗境内，唐朝安西都护府下设有条支都督府。"天山"，在今新疆境内。由战伐频繁进至征行广远，境界扩大了，内容增厚了，是善于铺排点染的笔墨。"万里"二句是本段的结语。"万里长征战"，是征伐频繁和广远的总结；"三军尽衰老"是长年远征的必然结果，广大士兵在无谓的战争中耗尽了青春的年华和壮盛的精力。有了前面的描写，这一声慨叹水到渠成、自然坚实，没有一点矫情的喧呶叫嚣之气。

"匈奴"以下六句是第二段，进一步从历史方面着墨。如果说第一段从横的方面写，那么，这一段便是从纵的方面写。西汉王褒《四子讲德论》说，匈奴"业在攻伐，事在射猎"，"其未耜则弓矢鞍马，播种则扜弦掌拊，收秋则奔狐驰兔，获刈则颠倒殪仆"。

以耕作为喻，生动地刻画出匈奴人的生活与习性。李白将这段妙文熔冶成两句诗："匈奴以杀戮为耕作，古来惟见白骨黄沙田。"耕作的结果会是禾黍盈畴，杀戮的结果却只能是白骨黄沙。语浅意深，含蓄隽永。并且很自然地引出下二句："秦家筑城备胡处，汉家还有烽火燃。"秦筑万里长城防御胡人的地方，汉时仍然烽火高举。二句背后含有深刻的历史教训和诗人深邃的观察与认识，成为诗中警策之句。没有正确的政策，争斗便不可能停息。"烽火燃不息，征战无已时。"这深沉的叹息是以丰富的历史事实为背景的。"烽火"，古代在边地筑高台，有警则燃火以传递信息。

"野战"以下六句为第三段，集中从战争的残酷性上揭露不义战争的罪恶。"野战"二句着重勾画战场的悲凉气氛，"乌鸢"二句着重描写战场的凄惨景象，二者互相映发，交织成一幅色彩强烈的画面："野战格斗死，败马号鸣向天悲。乌鸢啄人肠，衔飞上挂枯树枝。"战马独存之外，加以号鸣思主，物在人亡的悲凄更为突出；乌鸢啄人肠之外，又加以衔挂枯枝，更见情景之惨酷，都是带有夸张色彩的浓重的笔墨。"鸢"，猛禽类，鹰属。"士卒"二句以感叹结束本段："士卒涂草莽，将军空尔为。"士卒做了无谓的牺牲，将军呢？也只能一无所获。"涂草莽"，血洒原野。"空尔为"即空为尔。

《六韬》说："圣人号兵为凶器，不得已而用之。"全诗以此语作结，点明主题："乃知兵者是凶器，圣人不得已而用之。"这一断语属于理语的范围，而非形象的描写。运用不当，易生抽象之弊。这里不同。有了前三段的具体描写，这个断语是从历史和现实的惨痛经验中提炼出来，有提纲挈领之力，使全诗意旨豁然。有人怀疑这一句是批注语误入正文，可备一说，实际未必然。

　　这是一首叙事诗，却带有浓厚的抒情性，事与情交织成一片。三段末尾各以两句感叹语作结，每一段是一个叙事的自然段落，也是感情旋律的自然起伏。事和情配合得如此和谐，使全诗具有鲜明的节奏感，有"一唱三叹"之妙。

　　《战城南》是汉乐府旧题，属《鼓吹曲辞》，为汉《铙歌》十八曲之一。汉古辞主要是写战争的残酷，相当于李白这首诗的第三段。李白不拘泥于古辞，从思想内容到艺术形式都表现出很大的创造性。内容上发展出一、二段，使战争性质一目了然，又以全诗结语表现自己的主张。艺术上则糅合唐诗发展的成就，由质朴无华变为逸宕流美。如古辞："野死不葬乌可食。为我谓乌：'且为客豪！野战谅不葬，腐肉安能去子逃！'水深激激，蒲苇冥冥。枭骑战斗死，驽马徘徊鸣。"（《战城南》）本诗锤炼为两组整齐的对称句，显得更加凝练精工，更富有歌行奔放的气势，显示出李白的独特风格。

"狱户春而不草，独幽怨而沉迷"

——李白《万愤词投魏郎中》

　　海水渤潏，人罹鲸鲵。蓊胡沙而四塞，始滔天于燕齐。何六龙之浩荡，迁白日于秦西。九土星分，嗷嗷凄凄。南冠君子，呼天而啼。恋高堂而掩泣，泪血地而成泥。狱户春而不草，独幽怨而沉迷。兄九江兮弟三峡，悲羽化之难齐。穆陵关北愁爱子，豫章天南隔老妻。一门骨肉散百草，遇难不复相提携。树榛拔桂，囚鸾宠鸡。舜昔授禹，伯成耕犁。德自此衰，吾将安栖？好我者恤我，不好我者何忍临危而相挤？子胥鸱夷，彭越醯醢，自古豪烈，胡为此繄？苍苍之天，高乎视低。如其听卑，脱我牢狴。傥辨美玉，君收白珪。

这首诗写于唐肃宗至德二载（757），当时作者被囚在浔阳（今江西九江）狱中。他的入狱是因为受到永王李璘事的牵连，也就是一般所说的"从璘案"。

安史之乱爆发初期，李白隐居于庐山。他空怀救国之心，而无报国之路，只有束手兴叹："吾非济代人，且隐屏风叠。"（《赠王判官时余归隐居庐山屏风叠》）至德元载十二月，原由玄宗任命的山南东道等四道节度使永王李璘，以平叛为号召，从江陵引兵东下。路经庐山，邀李白入幕。李白也把永王视为平叛力量，遂入永王幕府，并决心同幕中人一道献身于平叛定国事业："齐心戴朝恩，不惜微躯捐。所冀旄头灭，功成追鲁连。"（《在水军宴赠幕府诸侍御》）诗人并不知晓，统治阶级内部的尖锐矛盾，正在酝酿一场悲剧。太子李亨即帝位（即肃宗）后，对掌握南方军事力量的永王很不放心，命令他还蜀，回到太上皇玄宗的身边，实际就是解除他的兵权。永王不但没有接受这个命令，反而率兵东下，李亨便决心消灭他。到次年二月，永王兵败身死，李白也落个从逆的罪名，被投入狱中。这首诗就是诗人在狱中抒愤之作。诗是投赠魏郎中的，自然含有向魏剖白心迹、倾诉苦情、请求援救之意。

李白进入永王幕府时，面对平叛救国大业，是壮气凌云、豪情满怀的："宁知草间人，腰下有龙泉。浮云在一决，誓欲清幽燕。"（同前）谁知一片爱国志诚，转眼之间却成为罪人，身陷囹圄，落到"珍禽在罗网，微命苦犹丝"（《送史司马赴崔相公幕》）的境地。这种命运的拨弄、巨大的不幸、极不公正的遭遇，不能不在诗人心中卷起悲愤的狂澜。诗题上冠以"万愤词"三字，已足以显示诗人悲愤的程度。同时期写的《上崔相百忧草》，既在题中标出"百忧"，又在诗中说："万愤结缉，忧从中催。"可与此诗相印证。郎中，官名，为朝廷各部所辖诸司的长官。魏郎中，其人生平不详。

这首诗依诗人悲感触发的自然起伏，可以分为四个段落。首八句为第一段。诗人的悲愤首先对安史之乱倾倒而出。安史之乱既给国家带来深重的灾难，也是诗人沦于不幸的由起。前四句写安史叛军的突发暴起。"海水渤潏，人罹鲸鲵。蓊胡沙而四塞，始滔天于燕齐。"海水咆哮，鲸鲵啮人，从燕齐之地滔天而来，卷带泥沙漫淹四方。"渤潏"，"渤"字王琦以为当作"浡"，可从。二字音同。"浡潏"，语出桓谭《新论》，水盛大腾涌的样子。"罹"，遭受。雌鲸曰"鲵"，"鲸鲵"，即鲸鱼，喻指安史叛军。"蓊"，聚集，这里引申有挟带之意。"胡沙"，喻指安史叛军，安禄山为营州柳城胡人。"四塞"，弥漫四方。"滔天"，水与天齐。"燕齐"，皆古国名，燕在今河北北部和辽宁西南端；齐在今山东东部。安禄山起事于燕地之渔阳，而齐与燕接壤。短短四句活现出安史叛军铺天盖地压来之势，以及它带来的那种沧海横流之象。其奥妙就在于诗人对叛军的发难起事，不是采取一般平实的叙述，而是使用比兴手法，将事实升华，熔铸为丰厚、鲜明的意象，更加逼真有力地呈露出事物的本质。《孟子·滕文公下》说："昔者禹抑洪水而天下平，周公兼夷狄、驱猛兽而百姓宁。"后人常以洪水猛兽指称祸患之烈。"海水渤潏，人罹鲸鲵"，在意象上将洪水猛兽交合为一，大大增强了祸难深重的色彩；鲸鲵为海中兽类，水底多泥沙，其意象又与"胡沙"之喻密合；安禄山起兵之地又近海，整个意象浑融一体，浓烈突出，显示出诗人那"笔落惊风雨"的艺术力量。

后四句写天下受祸之惨。首言君主："何六龙之浩荡，迁白日于秦西。"写玄宗仓皇逃往四川，皇帝的宝座坐不稳了。"六龙"即六马，古代天子以六匹马驾车，此即指唐玄宗的车驾。"浩荡"本是水流盛大貌，这里有流荡之意。古以太阳喻君，"白日"即指玄宗，"秦西"指西蜀，蜀在古秦地之西。帝王如此，国家呢？百姓呢？"九土星分，嗷嗷凄凄。"统一的国家四分五裂了，百姓陷于饥饿流离的境地。"九土"即"九州"，代表整个中国大地。古代以天上的星宿对应地上的土地疆域，称星的分野，此言"星分"即指国土分裂。"嗷嗷"，哀鸣声。《诗经·鸿雁》以嗷嗷悲鸣的鸿雁喻指流民，此用其意。"凄凄"，悲伤的样子。四句诗勾画出帝室摇荡、四海分崩、生灵涂炭的灾难深重的画面，笔墨紧凑集中、奔腾有力。

"南冠"六句为第二段,写身处牢狱之中对国事的忧哀。"南冠君子,呼天而啼。""南冠"指楚冠,春秋战国时,楚居中原地带之南。《左传》载晋人得"楚囚"伶人锺仪,"南冠而絷"。在询问他的职业并让他弹奏乐曲后,范文子感慨地评论说:"楚囚,君子也。言称先职,不背本也,乐操土风,不忘旧也。"这里用"南冠"自指,典故用得贴切,既表明诗人被囚的身份,又隐示出对国家的忠贞不贰。面对君国的严重灾难形势,悲伤至极,不禁"呼天而啼"了。司马迁在《史记·屈原贾生列传》中说,天为人之始,人至疾痛惨怛,则"未尝不呼天",可以移来说明诗人在这里的感情。"恋高堂而掩泣,泪血地而成泥。""恋"作思解。"高堂"一般用以指称父母。但李白诗文中从无思亲之语,父母当早已亡故。此处忽然言及父母,颇为可疑。故萧士赟、王琦都以为喻指朝廷,并引《汉书·贾谊传》中语为证,言人主之尊譬如堂,群臣如陛,廉远地则堂高。故前句是说想到朝廷播迁颠沛而痛哭流涕。"掩泣"即哭泣。《韩非子》载,楚人卞和献玉不成,痛哭三天三夜,"泣尽继之以血"。后句"泪血地"即活用其典,血泪之多致使狱土成泥。由于抒情之真,只使人感到诗人悲痛之深,而不觉其语之夸张。春气动,草萌生,大约牢狱中阴惨之气太浓重了吧,虽然春风送暖,却百草不生,"狱户春而不草",这里没有一点阳和之气,有的只是诗人的"独幽怨而沉迷"。"幽怨"点明感情,"沉迷"形容沉溺不能自拔之态。

阴森的牢狱、孤独的处境、悲苦的心情、不测的前途,使诗人更加怀念"一门骨肉"。"兄九江"以下六句为第三段,写在大动乱中,一家离散隔绝。"兄九江兮弟三峡",兄弟是东西离散的。

"兄"自指，对弟而言。九江，隋之郡名，即唐之浔阳，治所在今九江。"三峡"，瞿塘峡、巫峡、西陵峡，在四川东部和湖北西部的长江中。二地横向看，一在西，一在东。时诗人在浔阳狱中，弟在三峡一带。"悲羽化之难齐"，道教称成仙为羽化，此则指化为鸟，言囚系狱中，即使长出翅膀也难相见。"穆陵关北愁爱子"，父子则是南北分处的。"穆陵关"，在今山东临朐东南。李白一度居山东，南游时将子伯禽留在那里，则父在南而子在北。"豫章天南隔老妻"，夫妻是两地隔绝的。"豫章"，郡名，治所在今江西南昌，地处浔阳之南。李白《在浔阳非所寄内》诗说："闻难知恸哭，行啼入府中。多君同蔡琰，流泪请曹公。"知李白入狱后，妻子曾为他奔走营救。豫章离九江不远，但一堵狱墙便隔如天壤了。一门骨肉星散四方，牢门阻绝了彼此的联系，不能不使诗人从心底里发出"一门骨肉散百草，遇难不复相提携"的愤懑的呼声。"相提携"，彼此扶持照顾。

"树榛"句以下至篇末为第四段。诗人的笔锋转向现实政治，感情更加激越。朝廷不明，贤愚颠倒，忠奸不分，这就是政治现实。此意全出以比兴，"树榛拔桂，囚鸾宠鸡。舜昔授禹，伯成耕犁。德自此衰，吾将安栖？"榛为贱木，桂为佳树；鸾为珍鸟，鸡为凡禽。但现在是树榛木，拔桂树，囚鸾鸟，宠常鸡，这乃是"德自此衰""伯成耕犁"的时代，自己到哪里去找可以安身立命之地呢？《庄子·在宥》篇载，尧为天子时，伯成子高为诸侯。尧传位于舜，舜传位于禹。伯成子高看到尧治天下时，"不赏而民劝，不罚而民畏"，而禹治天下时，则"赏罚而民且不仁"，感到"德自此衰，刑自此立，后世之乱，自此始矣"，遂辞诸侯而耕于野。此用其事，而重在世不可居之意。处此危境之中，别人应该怎样对待自己呢？"好我者恤我，不好我者何忍临危而相挤？"好我者固然体恤救援我，不好我者也不应忍心落井下石吧。然而后者的危险是存在的。杜甫《不见》诗云"世人皆欲杀，吾意独怜才"，便透露了其中的消息。诗人联想到一些古人的遭遇，"子胥鸱夷，彭越醢醯，自古豪烈，胡为此繄？""子胥"，伍子胥，他在春秋时期，为吴国立过大功，竟被吴王赐死，以皮囊盛尸抛入江中。"鸱夷"即皮囊；"彭越"，汉初将领，曾对汉之创建有重大贡献，终为开国主刘邦所杀，以尸为肉酱遍赐诸侯。"醢醯"，剁成肉酱。这些阴影晃动在诗人面前，他结合自己难以逆料的前景，不能不发出强烈的质问：自古英杰烈士，为什么命运如此悲惨！"繄"，表叹息的语助词。至此，悲愤之情可以说已推激到顶点，不禁向天发出最强音："苍苍之天，高乎视低。如其听卑，脱我牢狴。"如果说苍天虽高，其视则低，其听则卑，那就脱我出冤狱吧！"卑"，亦低下之意。古有"天高听卑"之语，如《吕氏春秋》言"天之处高而听卑"，意谓上天明察地上一切。诗人接过此语，向天，其实是隐隐向朝廷提出严正的挑战。末两句回扣题面，对魏郎中言。"傥辨美玉，君收白珪。"李白以美玉自喻，希望对方能正确认识自己，含蓄地表达求援之意。"傥"，如果。"珪"，玉制的礼器，这里即指玉。

李白的歌行，大都酣畅地宣泄感兴，激越奔腾，而兴象非凡。一类语言平易流畅，风格"清雄奔放"，如《行路难》等；另一类则受楚辞、汉乐府《铙歌》影响较大，虽亦"奔放"，而无"清雄"，具有奇异怪伟的特色，如《远别离》等。此篇属于后者，有一种瑰奇之美。龚自珍说："庄、屈实二，不可以并，并之以为心，自白始。"（《最录李白集》）实际李白不只汲取了屈原的精神，也融合了他的风格，从而丰富了自己的艺术创造。

"天生我材必有用，千金散尽还复来"

——李白《将进酒》

君不见黄河之水天上来，奔流到海不复回！君不见高堂明镜悲白发，朝如青丝暮成雪！人生得意须尽欢，莫使金樽空对月。天生我材必有用，千金散尽还复来。烹羊宰牛且为乐，会须一饮三百杯。岑夫子，丹丘生，将进酒，杯莫停。与君歌一曲，请君为我倾耳听。钟鼓馔玉不足贵，但愿长醉不愿醒。古来圣贤皆寂寞，惟有饮者留其名。陈王昔时宴平乐，斗酒十千恣欢谑。主人何为言少钱，径须沽取对君酌。五花马，千金裘，呼儿将出换美酒，与尔同销万古愁。

这首诗约作于唐玄宗天宝十一年（752）。当时李白与岑勋一起到嵩山（在今河南登封）友人元丹丘处聚会，诗就是三人对酒时所歌。《将进酒》是汉乐府曲名，古辞也大多是写饮酒放歌的内容。"将"是请的意思，请进酒即是向人劝酒。李白这篇有个人特定的思想感情和艺术上独创的形象塑造，成为此类题下富有特色的佳篇。

前四句怀着深慨写年华流逝的疾速。首二句，诗人给年华虚度在胸中激起的巨大感情漩涡，找到了最好的表现形象和最适宜的放歌节奏："黄河之水天上来，奔流到海不复回！"《论语》载孔子曾指着河水说："逝者如斯夫，不舍昼夜。"未及河水的状貌，只言其流淌；诗则着意刻画出黄河雄浑博大的形象，将此意表现得更为强烈有力，是富有艺术个性的创造。黄河是横亘中原的万里长河，向源头望去，好似从天而降；向归宿望去，则滔滔滚滚直奔东海。诗人将它用为时间流逝的喻语，把"逝者如斯夫"的流水，转化为疾流咆哮、宏伟警动的形象，给人的印象最为深刻。充分显示出诗人那想象丰富、造象奇伟、感情激越的浪漫主义笔风。嵩山为中岳，雄峙中原，其地距黄河不算太远，居高远眺，也许能看到黄河一点形迹，但顶多也不过是"黄河如丝天际来"（李白《西岳云台歌送丹丘子》），不会感受到那浊浪排空、滚滚奔流之势。诗人完全是寓目生心，驰骋想象，自由创造酣畅抒情的形象。这个创造性的发挥很不寻常。下面很自然地过渡到人生奄忽易老："君不见高堂明镜悲白发，朝如青丝暮成雪。"朝发夕白在现实生活中是不可能的，然而这变化倏忽的艺术夸张，与上句铢两相称，使人强烈地感受到青春的易逝，激起岁月虚度的悲慨，堪与诗人的"白发三千丈，缘愁似个长"媲美。这一句与上一句不只形成对称的排比句，在形象上、气势上、音节上，也妙合无间，具有非凡的感人的魅力。这组排句,各以"君不见"三字喝起,分外增加了慷慨放歌的气势。年光如流,人生短促,对于志士是多么可怕和可悲的现实!李白于天宝元年奉召入京,三年之后就被排挤出来,至此已经八年了,仍在漫游中消磨岁月,这无可奈何的现实激发出"人生"以下六句。既然客观形势无从改变,朋友聚首,总算人生一大畅意之事,就应该痛饮极欢:"人生得意须尽欢,莫使金樽空对月。"后一句自然是说饮酒,但点染上"对月"二字,便有莫负佳景良辰之味。至于那个总是使人心多烦忧的将来呢?且将它丢过一边,"天生我材必有用",天既生我材,必定会有用场,听其自然好了。在无可奈何中有开朗乐观,在前程渺茫中有坚定自信,似乎拨云见月,将胸中愁绪一扫而空,自然可以开怀畅饮了。"烹牛宰羊且为乐,会须一饮三百杯",大家来酣饮大嚼吧!诗人的感情由开篇的抑郁深慨一变而为恣肆狂放。"岑夫子"以下六句,以宴席劝酒为过渡,转到"与君歌一曲"上。"岑夫子,丹丘生,将进酒,杯莫停。"诗人呼唤着好友的名字,请他们继续大饮,不要停杯。为什么呢?我将为你们歌唱一支曲子,请你们细听。"钟鼓馔玉不足贵,但愿长醉不愿醒。""钟鼓馔玉"指富贵生活,"钟鼓"指鸣钟击鼓作乐。"馔玉"犹如说"玉馔",美味珍贵的菜饭。这里实隐含着功名、事业、地位等一切,但都"不足贵",只愿长醉不醒。为什么呢?看看过往的历史吧:"古来圣贤皆寂寞,惟有饮者留其名。"为圣为贤,都枯槁当年,寂寞后世,倒是饮者名传千古。谓余不信,有史为证:"陈王昔时宴平乐,斗酒十千恣欢谑。"其形景不是至今仍传诵人口吗?陈王即曹植,因曾封于陈,故称陈王。他作有《名都篇》写贵公子豪华放诞的生活,其中有

"斗鸡东郊道，走马长楸间""归来宴平乐，美酒斗十千"之句。李白是有强烈的功名事业心和从政热情的，这里所言显然是备受摧折压抑而迸发出来的愤激语。它反映了诗人心中长期积郁的苦闷，话语的表面似乎未免颓唐，实际背后饱蕴着热与愤。"热"是对实现抱负有始终不渝的期望与追求，"愤"是终于没有得到一展怀抱的机会与环境。正是这样，诗人的情绪在这里由狂放转为愤激。既然世事如此，那就痛饮豪酌吧："主人何为言少钱，径须沽取对君酌。五花马，千金裘，呼儿将出换美酒"，说什么钱不足了，我这里还有五花马、千金裘，只管拿出去换酒，"与尔同销万古愁"！经过愤激的浪头，诗人的狂放也达到了顶点，裘马换酒的豪举把狂态推激到极致。但是归根结底，狂放纵酒还是为了销愁。为什么是"万古愁"呢？因为"古来圣贤皆寂寞"，自古以来就是志士不遇，所以要把这千古不平都用豪饮销掉。从这里我们可以体会到作者的苦痛多么深广，纵诞狂放中实噙着泪水。

  我们读李白的诗，常常可以说是惊倒。用李白自己的话说，就是"兴酣落笔摇五岳，诗成笑傲凌沧州"（《江上吟》）；用杜甫评其诗的话来说，就是"笔落惊风雨，诗成泣鬼神"（《寄李十二白二十韵》）。这是他人笔墨少有的境界。唐代安州马公称他的诗"清雄奔放"（《上安州裴长史书》），这首诗可以说就是清雄奔放的代表。所谓"清"，即语言明净自然、清丽秀洁，读来全无吃力之感；所谓"雄"就是境界的恢奇、气势的遒劲；所谓"奔放"就是感情的激越倾泻，表达的率然流畅，恰如本诗诗句所言"黄河之水天上来，奔流到海不复回"，忽然而起，骤然而转，倏然而去，犹如神龙见首不见尾，不可捉摸，难以理析，一任感情的支配，狂驰不已。胡震亨说李白"以才情相胜，以宣泄见长"，最能道出李诗的本色。李白是靠天才泄情以取胜，这首诗就是一股感情流，是宣泄感情的典型篇章。全诗由抑郁悲慨到恣肆狂放，由恣肆狂放到愤激捭阖，由愤激捭阖再到豪饮以销万古愁，使人只感到情感的激越奔腾，几乎不觉得文字的存在。艺术的创造则多用夸张的笔墨，创造警动非凡的形象，无论是黄河的浑灏流转，还是人的头发朝黑暮白的倏忽，还是一饮三百杯，还是裘马换酒的豪爽、豪迈、豪放，无不气势磅礴，恢宏奇伟，摇人眼目，令人惊倒，的确不愧为李白歌行的代表作。

"奇龙怪凤爱漂泊，琴高之鲤何反欲上天为？"

——龚自珍《西郊落花歌》

西郊落花天下奇，古来但赋伤春诗。西郊车马一朝尽，定庵先生沽酒来赏之。先生探春人不觉，先生送春人又嗤。呼朋亦得三四子，出城失色神皆痴。如钱唐潮夜澎湃，如昆阳战晨披靡；如八万四千天女洗脸罢，齐向此地倾胭脂。奇龙怪凤爱漂泊，琴高之鲤何反欲上天为？玉皇宫中空若洗，三十六界无一青蛾眉。又如先生平生之忧患，恍惚怪诞百出难穷期。先生读书尽三藏，最喜维摩卷里多清词。又闻净土落花深四寸，冥目观想尤神驰。西方净国未可到，下笔绮语何漓漓？安得树有不尽之花更雨新好者，三百六十日长是落花时。

这首诗前有小序，曰："出丰宜门一里，海棠大十围者八九十本，花时车马太盛，未尝过也。三月二十六日，大风。明日风少定，则偕金礼部应城、汪孝廉潭、朱上舍祖毂、家弟自谷出城饮而有此作。""丰宜门"，金代都城偏西的南城门，在今右安门外。张祥河《关陇舆中偶忆》言："京师丰宜门外三官庙，海棠最盛，花时为士大夫宴集之所。"可见当时到丰宜门外赏花的风气。序已将本诗写作的背景交代清楚，丰宜门外，有海棠树近百株。花盛开时，游赏车马太多，未尝造访。三月二十六日，刮了一场大风。第二天风少减，遂同金应城、汪潭、朱祖毂、龚自谷等四人一起出城饮酒赏落花，而作此诗。诗的中心就是咏歌落花。题言"西郊"，实为西南郊。

开篇云"西郊落花天下奇"，一开口便为西郊落花点赞一个"奇"字，衷心称道之意溢于言表。次句说"古来但赋伤春诗"，花落意味春归，从来的文士都是写伤春诗，表现惋叹的感情。此话颇有据，如杜甫诗云"一片花飞减却春，风飘万点正愁人"（《曲江》其一），欧阳修词云"泪眼问花花不语，乱红飞过秋千去"（《蝶恋花》），辛弃疾词云"惜春长恨花开早，何况落红无数"（《摸鱼儿》），无不是抒发悼惜之情。说明古来从未有人发觉落花之"奇",更无有赞咏者。把古人拉来做一反衬,更加显出歌咏落花举动的不寻常。"西郊车马一朝尽,定庵先生沽酒来赏之。"鲜花被大风摧落,令人败兴,赏花的车马绝踪了,这时,作者却买了酒,约了友朋,来赏花——落花。作者名自珍,号定庵,"定庵先生"即作者自称。他人赏花,先生来赏落花,对比鲜明,先生举动之不犹人,跃然纸上。"沽",买。

"先生探春人不觉,先生送春人又嗤。"赏落花,是"送春",言"送春"为题中应有之义,这里偏偏又提出"探春",而明斥"人不觉",为什么如此着笔?当大有深意,下文再说。他曾"探春",不为人所觉察,今来"送春",又为人所嗤笑。总之,他的举动,很少有人理解。但也颇有几位同志:"呼朋亦得三四子,出城失色神皆痴。""三四子"即序中所言金应城等四人。来到落花壮景面前,不禁都被惊呆了。"如钱唐潮夜澎湃",一似钱塘江潮之汹涌。钱塘江的潮水素称是巨潮,波浪高,冲击猛。"澎湃"浪涛相激的样子。以钱塘江潮譬喻落花,不仅展示其浩瀚,还赋予其翻腾的动感。这是一喻。"如昆阳战晨披靡",昆阳战是历史上一次有名的战役:西汉末王莽的将军王寻等统领四十万大军,被刘秀以千人部队击溃,《资治通鉴》载其情况:"莽兵大溃,走时相腾践,伏尸百余里。"以溃军为喻,显然取义于悲壮。这是二喻。"如八万四千天女洗脸罢,齐向此地倾胭脂",佛家语中常用八万四千这个数字表多。杜牧《阿房宫赋》有"渭流涨腻,弃脂水也"句,言渭水膨胀而滑腻,乃阿房宫女倾倒盥洗水所致。此取其义,言有如八万四千天女一齐泼下胭脂水。这是三喻,展示出落花之艳丽色彩。一连三个比喻将落花瑰奇壮观的画面鲜明地展现在读者面前,也表现出诗人笔墨的"横霸"(李慈铭语)气势与浓烈的感情,颇有震撼的力量。

"奇龙怪凤爱漂泊,琴高之鲤何反欲上天为?"韩愈《岣嵝山》诗有"鸾漂凤泊"之语,以鸾凤指才士,以漂泊指其不遇于时的遭遇。作者的《金缕曲》词亦有句云:"我又南行矣!笑今年鸾漂凤泊,情怀何似。"以鸾凤自指,以漂泊指流荡不定的生活。此句之"漂泊",指花瓣的飘落。以"奇龙怪凤"指称落花,比"鸾漂凤泊"又有升级。鸾凤变为龙凤,而前各加一形容语,一为"奇",一为"怪"。作者如此称谓落花,既是比喻,又含深意。这里已隐约透露出"落花"的真实涵意,不过仍不说破。"爱漂泊","爱"字值得深思。花还有喜欢瓣片飞扬的吗?然而这里明言为喜欢。再看下句。奇龙怪凤都下来了,琴高之鲤干嘛还想要上天?唐陆广微《吴地记》载,丁法海与琴高"同行田畔,忽见一大鲤鱼,高可丈余,一角两足双翼","法海试上鱼背,静然不动,良久遂下。请高登鱼背,鱼乃举翼飞腾,冲天而去。"梅圣俞《宣州杂诗》曰:"古有琴高者,骑鱼上碧天。"这里即用此典,意谓奇龙怪凤都喜欢漂泊下落了,琴高之鲤干嘛反要上天呢?言外之意,那里的情况大不佳呢!"为",表疑问的语尾助词。"玉皇宫中空若洗,三十六界无一青蛾眉。""玉皇宫中"影指朝廷,"三十六界",佛家、道家都说上有三十六天。"青"古代女子用黛画眉,色青。"蛾眉"女子弯长的美丽眉毛,借以指女子,这里喻指鲜花。"玉皇宫中",言"空若洗";"三十六天",言"无一青蛾眉"。玉皇宫中也好,三十六天也好,都已空空如也,无一花朵。这些既形象而又略带夸饰的描写,给人印象深刻。

"又如先生平生之忧患,恍惚怪诞百出难穷期。"这又是一个比喻，以自身遭遇为比。那落花之浩瀚，就像作者平生所历的忧患，没完没了。"恍惚"，迷离难以捉摸。"怪诞"，无奇不有。从这里可以体会到现实的摧折给诗人的心灵留下多么深重的创伤。

"先生读书尽三藏，最喜维摩卷里多清词。""三藏"指佛教典籍的经藏、律藏、论藏，涵盖了一切佛典。"维摩卷"指《维摩诘所说经》。"多清词"，多有清丽美妙的描写。诗人这样说是因为天女散花故事即出其中，既是为诗写落花做铺垫，又从另一个角度表现作者对落花的倾心。此类用典似是信手拈来，实际无不有深意妙用。"又闻净土落花深四寸，冥目观想尤神驰。西方净国未可到，下笔绮语何漓漓？""净土"，净土宗所说的极乐世界。《无量寿经》言佛土落花，绚烂无比，走在其上，或陷四寸。"冥目"即瞑目，闭上眼睛。"观想"，在想象中观赏。"神驰"，神往。"绮语"犹如说丽语，本为佛家所忌，这里指诗人描写落花的言辞。"漓漓"，淋漓不休。净土四寸的落花，令作者神往不已，净土虽不可到，描写落花的笔墨则淋漓不止矣。大约要以笔墨造出一个胜似净土落花的境界吧，把作者对落花倾倒之情推到了至高点。

诗末云："安得树有不尽之花更雨新好者，三百六十日长是落花时。""雨"，这里做动词用，下落。"好"读去声，喜爱之意。"新好者"，继作者之后欣赏落花之人。这个结尾，余味无穷，落花无竭，赏者无尽。

这首诗把落花的壮丽景观描写得淋漓尽致，把作者对落花的倾倒赞美之情也表现得淋漓尽致。作者为什么这样热情歌咏落花，又把落花写得那么红红火火？要明其底蕴，最好与作者早年所写的

《尊隐》一文对读。该文采用寓言形式表现,以京师与山中之民对比。京师不纳君子,君子则归于野成为山中之民。结果京师只有阘茸之辈,山中之民则英才累累,京师之势日轻,山中之势日重,终于山中"有大音声起,天地为之钟鼓,神人为之波涛矣",那就是改朝换代的到来。作者《己亥杂诗》其二四一明说:"少年《尊隐》有高文,猿鹤犹堪张一军。""猿鹤",即指山中之民。"犹堪张一军"即结成抗击腐朽现实的力量。文中的"山中之民"即诗中的"落花","山中之民"是被朝廷排斥在野,"落花"是被罡风扫荡在地。都是可以为腐朽现实带来大变革的造世之才。作者那样热情歌咏落花,描写得那么有声有色,不是无谓的。明白了这一点,就可以体认到此诗比兴高妙。正像《尊隐》一文寓言高妙一样。歌咏落花,只是其面,咏歌被排挤在野的人才,才是其里。由于兴象精准贴切,故笔笔在面,而又笔笔切里。一面一里密合无间、天衣无缝。把比兴手法运用到如此境界,表现了诗人丰富的想象力和艺术形象的创造力。此其一。

描写落花的笔墨,酣畅传神。如钱塘江潮,如昆阳战,如天女倾脂,一连串的比喻,将落花的奇伟壮观景象,真切鲜明地显现在读者面前,有不可逼视之概。又引佛土落花故实,充分发挥想象力,着意渲染,将落花场景烘衬得更为突出。此其二。

笔端饱含感情,写得浓烈感人。作者本人即有落花身世和落花情结。《己亥杂诗》其三曰:"罡风力大簸春魂,虎豹沉沉卧九阍。终是落花心绪好,平生默感玉皇恩。"在虎豹守阍的朝廷里,没有诗人的位置,他只能成为被罡风簸荡下来的落花。"玉皇"指帝王,诗人将现实排挤人才的症结归于权奸当道,故如此说,表现了诗人的局限。他的《减兰》一词，是在看见十年前包存的悯忠寺的海棠花瓣而写，有句云："十年千里，风痕雨点斓斑里。莫怪怜他，身世依然是落花。"自言是落花身世。故其对落花有切肤之感，歌咏起来自然淋漓尽情。此其三。

明白了此诗全为比兴，知道所谓落花，实指奇伟非凡之人才，就可以明白诗人为什么称落花为"奇龙怪凤"了，它们的本质就是不寻常；也可以知道为什么说它"爱漂泊"了，这种落花并非枯萎凋谢失去生气的花瓣，而是在充满生机和艳丽色彩的青春时节被狂风簸落的。因此，它从哪儿零落，哪儿便失去春光，它聚落到哪里，哪里便凝聚成瑰丽的世界。它们隐约的象征一种力量，可以改变现实的力量，正像《尊隐》一文所写之山中之民，"猿鹤犹堪张一军"。漂泊的结果是凝聚和创造，凝聚力量，创造未来。现在也可以回过头来说说"先生探春人不觉"的蕴意了。作者属于当时社会中先知先觉的一群，他的不少诗文，都表现了对当时社会危机的敏感，发出警示之音。以为改变现状，非有造世之才不可，故他呼唤风雷，呼唤人才，《己亥杂诗》其一二五云："九州生气恃风雷，万马齐喑究可哀。我劝天公重抖擞，不拘一格降人才。"然而当时的现实，却是压抑、摧残人才，把他们排斥出去。深谙社会危机，呼唤人才降世，即作者"探春"之举，不过人们不觉识罢了。

龚自珍的歌行体诗，具有独自的风格。龚诗从总体上说，属于浪漫主义范畴。他处于一个历史转折时期，敏锐地识察到现实的腐朽，又深信变革之必然，以为统治者如不"自改革"，就将被"劲改革"（《乙丙之际著议·第七》）。他站在时代的峰巅上，既观照过去，又瞻望未来，诗中充满着抗击，充满憧憬与追求，充满

"幽渺之思"（梁启超《清代学术概论》），也充满着力度，使他的诗别开生面。与浪漫主义诗人李白的歌行体诗相比，奔放是二者的共同点，但李白是清雄，"百年三万六千日，一日须倾三百杯"（《襄阳歌》），"长风万里送秋雁，对此可以酣高楼"（《宣州谢朓楼饯别校书叔云》）；龚自珍则别具一种横霸劲猛的色调，不只有磅礴的气势，还有凌厉的锋芒，"如钱唐潮夜澎湃，如昆阳战晨披靡"，"奇龙怪凤爱漂泊，琴高之鲤何反欲上天为？"为歌行体的艺苑别添一枝奇葩，给人一种新的美感享受。此其四。

"萧萧悲壮士，今在易京门"

——章炳麟《狱中闻沈禹希见杀》

不见沈生久，江湖知隐沦。萧萧悲壮士，今在易京门。魑魅羞争焰，文章总断魂。中阴当待我，南北几新坟。

这首诗写于清光绪二十九年（1903）。题下原注"六月二十日"，为夏历，阳历则为八月四日。作者当时被关押在上海租界牢内。此前一个多月，作者在租界内出版的《苏报》上，发表了两篇宣扬资产阶级民主革命的文章，即《驳康有为论革命书》的主要部分和为邹容《革命军》撰写的序言，被清政府串通上海公共租界工部局投入狱中。沈禹希即沈荩，原名克诚，字愚溪，也作禹希，湖南善化（今长沙）人。戊戌变法时，即与谭嗣同、唐才常等交往。变法失败，赴日本留学。光绪二十六年（1900）返回上海，与唐才常等组织正气会，不久更名自立会，后去湖北从事自立军活动，任右军统领。当年八月，自立军起事失败，唐才常等被捕杀，他遂潜往北京继续活动。光绪二十九年四月，他探知清政府曾与沙俄签订密约，出卖东三省主权，通过日本报纸将此事披露于世，引起轩然大波。由于有人告密，被清政府逮捕，并于七月底杖杀于刑部。作者与沈荩都是同清政府斗争而遭迫害。沈荩业已牺牲，作者虽只在押，但亦生死未卜。清政府一再要求租界当局引渡，并不惜以十万金易其头颅。可以说作者是怀抱切身之痛和对清政府无比憎厌与鄙视的感情来写这首诗，哀悼与颂赞沈荩，并表示自己横眉冷对和不惜生命一掷的无畏斗争精神的。

　　这是一首五言律诗。前两联着重写沈禹希，后两联着重叙志抒怀。从自立军失败，沈荩隐身不知去向，到他披露密约被捕，再度露面政治斗争舞台，中间有近三年工夫。所以首联说："不见沈生久，江湖知隐沦。"沈荩久无知闻，人们还以为他藏身匿迹于江湖了呢！颔联紧接推出："萧萧悲壮士，今在易京门。"原来他并未做逃兵，而是潜入京师，继续进行斗争，直至被捕和杖杀。战国时，为铲除暴秦的侵凌，荆轲为燕太子丹西行入秦刺秦王，太子等送别于易水上，荆轲歌曰："风萧萧兮易水寒，壮士一去兮不复还！"荆轲"就车而去，终已不顾"。"萧萧悲壮士"即用此事，以荆轲喻指沈荩,很能表现出沈荩那种不畏牺牲、义无反顾的斗争风神。荆轲是入秦反抗暴秦,沈荩是进京对抗清王朝。"易京",东汉末年,公孙瓒掌控幽州,坐镇在易县,今河北雄县西北,称为易京。这里则是以易京指北京,含有不承认清政府为正统之意。颈联转到自己。"魑魅羞争焰,文章总断魂。""魑魅",迷信传说中的山林鬼怪,这里用以指清王朝。裴启《语林》载,嵇康在灯下弹琴,眼前突然出现一个一身黑衣、高达丈余的人。他凝视一阵子,把灯吹灭说:"耻与魑魅争光。""魑魅羞争焰"即用其事,表现了对清政府的极度蔑视。"文章"即指此诗。这一联意思是,对于杀人不眨眼的野蛮顽固的清政府,是不足与理论的;可是写诗悼念亡者,总是令人哀痛欲绝的。尾联说:"中阴当待我,南北几新坟。"前句意思是请沈荩在阴间等待自己,佛家语中有"中阴"一词,指人死以后尚未转生以前,形体已离,而色、受、想、行、识五阴尚存的形态。这里未必即用其语,"中阴"当指阴界中路。作者写此诗距沈荩牺牲只有四天,故如此说。后句意谓,你在北方添了新坟,我也将在南方添上新坟。"南北几新坟",那种革命者杀不尽、斩不绝的傲气直扑纸面。

这首诗自然以写沈荩为主,感怀也是因沈荩而起。沈荩被害时,虽只有三十二岁,斗争经历却相当丰富,然而五律只有四十个字的篇幅,容量有限。如何处置为好?作者摆落一切,只取公布密约而遭杀害一事,抓住要点,虽少而精,反使人物形象集中突出,此见作者取材之妙。诗从自立军失败,沈荩匿迹销声落笔,可谓拦腰切入,突兀而起,故首句"不见沈生久",虽实质不过是朴实平淡的叙事,却显得峭拔有势、劲健有力,使人感到风骨棱棱,足以振起全篇，此见作者发端之妙。作者写此诗时，显然已知沈荩并未隐沦江湖，却绝不放过"江湖知隐沦"一句，先把人们带入一个低调。接着再推出颔联，沈荩并未逃匿，而是又在北京进行英勇斗争了，再升为一个高调。人们对沈荩的不确当的猜测与沈荩的奇伟的行动形成强烈的反差，不仅把沈荩的作为反迭得更为突出，也使文章有波翻浪涌之势，此见作者章法之妙。诗人笔墨隐微含蓄，"萧萧悲壮士"，只摆出荆轲的典故，至于其间与沈荩的丰富的联系，全留给读者自己去品味，极耐咀嚼。"今在易京门"，只点出沈荩出现之地，其具体行动亦无一字提及，而无疑又尽含其中，这绝不是黏滞于具体行迹挂一漏万的写法所可比拟的，深得虚而全的艺术真谛。"易京"本为汉之易县，汉末公孙瓒在此修筑营垒，谓之易京。不言北京，绕个弯子，以易京指代北京，用意深微，耐人寻味。此等处，又极见作者用笔之妙。有此四妙，堪称佳篇。

律诗中间两联要求对仗，此诗颔联则不成偶对，说明作者以意为主，并不墨守格律。然而又非作者自出心裁，尽有前修以为依傍，盛唐人即不乏此种。如王维《辋川闲居赠裴秀才迪》颔联"倚杖柴门外，临风听暮蝉"，李白《夜泊牛渚怀古》颔联"登舟望秋月，空忆谢将军"，都非偶对。这类笔法，可以说，虽不合"格"，却有流走自然之美。

这首诗写后十天，即发表在《国民日报》上，题为《重有感》。唐代诗人李商隐写有《重有感》，感慨唐文宗时"甘露之变"的时事。作者沿袭其题，用意显然在于题上虽不明标其事，却能隐示其诗为时事而发。这大约迫于当时形势，有意弄此狡狯。

诗中文字亦小有不同，但今本多胜于原刊。首句"沈生"原刊作"此君"，这是因当时不宜露其姓氏，无关工拙。次句"知"字作"久"，便颇有分别了。"久隐沦"则不免坐实了匿迹江湖，不如"知"字，仅属人们推测，构成对颔联的极好反迭。尾联首句"当"字作"应"，"应"字未免指挥口气过重，不如"当"字活脱亲切。此等改动处，又可见作者词语锻炼功力。

决绝之音

"自非攀龙客,何为欻来游?"——左思《咏史》其五

"且放白鹿青崖间,须行即骑访名山"——李白《梦游天姥吟留别》

"拂衣行矣如奔虹"——龚自珍《能令公少年行》

"自非攀龙客,何为欻来游?"

——左思《咏史》其五

> 皓天舒白日,灵景耀神州。列宅紫宫里,飞宇若云浮。峨峨高门内,蔼蔼皆王侯。自非攀龙客,何为欻来游?被褐出阊阖,高步追许由。振衣千仞冈,濯足万里流。

《咏史》八首是左思的代表作。这是其中的第五首,突出表现了对王侯把持高位的对抗情绪和决绝态度。西晋是门阀社会,以族姓为贵,此诗中之"王侯",自然都具有门阀身份,因此与诗人一贯反对门阀士族压抑人才的态度相贯通。

开篇二句极有气势和力度:"皓天舒白日,灵景耀神州。"清明的天空吐出一轮晶光闪耀的太阳,它的光辉照亮了整个九州大地。"舒"字用得有力,不是悠悠升起的动感,而似一下子迸出。"灵景"即日光。"耀"字也用得有力,非一般的"照"字可比,具有光耀刺眼的色彩。"神州"即《史记》所谓"赤县神州",古用以称整个天下。在如此光辉的天地中,人事世界是什么景象呢?

"列宅紫宫里，飞宇若云浮。峨峨高门内，蔼蔼皆王侯。"整个京城里，列宅鳞次；高门大宅中，尽为王侯。四句诗给人一个突出的印象，这里哪还有低门寒士插足的地方？"列宅"犹如说列第，指各类贵势人家的住宅。"紫宫"，天上的星垣有紫微垣，对应地下为皇宫，故皇城称紫禁城，紫宫即以喻指皇都。"宇"，屋檐，"飞宇"，形容檐角上翘，似鸟展翅。"云浮"，指飞宇相连一片有如浮云。既见其高，亦见其众。"峨峨"，高耸貌。"蔼蔼"，众多貌。"王侯"，泛指贵势之家。四句诗深刻地勾画出都城的景象。诗人何以到这里来了？不禁发出自问："自非攀龙客，何为欻来游？""攀龙客"，攀援君主以求飞黄腾达之人。"欻"，忽然。既不是有身份攀龙的人，为什么跑到这里来了？这是对现实的一种觉醒。正因为有了这种觉醒，所以决心拂袖而去："被褐出阊阖，高步追许由。"披褐而出，大步而追，笔墨都奔腾有力，势劲气猛，有雷霆劈山之力，充分表现出决绝态度的坚定与激烈。"被"同"披"。"褐"，一般寒士平民穿的粗布短衣。"阊阖"，宫门名。晋时京城洛阳的西门亦名阊阖。"高步"，大跨步。许由，古代传说中的著名隐士。尧让帝位给他，他避逃到箕山下隐居躬耕。诗人不仅追步许由而离去，还要"振衣千仞冈，濯足万里流"，在千仞高冈上，抖抖衣服，抖净那不合理的现实社会的灰尘；在万里长河中洗洗脚，洗尽那不合理的门阀世界的污泥。诗人那愤愤不平之情、轻蔑鄙视之意、彻底决裂之志，尽在不言之中，含蓄之中饱蕴凛然正气，铮铮有金石声。"振衣"，抖衣服。"仞"，长度与高度的单位，古以七尺为一仞。"濯"，洗浴。

咏史诗始于东汉班固，他的《咏史》歌咏缇萦救父的故事，基本是"隐括本传,不加藻饰",所以"质木无文"。建安时期,曹植、王粲等人歌咏秦穆三良、荆轲,歌咏史事略附己情,有了进步。左思的咏史则有了更大的变化。张玉穀说它"或先述己意,而以史事证之;或先述史事,而以己意断之;或止述己意,而史事暗合;或止述史事,而己意默寓"(《古诗赏析》)。把史事运用得非常灵活,甚至错综史事,有如用典,都是以意为主,以史为辅,名为咏史,实是咏怀,这是对咏史诗很大的创造与发展。这首诗为其《咏史》八首之五,如果说是史事,只有传说中的许由。本诗还非咏歌许由之事,只是表示追步而已,所以重点非咏史,而是言志,表现了左思《咏史》诗的特点。

左思既有才华,又有高志,处于压抑人才最厉害的士族门阀社会中,酿成激越的反抗精神,而又勇于横眉冷对黑暗现实。《咏史》其六说"高眄邈四海,豪右何足陈!贵者虽自贵,视之若埃尘。贱者虽自贱,重之若千钧",可见一斑。所以其《咏史》诗笔劲气雄,揭露抨击有力,具有独自的风格。《诗品》称之为"左思风力"。沈德潜赞他"胸次高旷,而笔力又复雄迈,陶冶汉魏,自制伟词,故是一代作手"(《古诗源》)。陈祚明也说:"其雄在才而其高在志。有其才而无其志,语必虚矫;有其志而无其才,音必顿挫。"(《采菽堂古诗选》)都是对左思《咏史》风格的确切解析。《诗品》又说左思的《咏史》"文典以怨",则是从全面的综合的角度立论,其诗以史事为言,故典雅;其诗乃用以表现内心的不平,故怨愤。

左思的《咏史》丰富了五言诗的风格,在五言诗的发展上有一定的地位。锺嵘说左思"野于陆机",是从齐、梁文坛风尚立论的。当时的风气是"或析文以为妙,或流靡以自妍"(《文心雕龙·明诗》)。实际左思并非野而不文,而是文质处理得较好。其诗多用偶句而较少呆滞之病,炼字炼句而不伤自然,祖述汉魏而不机械模拟。陈祚明《采菽堂古诗选》说:"似孟德(曹操,字孟德)而加以流丽,仿子建(曹植,字子建)而独能简贵,创成一体,垂式千秋。"王夫之《古诗评选》更说:"三国之降为西晋,文体大坏,古度古心,不绝于来兹者,非太冲(左思,字太冲)其焉归?"

"且放白鹿青崖间,须行即骑访名山"

——李白《梦游天姥吟留别》

海客谈瀛洲,烟涛微茫信难求。越人语天姥,云霞明灭或可睹。天姥连天向天横,势拔五岳掩赤城。天台四万八千丈,对此欲倒东南倾。我欲因之梦吴越,一夜飞渡镜湖月。湖月照我影,送我至剡溪。谢公宿处今尚在,渌水荡漾清猿啼。脚著谢公屐,身登青云梯。半壁见海日,空中闻天鸡。千岩万转路不定,迷花倚石忽已暝。熊咆龙吟殷岩泉,栗深林兮惊层巅。云青青兮欲雨,水澹澹兮生烟。列缺霹雳,丘峦崩摧。洞天石扇,訇然中开。青冥浩荡不见底,日月照耀金银台。霓为衣兮风为马,云之君兮纷纷而来下。

虎鼓瑟兮鸾回车，仙之人兮列如麻。忽魂悸以魄动，恍惊起而长嗟。惟觉时之枕席，失向来之烟霞。世间行乐亦如此，古来万事东流水。别君去兮何时还？且放白鹿青崖间，须行即骑访名山。安能摧眉折腰事权贵，使我不得开心颜。

这首诗作于天宝四载（745）。前一年，诗人被排挤出长安，经梁、宋，到达齐、鲁。当他由东鲁又要南下吴、越时，写了这首诗留别在山东的朋友，所以诗题一作《别东鲁诸公》。题目云"留别"，点明此为赠别之作；云"梦游天姥吟"，是就诗中所写内容自造一乐府歌行名目。"吟""行""歌""引"等均为乐府诗名目。"天姥"，山名，在今浙江新昌县东。《一统志》载："天姥峰，在台州天台县西北，与天台相对，其峰孤峭，下临剡县，仰望如在天表。"其山是诱人的。梦游虽非实游，仍表现了心向往之。李白在南陵接到征召诏书时，曾写诗说："仰天大笑出门去，我辈岂是蓬蒿人！"（《南陵别儿童入京》）他并非甘居乡野山林的人物。曾几何时，又转向了山水。为什么如此呢？就在于仕途失意，理想受挫，"昭王白骨萦蔓草，谁人更扫黄金台！行路难，归去来！"（《行路难》其二）所以这首留别诗要写成梦游天姥。因为意不在别情的缠绵，而是借以抒发政治感慨，表示政治上的决绝态度。

首四句曰："海客谈瀛洲，烟涛微茫信难求。越人语天姥，云霞明灭或可睹。""海客谈瀛洲"，是虚幻的传言，所以"烟涛微茫信难求";"越人语天姥",是人间的实语,所以"云霞明灭或可睹",是可以攀登到云霞行处而一览真颜的。诗本写梦游天姥,却先拉来瀛州做一陪衬,创造了一个与天姥对举的开端,跌宕有致,不平不板,也更凸显出天姥。"海客",神仙方术之士。"瀛洲",传说中东海里的三神山之一,战国时燕、齐之主和秦始皇都曾派人入海探求。"信",诚。"越人",天姥所在的今浙江一带为古越国之地。"明灭",或明或暗。接下去四句盛赞天姥。"天姥连天向天横",天姥不仅高与天齐,所谓"连天";而且还很有与天比长争高的架势,所谓"向天横",情豪笔劲,把山写得龙腾虎跃。"势拔五岳掩赤城",中国最有名的大山,莫过于五岳了,天姥却高拔其上。区区赤城山自然只能被遮掩在它下面了。"赤城",山名,在今浙江天台县北。两句已经勾画出天姥巍峨雄拔之势。接着两句再用天台山进一步烘衬。对天台先扬一笔,"天台四万八千丈",可见绝非区区小山,但在天姥面前,也不过是倾侧俯伏其下的一个小丘罢了:"对此欲倒东南倾。"如此雄奇无双的山水还不足以令人神往吗?"我欲因之梦吴越",我很想游览观赏,就在梦中飞去了。此下便进入梦游的境界。梦是虚境,山是实境,诗人使虚实相交,似虚似实,似幻似真,逐次展现出一种迷离引人的境界。"一夜飞渡镜湖月",他一夜之间,在月光映照下,飞越了镜湖。镜湖在今浙江绍兴,是从山东到天姥必经之路,所以过镜湖是真,而一夜飞渡则是幻。"湖月照我影,送我至剡溪",月光把他的身影投射到镜湖里,就飞行说是幻,而飞行空中影投于水,又合情理之真。于是月亮把他送到剡溪。剡溪乃曹娥江上游,剡县即在水滨。过剡为实,湖月相送则为幻。"谢公宿处今尚在,渌水荡漾清猿啼。脚著谢公屐,身登青云梯。"谢公指谢灵运,他喜游山水,游天姥山时,曾在剡溪投宿。他的《登临海峤初发疆中作》诗说:"暝投剡中宿,明登天姥岑。"他游山时,有专用的木屐,上山去其前齿,下山去其后齿,便于山行。谢公宿处为历史实有,是实,脚着谢屐,则为幻。于是诗人登山了。把登山说成"身登青云梯",极写山路的陡峭高峻。这一段写梦行至天姥,配以月夜的背景,点染历史的故实,画面优美,真幻交织,奇趣横生,引人入胜。"半壁"以下写登山所见之景。因是梦游,仍然蒙上一层迷离惝恍的色彩。"半壁见海日,空中闻天鸡",山势高峻,半山腰处已经看到大海日出,又听到天鸡的啼声。传说东方的天都山有大树,天鸡栖息其上,清晨初升的太阳光照到树上,天鸡即鸣,天下之鸡才开始鸣叫。将神话组织入诗,更添神异气氛。山路曲曲折折,"千岩万转路不定,迷花倚石忽已暝",一路上或迷赏奇花,或倚石休憩,不觉间已到夜幕降临的时刻了。"暝",天黑。当诗人登上高处,只听见深邃的峡谷中岩泉咆哮,如"熊咆龙吟":"熊咆龙吟殷岩泉。""殷",盛大,这里形容泉声。进入茂密黝黑的丛林,攀上山的高峰,不禁感到战栗惊恐:"栗深林兮惊层巅。"向下望去,"云青青兮欲雨,水澹澹兮生烟",云在脚下,青青含雨欲落,岩泉瀑水笼罩在夜雾中。这境界神秘奇伟,成为下文陡开奇境的先行之神。

从梦游天姥的题目看,诗至此已经意完神足,游山已毕,但下面忽又别开幻境。"列缺霹雳,丘峦崩摧。洞天石扉,訇然中开。"一阵电闪雷鸣,山崩峦颓,两扇石门,訇然启张。"列缺",闪电。"霹雳",雷声。"洞天",道教称神仙所居之处。

"訇然",巨大的声音。石门后面,露出一个洞天福地来:"青冥浩荡不见底,日月照耀金银台。霓为衣兮风为马,云之君兮纷纷而来下。"青空辽阔,日月光辉,金装银饰的亭台建筑,光耀夺目,仙人以虹霓为衣,飘风为马,纷纷降落碧台瑶宫。"青冥",青空。"浩荡",广大。"云中君",云神,《楚辞·九歌》有《云中君》篇。"虎鼓瑟兮鸾回车,仙之人兮列如麻。"虎为鼓瑟,鸾为拉车,仙人林立,奇境迷人。梦本是幻境,梦中又见神仙洞天,可谓幻中之幻。从开篇到这里,境界不断转换,从雄拔奇伟,到优美清丽,到幽僻震怖,到神异奇妙,层叠的画面相继推出,丰富多彩,充分显示了诗人的艺术创造力。正当诗人进入梦游的高潮的时候,陡然逆转:"忽魂悸以魄动,恍惊起而长嗟。"忽然神魂悸动,从梦中醒来,方才的烟霞与洞天全都烟消云散,不禁惊起而长叹。"悸",心动。"恍",心神不定。出蜀经历了二十年社会阅历的李白,进入深邃的思索。世间一切富贵行乐,不也都像一场春梦吗?千古往事不都像东流逝水一样消逝得无影无踪了吗?"世间行乐亦如此,古来万事东流水。"这里面包含着他做翰林待诏三年已成陈迹的影子。人生如梦的思想固然是消极的,但也含有对世间看重的那种庸俗富贵的轻蔑。正是这样,坚定了诗人挣脱此种束缚的意志。"别君去兮何时还?""何时还?"这是两可之间的问题。也许还。也许不再还。所以不做答。而眼下则是要立即去访名山。"且放白鹿青崖间,须行即骑访名山",骑白鹿,行青崖,是仙人的形象,表示追步神仙。李白本是"五岳寻仙不辞远,一生好入名山游"(《庐山谣寄庐侍御虚舟》)的,现在他经历过人生的周折,带着对腐朽现实的憎恶与鄙视,又要回到这个畅意适情的自由天地里来了，所以喊出那高亢的决绝之音："安能摧眉折腰事权贵，使我不得开心颜。"陶渊明不为五斗米"折腰"，罢官归去，诗人也绝不低眉曲躬谄事权贵，宁可放浪山水之间，突出表现了诗人的傲岸与高洁。他的敢于蔑视权贵的气魄与精神，给人以巨大鼓舞。

这首诗是诗人与山东友人告别的诗，故题目里即标明"留别"。留别诗而出之以梦游天姥，不仅在赠别诗中独创一格，这样奇特的艺术构想，也为本诗内容与艺术的表现开辟了广阔天地。首先，它使本诗展开层出不穷的生动的画面，显得丰富多彩。其次，有了梦境、洞天幻境的描写，才为"世间行乐亦如此，古来万事东流水"的深沉感悟提供了厚实的基础，水到渠成。再次，梦境、幻境的惝恍迷离，奇异多姿，使诗人能够淋漓尽致地发挥其浪漫主义艺术创造。最后，丰富的内容，采取了长篇歌行的形式，更加有力地展现了诗人清雄奔放的风格。故成为李白的代表名篇。

"拂衣行矣如奔虹"

——龚自珍《能令公少年行》

　　蹉跎乎公！公今言愁愁无终。公毋哀吟娅姹声沉空，酌我五石云母钟，我能令公颜丹鬓绿而与年少争光风，听我歌此胜丝桐。貂毫署年年甫中，著书先成不朽功，名惊四海如云龙，攫拿不定光影同。征文考献陈礼容，饮酒结客横才锋，逃禅一意皈宗风，惜哉幽情丽想销难空。拂衣行矣如奔虹，太湖西去青青峰。一楼初上一阁逢，玉箫金琯东山东。美人十五如花秾，湖波如镜能照容，山痕宛宛能助长眉丰；一索钿盒知心同，再索班管知才工，珠明玉暖春朦胧，吴歈楚词兼国风，深吟浅吟态不同，千篇背尽灯玲珑。有时言寻缥渺之孤踪，春山不妒春裙红，笛声叫起春波龙，湖波湖雨来空蒙，桃花乱打兰舟篷，烟新月旧长相从。十年不见王与公，亦不见九州名流一刺通。其南邻北舍谁与相过从？疴偻丈人石户农，嵚崎楚客，窈窕吴侬，敲门借书者钓翁，探碑学拓者溪童。卖剑买琴，斗瓦输铜，银针玉薤芝泥封，秦疏汉密齐梁工，佉经梵刻著录重，千番百轴光熊熊，奇许相借错许攻。应客有玄鹤，惊人无白骢，相思相访溪凹与谷中，采茶采药三三两两逢，高谈俊辩皆沉雄。公等休矣吾方慵，天凉忽报芦花浓，七十二峰峰峰生丹枫，紫蟹熟矣胡麻鬈，门前钓榜催词筒。余方左抽豪，右按谱，高吟角与宫，三声两声棹唱终，吹入浩浩芦花风，仰视一白云卷空。归来料理书灯红，茶烟欲散颓鬟浓，秋肌出钏凉珑松，梦不堕少年烦恼丛。东僧西僧一杵钟，披衣起展华严筒。噫嚱！少年万恨填心胸，消灾解难畴之功？吉祥解脱文殊童，著我五十三参中，莲邦纵使缘未通，他生且生兜率宫。

龚自珍憧憬变革，呼唤风雷，在现实中却找不到前路。在极度抑郁苦闷之下，也如古人一样，寻求某种解脱。或转心向佛，或向往归隐，或以"搜罗文献""借琐耗奇"（《铭座诗》）。这首诗就是表现这一方面思想感情的。

先看题目。"能令公少年"，即能使你变得年青之意。"能令公"三字，亦取自古典。东晋郗超和王珣都在桓温幕府，为桓温倚重。时人以其有左右桓温之力，因为之语曰："能令公喜，能令公怒。"（《晋书·郗超传》）"行"是乐府体式的一种名称，所谓歌行体。诗前小序说："龚子自祷祈之所言也，虽弗能遂，酒酣歌之，可以怡魂而泽颜焉。""祈祷"本是向神祈求，这里是希望做到的意思。说明诗只是表示一种希望之言，虽然还不能做到，但酒酣歌咏一番，也可使人灵魂安恬而面色光润。

我们看诗人是怎样逐步展开这首鸿篇巨制的。"蹉跎乎公！公今言愁愁无终。公毋哀吟哑姹声沉空"，你已经虚度岁月了，你现在说愁，愁是没个尽头的；也不要哀吟，哀吟也没有用，无非沉没到虚空中，不会有什么反响。"蹉跎"，虚度岁月。"哑姹"，象声词，模拟哀吟之声。"沉空"，沉没在空中，意谓白耗精神。那么怎么办呢？"酌我五石云母钟，我能令公颜丹鬓绿而与年少争光风，听我歌此胜丝桐。"不如丢开这些，拿起我的酒杯饮酒吧，我能让你颜面红润鬓发变黑与年少之人争胜。听听我歌的内容，胜过听赏任何音乐。"五石"指容量。云母是一种矿石。"云母钟"，以云母制作的酒杯。"歌此"就是歌唱这首诗中的内容。"丝桐"指弦乐器，这里用以泛指音乐。这六句为一节，好似序言，引到诗的正题。这里面出现两个称谓，一个是"公"，一个是"我"。"公"是被劝说、被开导的对象，"我"是劝说和开导人的人。其意是以"公"指现实的龚自珍，而以"我"代表已投入理想生活天地的龚自珍。诗人将自我一分为二，以理想之"我"规导现实之"我"，展开诗的内容，艺术构想新颖奇妙，表现生动有趣，使诗篇一开始便引人入胜，是一种有魅力的艺术创造。

"貂毫"以下八句概括地写诗人的现实情景。"貂毫署年年甫中"，"貂毫"指毛笔。"署年"，在作品上署上年月。此诗作于道光元年（1821），诗人恰三十岁，正当中年，故云"年甫中"。"箸书先成不朽功"，诗人于前此三四年中，已编成文集和诗集，此时又着手编选词集，"箸书"即指这些成就。古称立德、立功、立言为三不朽，著述即立言，故称"先成不朽功"。"名惊四海如云龙，攫拿不定光影同。""名惊四海"，声名警动天下。"云龙"，云中之龙。作者曾描写他在当时著述不能尽言的情况说："东云露一鳞，西云露一爪；与其见鳞爪，何如鳞爪无！"此以"云龙"喻己，当含此意。故有下句。"攫拿不定"即写龙的动作，或露一鳞，或露一爪。"光影同"，有如光影难以捕捉，意谓其言意隐而难识。这很符合龚自珍一些著述的形态，特别是那些干预现实的作品。接下去四句铺排诗人三方面情事：一是"征文考献陈礼容"，指考证古代文献，即汉学考据。诗人也有一些这方面的著述，如《说文段注札记》、金石文字的释文等。"礼容"，礼仪制度。《史记·孔子世家》载孔子"为儿嬉戏,常陈俎豆,设礼容"。不过孔子的所为,是习礼,而龚氏所言则为考索礼仪制度,属于"征文考献"。二是"饮酒结客横才锋","结客",与英杰侠义之士交游。"横才锋",彼此肆意辩议。《羽琌逸事》载龚"在京师尝乘驴车,独游丰台,于芍药深处藉地坐,拉一人共饮,抗声高歌,花片皆落。益阳汤郎中鹏过之,公亦拉与共饮。郎中问同坐何人,公不答。郎中疑为仙,又疑为侠,终不知其人"。从中可见一斑。三是"逃禅一意饭宗风",学佛习禅。"逃禅",入于禅。"饭"同"归",归依之意。"宗风",此指佛教禅宗风范。不过效果并不理想,学佛当令人离尘净心,然而诗人并不能消除幽情丽想:"惜哉幽情丽想销难空。"

"拂衣"句以下,写诗人去追逐想象中的理想生活天地。"拂衣行矣如奔虹,太湖西去青青峰。"于是,他毅然丢弃现实,到太湖去开辟新世界。虹的形影本来是静亘于长空,诗人这里加一"奔"字,喻其拂衣而去的劲猛决绝之态,优美而气势逼人,可谓美学上一绝。太湖那里是什么样的生活境界呢?"一楼初上一阁逢,玉箫金琯东山东。"楼阁重重,与美女同游东山。李白诗曰"玉箫金管坐两头"(《江上吟》),指歌女坐在船头船尾,以吹奏的乐器指代歌女。"琯"同"管",与箫均为管乐器。此截取其语,用以指诗中所言的"美人"。太湖占地甚广,南北跨江苏、浙江两省,其中有东、西洞庭山,"东山"即指东洞庭山。"美人十五如花秾,湖波如镜能照容,山痕宛宛能助长眉丰。""秾",浓盛艳丽。"宛宛",弯曲的样子。美人如花,湖水如镜。水能照面,山映长眉。古人常以山喻眉,故有"眉山"之语。如果说单纯的比喻尚较呆板,那么诗人这里的描绘,则全使其进入动态,湖与面,山与眉,均交映生辉,充满灵动之气,是高妙的笔墨。"一索钿盒知心同,再索班管知才工,珠明玉暖春朦胧,吴歈楚词兼国风,深吟浅吟态不同,千篇背尽灯玲珑。""钿",用金、银、玉、贝等镶嵌器物。"钿盒",镶嵌金、银、玉、贝的首饰盒子。陈鸿《长恨歌传》写唐玄宗与杨贵妃"定情之夕,授金钗钿合以固之"。白居易《长恨歌》写杨贵妃应对玄宗的使者"惟将旧物表深情,钿盒金钗寄将去"。"钿盒"泛指情人之间的信物。故此言索钿盒而知心同。"班管",以斑竹为杆制成的笔管,指毛笔。"班"通"斑"。"才工",才华横溢。此言索毛笔而知才工。"珠""玉"皆指美人的佩饰。"明""暖"分指春光与气候。写春光之明丽,气候之回暖,从美人佩饰上着笔,将二者交融一起,表意新颖而含蓄。"朦胧",模糊不清,这里是指春光初显、尚未分明。"吴歈",吴地民歌,《楚辞·招魂》有"吴歈蔡讴",左思《吴都赋》亦有"吴歈越吟"。"楚词"即《楚辞》,"国风"指《诗经》。"深吟浅吟"犹如说高声低声。"玲珑"指制作精巧的灯。"灯玲珑",表示尽兴吟咏《诗》《骚》及吴歌直到掌灯时分。以上六句写与心同才秀的美人一起过一种文雅惬意的生活。诗人把这种生活写得清逸幽美,情景引人。

下面继续展拓生活境界。"有时言寻缥渺之孤踪","缥渺",恍惚不清;"孤踪",隐者之踪迹。"春山不妒春裙红",这里再没有"一山突起丘陵妒"(龚自珍《夜坐》)那种恶浊气氛,青山自青,红裙自红,各任本性,自呈异采。这里确实是一个自由畅意的世界。"笛声叫起春波龙",马融《长笛赋》:"龙鸣水中不见已,截竹吹之声相似。"此用其意。"春波龙"指水下潜龙,龙能行雨,故下句言"湖波湖雨来空蒙","空蒙",弥漫微茫水气的天空。"来",来自,言雨自天而降。这两句利用《长笛赋》的典实与龙行雨的神话,将笛声与湖波湖雨巧妙地关联到一起,写春雨,不仅活脱、新颖,还有一种迷离的气氛,其构想与运笔都极巧妙。"桃花乱打兰舟篷,烟新月旧长相从。""桃花"指雨,春雨亦称"桃花雨",如春水之称"桃花水"。"烟新月旧",即千古一月而光景常新之意,"烟",烟景,泛指风光。作者祈愿长久相伴享此幽美的山光湖色。下面写进入隐居生活以后的状态:"十年不见王与公,亦不见九州名流一刺通。""十年",长年之意。"王""公",泛指达官贵人。"九州",古分中国为九州,即天下之意。"名流",名声显赫之士。"刺",名帖,犹今之名片。两句言与世俗名利社会彻底隔绝了。"其南邻北舍谁与相过从?痀偻丈人石户农","过从",交往;"痀偻丈人""石户农",都是用古籍中称道之人。《庄子·达生》有"痀偻丈人承蜩"。"痀偻",曲背。"丈人",对老者的尊称。《高士传》载:"石户之农,与舜为友。舜以天下让之,农入海终身不返。"亦见《庄子·让王篇》。这里都是借以喻指有道的隐士。此外还有"嶔崎楚客,窈窕吴侬,敲门借书者钓翁,探碑学拓者溪童"。"嶔崎"本是形容山之高峻,这里指人品拔俗不凡。"楚客",楚地人。"窈窕",女子美好的样子。"侬",即人,吴语转音为侬。"探碑",访寻古碑。"拓",把碑上文字以墨拓印下来。"童",同"僮"。相与交往之人,不仅楚客不凡,吴女美好,即使一般的人,也都文雅不俗。钓鱼老翁知借书,僮仆也知学拓。这几句铺排得很有力量，将隐者的交游圈既平常而又不寻常的特质突出地呈现出来，更加显示出此种天地之不凡。"卖剑买琴"，古代士人佩剑，这句意谓不再奔走仕途而走向消闲。"斗瓦输铜"，指赏玩古文物，或比较瓦当，或相赠铜器。"斗"，比较高下。"瓦"，瓦当。"输"，输送之意，相赠。"铜"，铜器。"银针玉薤芝泥封，秦疏汉密齐梁工"，"银针""玉薤"，为两种书法名称。《史书会要》载有"薤叶篆""悬针篆"。"芝泥封"，指古代封泥。瓦当、铜器、封泥，皆有文字。秦用小篆，疏朗；汉用隶书，厚密；齐梁用楷书，工整。以上四句写古器物，接下去三句写古经典。"佉经梵刻著录重，千番百轴光熊熊，奇许相借错许攻。""佉经梵刻"指佛经。"佉"即佉楼，相传他与"梵"都是印度创造文字的人。《出三藏记集》说："昔造书之主，凡有三人，长名曰梵，其书右行；次曰佉楼，其书左行。""著录"，编写书目。"番"，书页。"轴"，卷装。"熊熊"，浓烈。"光熊熊"，喻其书宝贵。"奇许相借"，有特异内容则相互吸收。"错许攻"，有错讹则互相校勘纠正。"攻"，治，指校勘，所谓他山之石，可以攻玉。"应客有玄鹤，惊人无白骢"，宋林逋隐居孤山，养两鹤，有客来，守门人便放鹤，林逋见鹤则知有人来，此用其典。"骢"，青白色的马。后汉桓典为侍御史，"常乘骢马，京师畏惮，为之语曰'行行且止，避骢马御史'"。此指这里无高官贵势。"相思相访溪凹与谷中，采茶采药三三两两逢，高谈俊辩皆沉雄。"相思则相访，或采茶采药而相逢，则自由地高谈辩难。"沉雄"，深刻有力。这一段，广采典实融入现实，把这里刻画得人物众多，生活丰富多彩，弥漫文雅气、学识气，没有一点名利气、庸俗气,确实是别有天地非人间。

下面再辟一境。"公等休矣吾方惼,天凉忽报芦花浓,七十二峰峰峰生丹枫,紫蟹熟矣胡麻馕,门前钓榜催词筩。""公等"指与作者一起交游之人。"惼",疲惫。"七十二峰",太湖有七十二山。《苏州府志》引有《七十二峰记》。"胡麻",芝麻。"馕",饭食盛满器皿之状。"钓榜"指钓鱼船。"词筩"盛诗词的竹筒。唐人白居易、元稹等人异地唱酬,每以竹筒传递诗章。芦花飞,枫叶红,蟹熟饭美,引逗诗兴,门前船已备好。于是"余方左抽豪,右按谱,高吟角与宫,三声两声棹唱终,吹入浩浩芦花风,仰视一白云卷空",那就出去畅游一通,作诗吟曲。"豪",毛笔。"谱",曲谱。"角""宫",古代五音中的两音。"棹唱",棹歌。"浩浩",盛大的样子。此两句言櫂歌之声与芦花一起吹入天空。"一白",一片白。"云卷空"指芦花如云飘荡于青空。下面写畅游归来的情景:"归来料理书灯红,茶烟欲散颓鬟浓,秋肌出钏凉珑松":"书灯红",在灯下读书。"颓鬟",美人鬟鬟下垂。"浓",颜色乌黑。"钏",臂环。"珑松",元好问《游天坛杂诗》"总道楂花香气好,就中偏爱玉珑松",注言"花名有玉珑松",此处形容美人玉臂有如珑松花。"梦不堕少年烦恼丛",连做梦也不会落入烦恼丛中。

诗最终以学佛悟道作结:"东僧西僧一杵钟,披衣起展华严筩。""杵",敲钟锤。"华严",指华严宗之主要经典《华严经》。听到东邻西邻僧人的晨钟声,便起来读经。下面写读佛经的体悟:"噫嚱!少年万恨填心胸,消灾解难畴之功?吉祥解脱文殊童,著我五十三参中,莲邦纵使缘未通,他生且生兜率宫。""噫嚱",感叹词。"畴",谁。"文殊童",指文殊师利菩萨,是侍立于释迦如来身旁的童子,文殊师利意译为妙吉祥。"著",安置。"五十三参",参问五十三位得道之人。《华严经·入法界品》载,善财童子听文殊师利菩萨说法,依照他的指引,南行,遍参五十三个有道术者,而得善果。"莲邦",佛教中所称西方极乐世界。"兜率宫",即兜率天,佛教所称欲界六天之第四天,是知足、妙足之义。从少年起,就万恨填胸,终于消灾解难排除了苦恼,是谁的功劳呢?就是佛学。诗人以佛悟作结,表现了他思想中的一种倾向。

这首诗除了随文解析之外,还有几点值得一提。第一,古代才杰之文士,仕途坎坷,壮怀难展,苦闷之极,遂写一些表现与现实决绝的诗篇。主题虽一,却花开百朵,各有其妙。陶渊明表决绝的诗有《归园田居》,"开荒南亩际,守拙归园田",讴歌辞官归田;李白表决绝的诗有《梦游天姥吟留别》,"且放白鹿青崖间,须行即骑访名山",以放浪山水、寻仙访道为归宿;龚自珍这首表现得最为特别,是描绘想象中的隐居天地,最后以学佛悟道为结,堪称别辟一境。第二,本篇选材精审,而轻重分明。前部有一段写其现实所为,著书、考据、结客、学佛,简括而全面。有此以为对比,才能显出理想生活境界之奇异,故少它不得;因非本篇之重点,故又用笔不多。第三,本篇以描写虚拟的理想生活境界为重点,虽全属空中楼阁,却写得真切动人。凡所涉及的生活境界,都展开具体描写,其生活场景令人感到真切可触。作者学识丰富,本诗充分利用这一优长并充分发挥想象力,利用多种典实和现实情景交融,编织生活场景,不仅丰富多采,还有一些光怪陆离,新奇而引人。屈原《离骚》写升天远游,利用神话描写仪从的众盛,气象辉煌,煞有介事,本篇的描写颇有这种味道。但屈原的描写,是不能化为现实的,而龚氏的描写,有其气象,又都展现为现实生活样态,别具特色。本篇篇幅较长,但具体化为各种隐居生活场景,如戏剧之幕幕相衔,层出不穷,故虽长而不觉其冗繁杂沓,只觉其挥洒尽情。第四,本篇为歌行体诗,采用的是句句押韵的"柏梁体"。歌行体诗一般都比较奔放畅达,富有气势,本篇也不例外,但别具龚氏个人笔墨的独自特色,劲健横霸。特别是铺排、夸饰的运用,更加重了此种色调,可用诗人一句诗表示,"拂衣行矣如奔虹"。

静 中 世 界

"明月松间照,清泉石上流"——王维《山居秋暝》

"古木无人径,深山何处钟"——王维《过香积寺》

"静中与世不相关,草木无情亦自闲"——饶节《偶成》《眠石》《晚起》

"明月松间照,清泉石上流"

——王维《山居秋暝》

空山新雨后,天气晚来秋。明月松间照,清泉石上流。竹喧归浣女,莲动下渔舟。随意春芳歇,王孙自可留。

这首诗是诗人居住在辋川别墅时所作,写秋日雨后黄昏的景色和诗人陶醉其中的心境。首联"空山新雨后,天气晚来秋",从山居的季候等大背景落笔。诗语好似叙事性的交代,妙在能给人真切的情景感受。"空山",人很少;"新雨",刚刚下过雨;"晚来",时近黄昏;"秋",正当秋日。平平实实的字,不只构成一幅鲜明的画面,还引人去品味那山居环境的静谧。新雨过后的清新、秋日天气的飒爽、白日向晚的安宁,有其形又传其神,一股清幽明洁之气扑面而来。张谦宜盛赞此联"起法高洁,带得通篇俱好"(《茧斋诗谈》卷五)。首联主要是名词,没有一个动词,用词平淡而造语坚挺,自是一路笔墨。

颔联落到林泉细景,而紧扣前文的大背景展开,针缕细密:

"明月松间照，清泉石上流。"雨后碧空无尘，松针如洗，皎洁的月色敷洒在松林上，自是一片珠水晶莹的景象。诗人没有将它具体描写出来，只是用了一个"照"字，隐约启示人们自己去想象、去体味那种光景，词简而意丰，含蓄有味，表现了诗人锤炼诗歌语言传神尽相的功力。一场秋雨过后，山泉水势必增，诗人又特别用了一个"流"字，导引人们去玩味那水石相激的琤琤琮琮的水声。与前句有异曲同工之妙。月色、水声，视觉、听觉，交织成一片清景，可触可感。

颈联再展拓一步，进到人事生活。"竹喧归浣女，莲动下渔舟。""浣"，洗濯衣物。竹林深处传来一阵嬉笑喧闹的声音，那是洗衣的女孩子们结伴归去；莲株摇动，莲丛中现出一道纷披的痕迹，那是渔人收网返航。只听得竹林中的喧声而不见其人，只看到莲株摇动而不见行舟，此可想见竹林、莲丛的茂密，人们竟被包裹在一个郁郁葱葱的绿色世界里，这是何等诱人的境界！无怪末联要由衷地倾吐出"王孙"可留的心声了。有浣衣女，有渔船，为清幽静谧的山水注入进浓郁的生活气息，画面更为丰富生动引人了。与诗人《竹里馆》等作品专写清寂的境界迥然不同，幽美而有生气，在静与动的结合上达到了很高的美学境界。沈德潜评此诗说"中二联不宜纯乎写景"（《说诗晬语》卷上），指"明月"一联和"竹喧"一联均为写景，沈德潜认为"景象虽工，讵为模楷"，殊不知，二联性质并不尽同，"明月"一联可说是纯乎自然风光，"竹喧"一联则是人事活动景象，有此差别，故并不显得单调。

末联巧用《楚辞·招隐士》的典故。《招隐士》的末句说："王孙兮归来，山中兮不可以久留。"原意是招王孙出山，不要隐居其中。诗人这里反用其意,自成佳构,凭添趣味。"随意春芳歇,王孙自可留。"春芳虽然自然而然地消歇了,秋光依然佳美,"王孙"自可不必离去了。"随意",自然而然地。"王孙",贵人的子孙。人们一般皆知春光的迷人,这里把它拿来做一个陪衬,写得秋光不似春光,胜似春光,则秋色之令人陶醉自在言外,而诗人对山中生活的迷恋之情也跃然纸上。

王维是诗人,也是名画家,他以萧疏清淡的水墨画,开浪漫画派之风,为南宗画派之祖。他的山水田园诸诗很得力于画法。他自己曾说:"凡画山水,意在笔先。"(《山水论》)主张先有构思,胸有成竹,故其诗大都具有完整的画面,当即未落笔已先有成竹在胸的结果。同时他也具有画家对物象的敏感,善于取材、布景、构图,故其诗不只画面完整,形象也鲜明突出。本诗就是很典型的表现。故苏轼说:"味摩诘(王维字摩诘)之诗,诗中有画;观摩诘之画,画中有诗。"(《东坡志林》)王维开南宗画派,属于写意一路,故其诗也往往善于造境,如本诗的清幽明洁之境,有引人陶醉其中的力量。

"古木无人径,深山何处钟"

——王维《过香积寺》

不知香积寺,数里入云峰。古木无人径,深山何处钟。
泉声咽危石,日色冷青松。薄暮空潭曲,安禅制毒龙。

香积寺，在唐代都城长安之南，险要的子午谷之北。故址在今陕西长安县。诗的中心是写佛寺的幽寂境界，却主要是通过一路寻寺勾画出来，别具匠心。

"过"不是经过而是拜访之意，所以首句"不知香积寺"，并非不知道香积寺在哪里，在哪座山中；而是知道其所在之山，但来到山下，只见草木昌茂，不见佛寺，"只在此山中，云深不知处"。于是放脚寻去，"数里入云峰"，爬过数里山程，已到白云环绕的高高的山腰，出现在人面前的，还是"古木无人径"，进入了古树苍苍的林海，不仅无寺，连径路也无，竟是人迹罕至之区。忽然，一阵钟声入耳，不知是从深山何处传来，"深山何处钟"，可见那寺院还在遥远的前方，然而没有径路指引，莫辨其处。只听得泉声，只见得日色而已，"泉声咽危石，日色冷青松"。泉水流过高石，激出如咽如泣的水声，故云"咽危石"，"危"是高之意。日光透过密叶投射到古树老林中来，只给人以幽冷的感受，故云"冷青松"。泉声、日色进一步烘托出深山密林的幽僻。"咽"字、"冷"字下得有力，赵殿成说："'泉声'二句，深山恒境，每每如此。下一'咽'字，则幽静之状恍然；著一'冷'字，则深僻之景若见。"（《王右丞集笺注》）颇能抉出二字之妙。以上六句写寻寺笔墨，津津有味，引人入胜，全用侧面烘衬的手法，情趣盎然地勾勒出寺院藏身的环境。

三联皆写寻寺，末联方写到寺，只写眼中所见，便戛然而止。"薄暮空潭曲，安禅制毒龙。""薄暮"即傍晚。"曲"，潭岸偏僻处。向晚方才到寺，足见山路的深长。寺就在潭水之旁，香积寺的僧人们入晚已在坐禅。"安禅"指僧人禅定。《涅槃经》说："但我住处，有一毒龙，其性暴急，恐相危害。"以毒龙喻人之情欲。"制毒龙"即以禅心驱除情欲。诗人即景生思，由潭而联想到龙，又由龙想到佛经上所说的毒龙，乃妙用佛典，生动地写出僧人禅定时的情形。

这首诗写诗人访寺，由家至山，一笔不取，而从不知寺在山之何处起笔，拦腰而起，斩截利落，故赵殿成赞其"起句极超忽"（《王右丞集笺注》）。全诗只择足以表现深僻、幽静的寻寺、见寺二境落笔，又将寺院的幽僻与僧人的禅寂融为一体，故意境鲜明深邃，笔有入化之妙，既善于取材，亦善于造境。诗写佛寺的幽寂境界，却出以引人入胜、意趣盎然的寻寺笔墨，二者不相妨而恰相合，是此诗的又一个妙处。

"静中与世不相关，草木无情亦自闲"
——饶节《偶成》《眠石》《晚起》

　　松下柴门闭绿苔，只有蝴蝶双飞来。蜜蜂两股大如茧，应是前山花已开。

——《偶成》

静中与世不相关，草木无情亦自闲。挽石枕头眠落叶，更无魂梦到人间。

——《眠石》

月落庵前梦未回，松间无限鸟声催。莫言春色无人赏，野菜花开蝶也来。

——《晚起》

饶节本来是个读书士子，曾投在曾布（曾巩之弟）门下，后因与曾议论不合，乃出家为僧，法号如璧，江西诗派的重要诗人。他居邓州香岩山，名其所居室为倚松庵，自号倚松道人，取意于自己的诗句"闲携经卷倚松立，笑问客从何处来"（句见《能改斋漫录》卷十一），可见他那种闲云野鹤般的风采。他曾有诗写到他的倚松庵："庵外无人谁过前，老松千丈独参天。煮茶春水渐过膝，却虎短墙才及肩。"（《复用韵自咏倚松一首》）又有诗写到他的山居生活："禅堂茶罢卷残经，竹杖芒鞋信脚行。山尽路回人迹绝，竹鸡时作两三声。"（《山居杂颂》）都可见出其居处环境的幽僻和生活心境的恬适。这里的几首诗都是从不同侧面反映这种生活情趣。陆游评他的诗"为近时僧中之冠"（《老学庵笔记》卷二），说明了他在诗歌方面的造诣；吕本中说他的诗"萧散""高妙"（《紫微诗话》），代表了他的诗的基调与标格。

先看《偶成》。偶成,即偶然成咏。诗人本无意为诗,客观景物闯入眼帘,挑动诗情,遂脱口成篇。诗全是写庵中即目之景,而其生活意态即由景中见出。首二句说:"松下柴门闭绿苔,只有蝴蝶双飞来。"从上面的介绍里,我们知道他的茅庵是为老松环绕的,所以说是"松下"。松荫之下,已经释出一股清幽气氛。在那篱笆"短墙"上有一扇"柴门",但"门虽设而常关",是闭着的,可见没有什么人事的骚扰,在清幽中又注入一股僻寂的气味。闭着的庭院里情景如何呢?锁着一院绿苔。绿苔只生于无人经行之处,可见少有人行走了,又加上一层安谧。一句诗三个层次,越涂越浓,活现出僧人幽居的环境和生活气息。"闭绿苔"三字,《墨庄漫录》引作"昼不开",不如前者内涵丰富。下面接上一句"只有蝴蝶双飞来",尤妙。只有蝴蝶飞来,言外之意自是没有人来,把上句隐含的句意点得更为显豁。又不只此,也使美学意境开始转换。它表明:这个环境虽然远离尘俗,幽僻静寂,却并非寂灭,在它独有的这个天地里,充满着自然界蓬勃的生机,那五色斑斓的蝴蝶不是成双结对地飞舞着吗?

岂止蝴蝶!还有蜜蜂。"蜜蜂两股大如茧,应是前山花已开。"你看,它两股上拖着重重的花粉团飞来了,那不是前山的花已经开放了吗?从蜜蜂腿上的花粉推测前山的花开,巧思妙构,引人入胜。"大如茧",尤其夸张得妙。花粉的采集有如此丰盛的收获,可见那前山的鲜花又不只是开放,一定是漫山遍野的花海了。"大如茧"展示出一个繁花烂漫的世界。花开之处只在前山,并不算远,庵中的主人尚且不知,要从蜜蜂的双股上推断出来,可见主人好静不好动。难怪青苔满庭,不只少有他人行迹,主人的行迹也少得很呢！这又密切回应首句。

　　这首诗展示的美学境界很耐人把玩。由第一句的幽僻静寂，推移到二、三句的充满自然生机，再推移到第四句的繁花似锦世界，不只有尺幅千里之势，而且给人以步步扩展、步步升华、层出不穷之感。从整个画面看，清幽的环境与烂漫的山花相映衬，静寂的生活与蓬勃的自然生机相映衬。幽与丽，静与动，交织成一个幽僻美丽而又充满春意与生机的独特的境界，真个是世外桃源，"别有天地非人间"（李白《山中答俗人》）了。

　　《眠石》着重写脱俗的安闲自得的心境。"眠石"即枕石而眠之意。读了这个题目，已可嗅到高逸脱俗的浓重气息。

　　首句以直抒胸臆的叙述语发端。"静"与"动"是相对的。世俗之人牵缠世情，能动不能静。只有脱尘出俗，斩断名缰利锁，把浊世远远抛开，才能达到"静"的境地。所以"静中与世不相关"。开始便把基本心境一语道出，这种起法开门见山，也喷薄有势，但全要靠下文展拓得好。否则，主要意思已明，而续语不称，便索然无味了。这首诗是承接推衍得好的。

　　次句由人写到物。不只人处"静中"，"与世不相关"，这里的草木也与世"无情"，而自处"闲"中："草木无情亦自闲"。草木也具人性，草木写活了；草木也与人同志，人不再孤单了。人被置于相宜相得的环境中，人、草互映互衬，合为一体，诗的境界扩展了，遗世脱俗的气氛也更浓郁了。好花还得绿叶扶，此处扶得好。

　　俗话说"自在不如倒着"，第三句写躺卧眠息："挽石枕头眠落叶"。偃仰床席未尝不可，不过拈出了床席，便不免使诗有吃力之感，损伤了自然，而且沾染了人世气，冲淡了离尘脱俗的况味。

妙在诗人是顺手拉来一块石头做枕头，以遍地的落叶为床席，就那么躺下来了，多么自然闲散！一切都凭依于大自然的赐予。诗人投身于大自然的怀抱中，享有大自然的一切，自由自在地生活。"枕头"不是名词，"枕"这里是动词，把头垫起之意。

末句"更无魂梦到人间"，把离尘脱俗的境界再推进一步。不只醒着的时候，处于"静中"，淡然忘世，睡上一觉，梦中也与尘世毫不相关，真是彻头彻尾超尘拔俗了。

这首小诗语言平淡，创造的意境却是浓郁的。一笔浓似一笔，一句深过一句，而那高怀遗世、萧散自得的情态都洋溢在字里行间。

《晚起》一首可以看到孟浩然《春晓》的影子，特别是前两句。但后两句境界便迥然不同。早上晚起，这题目本身就带有浓郁的闲散味。

首句"月落庵前梦未回"，庵前的晓月已经落山，朝阳就要探出头来，可是人还在香甜的梦中。不直说僧家生活的自由闲逸，其情境就已饱蕴其中。松林里已经不断传来雀噪声，催人梦回了："松间无限鸟声催。"无限，自然是说鸟声无限，但是树多才能鸟多，也就隐示着松林无限。一语关合两面，言简意丰。

末两句曰："莫言春色无人赏，野菜花开蝶也来。"诗人被鸟声催起身，漫步至庭中来享受一下晨曦，野菜已经开放出花朵，招惹得蝴蝶翩翩飞来。诗人不禁闪过一个念头：不要说春色无人赏玩吧，那野菜花儿一开，蝴蝶不就追逐来了吗？即使诗人没来到庭院，还沉酣在梦乡中，那又有什么关系呢？大自然的春色自有大自然中的生命品赏。推开一步说，这山林僻地的佳景，是否因为远离尘寰，便辜负了它的清姿，使它无谓的自生自灭了呢？不，大自然本身就是一个完足的世界，它是不乏自己的知音的。那么，这两句诗，实在是在更高的境界上来夸说自然的胜地了。两句的次序诗人有意地做了颠倒，顺说应是"野菜开花蝶也来，谁言春色无人赏"，但那样便显得平弱乏力了。颠倒一下，使驳诘语居前，证语居后，便拗折有势，这是章法上的妙处。

乡 情 友 情

"郁郁多悲思,绵绵思故乡"——曹丕《杂诗二首》

"移舟泊烟渚,日暮客愁新"——孟浩然《宿建德江》

"山回路转不见君,雪上空留马行处"——岑参《白雪歌送武判官归京》

乡情友情

"郁郁多悲思，绵绵思故乡"

——曹丕《杂诗二首》

漫漫秋夜长，烈烈北风凉。展转不能寐，披衣起彷徨。彷徨忽已久，白露沾我裳。俯视清水波，仰看明月光。天汉回西流，三五正纵横。草虫鸣何悲，孤雁独南翔。郁郁多悲思，绵绵思故乡。愿飞安得翼，欲济河无梁。向风长叹息，断绝我中肠。

——《杂诗二首》其一

西北有浮云，亭亭如车盖。惜哉时不遇，适与飘风会。吹我东南行，行行至吴会。吴会非我乡，安能久留滞？弃置勿复陈，客子常畏人。

——《杂诗二首》其二

用"杂诗"做题名，始于建安时期。除曹丕以外，曹植、王粲、刘桢都有同名之作。《文选》李善注解释这一题名说："杂者，不拘流例，遇物即言，故云杂也。"也就是说，触物兴感，随感寓言，总杂不类。所以，题为"杂诗"，等于是无题，赋物言情，都是比较自由的。曹丕这两首诗都是抒写他乡游子的情怀。

由于第二首所用的比兴表现出明显的方位，由西北趋向东南，《文选》李善注和五臣注都以为是曹丕征伐东吴时所作，以"西北有浮云"自喻，以"吹我东南行"指南征，以"安能久留滞"指伐吴不克而还。过于比附史事以说诗，未免牵强。首先，地域即不尽合。诗云"行行至吴会"，吴会，指吴郡与会稽郡。吴郡在今江苏省南部，大江之南，会稽郡又在吴郡之南，属今浙江省。曹丕伐吴未尝渡江，何从至吴会？所以李善对此不得不为之解说："当时实至广陵（今扬州），未至吴会；今言至者，据已入其地也。"意谓已沾其地之边，故可言至。实际不过沾吴郡之边，于会稽则毫不相涉。其次，诗的基本情调也与行兵统帅身份不合。"惜哉时不遇，适与飘风会"，岂是帝王统兵出征的口气！"弃置勿复陈，客子常畏人"，又哪里是雄师统帅所有的感情！

建安时期风气之一，是诗人喜作代言体诗，即揣摩客观人物的情怀代其抒情。曹丕是其中突出的一个，如他的《于清河见挽船士新婚与妻别》，是代新婚者抒情；《寡妇诗》是代阮瑀的遗孀抒情；《代刘勋妻王氏杂诗》是代弃妇抒情。《杂诗》二首也属于这一类，不过是代游子抒怀而已。它的高妙在于能真切地抒写出他乡游子的情怀与心境，其中不妨有作者自身的感受，却不限于作者一身，这是与自抒己情的抒情诗不尽相同的。

先谈第一首。这一首主要特色在善用赋笔，也就是善于用白描的手法写情。诗人先不点明主题，用了整整十二句诗，即占全诗三分之二的篇幅，着意描写主人夜不安席、徙倚彷徨的情态。诗人将主人公置于秋夜的背景中，用丰富的环境拓开一个广阔的描写空间，得以从容落笔，淋漓写情，整个画面情景相生、气氛浓郁。

诗从季节、辰候发端。"漫漫秋夜长，烈烈北风凉"，漫长的秋夜，又北风劲吹。"烈烈"，风力遒劲的样子。古诗云"愁多知夜长"，思心愁绪满怀的人最不耐长夜的煎熬，而飒飒秋风，自又分外增一层凄凉之感。二句表面看来纯系景语，实际其中已隐含一愁人在，与下二句水乳交融，这是行笔入神的地方。人未见而神已出，全在诗句中酝酿的一种气氛，妙在虽不明言，却真切可感。果然，主人公"展转不能寐，披衣起彷徨"了。"展转"，即辗转，形容翻来覆去不能成眠。于是披衣而起，流连徘徊。"彷徨"，心神不宁而游移不定的样子。"彷徨忽已久，白露沾我裳"，主人公的思怀太深沉，太专一了，竟然感觉不到时光的流逝，不知不觉已徘徊了很长时光，露水都把衣衫打湿了。虽只两句诗，却极传深思极想之情。"俯视清水波，仰看明月光。"他低视，只有清澄的池水滚动粼粼的波光；他仰望，也无非明月当头，满天月色。"天汉回西流，三五正纵横。"银河已经向西倾颓，寥廓的夜空上镶嵌一天星斗。"三五"，泛指群星。这四句诗笔笔无非写景，却笔笔无不关情。主人公那一种百无聊赖、寂寞孤独之感，从字里行间直溢出来，与开端两句同有以景传情之妙。"草虫鸣何悲，孤雁独南翔"，恰在此时此境，秋虫的阵阵悲鸣又送入耳鼓，失群南飞的孤雁又闯入眼帘，无不令人触物伤情，频增思怀愁绪。整个这一大段，以悠然的笔调依次叙来，情景如见，气氛愈酿愈浓。

经过上一段笔墨，主人公思深忧重的情态已如在目前，这时才将笔头轻轻调入主题："郁郁多悲思,绵绵思故乡。"此二句便有千钧之重。这力量不是来自两句直述语本身,而是来自前面那一大段精彩的铺垫描写。那深愁难遣、寝息不安、孤寂无聊的形象,已把乡思推到了极点,因而使这二句平淡的叙语具有了画龙点睛的妙用。由此可以悟出古诗章法的奥妙。诗人并没有就此打住,继续从欲归不能这一侧面展拓："愿飞安得翼,欲济河无梁。"想飞回去,没有翅膀;想渡河而还,没有桥梁。这把主人公推入更加悲伤的深渊。只有向风长叹,一任肝肠断绝了。"向风长叹息,断绝我中肠",结得余哀袅袅,颇有绕梁之妙。

第二首与前一首同是游子题材,表现上却截然有别。艺术手法上,前一首多用赋笔,这一首则多用比兴;思想内容上,前一首着重抒写思乡之情,这一首则着重表现身处异乡的不安之感。适应这一主题,前六句运用比兴手法突出刻画身不由己流落他乡的情势。开端二句奕奕有神："西北有浮云,亭亭如车盖。"一朵飘摇不定的浮云本就与游子的处境切合,所谓"浮云游子意"(李白《送友人》),偏又高举青空,形似车盖。"车盖",古时车上圆伞形的车篷。车是古人主要的交通工具之一,浮云形似车盖,分外增一层游移飘荡之感。接下去四句每两句一层,层接而下,把游子流落他乡的遭际写得笔酣墨饱。"惜哉时不遇,适与飘风会",浮云本难滞定一方,却又命乖时舛,恰与突起的狂飙遭遇。"飘风",暴起之风。以浮云遭遇狂飙表现游子为情势所迫不得不流落他乡,兴象与情理高度密合,最为有力。因受到飘风鼓荡,一去便千里迢迢,从西北远至东南："吹我东南行,行行至吴会。"句中没有一个感叹字眼,读来却有千回百转无限伤怀之味,"行行至吴会",

无字不含远飏怨尤之意。这六句可以说将比兴运用到了出神入化的地步，贴切传神，气氛浓郁。笔在浮云，意在游子，形象鲜明，意蕴沉深，耐人玩味。古人说诗写得好，要"意象俱足"（《麓堂诗话》），这几笔足以当之。

诗的最后四句自然包括游子漂泊之感，但非一般抒写思乡悲情，而是着重他乡难以驻足的怨愤。所以前两句就是一种决绝的态度："吴会非我乡，安能久留滞！"吴会不是我的家乡，怎么能长久待在这里！这声音的背后不知有多少怨苦与愤懑，妙在千言万语已经涌到嘴边，却并不一宗宗倾诉出来，只化为一句决绝的声音，使人隐隐感到那后面极其复杂的感情，饶有余味。末二句用了同样的手法："弃置勿复陈，客子常畏人。"抛开不要再说了，作客他乡是不能不"常畏人"的。游子驻足他乡，人地两生，孤立无援，落脚与谋生都不能不向人乞求，看人眼色。这极为复杂的感受只用"畏人"二字表现出来，含蕴无穷。异乡不安之感，也是游子歌咏的常见主题。《诗经·王风·葛藟》说："谓他人父，亦莫我顾。""谓他人母，亦莫我有。""谓他人昆，亦莫我闻。"写尽了他乡游子求告无门的境遇。汉乐府《艳歌行》写流宕在他县的兄弟几人，要算遭遇较好的了，碰到了一位热情的女主人，能为他们缝补缝补破衣服，但这一点温暖已遭到男主人的猜忌与斜眼，害得他们不得不表白："语卿且勿眄，水清石自见。""眄"，斜眼看。水清石见，意思是一清二白。不过曹丕这一首没有像《诗经》、汉乐府那样做某些细节的描述，而是全用高度概括的笔墨，发挥虚笔的妙用。写得虚了，似乎说得少了，实际概括得更深广，启人想象更多，包蕴的内容更丰富了。虚、实各有其妙用，艺术的辩证法正是如此。

　　建安之前,有一批汉末的五言古诗流传下来,以"古诗十九首"最著称。这批汉末古诗都善于用白描或比兴手法写真情实感,景事的承接推移具体,笔势舒徐,节奏缓慢,语调悠然。建安时期"杂诗"一类五言诗深受其影响,曹丕这两首就很明显,有些句子都相类。如《古诗十九首》其十九云:"忧愁不能寐,揽衣起徘徊。"曹诗云:"展转不能寐,披衣起彷徨。"苏武《诗四首》其四云:"俯视江汉流,仰视浮云翔。"曹诗云:"俯视清水波,仰看明月光。"《古诗十九首》其十六云:"亮无晨风翼,焉能凌风翔。""晨风"是鸟名。曹诗云"愿飞安得翼"。李陵《与苏武诗三首》其一云:"仰观浮云驰,奄忽互相逾,风波一失所,各在天一隅。"曹诗的"浮云""飘风"兴象,显然与之有关。难怪明人王世贞说:"子桓之《杂诗二首》,子建之《杂诗》六首,可入《十九首》,不能辨也。"(《艺苑卮言》卷三)不过曹丕善于取其神理而不袭其貌,不亦步亦趋地拟古,而是以其神理独自为诗,故能别成佳作,自有其便娟婉约的独特风格。

"移舟泊烟渚,日暮客愁新"

——孟浩然《宿建德江》

　　移舟泊烟渚,日暮客愁新。野旷天低树,江清月近人。

先看诗题。"宿",夜晚歇宿。"建德江",在浙江省,为浙江上游一段江水,因流经建德县境而得名。这首诗是诗人漫游浙江时所作,抒写羁旅的孤寂情怀。五言绝句是近体诗中最短的体式,通篇只有二十个字,故以精练含蓄为贵。能以较少的文字包含尽可能丰富的内容,具有言外之意、弦外之音,使人品之愈出、味之无尽,方为上乘。这首诗可以说是典范之一。

首二句云:"移舟泊烟渚,日暮客愁新。""烟渚",雾气笼罩的水中小洲。在一天的羁旅生活中,诗人选择了暮宿的一刹那落笔。旅程无尽,水路遥遥,当黄昏降临的时候,把旅舟停靠在夜雾笼罩的江中小洲之旁,面对日暮,不禁升起旅况新愁。平常的情事,浅淡的语言,虽属平直的叙事,但深切人情,便切理厌心,于人心有戚戚焉,全在"客愁新"三字。羁旅异乡之人,白天或因世事分心,或为风物吸引,多少可以冲淡乡思,可是一到傍晚,世事休歇,风物隐去,孤栖在即,乡思客愁便不免涌上心头。"新"字下得有味。不是昨日无愁,今日有愁,而是对白昼而言,又一次升起客愁,日日如此,其意在言外。《诗经·君子于役》写思妇抒怀云:"鸡栖于埘,日之夕矣,羊牛下来。君子于役,如之何勿思!"鸡上了窝,牛羊也归了栏,就是君子没有回来。也选在傍晚,可见人之常情,入夜更易引起对亲人之思念。这个片断节点,选得好。

既然已是"客愁新"了,三、四两句当沿着客愁说下去,诗却全是景语:"野旷天低树,江清月近人。"然而真的仅仅是景语吗?细一体味,则大不然,景语实即情语。前一句说,原野平旷,直伸展到天边,望到尽头,不过只见远树与天际相接。诗人实际在写望乡,可那家乡呢?还在那远树之外,望不见。此句颇有"山映斜阳天接水,芳草无情,更在斜阳外"(范仲淹《苏幕遮》)的味道。句子背后流荡着怅惘失望的情绪。后一句说,江水清澈,明月倒影水中,似乎就在身边。言外之意:只有月在身边,家人呢?不见踪影。在家有亲人相伴,在外只有明月相依了。大有"渐与骨肉远,转于僮仆亲"(崔涂《除夜有怀》)的意境。孤独寂寞之感,深蕴其中。二句表面是景语,实际是情语,景在面上,情在句里。情即体现在景中,可谓"意广象圆",思情隽永而形象鲜明。

此诗篇幅小,而含意浓。首先是善于取材,专选暮宿的一刹那落笔,最易把乡思表现得突出和淋漓尽致。其次,语言浅淡而含蓄。其浅淡达到了透明的程度,读其诗即直触其景,几乎使人不觉得文字的存在。故清人叶燮说孟诗:"如画家写意,墨气都无。"(《原诗》)这也是语言高境的一种。此诗含蓄达到了巧妙的境界,如三、四两句,情寓于景,而几乎使人不觉,味之乃出,耐人玩味。再次,即兴写意,凭兴会、灵感作诗,把唐人以兴象为诗的艺术推到了高度,真切空灵,别有一种美学境界。此首出于暮宿的感受,他的另一首诗《春晓》则出于晨醒一刹那的感受,可以对读,与本诗的艺术表现一样,高妙尽致,所以杜甫赞他"清诗句句尽堪传"(《解闷》)。对此种艺术境界也产生过争论。宋代严羽以禅喻诗,盛赞孟浩然高于韩愈,曰:"大抵禅道惟在妙悟,诗道亦在妙悟。且孟襄阳（孟为襄阳人，世称孟襄阳）学力下韩退之（韩愈，字退之）远甚，而其诗独出退之之上者，一味妙悟而已。惟悟乃为当行，乃为本色。"（《沧浪诗话·诗辨》）他主张作诗要重兴会之自然，就像禅道在悟，凭灵感、才气、意兴，而不是肚子里的学识、材料。苏轼则有相反的批评，言孟诗"韵高而才短，如造内法酒手，而无材料"（《后山诗话》引），就是说酿酒手段甚高，但无材料。苏轼所谓"才短"，乃指才学，非指才分，与"无材料"意思一致，主要是指学识、典实等。苏轼是从宋诗的角度评论孟诗，宋人以文为诗，以议论为诗，以才学为诗，故嫌孟诗单薄。其实唐诗宋调，各有千秋，各创造一种艺术美，不必以此非彼，硬求划一。孟凭兴象为诗，故其诗气象浑成，富于意境，有一种整体美。

"山回路转不见君，雪上空留马行处"

——岑参《白雪歌送武判官归京》

北风卷地白草折，胡天八月即飞雪。忽如一夜春风来，千树万树梨花开。散入珠帘湿罗幕，狐裘不暖锦衾薄。将军角弓不得控，都护铁衣冷难著。瀚海阑干百丈冰，愁云惨淡万里凝。中军置酒饮归客，胡琴琵琶与羌笛。纷纷暮雪下辕门，风掣红旗冻不翻。轮台东门送君去，去时雪满天山路。山回路转不见君，雪上空留马行处。

岑参是唐代著名的边塞诗人。他两次出塞,一次为安西四镇节度使掌书记,一次为安西北庭节度使判官,都在大西北。他具有从军赴远的豪情壮志、苦斗安边的英雄主义精神,并将之与西北奇特多变的气候和奇异瑰丽的风光相结合,得到酣畅的发挥,创造出一幅幅新颖雄伟的画面,有特出的引人力量。这首诗即其代表作之一。

诗写边地送别,由于西北边地特殊的风物和诗人特有的豪情,诗人创造了送别诗中的奇格。诗题中的"白雪歌"是诗人自拟的乐府名目。唐人习惯用这类方式标目歌行体诗歌,如李白《梦游天姥吟留别》中的"梦游天姥吟",《庐山谣寄卢侍御虚舟》中的"庐山谣",均属此类。岑氏此诗中的自然风物,以白雪最为突出,故名为"白雪歌"。"武判官",武为姓。判官是节度使府的属官,佐理节度使工作。诗是送武判官还京。当时,节度使府驻扎轮台,唐代的轮台在今新疆乌鲁木齐西北。

诗的前十句从不同的侧面写雪。首两句云:"北风卷地白草折,胡天八月即飞雪。""卷地",席卷而来,写出了风势的猛疾。"白草"亦称芨芨草,西域的一种牧草,茎叶较坚实。一般说来,风过草偃,伏而不折,这里偏偏用了个"折"字,十分传神。既见风力之猛,又见北风之寒,草已被冻得失去了柔性。次句落到雪。特别点出雪飞于八月清秋,"即"字醒目,使人强烈地感受到西北特异的早寒气候。农历八月还正是秋季，却大雪纷飞了。两句诗已把人带入大西北特异的境界中。

三、四两句描写壮丽雪景："忽如一夜春风来，千树万树梨花开。"有如一夜之间，春风送暖，满林梨花绽放。比喻新颖奇妙，出人逆料。本来大风奇寒，飞雪盖地，令人瑟缩不安，诗人则不然，竟有走进香雪海的感觉，遍树积雪变成了满树鲜花。如果没有逆苦傲寒的浪漫豪情，是产生不了这样的艺术感受，也写不出如此奇美动人的诗句的。

接下去四句仍是从不同角度描写大雪奇寒："散入珠帘湿罗幕"，雪花钻进帘子，打湿了帐幕。"狐裘不暖锦衾薄"，穿着狐皮袄也不暖和，盖着锦被也觉单薄，可见冷到什么程度。"将军角弓不得控"，"角弓"，饰以兽角的弓。"控"，拉弓。将军的手都冻得不听使唤，弓也拉不开了。"都护铁衣冷难著"，"都护"，唐代于边地设置都护府，置都护一人，为都护府长官。"铁衣"，铠甲。铠甲也凉得难以着身了。四句诗刻画大雪奇寒可谓淋漓尽致，表现了歌行体诗往往偏重铺排描写的特色。

"瀚海阑干百丈冰，愁云惨淡万里凝。中军置酒饮归客，胡琴琵琶与羌笛。"写送客宴，仍是置于冰封大漠、阴云密布的环境中，意象一贯。"瀚海"即大沙漠。"阑干"，纵横交错的样子，形容"百丈冰"。"冰"云"百丈"，"云"云"万里"，地上厚冰覆盖沙漠，天上是黑云凝闭青空。"凝"字极传胶结不开之神。送别宴就在这样的背景中进行。"中军"即军中。诗写伴宴的音乐，只点出三种乐器——胡琴、琵琶、羌笛，而异域风味全出。

最后六句写送别："纷纷暮雪下辕门"，"雪"前加一"暮"

字,说明别宴持续时间很长,同僚情深,惜别意重,俱在其中。"辕门",古时行军扎寨,立车辕为门,后遂之指营门。"风掣红旗冻不翻",旗帜总是随风招展,但旗面已被冻僵,故不再飘动。"掣",牵曳,"掣"字极显风之力度。"轮台东门送君去,去时雪满天山路。"在轮台的东门分手。"天山",横亘新疆之山脉,从轮台返京必须跨越此山,整个山路已被大雪封闭。特别点明此一句,是为收尾两句铺垫,故能顺理成章地推出结尾绝妙的两句:"山回路转不见君,雪上空留马行处。"前一句见深情伫望之久,直到行者转过山头不见踪影,恋恋惜别之深情,即在此画面之中。下一句尤妙,行人已经不见,只见那离去时的一路马蹄印。无限失落惆怅之情亦即在此画面之中,也使全诗结得余情无已。

这首诗写异地的送别。诗人没有仅就送别之情着眼,而突出送别之地——大西北的奇特风光,便为送别诗别开生面,将惜别深情写得雄浑豪迈。大西北的奇特风光,非只一端,诗人则紧紧抓住北风大雪这一点。从篇首八月飞雪,中经雪湿罗幕的别宴,真到雪上空留马蹄印的分手,可以说自始至终没有离开大雪奇寒,使大西北这一奇美风光,浓重鲜明地展现出来,给人留下深刻的印象。此诗不愧名为"白雪歌",确实是一首大西北雪色的赞歌。作者既使用了歌行的铺排笔墨,也注意用字的刻深有力,诸如"掣"字、"凝"字,加强了画面的形象性。至于别情之深、别意之浓,全隐在风光及情景的描写背后,无一语直言,反更深沉有味。杜甫说"岑参兄弟皆好奇"(《渼陂行》),殷璠也说岑诗"语奇体峻,意亦造奇"(《河岳英灵集》),这首诗造意构思均奇,也是诗人好奇风格的体现。

生 活 小 景

"夜来风雨声,花落知多少"——孟浩然《春晓》

"老妻画纸为棋局,稚子敲针作钓钩"——杜甫《江村》

"山重水复疑无路,柳暗花明又一村"——陆游《游山西村》、《小舟游近村,舍舟步行归》其四

"日长睡起无情思,闲看儿童捉柳花"——杨万里《闲居初夏午睡起二绝句》等六首

"夜来风雨声,花落知多少"

——孟浩然《春晓》

春眠不觉晓,处处闻啼鸟。夜来风雨声,花落知多少?

俗话说"春困秋乏夏打盹",是讲人对季候往往会有的一种反应。春天,人常常会感到困倦。加之,刚刚从冬天走过来,长夜渐渐变短,所以,"春眠不觉晓",夜眠不知不觉间,就东方发白了。次句曰"处处闻啼鸟",到处传来一片鸟鸣的声音。"处处",表明不止从一处、一个方向传来。看来诗人还不是睡足了,自然醒来,而是晨睡渐轻的时候,被群鸟的噪声吵醒了。惺忪朦胧之间,觉得夜里好像曾经听到风雨的声音,"夜来风雨声",不知又有多少花瓣被"雨打风吹去",故发出末尾那一句沉重的叹息:"花落知多少?"一股浓郁的惜春之情溢于言表。

这是一首五言绝句。按格律要求,只能有五言四句,共二十个字,容量有限,是诗中篇幅最短的。因此选材很重要,要选得十分相宜,才能写出完整优美的诗篇。这首诗集中在晨醒之后一刹那的感受，选材极妙，故意象圆融，浑然一体，形象鲜明。其次，因为体制短小，也需要注意构思叙写的精致。本篇是采用按情事过程展开的结构，自然顺畅。从醒觉，到鸟声，到忆及夜中的风雨，再到引发的感慨，一句紧接一句，一事紧接一事，既不枝蔓，也无枝梧，一气贯下，精练紧凑已极。再次，诗人感受精微敏锐，切合日常情事，自然流畅，没有丝毫纤巧刻炼的痕迹。王麟洲说"作诗到精神传处，随分自佳，不得不觉痕迹"（《艺圃撷余》），此诗即达此妙致。胡应麟说"盛唐绝句，兴象玲珑，句意深婉，无工可见，无迹可求"（《诗薮》），也可以移来论此诗。第四，诗贵含蓄，绝句尤其如此。盖此等手法易使少量词语，包容更多内涵，且有言外之意，耐人咀嚼。沈德潜说："七言绝句，以语近情遥、含吐不露为贵。只眼前景、口头语而有弦外音，使人神远。"（《说诗晬语》）虽论七言绝句，五言绝句何尝不是如此，本诗末句即达此种境界。"花落知多少？"虽是一句描写语，深沉的惜春之情，饱蕴其中，可谓言外之意。诗人忆及夜中风雨之声，触思而起的即是花落多少，可见惜春之思早已萦怀，才有此贸然而出之想。最后，屈绍隆说："诗以神行，使人得其意于言之外，若远若近，若无若有，若云之于天，月之于水，心得而会之，口不得而言之，斯诗之神者也。而五七言绝，尤贵以此道行之。昔之擅其妙者，在唐有太白一人，盖非摩诘（王维）、龙标（王昌龄）之所及。"（《粤游杂咏序》）屈氏所评，未免标格过高。其实，孟浩然此诗，亦当之无愧。

"老妻画纸为棋局,稚子敲针作钓钩"

——杜甫《江村》

清江一曲抱村流,长夏江村事事幽。自去自来梁上燕,相亲相近水中鸥。老妻画纸为棋局,稚子敲针作钓钩。但有故人供禄米,微躯此外更何求?

这首诗写于诗人居住于成都草堂时。诗人是在唐肃宗上元元年(760)入蜀的,先暂时寄居在成都西郊的草堂寺,"古寺僧牢落,空房客寓居"(《酬高使君相赠》)。在众多友人的帮助下,诗人在离寺不太远的浣花溪畔筹建了一座草堂,"浣花溪水水西头,主人为卜林塘幽"(《卜居》)。诗人对这座草堂颇费心思经营,除了房室建筑,也颇注意花木树植,向人乞讨了桃树苗,"奉乞桃栽一百根,春前为送浣花村"(《萧八明府实处觅桃栽》),又乞讨了桤树苗,"饱闻桤木三年大,与致溪边十亩阴"(《凭何十一少府邕觅桤木栽》)。草堂建成,诗人异常兴奋,特别写了《堂成》一诗抒感:"背郭堂成荫白茅,缘江路熟俯青郊。桤林碍日吟风叶,笼竹和烟滴露梢。暂止飞乌将数子,频来语燕定新巢。旁人错比扬雄宅,懒惰无心作《解嘲》。"背城近郭,白茅苫的屋顶。沿江的那条路,走得很熟,向下可以看到郊外青野,桤树长得高大,叶子在风中作响。"笼竹"是蜀人对大竹子的称呼,其品种大概是绵竹,也是向人乞取来的,"绵竹亭亭出县高""幸分苍翠拂波涛"(《从韦二明府续处觅绵竹》)。乌鸦已经带着幼雏来住脚了,呢喃的燕子也进屋里做了巢。这大约就是本诗里说的"自来自去堂上燕"了。杜甫寓居草堂寺时,诗人高适知道了,曾赠诗说:"草《玄》今已毕,此后更何言。"(《赠杜二拾遗》)汉代扬雄曾草《太玄》经,并作《解嘲》,高诗的意思是说,你的著述已经完成,今后不知还写些什么。所以有了诗的后两句。诗人在《堂成》中打趣地说,旁人把草堂错比成扬雄宅子了,但我现在疏懒得连《解嘲》也无心作了。可见草堂在诗人心目中的地位。《江村》这首诗就是写草堂的生活的。

首句说"清江一曲抱村流","清江"即指浣花溪。"抱",环抱。清溪环绕草堂,这是写草堂的自然风光。次句曰"长夏江村事事幽","长夏",夏日昼长,故言长夏。"幽",不只是僻静,也含有幽雅。草堂不仅风光好,生活情事也都幽雅可爱。哪些情事呢?下面一一道来。

"自去自来梁上燕,相亲相近水中鸥。""燕"指夏天飞来在人家的屋梁上做巢的燕子。对燕子特别强调了"自去自来",你看它们多么自由自在、随意进出。鸥是水鸟,在水面上飞翔。对鸥鸟特别强调了"相亲相近"。这两句其实是互文见义的。燕子也相亲相近,鸥鸟也自来自去。诗人是多么善于在诗句中注入丰富的内涵！写的是两种禽鸟，却连带推出了两项重要的价值观：自由和亲爱。那么在这里生活的人呢，何尝不是如此！下面果然就来了。

"老妻画纸为棋局，稚子敲针作钓钩。""棋局"，棋盘。刘一止《小斋即事二首》其一"爱棋因局方"，"局"即指棋盘。画个棋盘做什么？当然是对弈。和谁对弈？自然是和诗人了。长日无事，便对弈一局，多么自由、亲爱、惬意！老俩口如此，孩子呢？把缝衣物用的针敲弯了，便成了钓鱼钩，可以去浣花溪上钓鱼了。"稚子"，小孩子。无论是老妻还是稚子，都是因陋就简，就地取材，亲自动手，造出了消闲的器具。短短两句诗勾画出的生活情态，足以让读者品味的了。

诗到这时为止，可以感受到诗人是带着多么深厚的感情描写生活的，朴实的语言中无不激荡着由衷喜悦之情。这和诗人前此的经历与遭遇密切相关。诗人入蜀之前，正是安史之乱的大动荡时期。他经历过难民一样的流离转徙生活，还曾被叛军俘获，困居时已沦陷的长安。唐肃宗在灵武即位，杜甫冒着生命危险，投奔那里，写诗说："生还今日事，间道暂时人。"（《喜达行在所》其二）今天是活着回来了，向这里潜逃时，随时都可能死掉。"死去凭谁报，归来始自怜。"（同前其三）若是那时死了，连个报信的人也没有，多么悲惨！他逃到肃宗的行在，"麻鞋见天子，衣袖露两肘"（《述怀》），朝见皇帝时，脚着麻鞋，上身还露着两个肘臂，多么狼狈！那时他得到机会回家探望妻子，"妻孥怪我在，惊定还拭泪"（《羌村》其一），妻子却惊怪他还活着，待仔细看看，果然是他，才擦去眼泪。大乱流亡之中，能够活着回来，不过是偶然，所谓"世乱遭飘荡，生还偶然遂"（《羌村》其一）。想想那时的情景，再看看现在的生活，一家团聚，安宁欢乐，怎能不喜上心头、乐现眉梢呢？

诗的末联说："但有故人供禄米，微躯此外更何求？""但有"，只要有。"供禄米"，是说友人分一点俸禄帮扶诗人的生活。"微躯"，谦称自己。除了友人的接济，此外再无所求了，诗人对眼下生活的自足之意，溢于言表。不要以为杜甫有了江边的别墅，一定生活很富裕了，实际不然。少了友人的支持，还会陷入困境。杜甫《狂夫》诗说："厚禄故人书断绝，恒饥稚子色凄凉。"故人一旦断绝了联系，小孩子便饿得面色苍白了。

"但有故人供禄米"一句，是据《文苑英华》的版本，杜甫别集则作"多病所须唯药物"，意思是体弱多病，只须药物，再无所求了。杨伦在此句下批语："蜀中多出药材。"如果确如杜集之句，那也地得其宜，也还是大可乐观的。

律诗有格律限制，每首只能八句，篇幅有限，这首诗选材精当。中间两联，两句写禽鸟，两句写居人，充满家居的浓郁的生活气息。而禽鸟与居人都统贯于自由、亲爱的主旋律下，一家人和乐多趣、生动活泼的生活情态，尽现纸面。律诗中间两联须对仗，此诗两联的对仗工巧而自然，洗练而流畅，浅白而音韵流美。杜甫律诗中常有此种对句："穿花蛱蝶深深见，点水蜻蜓款款飞。""无边落木萧萧下，不尽长江滚滚来。""戎马不如归马逸，千家今有百家存。"律诗要求较多，很容易流于刻炼伤气。此诗则一气贯注，如溪水在平地上流泻，自然从容，无滞无阻。刘熙载《艺概》评杜甫诗说："近体气格高古犹难，此少陵五排、五七律所以品居最上。"又说:"少陵于乎古体,运古于律,所以开阖变化,施无不宜。"这首诗就是很好的表现。

"山重水复疑无路,柳暗花明又一村"
——陆游《游山西村》、《小舟游近村,舍舟步行归》其四

莫笑农家腊酒浑,丰年留客足鸡豚。山重水复疑无路,柳暗花明又一村。箫鼓追随春社近,衣冠简朴古风存。从今若许闲乘月,拄杖无时夜叩门。

——《游山西村》

诗题是《游山西村》,"山"指三山,在今浙江绍兴镜湖的旁边。"山西村"是三山西边的一个村落。这首诗就是写出游该村的感受。宋孝宗乾道二年(1166)陆游在隆兴府通判任上,因曾支持张浚出兵北伐,被罢官,回到家乡,住在镜湖的三山,有了消闲的生活条件。诗就作于次年春。

"莫笑农家腊酒浑,丰年留客足鸡豚。"阴历十一月称冬月,十二月称腊月。"腊酒"就是腊月里酿的酒。腊月已近年关,腊酒也可以说是年酒。"浑",酒的成色不是很高,陶渊明诗曰"何以

称我情，浊酒且自陶"（《己酉岁九月九日》），"浊酒"大概即属"浑"类。不要嫌弃农家腊酒不精粹，为什么呢？因为那一年是个丰年。丰年粮食充足，人吃有余，可以多饲家畜，猪满圈，鸡满窝，所以饭桌上，猪肉鸡肉丰盛，足供尽情饱餐。所以说招待客人可以"足鸡豚"。"豚"，猪。两句诗农家情景气味十足，农家待客简朴中充满热情大方。孟浩然《过故人庄》说"故人具鸡黍，邀我至田家"，很有点那样的气象。

"山重水复疑无路，柳暗花明又一村。"诗笔转到农家的自然环境。溪水傍山而流，随山曲折，所以说"山重水复"。进入一个山湾，向前望去，好像已无前路，所以说"疑无路"，其实不然，绕过前面的山脚，密柳荫下，鲜花盛开的地方，又是一个村落，故曰"柳暗花明又一村"。写其地的地势、村落的布局、经行的感受，堪称如画。"柳暗"，指柳林成荫。"花明"，写杂花艳放。两句诗的优美巧妙，历来为人称道。仔细品味一下，又不只画面奇秀引人，还颇含哲理，于似入穷途之处，而又重开新境界，故亦常被人引用。

"箫鼓追随春社近，衣冠简朴古风存。""社"为土地神，"春社"，春季祭祀土地神的日子，在立春后的第五个戊日。祭社的日子，人们集聚于社树下，击鼓奏乐，先祭神，然后分食酒肉，称吃福肉。是农村的一个盛大的节日。诗说"春社近"，是还没有到社日，但已临近，正在演练，吹箫击鼓，前行后随，一片欢腾喜庆气象，可见社日在农民心中的地位。"衣冠简朴"，人人还是那种简单朴素的装束。男耕女织，主要的生活物品都是自给自足，所以较少买卖营生所培养出来的那种重利轻情的风尚。人与人之间的关系，是以诚为本，以情相交，以心相待，淳厚朴实。"古风存"三字包含着丰富的内涵。作者已不是农民，做了官，在帝京待过，两相对比，感觉敏锐，所以特别写出这一感受。其中自然也含有对世俗社会、官宦之地、世风浇薄的感慨。

"从今若许闲乘月，拄杖无时夜叩门。"诗人说"若许"，实际上是已许。被罢官归乡闲居，还会不许闲乘月吗？诗人特别拈出"闲乘月"三字，是为下句做铺垫，就会不时夜行来投宿，尽享这里的美好风光和农民诚朴热情的接待。两句诗突出表现出诗人对这个世界的喜爱。正像孟浩然《过故人庄》的末尾提出后约"待到重阳日，还来就菊花"一般。

律诗只有八句，写山西村的情景，可以说穷神尽相。有农家的淳朴热情，有山水花柳的优美风光，有引人的民俗与民风，有诗人的陶醉与向往。画面丰富完整，富有立体感。这是作者选事精准所达到的效果。诗语则流畅自然，《唐宋诗醇》赞其"有如弹丸脱手"。只感到鲜美的镜头，一个接一个，几乎不觉其笔墨的痕迹，是艺术表现上所谓"不隔"的高境。

    斜阳古柳赵家庄，负鼓盲翁正作场。死后是非谁管得，满村听说蔡中郎。

——《小舟游近村，舍舟步行归》其四

这首诗是写诗人出游近村归途所见。"斜阳古柳赵家庄，负鼓盲翁正作场。""斜阳"，太阳偏西时候。柳林荫中，一处村庄，农村气象鲜明如画。中国古代氏族观念浓，往往喜欢聚族而居，一姓世代繁衍，成为聚落，故往往以姓氏名村。这是一个赵姓的村落。当然，后来也会有外姓迁入，总是居于少数，没有改名正姓的力量。因此王家屯、李家集、张家村之类的名目屡见不鲜。这个小村子里有什么事情发生呢？"负鼓"，背着鼓。"盲翁"，目盲老者。露天打场演出叫"作场"。一位盲目的老艺人正在说大鼓书。农村里的文娱生活，表现得真切传神。

大鼓书说的什么故事呢？后两句交代出来："死后是非谁管得，满村听说蔡中郎。""蔡中郎"，指蔡邕，字伯喈。东汉末年的大文豪、书法家，曾官左中郎将，故诗称"蔡中郎"。关于他在民间的故事传说，徐渭《南词叙录》记载的宋人剧目有《赵贞女蔡二郎》，注文说："伯喈（蔡邕的字）弃亲背妇，为暴雷震死，里俗妄作。"其内容是讲蔡邕抛下双亲、离弃妻子，不义不孝，为雷殛死。但注文已经明确指出是"里俗妄作"，属于民间的传说，非蔡邕的真实实事。故本诗感慨"死后是非谁管得"，谁也管不了后人怎么说你。这句诗里包含着作者深沉的人生感慨，抗战派、投降派，真能得到后人的公正评价吗？借古以抒怀，但含蓄而不显露。"满村听说蔡中郎"，说明听大鼓的人还真不少。

小诗不长，但情景逼真，议论剀切，展现了古代农村文娱活动的画卷，尤其是记录下曲艺活动的片断，十分珍贵。我国在唐朝已出现市人小说，段成式《酉阳杂俎》言，唐文宗太和末年，他因为弟弟生日"观杂戏，有市人小说，呼扁鹊作褊鹊"，那是说书人讲三国故事，尚非大鼓。陆游这首诗生动地记下了大鼓曲艺的表演情况，具有重要的历史价值。

"日长睡起无情思，闲看儿童捉柳花"

——杨万里《闲居初夏午睡起二绝句》等六首

梅子留酸软齿牙，芭蕉分绿与窗纱。日长睡起无情思，闲看儿童捉柳花。

——《闲居初夏午睡起二绝句》其一

霁天欲晓未明间，满目奇峰总可观。却有一峰忽然长，方知不动是真山。

——《晓行望云山》

天上云烟压水来，湖中波浪打云回。中间不是平林树，水色天容拆不开。

——《过宝应县新开湖》

> 莫言下岭便无难,赚得行人错喜欢。政入万山围子里,一山放出一山拦。
>
> ——《过松源晨炊漆公店》

> 初疑夜雨忽朝晴,乃是山泉终夜鸣。流到前溪无半语,在山做得许多声。
>
> ——《宿灵鹫禅寺》

> 篙师只管信船流,不作前滩水石谋。却被惊湍旋三转,倒将船尾作船头。
>
> ——《下横山滩头望金华山》

杨万里为南宋四大家之一。他最初是学江西诗派,到了五十多岁的时候,"忽若有悟",认为诗实际是在生活中,随古人脚踵不是正途,乃自辟蹊径,面向大自然和日常生活寻找诗意。从此,"步后园,登古城,采撷杞菊,攀翻花竹,万象毕来,献予诗材。盖挥之不去,前者未雠,而后者已迫"(《诚斋荆溪集序》)。打开了创作的广阔天地。他在《跋徐恭仲省干近诗》中也明确中言:"传派传宗我替羞,作家各自一风流。黄陈篱下休安脚,陶谢行前更出头。"黄陈指黄庭坚、陈师道,陶谢指陶渊明、谢灵运。他走上了这条不傍人篱下的自我创造的新路,不袭死法,而讲"活法",不仅发掘鲜活的诗料,还注意表现得有"味"有"趣",反对"舍风味而论形似"(《江西宗派诗序》),关注点不只在状物之工,还要表现得生动活泼,意趣盎然,或有生趣,或有理趣,或有风趣。结果创作硕果累累,在艺术风格和表现手法方面具有自己的特色。杨万里,字廷秀,自号"诚斋",其诗被称为"诚斋体",影响颇大。这里选录六首,以见一斑。

《闲居初夏午睡起二绝句》其一是写夏日午睡起来后的光景。诗句的次序安排颇有讲究。到第三句才点到"睡起",前两句当然是睡起后的所为所见,却安置在前面。一句是"梅子留酸软齿牙",是写吃梅子。梅子味酸,吃多了牙齿会过敏不能咀嚼,俗谓倒牙,此谓"软齿牙",好像牙软了,不敢嚼东西,造语甚奇。所以如此,是因为梅子的酸汁浸入了牙齿,说是"留酸",亦新颖。再一句是"芭蕉分绿与窗纱",芭蕉叶大而深绿,晃得窗纱也增绿了。窗纱不直说绿纱,好似是窗前的芭蕉把绿色分给它了。一语双雕,不仅写了窗纱之绿,还特别突出了芭蕉之绿。一个"分"字,把芭蕉拟人化了,充满了动感、活气,更加传神地表现出芭蕉绿色欲溢的形象。第三句才落到正题,"日长睡起无情思"。"日长",夏日昼长。"无情思",无情无绪,也有一点慵怠无聊的意味。读到这里才知道,原来前两句都是写午睡之后"无情思"的状态,嚼嚼梅子,看看芭蕉。接着再写第三个动作,放眼窗外,"闲看儿童捉柳花"。"柳花"即柳絮。小孩子们在捕捉漫天飞舞的柳絮。诗好像只写了午睡之后的几个动作,主人公的闲散无绪,表现得传神尽相，儿童的天真活泼，也凸显在画面之中，真趣逼人。无怪周密笔记记载杨万里自称这首诗"工夫只在一'捉'字上"（《浩然斋雅谈》）。

《晓行望云山》写早行所见云、山之景。"霁天欲晓未明间"，雨过天晴为"霁"，"霁天"，刚晴的天。"欲晓未明间"，天已快亮，但夜色还未褪尽，迷蒙不清。向远处望去，一片奇峰，煞是悦目："满目奇峰总可观"。看着看着，忽然一座山峰猛然升高："却有一峰忽然长。"方才恍然明白，那不增高的才是真山，"方知不动是真山"，不断变化的原来是云峰。写雨后清晨云峰、山峰稠叠交错，云峰似山，山峰似云，真假难辨之景，清晰如绘。

《过宝应县新开湖》写湖上光景。宝应县在今江苏省。首句云"天上云烟压水来"，"烟"，雾。云雾低沉，直接水面，落笔便不平凡，用一"压"字，特别显现出云烟之紧贴水面。次句"湖中波浪打云回"，湖中浪涛汹涌，一似要把压来的云雾推开，此句之"打"字，堪与上句"压"字媲美。天上的云烟，水上的波浪，都拟人化了，一"压"一"打"，生动有趣。"中间不是平林树，水色天容拆不开"，远远望去，天边一道林木，横亘二者之间，若不是有了它们，简直分不出哪是"天容"，哪是"水色"。写水天一色、浑融一体情景，穷神尽相。"不是"，犹如说若不是。

《过松源晨炊漆公店》写在丛山之中经行岭路的感受。松源，地名，在今江西弋阳县、安仁县之间。"晨炊"，做早饭。诗的内容与晨炊漆公店无关，是写前往漆公店路中经行的情景。首句单刀直入，"莫言下岭便无难"。上岭爬坡，比较吃力，下岭轻松多了,这是人之常情;但是此句却警告说,不要以为下了岭便没有艰难了,这是你白喜欢一场,"赚得行人错喜欢"。为什么呢?因为"政入万山围子里,一山放出一山拦"。这道山、这条岭走过了,前面又是一道山、一条岭。这首诗写重山中行路,岭道重重,自是形象分明,更重要的是表达语言活泼有趣,不仅首二句如此,三、四句的"万山围子""一山放""一山拦"也都生动引人。诗语盎然多趣,也是艺术创造的一个方面。

《宿灵鹫禅寺》写在山寺夜宿的一点感受。灵鹫禅寺在今江西广丰县灵鹫山上。诗虽是写景,颇有哲理意味。本写山泉水声,却从疑为雨声落笔,便不同一般:"初疑夜雨忽朝晴,乃是山泉终夜鸣。"夜里听得水声哗哗,以为下了雨,其实不是雨声,而是山泉流淌、水石相激的声音。现在没有声音了,以为是早上晴了天,雨停了,其实又不是,而是"流到溪前无半语,在山做得许多声"。山中泉水,由高就低,悬流之声清脆响亮,出山之后,漫衍横流,自然没有声音了。有了从高向下、水石相激的条件,才有那"许多声",没了这条件,便变得"无半语"了。其中饶含妙理。同为一物,在山如彼,在溪如此,环境与条件使然。有人说这诗是讽刺当时士大夫,未仕时高谈阔论,一旦做了官,便默然无声了。可备一说。

《下横山滩头望金华山》写江中顺流行船的片断小景。首二句说:"篙师只管信船流,不作前滩水石谋。""篙",撑船的竹竿或木杆。"篙师"指撑船的熟手。因为顺水,船行无须费力,篙师未免偷懒,任其漂流,毫不考虑前滩水石的形势,有所准备。结果来了,"却被惊湍旋三转,倒将船尾作船头","惊湍",险恶的急流。"倒",一百八十度的掉转,即下句所言船尾变成了船头。险急漩流弄船的情景如见。

  杨万里这些诗反映的都是生活小景,琐事细情,不同于有关家国要事的大题目,不免显得狭窄琐屑。然而能将生活的某些侧面铸造为艺术形象,亦自有其美,同样给人以美的享受。艺术就是要百花齐放,而不是一花独放。试想想,如果地球上只有一种花,谁人能耐得了这样的单调!这些小景细情,内容很平常,甚至是人们也曾经历过的,但没有做艺术抉发,就随它流逝了。苏轼诗说"春江水暖鸭先知",鸭为两栖家禽,能水能陆,但水凉是不下水的,春天来了,水温一变,它就下去了。这是人人尽知之情,苏轼把它写出来,铸成诗句,便是艺术创造,新颖动人。再有人写它,就陈腐无味了,关键在于新发掘、新表现。杨万里的这些诗的艺术价值,就在新抉发、新表现。

拓域开境

"当流赤足蹋涧石,水声激激风吹衣"——韩愈《山石》

"冷露滴梦破,峭风梳骨寒"——孟郊《秋怀》其二、《寒地百姓吟》

"蓝溪之水厌生人,身死千年恨溪水"——李贺《老夫采玉歌》《苏小小墓》《梦天》

拓域开境

"当流赤足蹋涧石,水声激激风吹衣"

——韩愈《山石》

山石荦确行径微,黄昏到寺蝙蝠飞。升堂坐阶新雨足,芭蕉叶大支子肥。僧言古壁佛画好,以火来照所见稀。铺床拂席置羹饭,粗粝亦足饱我饥。夜深静卧百虫绝,清月出岭光入扉。天明独去无道路,出入高下穷烟霏。山红涧碧纷烂漫,时见松枥皆十围。当流赤足蹋涧石,水声激激风吹衣。人生如此自可乐,岂必局束为人鞿?嗟哉吾党二三子,安得至老不更归!

中唐时候,韩愈、孟郊一派诗人涌现诗坛。盛唐诗歌重兴象,好诗累累,艺术也达到了圆满成熟的高峰。有些诗人渐渐感到很少再有开拓的余地,立意去闯新路,力求走出盛唐诗歌平滑圆熟的格局,成为唐诗的别调,也开了宋诗格调的先声。韩愈是这批人的领袖,孟郊、李贺等紧跟其后,形成一股诗歌的新潮流。他们创作的风格不尽一致,但出脱盛唐之音、别创新格的精神是一致的,堪称在诗国里拓域开境,开拓新领域,开创新诗境。

韩愈走的道路是以文为诗,以文字为诗,创大篇,押险韵,驱驾气势,力大气雄,颠倒奇崛,虽难免有其弊端,但自成一法,自创一格。叶燮说:"韩愈为唐诗之一大变,其力大,其思雄,崛起特为鼻祖。宋之苏(舜卿)、梅(尧臣)、欧(阳修)、苏(轼)、王(安石)、黄(庭坚),皆愈为之发其端,可谓极盛。"(《原诗》)这首《山石》就是以文为诗的典型表现。

诗从入山进寺写起:"山石荦确行径微,黄昏到寺蝙蝠飞。"通过一条山石丛错凸凹不平的山路,黄昏时分到了寺里,蝙蝠纷飞。"荦确",险峻不平。"蝙蝠",能飞翔的哺乳动物。"升堂坐阶新雨足,芭蕉叶大支子肥。"到寺之后,登上堂,坐在台阶上观景。因为刚刚下过雨,滋润植物的水分充足,所以芭蕉的叶子很大,栀子也很肥满。"新雨足",犹如说下了一场透雨。方东树赞此四句说:"许多层事只起四句了之。虽是顺叙,却一句一样,如展图画,触目通层在眼,何等笔力!"(《昭昧詹言》)一句一层事,一句一样景。还不只如此,词词实在,物物事事相接,意象密集,情景引人。所以,虽是平铺直叙,却不使人感到平直。不只此四句,下文叙语也都具有这样特色,是很高妙的叙述笔墨。

"僧言古壁佛画好,以火来照所见稀。"寺里僧人告知描绘佛教故事的古老的壁画很好,用火把照明观看,确实为过去所罕见。"稀"可以做两种解释,一是罕见,一是稀疏,因年久剥蚀,不是很鲜明了。两解均通。"铺床拂席置羹饭,粗粝亦足饱我饥。"看过了壁画,开始晚餐,虽是粗茶淡饭,亦足以解饥。"铺床",弄好摆碗具之处。"拂席",打扫干净坐席。古人席地而坐,所谓席就是一个垫子,拂拭坐席表示对客人的恭敬。"粝",糙米。

"夜深静卧百虫绝,清月出岭光入扉。"吃罢晚餐,在寺中安息。那真是难得的静谧优美的世界。夜深之后,百虫都停止了鸣叫,多么安静!月儿升上岭巅,清光透过门户投进屋内,多么优美!高步瀛赞此两句说:"写雨后月出,景象妙远。"

"天明独去无道路,出入高下穷烟霏。"天亮以后,便离寺下山。"无道路",不是没有道路,看了下句就明白,是晨雾笼罩,看不清道路。"出入高下",指山路不平,忽高忽下。"烟霏"即指晨雾。古人常以"烟"指雾,孟浩然《宿建德江》"移舟泊烟渚",就是指夜雾笼罩的沙洲。"霏",亦为天上的云气。谢灵运诗"云霞收夕霏"(《石壁精舍还湖中作》),即指晚空的云气。"穷"是尽的意思,"穷烟霏"是走不尽烟霏之意,总是在茫茫雾气之中。

"山红涧碧纷烂漫,时见松枥皆十围。"山上有花,故曰"山红";涧中有水,故曰"涧碧"。"烂漫",形容花之红,水之碧,相互映发,光彩夺目。"松""枥"皆树名。"围",量词,两手合拱之粗细,足见古木苍苍。"当流赤足蹋涧石,水声激激风吹衣。""当流",碰上了溪水。"蹋"即踏。光脚踏在涧水中的石头上。"激激",水石相激的声音。高步瀛说"天明"以下六句,"写早行如入画图"(《唐宋诗举要》)。

"人生如此自可乐,岂必局束为人鞿?嗟哉吾党二三子,安得至老不更归!"以感悟之语结束此诗。"如此",即前文描述的这种生活。这是与官场生活对比而言,所以下句即讲官场生涯。"局束",局促拘束。"鞿",操控马的缰绳,这里做动词用,控御之意。不必一定做官受人羁绊驱遣。"嗟哉"是叹辞。"吾党二三子",指同行的几个朋友。末句说,怎么能够到老都不再回去。可见诗人对此种生活的陶醉和对官场生涯的厌倦。

这首诗是以写文的格局写诗,整体来看,很像一篇游记。从登山入寺,升堂观画,晚餐就寝,直到次日清晨下山及一路光景,无不包容其中。诗虽为文章的框架,但叙写却不离诗的韵味与形象的描绘,每一幕的情景,无不鲜明生动。但与兴象为诗比较起来,内容大为丰盛,显出以文为诗的特点与艺术功效。末四句以感慨作结,由于有了前文的丰富描写,此行生活样态之诱人已深入读者之心,让人觉得分外切实有力。

"冷露滴梦破,峭风梳骨寒"

——孟郊《秋怀》其二、《寒地百姓吟》

秋月颜色冰,老客志气单。冷露滴梦破,峭风梳骨寒。席上印病文,肠中转愁盘。疑虑无所凭,虚听多无端。梧桐枯峥嵘,声响如哀弹。

——《秋怀》其二

无火炙地眠,半夜皆立号。冷箭何处来?棘针风骚骚。霜吹破四壁,苦痛不可逃。高堂槌钟饮,到晓闻烹炮。寒者愿为蛾,烧死彼华膏。华膏隔仙罗,虚绕千万遭。到头落地死，踏地为游遨。游遨者是谁？君子为郁陶。

——《寒地百姓吟》

孟郊紧跟韩愈，作诗追求新奇创辟，不过与韩之创大篇、押险韵、驱驾气势、磅礴变怪异趋；更多是刻炼，遣词用字、表现情思，追求深一层，曲一层，创造出一种奇警瘦硬的风格。这里选录了两篇，可以从中体认其独特的艺术创造。

先看《秋怀》其二。"秋月颜色冰，老客志气单。"秋季是清凉的季节，月光又不比阳光之晶光四射，而是轻柔朦胧。那么秋天的月亮是什么样呢？诗人用了一个"冰"字。细一品味，那"冰"字传出的意象，洁白、阴凉、清冷，形容秋月真是再恰当不过了。"冰"本来是一个再普通不过的字眼，但用在这里便有了特异的魅力，这就是艺术的创造。"老"不是年老，而是长久的意思，一般会说"久客"，而孟郊偏偏用个"老"字，也是要语不犹人。孟郊三次进士考试落榜，游走各处做些微官幕僚，压抑挫折不断，壮志几乎被消磨殆尽，所以是"志气单"。"单"字也是个常见的字眼，但用以形容志气，则很罕见，很能表现那种几乎再打不起精神来的孤怯的情状。用字又见其不凡的功力。

"冷露滴梦破，峭风梳骨寒。"露水落下的声音，是很轻微的，但是可以把梦惊醒。可见诗人常常是愁绪满怀，难有熟睡的时候，用滴露破梦表现觉总是睡得很轻的状况，也是深曲一层的表现方法，新颖引人。"露"前又特别着一"冷"字，为本诗凄清的基调增加气氛。俗语说"春风透骨寒"，秋气也一样寒凉透骨，怎样透骨法？作者用了"梳骨"二字，好像木梳梳进骨头里，既形象又新颖别致。"峭"即料峭，寒冷之意。苏轼词"料峭春风吹酒醒"，这里只取一"峭"字直接与风相接，也是少见的。

"席上印病文，肠中转愁盘。"前一句写病，后一句写愁。"文"，通"纹"，指痕迹。"病"怎么会在席上留下痕迹？那是写久病卧床，身子在席上留下了痕迹。说"印病文"就引人深想一层，不那么平直，有点咀嚼的味道了。这就把人引入了艺术创造境界，不是在那里说平淡如水的大白话了。孟郊诗曾说"别肠如轮转"，那是写离情，这里是写愁绪，造意相似，比喻又不同，是"转愁盘"。愁绪纠结不开，越缠越紧的情状，得到了新创而又形象的表现。

"疑虑无所凭，虚听多无端。"作者有什么"疑虑"？是重病缠身？应当不是。是渐老体衰？应当也不是。看来还是和那"志气单"相关。诗人因为看不到光明的前景，疑虑重重。疑虑自然是未成事实的东西，所以"无所凭"。"虚听"当是各种传言，"无端"即没来由，也就是传言未必实在可信。这自然更增加了诗人的疑虑之怀。作者已经经历了许多压抑摧折，还有什么不幸等着他呢？只能在疑虑不安中苦熬了。诗题是《秋怀》，这两句应是所谓"怀"的重点所在。

"梧桐枯峥嵘，声响如哀弹。""峥嵘"，高大茂盛的样子。"声响"指风吹梧叶发出的声音。"哀弹"，悲哀的曲调。这是写景，也不能排除诗人是暗用比兴手法，隐隐自喻。梧桐树徒然壮大高耸，只不过能发出些哀音罢了。

《寒地百姓吟》与上一首不同，那是自我抒怀，这是客观地反映民生疾苦。试看作者是如何写民众之苦的。前六句写穷苦的具体情景："无火炙地眠，半夜皆立号。冷箭何处来？棘针风骚骚。霜吹破四壁，苦痛不可逃。"百姓之苦非只一端，作者只取寒冻难耐一点落笔。笔墨集中，描状具体深刻。用少而深的笔路，给人以触目惊心难以忘怀的印象，可以说把以少表多的艺术效用，发挥到了极致。"无火"指没有取暖的炉火之类。天又极冷，只好把地面用柴草烘热，睡在上面，所谓"炙地眠"。"炙"是烧烤之意。诗人特取炙地而眠一事，见出诗人为诗善于选择既新异又富有表现力的细节。但烘热的地面，热度逐渐消失，所以，到了半夜，便不得不站立起来哀号了。站起来，虽然可以离开冰冷的地面，却无法逃出寒冷的侵袭。冷风飕飕，四面袭来。"何处来"？辨不出从那里来，也就是无处不来。两句中的风，都用了异于常言的字眼，一曰"冷箭"，似冰冷的箭射在身上；一曰"棘针"，似荆棘上的针刺一样刺人。用字造词也是既新异而又形象，最能传出寒风砭人肌骨的感受。冷风不曰冷风，而曰"霜吹"，也是为了跳出诗语的陈熟。"破四壁"自然是说风穿过屋子的四面墙而来。但是想一想，如果是真正的好墙壁，风怎么能够穿透？这一定是穷人家用竹子或秸秆编排做胎，上面涂以泥巴的墙，所以挡不住寒而强的冷风，这里又同时表现了百姓的穷苦。屋子里如此，屋子外自不在话下，所以寒凉的苦痛真的是无法逃脱了。

六句诗似乎已经将寒凉苦痛写尽，然而出人意料的，是下面却又有新展拓。孟郊的诗总是这样，常常在似已到尽头之处，又翻出新境界，有更深的开掘。"高堂槌钟饮，到晓闻烹炮。寒者愿为蛾，烧死彼华膏。华膏隔仙罗，虚绕千万遭。到头落地死，踏地为游遨。""高堂"指富贵人家，宅第高大。"槌钟"，敲钟，这里借指奏乐。"烹""炮"都是烹饪的方法，烧煮食物曰烹，以泥涂食材用火烧熟叫炮。诗人特别强调"到晓"，就是从夜里开始直到天亮都烹炮不断，和百姓的"炙地眠"形成鲜明对比，两种世界，两种夜景。诗是否善于艺术创造，往往在这种地方凸显出来。寒冻难忍的人愿意化为蛾子，被那旺旺燃烧的烛火烧死。这不是说寒者想一死了之，而是冷痛难忍，想接近那华烛取一点暖，即使一死也在所不惜。可见冷痛到了什么程度！从寒者的心理活动上写，比前面描写又进了一层。"华膏"，华丽的蜡烛。成语说"飞蛾扑火"，作者取来略加改造，用以表现寒者的心理活动，是非常巧妙的旧语新用。但是华膏隔着帐幕，白白绕飞了千万圈。连这样一种可怜的愿望，也达不到，又进了一层，命运多么可怜！"仙罗"指高贵的帷帐。诗人并没有到此停步。飞了千万圈的飞蛾，终于疲累难以承受，落地而死。一死尚未了，还要被遨游者不断踩踏，又进了一层，遭遇多么可悲！这一层层的推进，挖掘尽净，刻画淋漓，充分表现了作者艺术构思深一层落想的特色。

"游遨者是谁？君子为郁陶。""郁陶"，忧思深沉。游遨者是什么人？诗人用一个问句摆在那里，不做回答，读者也自然心里都明白，简约蕴藉，启人深思，如果说出来，反而平淡如水了。包括诗人在内的"君子"，对此不平等、不公平的世界，只能怀抱深忧了。诗人没再批评、诅咒、指斥，戛然而止，让读者去体味那余味。

孟郊作诗，属于苦吟的一派。他自言"夜学晓未休，苦吟鬼神愁。如何不自闲，心与身为仇"（《夜感自遣》）。他的苦吟用心所在，是要语不犹人，力避陈熟，词语要新异，构思表现要脱却寻常，总是向深一层处开掘，让所表现的情意奇警而深入人心。上面两首诗，都充分表现了这样的特点。它如言穷"借车载家具，家具少于车"（《借车》），没车搬家，借别人的车，而家具之少，连一车都装不满。给人印象之深刻，均见其由深思而得的艺术表现的奇妙。所以诗作刻炼，坚卓有骨，施补华说他"坚硬特甚"（《岘佣说诗》），自成一格。

"蓝溪之水厌生人，身死千年恨溪水"

——李贺《老夫采玉歌》《苏小小墓》《梦天》

采玉采玉须水碧，琢作步摇徒好色。老夫饥寒龙为愁，蓝溪水气无清白。夜雨冈头食蓁子，杜鹃口血老夫泪。蓝溪之水厌生人，身死千年恨溪水。斜山柏风雨如啸，泉脚挂绳青袅袅。村寒白屋念娇婴，古台石磴悬肠草。

——《老夫采玉歌》

幽兰露，如啼眼。无物结同心，烟花不堪剪。草如茵，松如盖。风为裳，水为佩。油壁车，夕相待。冷翠烛，劳光彩。

西陵下,风吹雨。

——《苏小小墓》

老兔寒蟾泣天色,云楼半开壁斜白。玉轮轧露湿团光,鸾佩相逢桂香陌。黄尘清水三山下,更变千年如走马。遥望齐州九点烟,一泓海水杯中泻。

——《梦天》

李贺作诗也是走韩、孟的路子,追求新创,力避陈熟。但其创造出的风格,既不同于韩愈,也不同于孟郊。这里选录了他的三首诗,可以体会他的风格特点和艺术创造的奥秘。

《老夫采玉歌》是一首写采玉工人悲惨命运,表现社会现实的诗。在李贺之前,韦应物已有反映这一主题的作品《采玉行》,其诗曰:"官府征白丁,言采蓝溪玉。绝岭夜无家,深榛雨中宿。独妇饷粮还,哀哀舍南哭。"以朴实的语言描写了采玉工人的悲苦情景,采玉工人是朝廷征发的,采玉的环境十分艰苦,那里没有房子,只能在榛棵丛中避雨和睡觉。妻子给他送饭,归家之后痛哭不已。李贺这首诗踵继其后,内容略有拓展,特别是艺术表现上显示出独特的风格。

"老夫"指采玉老工人,以老工人为描写对象,更容易显示采玉工人苦难的深度,诗人的构思是有斟酌的。"歌""吟""引""行"等都是乐府体的名称,这一篇也是乐府歌行体诗。诗从玉的用途写起，"采玉采玉须水碧，琢作步摇徒好色。"玉是被用来制作步摇之类的妇女首饰的，戴这样首饰的自然是贵妇人，所以"须水碧"，要上等好玉。"水碧"一名出《山海经》，即指碧玉。蓝溪之玉色泽俱佳，世称蓝田碧，故以水碧相称。"蓝溪"，在今陕西蓝田县西蓝田山中，"其水北流出玉"（《三秦记》）。为了富贵人家的奢侈享受，一些人世世代代陷入冒着生命危险去采玉的境地。这不过是为贵族妇女增添姿容之美而已，所谓"琢作步摇徒好色"。一个"徒"字表现了诗人愤愤不平之气。"步摇"，妇女发髻上的饰物，行走时摇摆颤动。诗的开端，把人民的苦难与富贵阶层骄奢的生活紧紧绾合在一起，揭出事物的本质，大大增强了思想性。

接着写老夫采玉时的饥寒苦况和悲凄心境："老夫饥寒龙为愁，蓝溪水气无清白。夜雨冈头食蓁子，杜鹃口血老夫泪。"韦应物的《采玉行》，已经表明在蓝溪采玉，是进入深山绝岭之中，那里没有房子，只能歇宿在茂密的榛丛中。不过韦应物写的是壮丁采玉，家里还有一个"独妇"给他送饭；李贺写的却是老夫，从诗的下文看，他记挂着家中的"娇婴"，似乎只有这么一老一小，连送饭的人也没有了，情况尤为惨苦。他独处在风吹雨打的冈头上，又饿又冷，连蓝溪里的龙都为他悲愁了，那蓝溪水面上笼罩的氤氲的雾气，就是龙的愁气所凝。想象奇特，意象朦胧，画面却极鲜明。以"龙为愁"写老夫令人不忍目睹的饥寒惨状，构想已经很创辟；将水面黯淡的夜雾设想为龙的愁气，就更出人意料了。一片愁云惨雾气象，相比直言老夫的愁心，不只新异，也生动得多、形象得多，更具有惊心动魄的力量。夜雨饥寒，无物果腹，只有拿野果榛子充饥了，他怎能不为自己悲惨的命运血泪交流呢！诗人在"老夫泪"前用了一个杜鹃啼血的典故。相传杜鹃为古蜀国的帝王望帝的魂魄所化，鸣声凄苦，每啼不至流血不止。想要知道老夫悲恸的程度吗？那杜鹃哀啼、满口鲜血就是老夫的写照，表现得深刻有力。

接下去揭示采玉工人担着生命危险，此意仍不直说，而说"蓝溪之水厌生人，身死千年恨溪水。""厌"可作"厌憎"解，也可通"餍"，做饱食讲，不论是厌憎活人，还是以活人为食，都是溺死人之意。不知多少采玉工人丧生溪中，死者千年都恨溪水，可见采玉工人心中积郁的怨毒之深。说"恨溪水"，不直说恨官府、恨贫穷逼迫，将对官府和社会的控诉表现得比较含蓄，这是诗人在艺术构思上喜欢追求深曲的表现。接下去写入水情景："斜山柏风雨如啸，泉脚挂绳青袅袅。"紧承上两句就采玉环境落笔，倾斜的山坡上，风撼柏树，雨声如啸，就在这风雨交加的环境下，采玉老人在泉脚处拴上绳索，另一端系在腰间。"袅袅"，绳子摇曳的样子。这风雨中袅袅浮荡的一线就系着采玉老人的生命。写其危险情景，真使人捏着一把汗。结尾两句说："村寒白屋念娇婴，古台石磴悬肠草。"当老夫靠向溪水时，临近险境，不禁思念起家中那个孩子。"白屋"，没有任何涂饰的简陋的房子，贫者所居。但又能怎样呢？不过呆呆地看着那古台石级上的悬肠草而已。"悬肠草"，一名思子蔓。诗也就到这里陡然打住，颇能启人玩味与深思。诗只说了"念娇婴"，没有具体点明怜念的内容，但可以想象得到，采玉人自己一旦不幸，那弱小的娇儿又怎么活下去呢？

这是一首反映社会问题的诗，但艺术表现上很别致。它通过许多夸张的渲染，如溪龙为愁、杜鹃口血、水厌生人、风雨如啸等等，造成十分浓郁的气氛，将采玉老夫的凄苦命运以强烈的色彩揭示出来，给人极深刻的印象，有很强的艺术感染力。其次，诗中许多描写想象奇特，如龙为愁、溪雾与愁气、杜鹃口血与老夫泪、悬肠草与白屋娇婴、厌生人与恨溪水的构想，都给人以新颖奇僻的感受，构成其艺术表现奇异的一面。再次，诗的辞藻富于色彩感，但并非堆砌华丽的字眼，而是字字精实，所以不是富艳，而是瑰丽。所有这些都显示出李贺诗特有的风格。

再看《苏小小墓》。苏小小是钱塘名妓，南齐时人。古乐府有《苏小小歌》，词曰："我乘油壁车，郎乘青骢马。何处结同心，西陵松柏下。"虽为妓，却也有真挚动人的爱情故事。自然还有一些其他传说，如唐李绅的《真娘墓》序就说："嘉兴县前亦有吴妓人苏小小墓，风雨之夕，或闻其上有歌吹之音。"这些都为后人咏歌苏小小提供了材料。唐代人咏歌苏小小的诗，堪称夥颐。以其"墓"为题之作，也不少。或写吊墓之情，如权德舆《苏小小墓》"万古荒坟在，悠然我独寻。寂寥红粉尽，冥寞黄泉深。蔓草映寒水，空郊暧夕阴。风流有佳句，吟眺一伤心"；或凭吊其墓而连及其生前心愿，如张祜《题苏小小墓》"漠漠穷尘地，萧萧古树林。脸浓花自发，眉恨柳长深。夜月人何待，春风鸟为吟。不知谁共穴，徒愿结同心"；或写其墓而连及其生前情景与死后的揣测，如罗隐《苏小小墓》"魂兮携李城，犹未有人耕。好月当年事，残花触处情。向谁曾艳冶，随分得声名。应侍吴王宴，兰桡暗送迎"。小小死葬吴宫之侧，故有后两句的揣测或者说愿望之言。李贺这首诗则迥异众作，完全跳出凭吊的格局，既非写墓地情景，也非悼念墓中人，而是通过丰富的想象力，写苏小小的鬼魂的活动，立意即别出心裁,更不要说描写笔墨的新颖奇特了。奇丽迷离,别创出一种意境美。

诗题的"墓"字一作"歌",不如"墓"字更切合诗之内容,因为诗中所写并非生时景象,而是死后情景。是写死后的苏小小对生前爱情的渴思,在凄风苦雨之夕,痴情地期待相爱的人,而又完全落空。凄苦至极,亦惨酷之极,摧人泪下。

诗从墓中死者的形象写起,这自然不再是光艳照人的小小,而是其死后幽冷凄迷的鬼魂。为了突出这样的境界气氛,诗人多用自然事物来表现。说其实而非实,说其虚又非虚。正是在这迷离朦胧的意象中,传神地写出苏小小鬼魂的形象、行动和心理,极尽艺术创造之能事。首二句说:"幽兰露,如啼眼。"露水都是晶莹的,说它是泪水也可以,说它是泪眼也可以。总之传达出来的形象,是水汪汪的一双眼睛,又是水亮亮的一双眼睛,词语之妙,难以言说。《协律钩玄》说此二句"画出鬼形",甚是。露水,许多植物上都有,作者偏偏采用了"幽兰"。兰之美,是秀美、幽雅、婀娜,不直说小小,小小的美姿即在"幽兰"二字之中,实又有一箭双雕之妙。

下二句说:"无物结同心,烟花不堪剪。""结同心",即两心相爱。赠物以表情意或以赠物定情,由来已久。《诗经·溱洧》所说的"维士与女,伊其相谑,赠之以勺药";《楚辞·山鬼》女神去会意中人所说"折芳馨兮遗所思";《古诗十九首》所说的"涉江采芙蓉,兰泽多芳草。采之欲遗谁,所思在远道":无不是这样的意思。但以苏小小的鬼魂来说,就成了大问题了。人间的事物自然一样未少,但对另一世界的她,却成了虚无缥缈的东西,

"烟花不堪剪",所以"无物结同心"了。想一想,此时此际,小小的心境,会凄伤到何种程度!但是即使两手空空,她还是顽强的要去会意中人。"草如茵,松如盖。风为裳,水为佩。"以草为垫子,以松为车盖,以风为裙子,以水为环佩,行装、衣服、饰物,全都齐备了。"茵"车上铺的垫子。"盖",车上圆伞形的遮阳防雨器具。"风为裳",令人有衣裙翩翩之感,"水为佩",令人联想水石相激的叮咚响声,柳宗元文即曰"隔篁竹,闻水声,如鸣珮环"《至小丘西小石潭记》,都写得形象鲜明而生动引人。

"油壁车,夕相待。"她坐在油壁车里,黄昏时分,热切地等待意中人的到来。"油壁车",是用古乐府《苏小小歌》的"我乘油壁车"。"冷翠烛,劳光彩","翠烛",绿色的光亮。这里是指磷火,本为死人的头发所化,俗谓鬼火,墓地中常见。这里即喻指苏小小的鬼魂。翠烛前加一"冷"字,正像"兰"字前加一"幽"字,都是为了增加全诗的凄清色调。"劳光彩",不断地闪耀光彩,陈本礼曰:"照久不至故曰劳。"显然,小小是想燃尽全身的光辉引来意中人,这一个"劳"字,充分表现了久待不厌、殷切期望之情。

"西陵下,风吹雨。""西陵",地名,在钱塘江之西。《苏小小歌》说:"何处结同心,西陵松柏下。"那本是与意中人结同心的地方。现在呢?那里只有风雨交加,不见意中人的身影。诗至此戛然而止,也许诗人想留下小小永远期待的形象,让读者咀嚼其中的意味。诗人达到目的了,这形象的确是难以磨灭的。

在写苏小小墓的诗作中,这首诗跳出旧的窠臼,独出心裁,写苏小小的鬼魂行动,新颖别致,选择描写的角度即占一胜地。鬼魂与生人，一阴一阳，情境迥殊。此诗在描写上，用浪漫主义的创作方法，吸取《楚辞·山鬼》《离骚》的一些艺术表现手法，充分利用植物与自然风物，组成特殊的意象，惝恍迷离，真切传神，富有引人的魅力，表现了极高的艺术创造力。全诗意境幽冷凄清，浑然一体。刘辰翁说："古今鬼语，无此惨淡尽致。"（《笺注评点李长吉歌诗》）十分中肯。与李白诗境相比，差异极其明显。故宋祁说："太白仙才，长吉鬼才。"（《文献通考·经籍》）严羽说："太白天仙之词，长吉鬼仙之词。"（《沧浪诗话·诗评》）总之，白飘逸，贺凄厉。以"天仙""鬼仙""仙才""鬼才"之称，分别李白、李贺风格之差异，不无道理。王思任说李贺"以其哀激之思，变为晦涩之调，喜用鬼字、泣字、死字、血字"（《昌谷诗解序》）。其实不只是变为晦涩之调，更是变为凄戾幽冷之境，以寄其"恨血千年土中碧"的深愁重恨。

再看《梦天》。梦天是说做梦到了天上。从诗的内容来看，所谓上了天，是指走入了月宫。诗是从月亮写起。首二句说："老兔寒蟾泣天色，云楼半开壁斜白。""蟾"即蟾蜍。古代神话传说里，月宫里面有蟾蜍和玉兔。诗人接过这个神话传说，淡淡月光中清幽阴冷的天色，是老兔寒蟾哭泣的结果。关于月亮里有玉兔和蟾蜍的神话，尽人皆知。但说到一天清冷的月光、幽凄的天色，是蟾、兔哭泣而成，就从没有人说过了。表现了诗人非凡的想象力和诗语的新异创辟。想一想，把"天色"与"泣"字联系在一起，其中传达出来的意象，是多么丰富美妙！品之愈出，绝非某一具体词语所可比拟的，这就是诗人创作高明之处。"兔"前加一"老"字，表示月亮为时已经太久了；"蟾"字前加一"寒"字，显然是为了映衬"天色"的凄清。如果提一个问题，为什么是"兔"前加"老"字，"蟾"前加"寒"字，而不是相反？恐怕就难以回答了。其实这是互文见义，掉过来说成"寒兔老蟾泣天色"，也未尝不可。"云楼"，指堆叠的云层。"半开"，裂开很大的缝隙。"壁斜白"，写月亮露出洁白的身影，投下斜照的光辉。

接下来两句便直接写月的形象和进入月宫了。"玉轮轧露湿团光，鸾佩相逢桂香陌。""玉轮"即指圆圆的月亮。月亮的光辉不比太阳，给人的感受是柔和阴冷，诗人用"湿团光"三字来表现。"团"就是圆，月亮是"湿"的，这又是不曾有人这样写的；但细想一下，这"湿"字传达出来的境象，和凄清幽冷的月色又是多么妙合无间，不能不赞叹诗人用词造境的高妙。这句诗不只说月亮是"湿"的，还说明那缘由，是因为它在"轧露"行走。难为诗人会有这样的想象。"轧露"又紧承"玉轮"二字，轮子轧露，不是顺理成章吗？不只形象鲜明，象喻也字字在理，令人信服。"鸾佩"，雕刻有鸾鸟图案的玉佩。这是用仙女的佩饰借指仙女，应该就是嫦娥了。"桂香陌"，桂树飘香的大路，就在这路上与仙女相逢了。

诗人做梦来到了天上，进入月宫，与仙女相遇，非常美好的境界。但诗人并没有就此生发下去，而是掉转笔头写在天上俯瞰地上的感受。集中在两点上：一是地上的一切都短暂无常；一是地上的一切都非常渺小。"黄尘清水三山下，更变千年如走马"，写短暂无常。"黄尘"，指陆地；"清水"指海水，"三山"，传说中东海里的三座神山，即蓬莱、方丈、瀛洲。"如走马"，形容变化之快有如奔跑的马。《神仙传》载，仙人麻姑说，"接待以来，已见东海三为桑田",也就是东海已经三次变为陆地,又三次变为海水。这就是后来"沧海桑田"成语——也简说成"沧桑"的来历。两句诗就是沧桑变化急遽之意,但造语都别出心裁,语不犹人,以"黄尘"指桑田,以"清水"指东海。"三山下"即三山旁之意。千年以来,在三山之旁的沧海桑田,变化不已,就如走马灯一样。意谓短暂得不值一顾。"遥望齐州九点烟,一泓海水杯中泻",写渺小。"齐州"即中州之意,指整个中国大地。"九点烟",中国古代分为九州,按《尚书·禹贡》所载,九州为冀、兖、青、徐、扬、荆、豫、梁、雍,此言从天上看下去,九州不过如九点烟尘。"泓"是水清深的样子。此句说所谓大海不过有如杯子中的一杯水。九州有如九点烟尘,大海有如一杯水,渺小如此,还有什么值得顾恋。两句诗的用词造语,也都富有想象力、创造力,新颖可喜。阮籍创作《大人先生传》,贬抑名教社会的渺小,说"先生以为中区之在天下,曾不若蝇蚊之着帷,而终不以为事"。"中区"即指名利之徒在其中追膻逐腥的现实社会,在大人先生看来,不过像苍蝇、蚊子落在帷幕上,不值得用心。我们在这两句诗中,感受到了同样的气息。

这首诗的重点是在后半,前半不过是为写后半所作的铺垫。为什么诗人会对人间世有如此愤激的反响,既短暂又渺小,不值顾恋。这与诗人的经历遭遇密切相关。诗人虽然只活了二十七岁,但才华横溢,有高远的志怀,曾说"少年心事当拏云"(《致酒行》);但因父名晋肃,"晋"与进士的"进"同音,犯讳,不能应进士考试,阻塞了科名道路,心境凄苦,"我当二十不得意,一心愁谢如枯兰"(《开愁歌》)。后来做了奉礼郎,是管宗庙祭祀赞礼的小官，"臣妾气态间"（《赠陈商》），跟仆妾差不多。诗人不能不愤呼"天眼何时开，古剑庸一吼"（同上），可是天眼并未睁开，古剑也终没得一吼。极度压抑的心境，驱使他寻求心灵的解脱。这种把人世看作倏忽渺小的思想，正是诗人在现实中的追求幻灭后一种愤激感情的体现。人间世尚且如此倏忽渺小，追求那里面的东西，还有多大价值。不过表现得比较曲折，也表现得很有艺术趣味。

　　李贺也与孟郊一样属于苦吟的一派。相传他常骑一驴出行，一小奚奴跟随，带一锦囊，得了佳句，就写下来投入其中，晚上回来之后，再足成一诗。其母就说过："是儿要当呕出心乃已尔。"（《李长吉小传》）所以他的诗追求奇异，色彩上、情调上、造思上、用词上都要独具特色。高棅说："天纵奇才，惊迈时辈。所得离绝凡近，远去笔墨畦径。"（《唐诗品汇》）李维桢说："极思苦吟……只字片语，必新必奇。""虽诘曲幽奥，意绪可寻，要以自成长吉一家言而已。"（《昌谷诗解序》）上面选录的三首诗，无不表现了这样的特色，可以从中体察古诗的一种风格。

别调新声

"二十四桥亦何有,换此十顷玻璃风"——苏轼《轼在颍州,与赵德麟同治西湖,未成,改扬州。三月十六日,湖成,德麟有诗见怀,次其韵》

"牛砺角尚可,牛斗残我竹"——黄庭坚《题竹石牧牛》

"桃李春风一杯酒,江湖夜雨十年灯"——黄庭坚《寄黄几复》

"怜琴为弦直,爱棋因局方"——刘一止《小斋即事》

别调新声

"二十四桥亦何有,换此十顷玻璃风"

——苏轼《轼在颍州,与赵德麟同治西湖,未成,改扬州。三月十六日,湖成,德麟有诗见怀,次其韵》

太山秋毫两无穷,巨细本出相形中。大千起灭一尘里,未觉杭颍谁雌雄。我在钱塘拓湖渌,大堤士女争昌丰。六桥横绝天汉上,北山始与南屏通。忽惊二十五万丈,老葑席卷苍云空。揭来颍尾弄秋色,一水萦带昭灵宫。坐思吴越不可到,借君月斧修朣胧。二十四桥亦何有,换此十顷玻璃风。雷塘水干禾黍满,宝钗耕出馀鸾龙。明年诗客来吊古,伴我霜夜号秋虫。

这首诗诗题颇长,像一段小序,对了解诗的内容极重要,故先从题目说起。"轼在颍州",苏轼于宋哲宗元祐六年(1091)知颍州,州治在今安徽阜阳。"与赵德麟同治西湖",赵德麟这时为颍州州判,故与他一起修治颍州的西湖,湖在颍州州治西北,是为了抗旱而兴修的水利。"未成,改扬州",工程还没有完工,苏轼改官为扬州知州,他只好离开颖州去扬州赴任。"三月十六日,湖成",指颖州西湖修治完工。"德麟有诗见怀",赵德麟写了一首诗表示怀念。"次其韵",按赠诗的韵脚作诗,叫次韵。这首诗就是苏轼的奉答诗。

　　开篇四句说:"太山秋毫两无穷,巨细本出相形中。大千起灭一尘里,未觉杭颖谁雌雄。"苏轼在知颖州之前,曾知杭州,并修浚了杭州的西湖,现在西湖里的苏堤即苏轼所修。故赵的赠诗中有"与杭争雄"之语,意思是说颖州的西湖可以与杭州西湖一争高下。苏轼便接过这个话头,以与赵语的辩难开端。苏轼无论为文还是作诗,都是自由挥洒,没有固定的框框,如行云流水,行其所当行,止其不可不止。此即此种笔风的表现,使诗起得有趣而不凡。"太山"句是用庄子的典故。《庄子·齐物论》云:"天下莫大于秋毫之末,而太山为小。"《齐物论》讲的是相对论,不承认事物的绝对差别,差别都只是相对而言。"秋毫"一说是动物秋天所换的新毛,一说是谷物颗粒上的芒刺,总之是很小的东西,但庄子认为可以说它是天下最大,因为对它更小的东西来说,它就是大。太山是大山,当然为大,但是对比它更大的东西来说,它就是小。"两无穷"是说大、小在相对中说都是无尽的,也就是无穷大,无穷小的意思。所以下句说大、小都只是相对而言,出于"相形"中。"巨细"即大小,"相形"即相互比较。"大千"句是用佛家语,佛家说每一大千世界历劫则碎为一微尘。一个大千世界其起其灭不过在一粒尘土里,可以说尘世一切都渺小无比,还比个什么高低。有了庄、佛这两种说法,落到"未觉"句就非常有力了:哪里觉得杭州西湖、颖州西湖有什么高下。"雌雄",高下的意思。这一驳辩生动引人，意趣盎然，用作诗的开端，是一个绝妙的创造。

下面就紧接杭颍谁雌雄的话头，写作者治理杭州西湖之事，章法上亦妙于承接。"我在钱塘拓湖渌"，"钱塘"，即今杭州。苏轼整治的一项重要工作，就是清除漫生的葑草，露出湖面，说"拓湖渌"，开拓绿色的水面，亦新颖别致。"大堤士女争昌丰"，用清除的葑草和淤泥造了一道长堤，即后来所称"苏堤"，男男女女都浓妆艳抹在堤上欢乐畅游了。《诗经·丰》诗云："子之丰兮，俟我乎巷兮"，"子之昌兮，俟我乎堂兮"，"昌""丰"都是形容仪容的丰茂，"争昌丰"言争相打扮得漂漂亮亮来嬉游，一句诗传出一片红火热闹的气象。"六桥横绝天汉上，北山始与南屏通。"长堤上建了六座桥，即映波、锁澜、望山、压堤、束浦、跨虹六桥，桥下通水，以便行船，好像横亘在天河上。"天汉"即天河。北山、南屏山分别在西湖的南北两端，被湖水隔开，现在这道长堤使它们连结为一了。"忽惊二十五万丈，老葑席卷苍云空"，老葑封闭湖面多大面积呢？二十五万平方丈，现在席卷而去。"苍云空"是说老葑蔽湖如苍云蔽天，尽被扫空。

"曷来颍尾弄秋色，一水萦带昭灵宫。"从此句起转到写颍州西湖。"曷来"，近来。"颍尾"，颍水流经颍州州治，此即指颍水。"弄秋色"三字极妙，既标明季候，又隐指整治西湖，给颍州带来湖光水色。"昭灵宫"，祀张路斯（张龙公）的庙宇。相传他于隋初至颍上，自言是龙，后来有许多灵异事迹，唐初以来即立庙奉祀。"萦带"指颍水直傍昭灵宫而下。"坐思吴越不可到，借君月斧修朣胧。"因思无法去杭州西湖，就借你的力量完成颍州西湖的整治吧。"坐"，因为。"月斧修朣胧"，《酉阳杂俎》载唐文宗年间，有人游嵩山，遇一道士对他讲，月亮乃七宝合成，光受于日，"其凸处常八百三千户修之"，他即修月者之一。后以月斧喻修文能手，此则指治颍州西湖。"朣胧"，月色不明的样子，这里喻指整治后水色澄明。

"二十四桥亦何有，换此十顷玻璃风。"从此句开始，转到扬州。"二十四桥"为扬州名胜，"亦何有"，犹如说没有什么了不起。"十顷玻璃风"，是用形象的描绘指颍州西湖，"十顷"言面积，"玻璃"喻湖水清碧，"风"指水上阴凉，此等处均见作者造语描写的工力，形象新颖而又避开了词语的单调重复。唐杜牧诗《寄扬州韩绰判官》云："二十四桥明月夜，玉人何处教吹箫。"人们都盛称扬州"二十四桥"。欧阳修从扬州移官颍州，曾有诗《西湖戏作示同游者》曰："都将二十四桥月，换得西湖十顷秋。"是说丢掉了二十四桥月，换来了西湖，对二者没有褒贬。诗人此处即翻用欧句而成，但褒湖贬桥之意十分明显，表现了点化前人诗语而又有所变化的工妙。"雷塘水干禾黍满，宝钗耕出馀鸾龙。明年诗客来吊古，伴我霜夜号秋虫。"诗末作者自注曰："德麟见约来扬寄居，亦有意求扬倅。""倅"为州郡长官的副职。这四句即以回答赵欲来扬之意作结。雷塘在扬州东北，为隋炀帝葬处，炀帝生前常携宫人游此，但唐以前水尚好，宋以来逐渐湮废，成为民田，所以说"水干禾黍满"。"宝钗"，宫人簪发的首饰。"鸾龙"，龙凤，指宝钗上的饰物。"馀鸾龙"是说出土的遗物已不完整。此言雷塘已经干涸，连地下遗物都耕出来了。你明年果然来扬，到雷塘吊古，只能伴着我听秋夜的虫鸣了。这是与赵的打趣语，亦诙谐可喜。

苏轼这首诗表现了宋诗的风貌。我国诗歌从六朝以后，逐渐发展出唐、宋两种不同的格调。二者无论在创作倾向上，或艺术表现特征上，都有较明显的差异。大体上说，唐诗是抒情的，以"情"为本，艺术表现重兴象，即事兴感，情深象圆；宋诗则偏于表意，以"意"为重，艺术表现则多散文化影响，多叙说，又非平铺直叙，于构思造语上多有曲折，诗语中多含散文句式。严羽说"盛唐诸人惟在兴趣，羚羊挂角，无迹可求"，又说宋人"以文字为诗，以才学为诗，以议论为诗"（《沧浪诗话·诗辨》），很能道出二者的不同趋向。认识唐诗宋调之别，而不必强分高下。从诗歌艺术的开拓与发展上来说，宋调的形成，亦属难能可贵。王安石曾感叹："世间好语言已被老杜（杜甫）道尽，世间俗语言已被乐天（白居易）道尽。"（《陈辅之诗话》）"好语言""俗语言"都已没有什么可说的了，只能另谋出路。清人蒋士铨说："唐宋皆伟人，各成一代诗。变出不得已，运会实迫之。格调苟沿袭，焉用雷同谋？宋人生唐后，开辟真难为。"（《辩诗》）宋人能继中晚唐之余劲而开辟出诗歌一个新境界，是对中国古代诗歌艺术的一大贡献。在宋调的形成中，苏轼与黄庭坚是两个关键人物。

宋人以议论、才学为诗，苏轼这首诗也表现了这样的特点。不过他善于扬长避短。首先，诗有议论，开端四句即是，虽属议论却不流于抽象说理，而是酿造成耐人玩味的理趣，即小大相对之理。用此理去驳辩无须争杭颖雌雄，便生动引人。其次，这诗也表现了才学。但才学不流于堆砌故实，以恰切的用事表现更丰富的内涵，诸如"士女争昌丰""月斧修朣胧""二十四桥"等，都颇为诗增色。再次，本篇亦是以文为诗的格局，但不流于平衍铺叙，能注意形象的飞动。如一些描写语,"拓湖渌""苍云空""弄秋色""修朣胧""玻璃风"等。诗语也竭力注意风趣,如开篇之驳辩、结尾之打趣。在章法上,则深得腾挪转换之法。如诗以与对方辩难始,而结以答对方意愿止,有似巧合,实乃妙构。中间则以杭之西湖陪说颖之西湖,以扬之名胜比颖之佳境,又巧翻欧阳修诗语,波翻浪涌,不平不板。全诗篇幅长,跨度大,包括颖、杭、扬三州,但不离湖水、水利,从杭之西湖到颖之西湖,再到扬之雷塘,一线贯串,散而不离,均见其组织篇章之高超能力。苏轼评孟浩然诗"如内法酒手,而无材料",苏之此诗则表现了充分的"材料"。但以才华诗情运转这些材料,只觉得诗意盎然,绝无枯燥之感。正如赵翼所说:"以文为诗,自昌黎(韩愈)始。至东坡益大放厥词,别开生面,成一代之大观。今试平心读之,大概才思横溢,触处生春,胸中书卷繁富,又足以供其左旋右抽,无不如志。其尤不可及者,天生健笔一枝,爽如哀梨,快如并剪,有必达之隐,无难显之情。此所以继李杜后为一大家也。"(《瓯北诗话》)翁方纲说:"唐诗妙处在虚处,宋诗妙处在实处。"(《石洲诗话》)如果说虚宜于神,那么实则宜于趣。本诗运思用笔,风趣幽默,正达到了这一点。复次,本诗的成就也得力于诗人自由挥洒的笔风,追逐自由表达,如行云流水,随物赋形,从尽形达意中创造最适宜的表现形式,变化百端,姿态万千。他亦有艺术专注的天赋,善于与事物融会为一,进入艺术的体验与境界,正如他赞誉文与可画竹:"与可画竹时,见竹不见人。岂独不见人,嗒然丧其身。其身与竹化,无穷出清新。庄周世无有,谁知此凝神。"(《书晁补之所藏与可画竹》其一)苏轼此诗亦能情与物化,达到了出神入化的境界。最后,这首诗也表现了苏诗的总体风格,明快奔放。从这一方面说,本近唐风,但他将议论转化为理趣,将以文为诗化为艺术境界,又使其诗成为典型的宋诗。他的这些创造,避免了宋诗正在生成的尖巧生硬、枯槁乏味的缺点,确定了宋诗的艺术品位。

"牛砺角尚可,牛斗残我竹"

——黄庭坚《题竹石牧牛》

野次小峥嵘,幽篁相倚绿。阿童三尺箠,御此老觳觫。
石吾甚爱之,勿遣牛砺角;牛砺角尚可,牛斗残我竹。

这是一首题画诗,题下作者自序云:"子瞻画丛竹怪石,伯时增前坡牧儿骑牛,甚有意态,戏咏。"子瞻,苏轼的字。伯时,李伯时,当时著名画家。从诗和自序里,我们可以知道这幅画苏轼的原作只有"丛竹""怪石",李伯时后来又增画上"牧儿骑牛"。且看黄庭坚是怎样题写这幅画的。

首二句说:"野次小峥嵘,幽篁相倚绿。""野次",郊野,是画上的大背景。"峥嵘",本有高峻、不平凡之义,此用以形容怪石,用词新颖,又能传怪石不寻常的特色。"幽篁"即丛竹。幽是深邃之意，篁即竹子。说"相倚绿"，表明丛竹拥抱着怪石。

次二句"阿童三尺箠，御此老觳觫"，是写李伯时在前坡上增画的"牧儿骑牛"。"阿童"即牧童。"箠"竹条鞭子。"御"，驾驭，驱使。"觳觫"，恐惧战栗的样子，这里用以指牛。《孟子·梁惠王上》载：梁惠王见人牵牛走过，将杀之以衅钟，牛颤抖不已，梁惠王问清情况说："舍之，吾不忍其觳觫。"这里即借来指牛，用词亦颇新僻。

到此为止，画面上的物事——丛竹、怪石、牧童、老牛，都已说全说完，似乎再没有什么可讲的了。妙在诗人却于无可说处翻新出奇。"石吾甚爱之，勿遣牛砺角；牛砺角尚可，牛斗残我竹。"牛有喜欢在较硬的东西上磨角的习性，前二句说，我很爱这怪石，千万别让牛在石头上磨角。"砺"本是磨石，这里做动词用。后二句是退一步讲，牛砺角还可，对石损害有限，若牛斗，可就不得了了，会把丛竹践踏得狼藉不堪，好景全没了。这四句即画生意，妙趣横生，即序中所谓的"戏咏"，虽云戏咏，但咏得有意趣，即引人入胜。

此诗咏画，很明显，前四句写景，后四句言意。意由苏轼、李伯时各自所画而生。苏轼所画丛竹怪石，意境幽雅；李伯时所画牧童放牛，乃一种野趣。二者不甚谐调。那么，诗人就此发议，是要表现什么思想意蕴呢？是他爱石爱竹，还是怪伯石多事，还是要表明一种哲理，不相容的东西不宜置于一起，还是本无他意，只想用趣语描绘出画面上的物事？这就仁智自见了。

宋诗重在表意，这首诗显然是宋诗的笔路，并没有拘泥于画面中的兴象，也没有在兴象上发挥。而是就画面表现一种意趣，命意新颖，此其一。语言则朴质瘦硬，无一肥辞艳语，但力求生新，不落常套，如以"峥嵘"言怪石，以"幽篁"言丛竹，以"三尺箠"言牧鞭，以"觳觫"言牛，比比皆是，笔墨奇崛，此其二。诗句则有明显的散文化倾向。后四句尤为显著。"石吾甚爱之"，如果点断，即"石，吾甚爱之"。诗的音节，生涩拗峭，与唐音的流易，截然相反，此其三。

宋调的形成，本出于对唐音的陌生化，可以说有意反唐音而为之。黄庭坚作诗特别追求独创，表现得就更为突出。他说"文章最忌随人后"（《赠谢敞王博喻》），又说"自成一家始逼真"（《题乐毅论后》），故用力于独辟门户，以其独创的诗法，被后人奉为江西诗派的开山祖师。刘克庄论宋诗的发展演变说"国初诗人"，"规矩晚唐格调，寸步不敢走作"，直到欧阳修、苏轼"巍然为大家数，学者宗焉。然二公亦各极其天才笔力之所至而已，非必锻炼勤苦而成也。豫章（即黄庭坚）稍后出，荟萃百家句律之长，究极历代体制之变，搜猎奇书，穿穴异闻，作为古律，自成一家，虽只字半句不轻出，遂为本朝诗家宗主"（《江西诗派小序》）。严羽也说："山谷用工尤为深刻，其后法席盛行，海内称为江西宗派。"（《沧浪诗话·诗辨》）足见其在宋诗发展中的地位。黄庭坚的诗确能独树一帜，有鲜明个性。他的诗从立意上说，比较深曲，不走径直之路，故富有思致，耐人寻味；从章法上说，比较细密，线索深藏，而又起结无端，力避平滑；从遣词造句上说，讲究锤炼句法，点铁成金也好，融会自创也好，总之下语奇警，超常脱俗，所谓"用一事如军中之令，置一字如关门之键"（《跋高子勉诗》），字不轻取，语不轻出；从音韵上说，喜拗折，不流易，作拗律较多，《载酒园诗话》说他"矫揉诘屈"。方东树《昭昧詹言》说他"于音节尤别创一种兀傲奇崛之响";从语言风格上说,洗尽铅华,独标隽旨,质素古淡,去尽艳腴,而创枯淡瘦硬之格。朱彝尊《石园集序》说他"务去陈言,力盘硬语"。总之,追求戛戛独造,在炼意造语上都极为用心,这首诗是很典型的代表。

"桃李春风一杯酒,江湖夜雨十年灯"

——黄庭坚《寄黄几复》

我居北海君南海,寄雁传书谢不能。桃李春风一杯酒,江湖夜雨十年灯。持家但有四立壁,治病不蕲三折肱。想见读书头已白,隔溪猿哭瘴溪藤。

这是一首寄赠友人的诗,但很能反映作者在宋诗风调创造上的努力。黄几复,名介,作者少年时就交游的朋友,后来亦时有诗作赠答。开篇两句说:"我居北海君南海,寄雁传书谢不能。"写这首诗时,作者监德州德平镇,靠近渤海,渤海亦称北海,《孟子·梁惠王上》曰"挟太山以超北海,语人曰'我不能'是诚不能也",其中的"北海"即指渤海,故曰"我居北海";黄几复此时则知广东四会县,也近海,但属于南海。故曰"君南海"。作者写两人相距遥远，不从陆上说，巧妙地从海上说，酝酿出第一句诗，新颖动人，不落凡常。而"南海""北海"均有出典。《左传·僖公四年》载齐侯率师伐楚，楚子（楚为子爵）问曰："君处北海，寡人处南海，唯是风马牛不相及也。"意思是齐、楚南北相距遥远，既使牛马发情，都不能跑到一起相合。会有什么触撞呢？诗人则从中撷取了"南海""北海"字面，用以造句。宋诗要脱去唐诗的旧格调，很追求语词的生而不熟，新而不陈，所以极力扩大语词采集范围，用《左传》即其表现。次句的"寄雁传书"，即鸿雁传书之说，古人常说也常用。但这里不是顺其说而说，而是逆其说而说，言"谢不能"，就出人意表了。鸿雁为候鸟，冬日由北向南飞，但至湖南衡山回雁峰为止，四会在广东，还远在衡山之南，实是雁所不到之处，自然只能"谢不能"了。本是一个陈熟之典，诗人如此一说一用，便成为生新之语了，又幽默有趣，堪称妙造。而"谢不能"三字亦有出典。秦末多处地方起义，《史记·项羽本纪》载："东阳少年杀其令，相聚数千人，欲置长，无适用，乃请陈婴，婴谢不能。"此即用《史记》语，亦是扩大语词采集范围的表现。

首联说两地相距遥远，次联没有就此生发下去，而跳到回忆往时经历。"桃李春风一杯酒"，是追忆同在京城时相聚的欢乐。此种相聚，当有不少，作者选择的是把酒游春。春风送暖，桃李花开，良辰美景，相聚一饮，多少亲密惬意尽在其中，诗歌意象也优美动人。此种选择，绝非无意。次句云："江湖夜雨十年灯。"同聚的欢乐，因彼此宦游各地，变成了常年的异地相思。这一句紧接上句之后，使人特别感到伤怀沉痛。本句诗语的组织也不单纯，既是从前人诗语中来，又密切关合离别相思。杜甫《梦李白》曰：

"江湖多风波，舟楫恐失坠。"此为"江湖"二字之出处。两句乃李白对杜甫的诉语，言来之不易，路既远又含风险。黄诗中用此二字，当亦有同样的含义。李商隐《夜雨寄北》曰："君问归期未有期，巴山夜雨涨秋池。何当共剪西窗烛，却话巴山夜雨时。"此为"夜雨"二字之出处。李诗意谓，何时相逢共话，再谈巴山夜雨时的相思。黄即用以表现深沉的相思情怀。"十年灯"，特别用上"灯"字，则有夜夜相思之象，可谓一字不轻下。

三联曰："持家但有四立壁，治病不蕲三折肱。"此联又从追忆旧游、长年相思转到对黄氏品格的赞颂。首句谓黄氏为官清廉，家徒四壁。《史记》载卓文君私奔司马相如，"相如乃与驰归成都，家居徒四壁立"，言家空无资储，但有四壁而已。"四立壁"即用其语，而将"立"字位置略有移动。"四壁立"与"四立壁"，意义并无差别，但语法不同。前者为主谓结构短语，"立"为动词，译为现代汉语是"（空有）四面墙立着"；后者则变成名词性短语，译为现代汉语是"（空有）四面立着的墙"。但前者为常用格式，自然较陈熟；后者罕见，则比较生新。语感上，前者流易，后者峭劲。这正是黄诗所刻意追求之处。《左传·定公十三年》载齐高彊之语曰"三折肱知为良医"，实为引用古语，意即三折肱而成良医。本谓经历三次臂折，不是医生也成了好医生。用以喻多历世事，经验丰富，处事自然稳妥。这里亦是反用其事，而别具新意。意思是说黄氏为官处事，自有其主见，成竹在胸，不必再求三折肱而成良医。是赞其有治世才能和个人的识见，人有个性，事有原则，不为世俗观念所左右。此二句在音节上，是二五的搭配模式，与通常的四三搭配模式不同，也显得拗折劲健，不流易平滑。"持家"句更是两平五仄,可谓拗句之极。字句奇兀,音节拗峭,都是黄诗的有意追求,代表着黄诗的特点。

末联转到写黄几复现在境况。首句言其好学不倦的良好习尚,"想见读书头已白"。"头已白"是说年纪又长了不少,但是读书之习不变。次句言现在所处的环境,"隔溪猿哭瘴溪藤。"读书时听到隔溪猿之哀鸣,而那里则瘴气笼罩,杂草丛生。"瘴"即瘴气,南方山林潮湿郁热蒸发的一种气体,似雾而有某种毒性。作者特别写出黄几复为官之地,荒莽凄清,隐寓了作者不平之鸣与怜才之意,意蕴沉深。猿之鸣声哀切,故古人或言"哀",如陶渊明诗"郁郁荒山里,猿声闲且哀";或言"啼",如李白诗"两岸猿声啼不住,轻舟已过万重山"。黄诗却用个"哭"字,也是有意避熟就生。"瘴溪藤"三字,平列三种事物、三个名词,令人感到坚质如石,只见其骨不见其肉,形成瘦硬之象。杜甫诗"细草微风岸,危樯独夜舟"(《旅夜书怀》),十个字亦无一虚词,情景丰满,意象密集,用字组句,坚卓有骨,但还有形容词调剂其间。黄诗此类句式从杜诗中来,却又前进一步,连形容词也扫除尽净,可谓青出于蓝了。

这首诗用字造语,力求生新,不落陈熟;章法上,力破清通流易,跳跃性很大,四联之间转折突兀,但情事内联,线索自在;音节上,力求拗涩,绝不平滑。此外,用古典成语及典实较多,书卷气重,故胡仔说:"山谷诗高胜,要从学问中来。"(《苕溪渔隐丛话》)此诗确可以说无一字无来处。但所用均生新可喜。总之,创造了一种生新瘦硬、奇峭老健的独特风格。

黄庭坚不仅诗有特点,还有一套理论。《冷斋夜话》载其言云:"诗意无穷,而人之才有限,以有限之才,追无穷之意,虽渊明、少陵不得工也。然不易其意而造其语，谓之换骨法；窥入其意而形容之，谓之夺胎法。"这就是所谓"夺胎换骨法"。或根据古人之意重新造语，所谓换骨；或会其意，而重予形容，所谓夺胎。在《答洪驹父书》中又说："老杜作诗，退之作文，无一字无来处。盖后人读书少，故谓韩、杜自作此语耳！古之能为文章者，真能陶冶万物，虽取古人之陈言，入于翰墨，如灵丹一粒，点铁成金也。"这就是所谓"点铁成金法"。夺胎换骨，点铁成金，创造性运用古人诗语，以学问为诗，这些都被后来江西诗派奉为作诗的不二法门。苏的议论，黄的诗法，标志宋诗格调的成熟。

"怜琴为弦直，爱棋因局方"

——刘一止《小斋即事》

怜琴为弦直，爱棋因局方。未用较得失，那能记宫商？
我老世愈疏，一拙万事妨。惟此二物随，不系有兴亡。

"即"事"为诗，比较自由随意。这首诗即从小斋常具之物——琴、棋上着眼。不过诗并没有去描写小斋主人的琴棋生活，而是借琴、棋二物以写志抒怀，显得机杼独出、别开生面。

前两句单刀直入，直陈本意："怜琴为弦直，爱棋因局方。"

虽属径直的叙说，但所言均出常情之外，便有一种新颖引人的力量。"怜""爱"意同，都是喜欢之意，变换词语，以避单调。"怜琴"，一般说来，自然是因为喜音。王维"独坐幽篁里，弹琴复长啸"（《竹里馆》），是把琴弹出声来，意在音，而不在琴。传说陶渊明抚无弦琴，不一定可靠。即使确有其事，当其抚时，也是在意想中听到了琴声。作者则不然，爱琴不是为了听音，而是为其"弦直"，所以言琴，别有属意。"爱棋"，不是为了对弈娱戏，而是因其"局方"，所以言棋，亦别有属意。"局"即棋盘，方形。二句实际都是在琴、棋的相关物事上寻其品，琴取其弦直，棋取其局方。言在物"品"，意在人"品"。"直"就是正直，不邪僻；"方"就是有棱角，不圆滑。作者在宋徽宗宣和三年（1121）登进士第后，曾官监察御史，"封驳不避权贵"（《两宋名贤小集》），他的为官态度正好做"直""方"的注脚。

次二句分承首二句，是对首二句句意的补说。"未用较得失"承"爱棋"句，因为只爱"局方"，不在对弈，所以并没有用它较量胜负输赢；"那能记宫商"承"怜琴"句，因为只爱"弦直"，不在音声，所以哪里能够记得曲谱！"宫商"，古代宫商角徵羽五音中的两音，这里用以代称五音，即指曲谱。有了这两句，上两句句意更加显豁，对"为弦直""因局方"具有突出和强调的作用，并非赘语。

以"直""方"自守，其结果如何呢？便过渡到下四句。"我老世愈疏，一拙万事妨。"古谣谚云："直如弦，死道边；曲如钩，反封侯。"（《后汉书》）在南北宋之交的腐败现实中，为人为官"直""方"而行，自然更不容于世。所以，年纪愈长，世也愈加疏远。不是诗人有意疏世,而是"直""方"品格乃浊世所不容,为世所疏。"拙"与"巧"相对。便佞应世,自能圆转自如,所以为"巧";直道而行,必然处处碰壁,所以为"拙"。因此,一拙万事皆妨,百途不通。二句字字是说己,却无字不是讽世,反语藏锋,颇有意味。

末二句再推进一步。"惟此二物随,不系有兴亡。"虽然琴、棋二物始终相随,意即"直""方"之品一直持守不变,却只落得小斋独处,无关乎国家兴亡了。感慨由一己浮沉提升到了家国兴亡的高度,诗境更高了。方直之人无关国家兴亡,那么什么样的人占据着关系国家兴亡之重位呢?联系到宋徽宗以来,蔡京等"六贼"当路,国事日非的时局,更可体会到此联感慨之深。但表现上含而不露。末二句又回扣首二句的琴棋,使首尾紧密关合。

全诗主要以陈述语说理抒慨,这样的诗最不易写好,易流于枯燥无味。此诗的妙处,是作者抓住琴、棋二物生发,有了琴、棋,便有了小斋生活的气息,不单调了。琴取其"弦直",棋取其"局方",以物品言人品,构思巧妙,便不平淡,而饶有趣味。诗所歌咏的内容,直叩人心,而人之持品又与国家兴亡关合一起,境界亦阔大。吕本中、陈与义曾评刘一止的诗说:"语不自人间来。"(《宋史》本传)大约也正是感受到了诗人标格既高,思想亦深,较少俗味吧!

宋诗重意、重趣、重理,这首诗意、趣、理均佳,也是一种创造。

苦捱岁月

"我徂东山，慆慆不归"——《诗经·豳风·东山》

"属累君二三孤子，莫我儿饥且寒"——汉乐府民歌《妇病行》《东门行》

"终身履薄冰，谁知我心焦"——阮籍《咏怀》其一、其三、其三十三

"夏日抱长饥，寒夜无被眠"——陶渊明《怨诗楚调示庞主簿邓治中》

"吏呼一何怒，妇啼一何苦"——杜甫《石壕吏》

"可怜身上衣正单，心忧炭贱愿天寒"——白居易《卖炭翁》

"我徂东山，慆慆不归"

——《诗经·豳风·东山》

我徂东山，慆慆不归。我来自东，零雨其濛。我东曰归，我心西悲。制彼裳衣，勿士行枚。蜎蜎者蠋，烝在桑野。敦彼独宿，亦在车下。

我徂东山，慆慆不归。我来自东，零雨其濛。果臝之实，亦施于宇。伊威在室，蟏蛸在户。町畽鹿场，熠耀宵行。不可畏也，伊可怀也。

我徂东山，慆慆不归。我来自东，零雨其濛。鹳鸣于垤，妇叹于室。洒扫穹窒，我征聿至。有敦瓜苦，烝在栗薪。自我不见，于今三年。

我徂东山，慆慆不归。我来自东，零雨其濛。仓庚于飞，熠耀其羽。之子于归，皇驳其马。亲结其缡，九十其仪。其新孔嘉，其旧如之何！

苦捱岁月

  旧解认为这首诗是士大夫歌颂周公东征武庚和淮夷的叛乱胜利归来而作。《诗经》的旧解常常比附史事说诗，往往出于臆想和揣测，不必拘泥。从诗的内容看，歌者参加的这场战争，也许正是周公东征，但并无歌颂周公之意，而是久征在外将归故土的士兵的自我抒怀。

  从诗中看，这次到东方出征的时间很长，诗中有一句说"于今三年"，至少有三年之久了。古诗中往往以"三"字泛指多数，如《硕鼠》的"三岁贯汝"，即多年养活你。如果那样，时间就更长了。这么长的时间离别家乡和亲人，在外参加出生入死的战斗，战事总算结束，作为幸存者之一可以回到家乡与亲人会面了，自然百感交集。诗中所咏唱的，就是这位战士双脚踏上归程时，涌上心头的那种复杂的感情和心绪。

  全诗共分四章，每章的前四句都是相同的："我徂东山，慆慆不归。我来自东，零雨其蒙。""徂"，往。"东山"，指今山东费县的蒙山，当时属鲁国。"慆慆"，时间久长。"零"，《说文》引此句作"霝"，落雨。"蒙"，雨细小的样子。四句说：我服役出征到东山，很久没有归来。现在从东边回来了，正逢蒙蒙细雨。歌者反复咏叹久征在外终得踏上归途的情景，因为正是这一点触发歌者迸发百感千绪。四章全由它领起，使每一章的内容都笼罩在浓郁的咏叹情调中。四章诗分别从不同侧面生发，将久征得归的士兵的感情抒发得淋漓尽致、深切感人。

第一章抒写渴望归家重过和平生活的心情。"我东曰归,我心西悲","悲"是思念之意。刘邦说"游子悲故乡",《汉书》颜师古注即云:"悲,谓顾念也。"两句说从东方一踏上归程,心便飞往西方的家乡去了,活画出急切归乡之情。"制彼裳衣,勿士行枚",是说到家就可以制作平居穿用的衣服,换下戎装,不用干那衔枚疾走的军事营生了。下衣曰"裳",上衣曰"衣"。"士",通"事",从事。"行枚",指衔枚,枚形似筷子,古代行军防止士兵喧哗暴露军情,口中要衔枚。两句诗完全不用表达感情色彩的字眼,只把将要做的和将要抛弃的两种情事并列在那里,对和平生活的喜悦之情,对军旅生活的厌憎之感,便充溢纸面,这就是所谓文情到处,自然高妙。末四句写归途的行宿实况,而出以比兴手法。"蜎蜎者蠋,烝在桑野。敦彼独宿,亦在车下。"弯弯的野蚕,漫散在桑叶上;士兵蜷曲身子,睡在兵车之下。"蜎蜎",软体虫类弯曲的样子。"蠋",蛾子、蝴蝶类的幼虫,这里指野蚕。"烝",处在。"敦"本是圆形器皿,这里用作形容词,描状士兵蜷缩成一团的样子。诗句中特别点出"独宿"和"车下",也许是想到快要归家了,就更加突出地感受到这种生活的孤悽难耐,便脱口而出了,令人见其景而思其情,饶有余味。

第二章是悬想家园的境况。离家多年了,壮劳力被征发一空,家园也许是一片荒凉了吧?"果臝之实,亦施于宇。"蔓生的瓜蒌爬满了屋檐。"果臝",葫芦科植物。"施",藤蔓延伸。"宇",房檐。"伊威在室,蠨蛸在户。"屋角潮湿处生满了土鳖虫,蜘蛛在门上结了网。"伊威",土鳖虫。"蠨蛸",长脚蜘蛛。"町畽鹿场，熠耀宵行。"到处是野兽的足迹，夜间则磷火飘飞。往昔充满人声笑语、果木禾稼的家园，如今成为野鹿出没的场所了吧，不少人已为困窘生活所迫长归地下了吧。"町畽"，野兽践踏处。"鹿场"，鹿经行的地方。"熠耀"，闪光的样子。"宵行"，指磷火，俗谓鬼火。这些虽然都属悬揣之词，但一笔笔写来，一层层展开，荒凉的情景历历如见，铺排有力，气氛浓郁，是很好的白描手段。这样的景象不是很令人望而生畏么？然而末两句一转："不可畏也，伊可怀也。"不可怕呀，那是很可怀念的地方呵！因为这毕竟是自己生活和成长的故土，即使已经荒残，也还是值得思念。这一反迭，更强有力地表现出歌者对故土旧庐的怀恋深情。

　　第三章想到家中孤处的妻子。"鹳鸣于垤，妇叹于室"，鹳在小土堆上叫，妻子又在屋里怀思哀叹吧。前一句是后一句的起兴，用鹳鸣兴起妇叹。"鹳"，水鸟名，形似鹤。"垤"，小土堆。"洒扫穹窒，我征聿至"，是在遥想中对妻子喊话，不要再徒自叹息了，赶快打扫房子，整治罅漏，我就要从远道归来了。"穹窒"，堵塞缝隙。"聿"，语助词，无实义。妻子自然是听不到的，但从征人一边说，却完全可生此情此想，所以真切感人。"有敦瓜苦，烝在栗薪。自我不见，于今三年。"团团的瓜，久系在薪柴之上，我已经三年不见了。"有"，无实义。"敦"，形容瓜团团的样子。"瓜苦"，即苦味的瓜。"烝"，处在。"栗薪"，栗木的柴火。前两句仍是比兴，用苦味的瓜久系于薪柴之上，喻相思的凄苦长期胶滞心头，与妻子已经多年不见，彼此都受尽了相思的煎熬。

第四章紧承上章进一步生发，想到从役前新婚的情景。也许经历了久别的痛苦，对幸福的往事更加珍惜和思恋，歌者把当时结婚的场面着意描写得辉煌美好。"仓庚于飞，熠耀其羽。之子于归，皇驳其马。"黄鹂在阳光照耀下，煽动翅膀；新人来嫁，送亲的队伍有各色马匹，浩浩荡荡。"仓庚"，即黄鹂鸟。"熠耀"，闪光。"之子"，这个姑娘。女子出嫁曰"于归"。"皇驳"，马的毛色黄白色曰"皇"，赤白色曰"驳"。"亲结其缡，九十其仪。"新人的母亲按照当时的礼俗，亲自给女儿结上佩巾，整个婚礼仪式纷繁隆重。"亲"指新人的母亲。"缡"，佩巾。"九十"，形容多。"仪"指婚礼仪式。下面陡然一结："其新孔嘉，其旧如之何！"当初是那样美好，如今又怎么样？一种即将再见的由衷喜悦之情，喷薄而出。姚际恒说："如之何者，乃是胜于新之辞也。古今人情一也，作诗者亦犹人情耳。俗云：'新娶不如远归'，即此意。"（《诗经通论》）

这首诗没有更多描写征役之苦，着重写了战事结束后踏上归途的喜悦、对家园的深沉怀念和对家庭幸福生活的强烈思恋。在这样的描写中，反衬出征役对人们和平幸福生活的破坏，而歌者对征役的厌憎之情，也就尽在不言中了。在反映征役主题的诗中，别开生面。其次，诗虽是写久征还家之喜一种感情，但分四章，从多侧面展开描写。由踏上归途的感受开始，揣想家园是否已经荒凉，悬想妻子对自己如何思念，回忆新婚时的盛况与心境，使归家的感情抒写，丰富而不单调，将久役在外的征夫踏上归途时既欣喜而又隐怀某种忧惧的复杂心境，抒写得淋漓尽致。再次，描写的笔墨具体细腻，无论是归途情状，还是悬想的或回忆的种种情景，无不真切形象,使人如闻如见。而比兴手法的穿插使用,更增加了诗的美感与咏叹意味,深情绵缈,楚楚动人。

"属累君二三孤子,莫我儿饥且寒"

——汉乐府民歌《妇病行》《东门行》

妇病连年累岁,传呼丈人前一言。当言未及得言,不知泪下一何翩翩。"属累君两三孤子,莫我儿饥且寒。有过慎莫笪笞。行当折摇,思复念之!"乱曰:抱时无衣,襦复无里。闭门塞牖,舍孤儿到市。道逢亲交,泣坐不能起。从乞求与孤买饵。对交啼泣,泪不可止:"我欲不伤悲不能已。"探怀中钱持授交。入门见孤儿啼索其母抱。徘徊空舍中。"行复尔耳!"弃置勿复道。

——《妇病行》

出东门,不顾归;来入门,怅欲悲。盎中无斗米储,还视架上无悬衣。拔剑东门去,舍中儿母牵衣啼:"他家但愿富贵,贱妾与君共餔糜。上用仓浪天故,下当用此黄口儿。今非!""咄!行!吾去为迟!白发时下难久居。"

——《东门行》

上面是两首汉乐府民歌。先看《妇病行》，它属《相和歌辞·瑟调曲》，写一位病危的主妇对后事的嘱托及其死后的家庭窘况。平实叙来，楚楚感人。"妇病连年累岁，传呼丈人前一言。"起笔直接干脆。主妇已经久病不起，自知不久于人世，于是招呼丈夫过来，说几句嘱托后事的话。"丈人"，指病妇的丈夫。"当言未及得言，不知泪下一何翩翩。"想说还没有说出来，已经泪下如流了。写病危之人嘱托后事的情景如见。"翩翩"，泪流不息的样子。"属累君两三孤子，莫我儿饥且寒。有过慎莫笪笞。"主妇嘱托的事，不是身后的丧事，而是两三个孩子日后的生活。嘱托丈夫不要让他们饿着冻着，有了什么过失，也不要打他们。"笪""笞"，都是打人的竹杖、竹板等，此处做动词用，即用棍子、板子打。"行当折摇，思复念之！""行"，将要。"折摇"即折夭，夭折。意思是孩子们也不一定活得很久，要多多关心照看他们。歌者也许是受真情的驱使，很善于选择撕心裂肺的节点下笔，所以情事不多，仅仅推出一个嘱托后事的场面，但凄惨的气氛浓烈，催人泪下。

"乱曰"以下写主妇死后家庭的状况。"乱"是指乐曲的最后一章。"抱时无衣，襦复无里。""抱"指抱起孩子。"无衣"，指没有长衣服。"襦"是短袄，袄是夹衣，有里有面，却又无里，成了单衣。这是从孩子的衣着上表现家中的贫困，主妇临危嘱托"莫我儿饥且寒",可是因为深陷贫困之中,还是不能不使孩子受冻了。"闭门塞牖,舍孤儿到市。"孩子没有防寒的衣服,不能抱他出去,于是关上门窗,放下孤儿,独自去市上。"牖",窗户。"舍",放下。"道逢亲交,泣坐不能起。"路上见到故友,便止不住坐在地上号啕起来,可见他被贫窘生活煎熬,心中积累了多大的苦痛。"亲交",老朋友。"从乞求与孤买饵。"于是就求他帮助给孩子买点吃的东西。"从",就、乃之意。"饵",指食物。可见男主人还惦记着关在屋子里的孩子没人照应,担心出什么事情,所以托故交给孩子买东西,自己好赶紧抽身回家。"对交啼泣,泪不可止:'我欲不伤悲不能已。'"面对此种情景,不禁又悲从中来,泪流不止,说我本想不悲伤,但抑制不了。"探怀中钱持授交",于是从怀里掏出钱交给朋友。"交"即路遇的"亲交"。"入门见孤儿啼索其母抱。"一回到家里,看见孩子正哭着要他妈妈抱。"徘徊空舍中。"男主人无法摆脱这种悲惨的局面,毫无办法,只有徘徊不安而已。"行复尔耳!"诗以男主人这一声绝望的沉重的叹息结束:意思是很快也会这样了,指孩子们不久也会和他们的妈妈一样离开人世。"尔",如此,指病妇的命运。"弃置勿复道",抛开不要再说了。此当是乐工所唱,古乐府常有这种情况。

汉乐府民歌是一种新的诗歌体式,第一,其为杂言,句式不整。严羽说《诗经》《楚辞》之后,"三变而为歌行杂体"(《沧浪诗话·诗体》),"歌行杂体"即指乐府体。鲁迅也说汉代"诗之新制,亦复蔚起。《骚》《雅》遗声之外,遂有杂言,是为乐府"(《汉文学史纲要》)这首诗和下一首《东门行》,都是杂言体。第二,古典诗歌以抒情诗为主流,叙事诗不很发达,但汉乐府民歌中,却出现不少叙事诗,这一首和下一首《东门行》都是叙事的作品。第三,叙事诗剪裁工夫很重要。这首诗表现了很高的水平。全诗共分两大段,前一段是病妇将终的嘱托,后一段是病妇死后家庭困窘的情况。都是事情中最紧要的关节。所以叙事不烦冗,能紧紧扣住读者的心。第四,全诗用平实的语言叙事,而善于抓住最悲凄动人心魂的节点落笔,不夸张,不强调,却楚楚动人。显示了此种艺术手法的力量。

《东门行》亦属《瑟调曲》。也和家境贫困有关,但与《病妇行》不同,是写这家男子为饥寒所迫踏上铤而走险道路的复杂心境。诗不是平铺直叙地由主人公穷困无着说起,而是截取主人公已踏上险途时落笔,推出一个引人瞩目的镜头。"出东门,不顾归",多么斩钉截铁!"不顾归",是说不想再回来了。大约这毕竟是一条危险的路子,终不能不引起主人公心灵上的矛盾和犹豫。家中又有妻子与幼儿,也不能不有所考虑。这矛盾的思想又推着他重新走回家来。"来入门,怅欲悲。"可是一进入家门,看看家中境况,又不禁满心忧愁与悲伤:"盎中无斗米储,还视架上无悬衣。""盎"小口大肚子的陶罐,盛米的器皿。粮罐内没有几许米了,衣服架上也没有挂着的衣服。无衣无食,怎么活下去。于是又不能不愤然再回险路,"拔剑东门去"。从开篇到这里,诗都没有交代主人公行动的目的,可是通过主人公眼中那无衣无食的情景,已经把未来清楚地暗示出来,他将去做为非作歹的事情,读来含蓄有味。短短的几句诗里,主人公的行而又返、返而又往的行动,充分展示出主人公的内心矛盾和贫逼民反的情势。下面转到写妻子的行为,"舍中儿母牵衣啼"。孩子的妈妈扯住他的衣服哭泣,说:

"他家但愿富贵，贱妾与君共铺糜。"别人家想要过富足生活，我只希望和你能喝上一口粥就行。"铺"，吃。"糜"，粥。意思是只要能对付活着，就别去做险事。"上用仓浪天故，下当用此黄口儿。"上看老天爷的份上，下看幼小的孩子的份上。"仓浪"，天的青色，"仓浪天"，这里即指俗所谓的老天爷。"黄口"指幼小。妻子的前一句话反映她还背着沉重的迷信思想包袱，认为做非法的事为天理所不容，会遭天谴；后一句反映出她的战战兢兢的心理，担心丈夫的非法行动会给全家带来更大的灾难，累及孩子。两句诗反映出如此复杂的心境，表现了民歌现实主义的深度。但是丈夫最终还是严拒劝告："咄"，一声叱喝。"行"，一定要走！"吾去为迟"，如今走已经有些晚了！"白发时下难久居"，白发都开始脱落，难以再熬下去了。表现出长年饥寒交迫的生活在丈夫心中酝酿起的反抗怒火之强烈和民众走投无路的处境。诗到此陡然截住，此后的情景和结果留给读者自己去想象，颇有余味。

这首诗剪裁精审，句句都是紧要关节，不可或缺，故篇幅不长，表现的内容相当丰富。其次，表现男女主人公的复杂心态，真切传神。前半丈夫反复来去的矛盾心理，后半妻子拦阻语表现的瞻前顾后，都是很成功的笔墨。再次，运用对话，是汉乐府民歌中的常用手法，这首诗男女主人公的对话，写得真实自然、声口毕现。最后，这首诗，或客观叙事，或记述人物语言，都平易朴实，全靠真实的情事打动人，增加了诗作的说服力，有力地反映出这一对夫妇本来都是安分守己的良民，只是饥寒逼得他们走投无路，才不得不踏上险途，深刻地表现了逼上梁山的主题。诗通过这一幕鲜明的情景，使我们看到当时剥削压迫的深重和人们难以存活的处境。

"终身履薄冰,谁知我心焦"

——阮籍《咏怀》其一、其三、其三十三

夜中不能寐,起坐弹鸣琴。薄帷鉴明月,清风吹我襟。孤鸿号外野,翔鸟鸣北林。徘徊将何见,忧思独伤心。

——《咏怀》其一

嘉树下成蹊,东园桃与李。秋风吹飞藿,零落从此始。繁华有憔悴,堂上生荆杞。驱马舍之去,去上西山趾。一身不自保,何况恋妻子。凝霜被野草,岁暮亦云已。

——《咏怀》其三

一日复一夕,一夕复一朝。颜色改平常,精神自损消。胸中怀汤火,变化故相招。万事无穷极,知谋苦不饶。但恐须臾间,魂气随风飘。终身履薄冰,谁知我心焦。

——《咏怀》其三十三

阮籍生活在魏、晋易代之际，魏国的统治已经衰微，司马氏则步步加紧篡夺政权的活动，残酷镇压异己，政治空气十分恐怖。作者曾登广武，观看刘邦与项羽争战的地方，叹道："时无英才，使竖子成名乎！"（《三国志》）表现了他对司马氏的轻蔑。他还以青白眼对待现实人物，见到攀附司马氏的礼俗之士只现白眼，对志同道合的人才现青眼，见出他心中分明的是非。所谓青眼，就是黑眼珠在眼眶中间，以正常眼神看人。后来说器重人叫"青眼相视"，就从此来。所谓白眼，就是把黑眼珠翻得看不见，只露眼白。遭了人家的白眼，就是很被看不起了。但阮籍无力改变现状，面对强大的政治压力，不能不在表面上与司马氏应付，既不趋附，也不与之闹僵。相传司马氏想与他结成儿女亲家，他不愿意，又不想表现得过于决绝，便大醉六十天，让司马氏无法提说此事。他生活在这样的形势下，内心是十分痛苦的，常一个人驾车出游，任其乱走，到了无路可行的地方，便痛哭而返。这就是所谓"穷途之哭"，反映了他深沉的苦闷。他把在恐怖的政治环境中深埋心底的追求、批判、爱憎、愁苦、怨怒通过诗歌曲折地表现出来，就是著名的八十二首《咏怀诗》。这些诗"言在耳目之内，情寄八荒之表"，"厥旨渊放，归趣难求"（《诗品》），创造了一种在恐怖政治环境下抒怀的诗歌形式，成为艺苑中的一朵奇葩。本书选录三首，可使读者略见一斑，从中品尝其独特的艺术创造。

先看《咏怀诗》其一。"夜中不能寐，起坐弹鸣琴。""夜中"即中夜，已经夜深了，还不能成眠，说明了苦闷煎熬的程度。于是，起来弹琴。自然是想以音乐抒解心中的烦恼。风光倒是不错，"薄帷鉴明月，清风吹我襟"，薄薄的帏帐，映着月光，清风掀动起衣襟。"鉴"字用得惹眼。鉴本是镜子，也用作动词"照"的意思，但不像"照"字那么单纯，意象上好像是镜子一样反射着明月的光辉，这是何等景象！以琴排忧，效果似乎不明显。从下文看，诗人放下琴，走到院子里来了，他似乎想要看到什么。看到了什么呢？"孤鸿号外野，翔鸟鸣北林。""外野"即野外，失群的孤雁，在野外哀鸣觅群。众鸟亦不安林，飞翔号鸣不已。入眼入耳的，无非是"孤鸿""翔鸟"及其号鸣之声。整个是孤凄不安的气象。这象征着什么？就要读者自己来体味了。至少通过孤鸿翔鸟的号鸣表现出来了动荡不安，没有安居、安定、安全的环境。故末二句云："徘徊将何见？忧思独伤心。""将何见？"又能看到什么？没有作者想看到的东西，满眼只是孤鸿觅群、翔鸟不安于林的景象，诗人只能独自忧思伤心了。看不到希望，看不到前景，看不到出路，只有沉埋在苦闷忧思之中。

这首诗只写了作者夜中的情态。他忧思什么？想见到什么？均不具体触及。只将情态摆在那里，让读者自己去体味，这就是所谓"厥旨渊放，归趣难求"，"言在耳目之内，情寄八荒之表"。所"言"都是耳闻目见之景，而且景真事切，绝不难明，但"情"则深隐难晓，真是在八荒之外了。正是这样，才既抒了情，又避过了人的耳目，闯出了另一条诗歌表现之路。

再看《咏怀诗》其三。开篇四句从自然风物写起。"嘉树下成蹊，东园桃与李"，这是用《史记》所引谣谚"桃李不言，下自成蹊"铸造成句，可谓巧用成语。"嘉树"即指桃李，桃李盛开之时，赏花之人，熙来攘往，下面自然踩出一条路来。"蹊"，道路。但是春时如此，到了秋季呢？"秋风吹飞藿，零落从此始。"秋风一吹，零落就开始了。"藿"，豆叶。两句诗显然还是指桃李，是讲秋天桃李开始凋零。但写豆叶，不写桃李，是为避开词语的单调，意象的枯瘠，使诗语与意象都显得丰富而多变化。人们也不会由此误解不是说桃李。这都是诗歌用词写事值得琢磨之处。下两句说："繁华有憔悴，堂上生荆杞。""繁华"即繁花，指桃李之盛开；"憔悴"指瓣落叶枯，即零落。这是对前四句的一个概括。自然事物如此，那么人世呢？也一样。"堂上"，指高堂华屋。"生荆杞"，败落荒芜。一样盛衰转接，昔日华堂，今日草莱。于是诗人觉醒了，行动了，"驱马舍之去，去上西山趾"。"舍之"即舍人世，到哪里去呢？到"西山"去。"趾"，山脚。"西山"指首阳山，这是暗用伯夷、叔齐的典故。商末伯夷、叔齐反对武王伐纣，认为以臣伐君不义。周得天下后，他们隐身于此，采野菜充腹，不食周粟。这里是诗人图穷匕见之处，透露出本诗的主旨，乃是要决然离开篡权的司马氏。知道了这一点，再回过头来看前面六句，就绝非泛咏自然风物和人世的盛衰，而是贴切的比兴，隐喻曹魏政权已经度过了盛时，不再是"桃李不言，下自成蹊"的时代，而是门可罗雀了。大势已定，曹魏已矣，是否就委身司马氏呢？不能，于是诗人决定离开了。"一身不自保，何况恋妻子。"表现出恐怖政治的巨大压力。"恋"，爱惜。"妻子"，妻与子女。不能不为一家人的安全考虑。末两句以无可奈何的哀叹结束本诗:"凝霜被野草,岁暮亦云已。"西山就是安全岛吗?不然。"凝霜",严霜。"被野草",覆盖了整个大地。并且已是"岁暮",正是"凝霜"日益加剧的时候,如此形势,又能奈何!活画出逃无可逃、避无可避的客观情势。诗人只能以一声绝望的哀叹了结了。

在这首诗里,"西山"就是诗眼。明白了它的含义,则前面诗语的内涵,后面诗语的意义,都豁然开朗。所谓得其环中,则一切迎刃而解。这是读诗需要特别注意的地方。

再看《咏怀诗》其三十三。这首诗的诗意,要比前两首明晰得多。"一日复一夕,一夕复一朝",从白天到夜晚,从夜晚到白天,一天接着一天,如车轮一般转动不停。诗人将如此平常的意思,化为整齐的两个对句,就给人十分突出而强烈的感受,也比较有趣味了。"颜色改平常,精神自损消",面容一天比一天见老,精神一天比一天不济。注意到面容的变化、精神的消减,一定不是一个醉生梦死之辈,他是很珍惜时间和青春的。一定因为没有什么有价值的作为,没有充实的人生,才会有这样低沉的哀伤。这里面就隐约地透露着诗人的基本状态。事情又岂能到此为止,还有更难承受的东西:"胸中怀汤火,变化故相招。"为什么胸中怀汤火?为什么有如许严重的焦灼不安?是怕老之将近,死之将临吗?非也。一个"故"字显露出真实的消息。"变化"确实是指死,陶渊明文"余今斯化"(《自祭文》),即以"化"指死,故"变化"有死之意。"故",特意之谓也。"故相招",有意地来招惹你。显非自然死亡之义,而是有意外的祸难。联系作者所处的时局形势,这只能是易代之际的残酷的镇压和杀戮。明白了这一点,就会发现,原来这两句乃是倒装句,是因为有了"变化故相招"的客观形势,才使诗人主观方面不能不"胸中怀汤火"了。下面的诗句正是沿着这一点生发下去:"万事无穷极,知谋苦不饶。""无穷极",就是说,世上什么样的事情都会有,没有尽头和终点,料不到,也防不了,而个人的智谋则有限,苦于不足以应对。"不饶",不多,不富裕。"但恐须臾间,魂气随风飘。"须臾之间,就可能由生而变死。无怪诗人要"胸中怀汤火"了。结尾两句曰:"终身履薄冰,谁知我心焦。"《诗经·小旻》:"战战兢兢,如临深渊,如履薄冰。"朱熹以为是"惧及其祸之词"(《诗集传》)。诗人用了末句,活画出其战战兢兢的生活情态。

这首诗全是叙述语,描写作者的生活状况与心理,真切入微。虽较前二诗,意较明晰,但仍不脱隐约其事的风神,在似显似晦、亦显亦晦之间,这就是阮籍的独特贡献,使他可以在恐怖的政治环境之下,表意抒怀。

"夏日抱长饥,寒夜无被眠"

——陶渊明《怨诗楚调示庞主簿邓治中》

天道幽且远,鬼神茫昧然。结发念善事,僶俛六九年。弱冠逢世阻,始室丧其偏。炎火屡焚如,螟蜮恣中田;风雨纵横至,收敛不盈廛。夏日抱长饥,寒夜无被眠;造夕思鸡鸣,及晨愿乌迁。在己何怨天,离忧凄目前。吁嗟身后名,于我若浮烟。慷慨独悲歌,钟期信为贤。

陶诗以写闲静恬淡的境界著称。如"暧暧远人村，依依墟里烟"这样淳朴安谧的农村气象，"采菊东篱下，悠然见南山"这样自在自得的生活情态，读来都不禁使人神往。但这不过是诗人创作的一个方面，而且常常只存在于精神境界的追求中。可是精神世界不等于物质世界，无情的现实生活不时冲破诗人这种心驰神往的天地，在平静的心海中鼓起浪涛，把他牵引到各种愁情苦绪中去。《怨诗楚调示庞主簿邓治中》就表现了其中的一个侧面。

汉世清商三调的《楚调曲》中有《怨诗行》。古辞和魏晋以来歌辞都用来表现人世各种伤怀哀怨，诗人取"怨诗""楚调"名篇，显示了诗的主旨所在。诗是写给庞、邓两位知音好友，倾诉心中的怨苦的。"庞主簿"，庞遵，字通之。"邓治中"，其人不详。"主簿""治中"，都是官职名。

诗以深沉的慨叹发端："天道幽且远，鬼神茫昧然。""幽且远"就是幽微难见，"茫昧然"就是渺茫不明。感伤起天地鬼神的幽远茫昧，一定是遭遇很大的不公正了。古老的教训不是说上天赏善罚恶吗？"天道福善祸淫"，是《尚书》里讲得明明白白的；"鬼神非人实亲，惟德是依"，是《左传》里说得清清楚楚的。可是诗人几十年的生活经历，与此却恰恰相反，百行以善为归，灾难却不旋踵而至。天道何在？鬼神何灵？不禁要抱怨它们的遥远渺茫了。从事情的过程上看，毫无疑问，不公正的遭遇在前，是因；激愤得怀疑天道鬼神在后，是果。诗却偏偏倒转过来落笔，先端出激愤的情绪，之后再去陈说情绪的来由，先果后因，使感情喷薄而出，起得势劲气足，有引人注目之效，无平衍乏力之感，这是章法结构上的妙运。

发端的两句已给人们留下一个疑团，什么不平使得诗人如此激动呢？下面便顺理成章地一一道来。"结发念善事，僶俛六九年"，古人以十五岁成年，开始束发，"结发"即指十五岁。"六九"即五十四，诗写于五十四岁时。"僶俛"，勤苦努力而小心谨慎的样子。自幼便兢兢业业守善不移，已经年过半百，时间不算短了，善恶之报如何呢？一曰"弱冠逢世阻"。古人二十岁行加冠礼，表示成人，"弱冠"即初冠之年，指二十岁。"世阻"犹如说世难。陶渊明十九岁那年，前秦苻坚大举南侵，发生了历史上著名的淝水之战，陶渊明的家乡浔阳柴桑离前线不远，可能由于军事行动的波及，再加上江西一带闹灾，早年丧父本已难以维持的陶氏家业，这时更加衰落了。所以他在《有会而作》中也慨叹"弱年逢家乏"。二曰"始室丧其偏"。古时男子三十而有室，"始室"即三十岁。刚入三十又死了妻子，失去内助。"丧其偏"即死去妻子之意。三曰"炎火屡焚如"，屡遭火灾。"如"是词助，义同"然"。诗人家里失过几次火不得其详，诗中记述过戊申年即诗人四十四岁那一次，烧得很惨，"一宅无遗宇，舫舟荫门前"，片瓦无存，只好暂时搬到船上度日。四曰"螟蜮恣中田"。"螟蜮"，啮食禾苗的两种害虫。"恣"，放肆。"中田"即田中。赖以维持生计的园田情况一样糟，虫害猖獗。还不只此，"风雨纵横至，收敛不盈廛"，又有风凌水淹，因而所收无几了。"廛"，古代一户的宅地，"不盈廛"指收成很少。这一口气讲出的四件事,给人印象深刻,祸患连连,是很有力的铺排笔墨。祸患灾难如此频繁,带来的结果如何呢?就是饥寒交迫:"夏日抱长饥,寒夜无被眠。造夕思鸡鸣,及晨愿乌迁。"陶诗以真朴见长,不夸饰,不张皇,用朴实的笔墨叙写真情,以其真挚质实打动读者。但是真朴不等于率然,这四句就很见选材叙情的匠心。言挨饿选夏日,因为夏天昼长,白天没有饭吃,饥饿难熬之情更易凸显出来;言受冻选冬夜,因为冬天夜永,绵绵寒夜,没有被子盖,亦使寒冻难忍之情更为突出。如此错比成文,无疑大大加浓了忍饥受冻苦熬岁月的色彩。诗人又不止于摆出这样的现象,还从心理活动上做进一步开掘。到了晚上就盼着鸡叫,此承"寒夜无被眠"句来,因为没有被子盖,冻得难受,就盼着雄鸡报晓,旭日东升,可以迎阳取暖。"造"是到的意思。真的到了早上,又盼着日落,此承"夏日抱长饥"句来,因为白天没有饭吃,饥饿难忍,还不如夜幕降临,偃卧于床,不食不饮的好。"乌"指太阳,神话中说太阳中有乌。两句诗刻画处于饥寒煎熬中的人的心境,可谓入木三分。虽然勾勒得如此深微细腻,笔墨却极其洒脱自然,毫无刻镂雕琢痕迹,这就是陶渊明诗笔出神入化的高处和妙处。陶渊明孤高耿介,立志守道安贫,生活要求本来不高。《杂诗》其八说:"岂期过满腹,但愿饱粳粮。御冬足大布,粗绨以应阳。正尔不能得,哀哉亦可伤!"只求能用糙粮填饱肚子,冬有大布衣服防寒,夏有粗葛衣服应暑。然而这样可怜的愿望也达不到,确实很难使诗人晏然自安、无动于衷了,无怪本诗开端有那样呼天抢地的悲怨。

诗至此已将不幸的遭遇叙写完毕,下面便集中抒慨。诗的开端便说到天道鬼神幽远，隐含怨天之意了，这里却陡然一转说："在己何怨天！"咎责全在自己，哪里怪得上天！文势的起落，使人有悬崖坠瀑之感。所以陶诗诗语平淡，章法却不平板。"在己"二字大有文章。陶的家境虽一直清贫，以他在当时的声望，谋个饭碗则不成问题。颜延之《陶征士诔》说他"初辞州府三命"，州府曾经屡次把官位送上门来，都被辞绝。沈约《宋书·隐逸传》中也说他稍向亲朋示意，"执事者闻之"，便给了他一个彭泽令。只要他肯与世浮沉，就可以饱食暖衣。无奈他偏偏不耐庸俗，先是不肯出仕，后来出仕了，又处处看不顺眼，只感到"志意多所耻"，四十一岁便毅然归田了。经过十多年躬耕实践，结果落到了啼饥号寒的境地。这不是咎由自取吗？"在己"二字下得实在。可是仔细一想，不对了，守道不阿，有什么过错？正直之士陷入穷途，庸俗之辈万事亨通，这又是什么世道！"在己"二字的背后又隐隐现出现实的真面来。诗没有明言斥世，而讥世之意已隐含其中。正是这样，"在己"似为自责自怨，实际又何尝不是自许自傲！浅语深意，直言曲讽，耐人玩味，启人深思。虽说咎责在己，怪不得天，可是"离忧凄目前"，饥寒的现状却把人无情地推入忧愁凄苦的深渊中去了。"离"通"罹"，遭遇之意。也许持操固穷，忍得现在，会换来身后流芳，但扬名后世，救不了枯槁当年。他在《饮酒》诗中就曾慨叹颜渊、荣启期"虽留后世名，一生亦枯槁"。所以情绪的推激，连这身后名的价值也予以否定了："吁嗟身后名，于我若浮烟。"这自然是愤激语，正是这愤激语中显示出诗人现实苦痛的深度。无力改变的遭遇，无法解脱的怨苦，只有向知音一吐为快了："慷慨独悲歌，锺期信为贤。""慷慨"即感慨激愤于本诗中所言之不幸遭遇;"悲歌"即将这些不幸与不平写成"怨诗楚调"以抒怀。幸而世上尚存庞、邓一类知音,得以一展衷肠。"锺期",指锺子期。他是音乐家伯牙的好友,最能识知伯牙琴音。《列子·汤问》载,伯牙弹琴,志在高山,锺子期曰:"峨峨然若泰山。"伯牙志在流水,锺子期曰:"洋洋然若江河。"锺子期死后,伯牙则断弦不再弹琴,因为没有了像锺子期那样知音之人。这里是借以指郭主簿、邓治中,言他们像锺子期知伯牙之音一样,能了解陶之情怀。"信",实在。"贤",好。这末一节虽只六句,却百曲千折,抑扬有致,将诗人深沉的苦痛含蓄而充分地抒写出来。调极迂徐舒缓,情极激昂深切,把这两种似不相合的东西,糅合成浑然一体的诗境,是陶诗的绝处,表现了他的特有的风格。

"吏呼一何怒,妇啼一何苦"

——杜甫《石壕吏》

暮投石壕村,有吏夜捉人。老翁逾墙走,老妇出看门。吏呼一何怒!妇啼一何苦!听妇前致词,三男邺城戍,一男附书至,二男新战死。存者且偷生,死者长已矣!室中更无人,惟有乳下孙。有孙母未去,出入无完裙。老妪力虽衰,请从吏夜归。急应河阳役,犹得备晨炊。夜久语声绝,如闻泣幽咽。天明登前途,独与老翁别。

苦捱岁月

"三吏""三别"是杜甫反映安史之乱最突出的一组诗。作者于唐肃宗乾元二年（759）任华州司功参军，有事至洛阳，返途，以亲历的见闻为基础创作而成。《石壕吏》是"三吏"中的一首，以一个家庭的遭遇，深刻地反映出这场动乱给人民带来的深重苦难。

"石壕"指石壕镇，在今河南陕县东。全诗可分为三节。前四句为第一节，简洁的叙事："暮投石壕村，有吏夜捉人。老翁逾墙走，老妇出看门。"诗人于傍晚投宿到石壕村的一户人家，夜里吏人来捉壮丁。大约这种情况经常发生，老翁很警觉，立刻跳墙逃跑，由老妇出来应答。诗从暮夜投宿斩截而起，然后一句一事，急转直下，没一点拖泥带水，紧促的节奏与"有吏夜捉人"的情事水乳交融，给人以分外紧张之感，笔墨高妙。

从"吏呼"句起到"犹得备晨炊"为第二节，通过吏人的喝问和老妇哀苦的应答，展示这一家遭遇之悲惨。"吏呼一何怒！妇啼一何苦！"先摆出带有概括性的两句诗，一方面是吏人不断地怒问，一方面是老妇哭哭啼啼地回答，情景分明如见。虽只两句诗，活现出吏人的专横与火气，以及老妇的满怀凄苦悲哀。"怒"字，简而传神；"啼"字、"苦"字，下得贴切而内涵丰富。一肚子苦情，自然只能抹着眼泪回话。用一句"听妇前致词"做交代语，表明下面都是诗人听到的老妇应答吏人的话语。吏人本是来捉壮丁的，结果连个男人影儿也没瞧见，只碰上一个女人，还是个老妇，自然怒不可遏，一定会连声追问，男人都哪里去了。老妇哭着回答出令人触目惊心的情况："三男邺城戍，一男附书至，二男新战死。"三个儿子全被征发去戍守邺城，一个儿子捎来信说，其他两个都于最近战死。老妇不禁发出椎心的叹息："存者且偷生，死者长已矣。"活着的也不过暂且偷生，死的算是永久结束了。两句叹语中，透露出浓郁的悲惨气息，活着的也活得很勉强、很艰难，死者倒是完全告别了苦难。从下文看，吏人可能又进一步逼问，屋里就没有别人了吗？老妇继续应说："室中更无人，惟有乳下孙。"家里实在没有什么人了，只有一个没有断奶的孙子。"有孙母未去"，为奶孩子，妈妈没有改嫁，可是她"出入无完裙"，穷得没一件完整衣服可以出来见人。老妇似乎很怕吏人把孩子的妈妈拉去应役，使孙儿也没法活下去了，赶紧毛遂自荐："老妪力虽衰，请从吏夜归。急应河阳役，犹得备晨炊。"我这老妇虽然力气不大了，还可以烧火做饭，就由我随你去应役吧！

最后四句为第三节，再回到叙事，"夜久语声绝"，诗人听不到吏胥与老妇的对话了，说明吏人走了。前有"夜久"二字，表明老妇与吏人的对话是很长的，不知有多少追问和解说。"如闻泣幽咽"，诗人这时又听到抽泣的声音，从前文看，屋里并没有别人，只有奶孩子的妈妈，说明老妇真的是被吏人带走应役去了，所以孩子妈妈呜咽哭泣。"天明登前途，独与老翁别"，逃避捉丁的老翁回来了，诗人上路时只有和他告别，因为老妇被拉去应役了，奶孩子的妈妈是没有完整衣服出来见人的。

这首诗展示了安史之乱中一个家庭的遭遇，可谓悲惨至极。两个儿子已经牺牲了，一个儿子仍处在随时可以丧命的战场上。老翁听到吏人来捉丁,便急遽跳墙逃走,说明老人也难免被征役,最后连老妇都被带走了。仇兆鳌说:"古者有兄弟始遣一人从军。今驱尽壮丁,及于老弱。诗云:三男戍,二男死,孙方乳,媳无裙,翁逾墙,妇夜往,一家之中,父子、兄弟、祖孙、姑媳惨酷至此,民不聊生极矣。"此家遭遇之惨可算空前了。家中没有了男丁,就没有了劳力,断了生活来源,所以穷得奶孩子的妈妈衣不蔽体,我们可以由此体会到"存者且偷生"一句的分量。诗写的虽只一家,却是千家万户的写照,见出作者是善于选择典型以表现普遍的深重苦难的。全诗都是叙事的笔墨,但叙语简洁,刻画情景真切突出,使人如见其景、如闻其声,表现了作者锤炼语言的功力。诗的篇幅不长,但反映的情事相当丰富,表现了诗人极善于剪裁与结构篇章。开篇就直接切入暮宿,次句便直入主题,吏胥捉人。没有一点拖泥带水。诗作也略去一切不必细致交代之事,只留下紧要关节,这些凿实的情事,前后衔接,线索分明,故能语简而事丰。老翁跳墙逃跑,就不再交代他何时回了家,而于天明"独与老翁别"中体现出来。"夜久语声绝"一句之后,也没有交代老妇是否被带走,于"如闻泣幽咽"和"独与老翁别"中体现出来。这些都突出表现出杜诗语言凝重、刻炼的独有特色。

"可怜身上衣正单,心忧炭贱愿天寒"

——白居易《卖炭翁》

卖炭翁,伐薪烧炭南山中。满面尘灰烟火色,两鬓苍苍十指黑。卖炭得钱何所营?身上衣裳口中食。可怜身上衣正单,心忧炭贱愿天寒。夜来城外一尺雪,晓驾炭车碾冰辙。牛困人饥日已高,市南门外泥中歇。翩翩两骑来是谁?黄衣使者白衫儿。手把文书口称敕,回车叱牛牵向北。一车炭,千余斤,宫使驱将惜不得。半匹红纱一丈绫,系向牛头充炭直。

白居易是唐代新乐府运动的领军人物。他不只有系统的新乐府诗歌理论,还有丰富的成功的创作。他的《新乐府》五十首,广泛反映了下层民众各类人物的苦难生活和命运,同时揭露了朝廷各种病民的弊政,充分体现了"救济人病,裨补时阙"的真精神,产生了深远的影响。《卖炭翁》是《新乐府》五十首中的第三十一首,深刻地揭示了手工工人卖炭老翁的艰辛困苦生活,并有力地控诉了"宫市"弊政的罪恶,是其新乐府诗的代表作。

首四句勾画老翁艰辛劳苦的形象:"卖炭翁,伐薪烧炭南山中。满面尘灰烟火色,两鬓苍苍十指黑。"南山即长安南郊的终南山,老翁长年劳作在这座深山里。"伐薪烧炭"四个字包含了艰苦的劳动过程,他登山入林,砍下薪材,拖到窑地,烧制成炭。长年累月,烟熏火燎,那烟尘的脸色,那斑斑的鬓发,那黑乌乌的十指,都是艰辛劳动的印迹。这个形象足够引起人们的怜惜与同情了。刻画的笔墨精准深刻,形象鲜明,虽通俗而无长语,见出作者白描的工力。"卖炭得钱何所营?身上衣裳口中食。"卖炭换钱是老人唯一的生活来源,足见炭对老人的价值。所以他不惜受冻,只担心所烧之炭卖不上好价钱:"可怜身上衣正单,心忧炭贱愿天寒。"虽然冰寒雪冻的季节,身上的衣服还很单薄,为了能卖上好价钱,还是祈望天再冷一些。刻画老翁的心理,堪称入微,这一笔心理描写最有力地表现出老翁被贫困摧残到何等境地了,不能不佩服诗人善于截取节点情事入诗,以增强诗歌的感染力。老天不负苦心人,老翁这个凄苦的愿望侥幸实现了:"夜来城外一尺雪",一尺深的雪,炭价不会贱了,不免兴致勃勃,一大早便赶车上市了,"晓驾炭车辗冰辙"。山路遥遥,赶着装载千余斤炭的牛车,在一尺深的雪路上行走,到了长安市场的南门外,已经太阳老高了。"牛困人饥日已高",牛也困乏不堪,人也饿得不得了。早上出来还是大雪遍地,经过日晒,雪已融化,歇脚在泥水中:"市南门外泥中歇"。唐代长安城中的贸易专区称为"市",有东、西两市,市的四周有围墙及门。老翁这时满心的希望,是遇上一个好买主,将炭变卖成钱,吃上一顿饱饭,再置办点生活必需品。正当他眼巴巴盼着的时候,不料迎接来的却是一场噩运:"翩翩两骑来是谁?黄衣使者白衫儿。"皇宫中的采办来了。这些人有特殊的服色,黄衣白衫;也有特别的权力,只要他们看上的东西,便不由分说,强行买下,因为他们是给皇家办货的。"翩翩两骑",言语不多,但已足见那骄矜自得的神气。果然厉害异常,"手把文书口称敕,回车叱牛牵向北"。"敕",诏令。说一声皇家购买,便扭转车头,叱喝着牛,向北走去。唐时大明宫在长安城北,故云"牵向北"。这时牛困也顾不得,人饥也管不得了,"一车炭,千余斤,宫使驱将惜不得"。结果如何呢?忍着牛困人饥将炭送到宫里,却是"半匹红纱一丈绫,系向牛头充炭直"。千余斤炭,只换得半匹纱一丈绫。"系向牛头",十分传神,不管你肯与不肯、要与不要,就是它了。那一种蛮横无理、盛气凌人的神气,都在四个字后面隐现出来。韩愈《顺宗实录》载,过去宫中需买外物,令官吏负责采办,按市价购置。后来不再通过官吏,宦官"置白望数百人于两市,并要闹坊,阅人所卖物,但称宫市,即敛手付与"。《新唐书·食货志》也说:"有赍物入市而空归者。每中官出,沽浆卖饼之家,皆撤肆塞门。"这首诗有诗人原序,即明言:"苦宫市也。"是为"宫市"病民留下的一张写真。

作者自言其新乐府诗"系于意,不系于文"(《新乐府序》),以内容为根本,非为文而作,故"其辞质而径,欲见之者易谕"(同上)。所谓"质",即朴实通俗。《冷斋夜话》载:"白乐天(白居易字乐天)每作诗,令一老妪解之。问曰:解否?妪曰解,则录之,不解,则易之。"所谓"径",即表现直接,不隐约曲折。这首诗即用通俗的语言,率直地描写出卖炭老翁的辛苦与悲惨遭遇,甚至深入到老翁的心理活动,是一种很有特色的赋笔。诗的前半着力突出卖炭翁劳苦和以炭值为命的境地,更加反衬出后半"宫使"的行径、宫市掠夺的可恶,增强了对宫市的控诉力量。

直讥切讽

"彼君子兮,不素飧兮!"——《诗经·魏风·伐檀》

"使君自有妇,罗敷自有夫"——汉乐府诗《陌上桑》

"今君来迟数又少,青纸题封难胜前"——江端友《牛酥行》

"鼓角岂真天上降,琛珠合向海王倾"——魏源《寰海十章》其九

"两军相接战甫交,纷纷鸟散空营逃"——黄遵宪《度辽将军歌》

"彼君子兮,不素飧兮!"

——《诗经·魏风·伐檀》

坎坎伐檀兮,置之河之干兮,河水清且涟猗。不稼不穑,胡取禾三百廛兮?不狩不猎,胡瞻尔庭有县貆兮?彼君子兮,不素餐兮!

坎坎伐辐兮,置之河之侧兮,河水清且直猗。不稼不穑,胡取禾三百亿兮?不狩不猎,胡瞻尔庭有县特兮?彼君子兮,不素食兮!

坎坎伐轮兮,置之河之漘兮,河水清且沦猗。不稼不穑,胡取禾三百囷兮?不狩不猎,胡瞻尔庭有县鹑兮?彼君子兮,不素飧兮!

《伐檀》属于《诗经》十五国风中的《魏风》,魏的地域在今山西西南部永济一带。这是一首讽刺贵族不劳而获的诗。在周代的贵族社会里,贵族的一切都由劳动者供给。《诗经·七月》就表现得明明白白,诗云:"八月载绩,载玄载黄,我朱孔阳,为公子裳。""一之日于貉，取彼狐狸，为公子裘。"织成各种颜色的织物，是给公子做衣裳；猎得各种野兽，是给公子做皮袄。《伐檀》这首诗就是对他们进行讥刺，重点在最末两句，白吃饭的人可以称什么君子！

诗共三章，基本内容相同，只更换个别词语。先看第一章。首三句："坎坎伐檀兮，置之河之干兮，河水清且涟猗。""坎坎"，伐木的声音。"干"，河岸。"涟"，风吹水所激起的波纹。"猗"是语气助词，没有实义，与"兮"相类。现在称水上的波纹为"涟漪"，是语言发展演变的结果，实际只有"涟"是有实义的。前两句说劳动者坎坎伐木，把砍下的树放在岸边。妙在第三句特别描写一下河水的情景：清澈而又泛着美丽的波纹。这忙里偷闲的一笔，给人的感受好像在沙漠中见到了绿洲，幽美引人。此等处正显示着文学的意味和力量。

《诗经》的作品有三种基本表现手法，即赋、比、兴。赋是直陈其事，白描实际情事。比是比喻，打比方。兴是"先言他物以引起所咏之辞"（朱熹语）。值得注意和讨论的是，这三句究属何种笔墨。如果把它看作赋笔，就是写实景，歌咏劳动者在河边伐木。但怎么从歌咏伐木，一下子就转到指斥贵族不劳而获了呢？意脉未免有些扞格，也衔接不紧。所以，不如视为兴笔为好。兴本来就是先从别物咏起，再引到本题。它不要求与下文有紧密的意脉承接。歌者是劳动者，本意是要讥刺贵族不劳而获，而拿伐木之事起兴，如此诠释，就顺理成章了。

接下来是摆出贵族不劳而获的事实。歌者选择了两种情事：一是种田，所得为粮食；一是打猎，所得为野兽。这正是贵族不劳而获、靠劳动者供养的两个重要方面，从这上面落笔，直击要害："不稼不穑，胡取禾三百廛兮？不狩不猎，胡瞻尔庭有县貆兮？"不种田，为什么取走了那么多粮食？不打猎，为什么院子里挂着那么多野兽？事实俱在，使对方没有丝毫躲闪的余地，攻得准，刺得有力，不劳而获的本质昭然若揭。种庄稼曰"稼"，收庄稼曰"穑"，"不稼不穑"就是全无农事劳作。古代一夫所居曰"廛"，这里是用作计量词，"三百廛"，数量相当可观。冬猎曰"狩"，"不狩不猎"，即全不打猎。"瞻"，看。"县"即"悬"，挂着。"貆"，野兽名，今称猪獾。

事实已明，便亮剑端出主旨了："彼君子兮，不素餐兮！""素餐"，空食，白吃饭。二句谓：那君子人呵，是不白吃饭的。反言之，空口吃白饭，算什么君子！反讽冷隽有力，余味深长。

《诗经》中多有不少对贵族表示不满的诗，态度各别。如《墙有茨》写贵族淫乱不堪，"中冓之言，不可道也；所可道也？言之丑也"，意思说，宫闱中的事情，简直不可言说；还可以说说吗？说出来就太丑了！是揭露。又如《相鼠》写贵族行为放荡，不守礼仪，"相鼠有皮，人而无仪；人而无仪，不死何为？"老鼠还要有皮毛遮体，人而失礼无仪，还不赶快死掉干什么！是指斥。《巷伯》斥谮人，"取彼谮人，投畀豺虎。豺虎不食，投畀有北。"则近于诅咒了。本诗则是冷隽的讽刺，别为一格。

这首诗的其他两章，诗语基本是重复的，只变换了个别的字。这是《诗经》作品特别是《国风》作品常用的一种形式，叫作章的重叠。其不同章中变换的字，大体有两类：一类是意义相近的字的平列，如本诗各章第二句中的"干""侧""漘"，都不外是河岸、河边之意。"湄",水边。各章第三句的"涟""直""沦",都是溪水波纹的形状,"直",波纹成直状鳞鳞比次。"沦",波纹旋扩如轮。各章第五句的"廛""亿""囷",都是表示数量单位的词语。"亿","繶"的假借字,束。"囷","稛"的假借字,亦是束的意思。各章第七句中的"貆""特""鹑",都不过是禽兽的名目。"特",三岁的小兽。"鹑",即鹌鹑,鸟名。这种类型,各章的字可以随意倒换,不影响诗义。另一类是更换的字表示出事物递进的层次关系。如这首诗各章首句中的"檀""辐""轮":"檀"是檀树,做车轮的原始木料,"辐"为已制出车轮中的辐条,"轮"则为已完全制成的车轮。三章中的三个字恰恰表现出伐木制造车轮的过程。这种情形下,各章的字是不可以倒换的。这种乐章的重叠的形式,是民歌的特点之一,既便于记忆,又有反复歌咏、一唱三叹之妙。

"使君自有妇,罗敷自有夫"

——汉乐府诗《陌上桑》

日出东南隅,照我秦氏楼。秦氏有好女,自名为罗敷。罗敷喜蚕桑,采桑城南隅。青丝为笼系,桂枝为笼钩。头上倭堕髻,耳中明月珠。缃绮为下裙,紫绮为上襦。行者见罗敷,下担捋髭须。少年见罗敷,脱帽著帩头。耕者忘其犁,锄者忘其锄。来归相怨怒,但坐观罗敷。

使君从南来，五马立踟蹰。使君遣吏往，"问是谁家姝。""秦氏有好女。自名为罗敷。""罗敷年几何？""二十尚不足，十五颇有余。""使君谢罗敷，宁可共载不？"罗敷前置辞："使君一何愚！使君自有妇，罗敷自有夫。"

　　"东方千余骑，夫婿居上头。何用识夫婿？白马从骊驹。青丝系马尾，黄金络马头。腰中鹿卢剑，可直千万余。十五府小史，二十朝大夫。三十侍中郎，四十专城居。为人洁白皙，鬑鬑颇有须。盈盈公府步，冉冉府中趋。坐中数千人，皆言夫婿殊。"

　　《陌上桑》属于《相和曲》，也称《艳歌罗敷行》。这是汉乐府中篇幅较长的叙事诗，代表了汉乐府叙事诗的高峰。对于此诗的主题，常被认为是一首抗暴的作品，歌颂罗敷勇于反抗太守贪色的行为。这样的诠释虽不全错，却未能触及本诗的底蕴。朱熹曾指出此诗的诙谐性（《朱子语类》），甚有见地，但认为诗中的使君就是罗敷的丈夫，也未免过了头。这首诗无疑是讲采桑女罗敷反击太守调戏的故事，但不是正言的拒斥，而是通过喜剧性的夸夫，对太守进行了无情的奚落。人们通过这个故事热情讴歌了罗敷的美丽勤劳、勇敢机智，同时又通过她对荒淫无耻的官僚进行了有力的嘲弄，以宣泄对他们的怨愤之气。所以它既非正剧，又非悲剧，而是喜剧。讥刺的味道远大于揭露与抨击，说它是一首讽刺诗，更接近诗的本质。全诗按乐章分为三解，也恰恰是诗的三个段落。

从篇首到"但坐观罗敷"为第一段，引出主人公。"日出东南隅，照我秦氏楼。秦氏有好女，自名为罗敷。罗敷喜蚕桑，采桑城南隅。"歌者由东方升起朝阳落笔，由朝阳的光线引到秦氏楼，由秦氏楼再引出秦氏女，由秦氏女再落到她喜爱的料理"蚕桑"，再由此引到采桑的地点"城南隅"，即故事冲突发生的地方。整个节奏舒徐悠然，一景景，一幕幕，相继推出，创造了一个极有韵味的开端。如果从这里径直接到太守的调戏，在诗的脉络上并没有什么不顺，但缺少了太守见色起意的充分根据。所以歌者并不从这里展开故事，而是先对女主人公的美貌做一番精心的刻画，为下文做铺垫。写罗敷之美，先从采桑筐笼之美写起："青丝为笼系，桂枝为笼钩。""青丝"，青黑色丝线。"笼"，篮子。"系"拴笼的绳子。青丝绳，桂枝钩，用物都美极了。再写主人公的发式、首饰、衣着："头上倭堕髻，耳中明月珠。缃绮为下裙，紫绮为上襦。""倭堕髻"，堕马髻衍生的发式，挽束于头顶的头发称"髻"。"明月珠"，大珠，做耳饰。"缃绮"，杏黄色有花纹的绮。"襦"，短袄。头上梳着倭堕髻，耳上戴着明月珠，下身是杏黄绮的裙子，上身是紫色绮的短袄。衣着打扮也美极了。没有一笔写到罗敷眉目面颊之美，只是用这些烘托的笔墨，让人想象其美貌，用笔巧妙。果然美丽无双，见者无不颠倒失神。"行者见罗敷，下担捋髭须"，过路的挑担老人看见罗敷，放下担子捋着胡须呆看。"髭"，嘴上的须。"少年见罗敷，脱帽著帩头"，年轻人看见罗敷，赶紧摘下帽子整理包头巾。"帩头"，包头发的纱巾。摘帽整巾大概是想引起罗敷的青睐吧！心理捕捉精准传神。"耕者忘其犁，锄者忘其锄。来归相怨怒，但坐观罗敷。"耕田的忘了耕田，锄地的忘了锄地。回到家里，怨恨没干成活，都是因为观看罗敷。"但坐"，仅仅因为。关于"行者""少年""耕者""锄者"这些人物失态行为的描写，显然都是喜剧性的夸张，令人解颐。对罗敷之美而言，都是侧面烘衬，充分发挥了虚笔的妙用。

从"使君从南来"至"罗敷自有夫"为第二段，写故事的矛盾冲突。"使君从南来，五马立踟蹰。"汉制，郡太守用五匹马拉车，"五马"即指太守的车驾。"踟蹰"，停滞不前。太守一见罗敷就迈不动步了。"使君遣吏往，'问是谁家姝？'"马上派人前去问询，是谁家的漂亮女子。"秦氏有好女，自名为罗敷。"是罗敷的答言。吏人问清之后，回复了太守，又向罗敷传达太守的话："使君谢罗敷，宁可共载不？"可否与太守共车回府。"谢"，问的意思。"宁"，问辞。于是"罗敷前置辞"，上前回答。"置辞"，措词，说话。"使君一何愚！使君自有妇，罗敷自有夫。"使君怎么这么糊涂，你有你的老婆，我有我的丈夫。这一段中，事情的纠葛全是通过罗敷与"吏"及"使君"的对话表现的，既活泼生动，又使人真切地感受到人物的性情、声口。

从"东方千余骑"到篇末为第三段，写罗敷夸夫。因为主旨并不在"夸"，而在通过夸夫来奚落嘲弄太守，所以这一段笔墨特别铺张扬厉。因为夸得越凶，嘲弄得越有力量，每一句都是浇在太守头上的一盆冷水。"东方千余骑，夫婿居上头。""千余骑"，千余骑马的人，丈夫是在行列的最前头。"上头"指前头。"何用识夫婿？白马从骊驹。"怎么认得出他，一群白马跟着的那匹黑马上的人就是他。"何用"，用什么。"骊"，黑色的马。不仅夸说官位显赫,对其骑从佩带也要逐一夸说一番。"青丝系马尾,黄金络马头。"马尾有青丝装饰,马头戴着有黄金饰物的笼头。"络",马笼头。腰中佩的剑,价值千万:"腰中鹿卢剑,可直千万余。""鹿卢"即辘轳,滑车,这里指剑把上用玉做的辘轳形的装饰。从骑乘佩带,再夸说到他青云直上的从宦历史:"十五府小史,二十朝大夫。三十侍中郎,四十专城居。"刚成童已为府中的小史,弱冠之年已是朝廷的大夫,壮岁已有了侍中的荣衔,四十时已经是一方的长官了。"侍中",是在原官上加官的荣衔。"专城居"指为一城之主,即郡太守之类。夸过了宦途飞黄的经历,相貌是不可不夸的,"为人洁白皙",皮肤是好的,洁白鲜亮;"鬑鬑颇有须",胡须也是好的,长髯飘拂。"鬑鬑",胡须长长的样子。走路的样子也美不胜收:"盈盈公府步,冉冉府中趋。"迈着优美的官步,从容地走进郡守的官府。"盈盈"是美好的样子。"公府",三公之府,"公府步"是说走路很有贵官的派头。"冉冉",缓行的样子。"府中"指郡太守官府。到此为止,丈夫的一切,没有一点不好的,连皮肤、胡须、走路的样子都夸到了,可谓淋漓尽致,因为每一句夸说,都是无情的戏弄,故不厌其烦细。末尾两句"坐中数千人,皆言夫婿殊",大约是演唱时的帮腔。用此形式齐赞其夫。"殊",特异不寻常。

《陌上桑》艺术上有三个明显特点:第一,富于戏剧性。它的主要矛盾冲突是通过人物的直接出场表现的,富有戏剧化的场面。二、三两段十分明显,第一段虽无矛盾冲突,但将罗敷与行者、少年、耕者交织在一个画面上的部分,同样有戏剧场面的效果。第二,充满喜剧的诙谐幽默。如第一段中写各种人物见到罗敷的倾倒之态,明显具有喜剧性的夸张。写"耕者""锄者"归家的怨怒,尤其风趣。第二段中罗敷自答年纪,"二十尚不足,十五颇有余",犹如俗语所说的二十郎当岁,也不是正剧的严肃语气,带有自矜自夸、轻佻戏弄的味道。而罗敷拒绝时说的你有你的妻子,我有我的丈夫,也有相同的风神。这一点,只要与东汉辛延年的《羽林郎》比较一下就更明显了。酒家胡的胡姬在拒绝霍家奴冯子都的霸占企图时说:"贻我青铜镜,结我红罗裾。不惜红罗裂,何论轻贱躯。男儿爱后妇,女子重前夫。人生有新故,贵贱不相逾。"义正词严,与此显然有别。第三段以夸夫的形式对待调戏者,这本身就是喜剧性的设置,而非严词拒斥的路数。所以《陌上桑》这首诗不是罗敷的自叙,也不是一般第三人称的客观描写,而是歌者对罗敷故事加以喜剧性的创造,借罗敷之口无情地嘲弄见色起意的官僚,以发泄人们心中的憎恶情绪。全篇都体现着民间特有的那种乐观精神与幽默。第三,创作方法上,一任感情的奔泻与主观愿望的支配,大胆夸张创造,不拘泥于字字句句的写实。夸夫更全是空中楼阁,充满浪漫主义色彩。《陌上桑》在汉乐府中是独一无二的,在整个古典诗歌中也是不多见的。

"今君来迟数又少,青纸题封难胜前"

——江端友《牛酥行》

有客有客官长安,牛酥百斤亲自煎。倍道奔驰少师府,望尘且欲迎归轩。守阍呼语不必出,已有人居第一先。其多乃复倍于此,台颜顾视初怡然。昨朝所献虽第二,桶以纯漆丽且坚。今君来迟数又少,青纸题封难胜前。持归空惭辽东豕,努力明年趁头市。

江端友生年不详,卒于南宋高宗建炎四年(1130),主要生活在北宋后期。北宗末年政治腐败,他隐居于汴京(今河南开封)封丘门内,躬耕蔬食,守节自重,不肯一至公卿之门。所以对官场的黑暗、官吏的卑污有高度的敏感和义愤,能予以无情的揭露和鞭挞。

这首诗是有事实依据的:宋徽宗宣和年间,任西京(今河南洛阳)留守的邓某,向徽宗宠幸的太监梁师成进献过一百斤牛酥。梁为徽宗朝蔡京、童贯等"六贼"之一,以善于逢迎得幸,代写御笔号令，常假造圣旨，纳贿鬻爵，权倾一时，京师人视为"隐相"，很多官僚向他摇尾以谋升进。这个邓某又是谄佞世家，宋神宗给他的父亲下过"趋向颇僻，赋性奸回"八个字的考语，他继承"家风"，表现更加突出，这首诗即就其事塑造为艺术典型，有力地揭露了北宋统治阶层的腐朽。

  首四句着意刻画主人公的谄媚丑态。"有客有客官长安，牛酥百斤亲自煎。""有客有客"，只将词语重复一下，对象便被突出显示出来，唤起读者的分外注目。这种句法始于《诗经·有客》篇"有客有客，亦白其马"，后来杜甫也曾用于《乾元中寓居同谷县作歌七首》其一"有客有客字子美"，都有突出主人公的艺术效果。"官长安"即做西京留守之意，因为汉、唐两代都以长安为西京，所以这里用长安借指宋的西京洛阳。人物摆出来了，下面三句便一笔笔勾勒他的形象。牛酥是从牛奶中提炼出来的高贵食用品，炮制时需反复熬炼，积至百斤绝非易事，何况还"亲自煎"。西京留守是陪都最高行政长官，还愁弄不到几个煎牛酥的人？然而用不得。一来能否尽心煎出上品，放心不下；二来不躬亲其事，也显不出对少师的尊崇。所以身亲执贱役也就顾不得了，活画出巴结权臣的苦心与丑态。佳品既得，邀宠心切，自然恨不得插翅飞到少师府前。"倍道奔驰少师府，望尘且欲迎归轩。""倍道"即日夜兼程，如此还不足，又加上"奔驰"，飞跑前进。可见急切之情到了何种程度！宋徽宗政和年间，立少师、少傅、少保三孤，为三次相之任。"少师府"即指梁师成府第。远路迢迢赶到府前，不巧主人并未在府，交给门上转呈是无法献殷勤的，只好等在门前了。"望尘且欲迎归轩"，西晋潘岳、石崇等人谄事权臣贾谧，经常守候贾谧出行,望其车尘而拜,诗人以此来刻画投献者的谄媚相,可谓入木三分,那眼巴巴望着大路,只待尘头起时便扑上去的神情如见。这三句一写亲制,突出一个"精"字;一写亲送,突出一个"急"字;一写亲呈,突出一个"敬"字。通过这三部曲,投献者那利禄熏心、奴颜婢膝的嘴脸,便活生生地呈现在人们的眼前了。

　　直到这里为止,我们看到的是投献者的一路兴头,热度越升越高。"守阍"以下八句是本诗的一大转折,章法上的一大波澜。这八句全是守门人的话,却不啻一瓢瓢冷水向投献者兜头泼来。首先是守门人的一声断喝:"守阍呼语不必出,已有人居第一先。"不必拿出来了,已经有人赶在第一了,一大扫兴处。"其多乃复倍于此",数量比百斤还多一倍,二大扫兴处。"台颜",大人的脸色呢?"初怡然",开始还有点愉悦,后来呢?诗没再说下去。按理推,当是再送来就觉得平常了。大人态度如此,三大扫兴处。"昨朝所献虽第二,桶以纯漆丽且坚。"昨天献者虽居第二,但桶坚漆丽,装潢领先了,四大扫兴处。"今君来迟数又少,青纸题封难胜前。"此二句是个总结:第一,来迟了,已居人后;第二,数量又少,只有他人的一半;第三,装潢简陋,不过青纸包裹,怎么能够争胜前人呢?投献者听此一番言语,怕不呆若木鸡么!

　　这段诗是鄙事庄说,情味妙不可言。其意义不只是对投献者的挖苦嘲弄,而且拓展了诗的境界,由前节的一个投献者扩至三个投献者,那么,明天、后天呢?自然会令人想到还将有第四、第五个接踵而至的投献者。牛酥一种如此,其他珍品异物呢?自不待言了。权贵们门庭若市的场景,整个官场苞苴公行的丑恶,都在无字处显露出来了。

结尾二句很妙："持归空惭辽东豕，努力明年趁头市。""辽东豕"用《后汉书·朱浮传》里的典实。辽东有个人，家里的猪生个小猪是白头，主人感到很奇异，想把它献给朝廷，走到了河东，看到那里所有的猪都是白色，只好"怀惭而还"。这里用来比喻西京留守献的牛酥，贴切辛辣。西京留守听了守门人的一番话，也的确"惭"了，把牛酥拿回去了，但并非惭其所为不正，而是惭其所为不及，所以不是退缩改悔，而是暗暗下定决心，明年再来争个头市。他百折不挠，受挫益坚，厚颜无耻，可谓绝伦，至此诗人完成了这一典型的塑造。

这首诗对攻击的对象，不抨击，也不斥骂，只是把对象的行为，以略带夸张的笔墨，客观地描写出来，将其丑恶的表演如实地展示给人们。讽刺得更有力量，远胜于指责与咒骂。鲁迅说："'讽刺'的生命是真实。""它所写的事情是公然的，也是常见的，平时是谁都不以为奇的，而且自然是谁都毫不注意的。不过这事情在那时却已是不合理，可笑，可鄙，甚而至于可恶。但这么行下来了，习惯了，虽在大庭广众之间，谁也不觉得奇怪；现在给它特别一提，就动人。"（《什么是"讽刺"》）讽刺的事情，既非隐秘难知，也非罕见，但它已是十分荒谬可笑，然而谁都司空见惯、熟视无睹、习以为常；经讽刺的作者醒目地一提，它便凸显在人们面前，便令人动心瞩目，由无觉而不免感到羞惭，谁也不能再对它熟视无睹了，再照常地做下去了。这也就是讽刺文学的力量。这首诗就是这样讽刺文学的典型。

"鼓角岂真天上降,琛珠合向海王倾"

——魏源《寰海十章》其九

城上旌旗城下盟,怒潮已作落潮声。阴疑阳战玄黄血,电挟雷攻水火并。鼓角岂真天上降,琛珠合向海王倾。全凭宝气销兵气,此夕蛟宫万丈明。

这组诗共十首,题下注有"道光二十年"字样,不过诗中有道光二十一年(1841)上半年的事,大约非一气呵成,随事落笔,续有所增。这是魏源创作的反映鸦片战争的重要组诗之一,以七律形式集中反映广东战事,具有丰富的历史内容,恰如诗人自己所说的:"诗里莺花稗史情。"(《寰海后》其九)"寰海",即环海,以此命题,意指反映沿海之事。

这一首是组诗的第九首,作于道光二十一年,抨击和讥刺奕山以钱买合。由于琦善在广东一意推行投降路线,英军气焰嚣张,先后攻占海口的一些要塞。道光帝震怒,于道光二十一年派奕山为"靖逆将军",赴广征讨。奕山到广,遭一战之败即向英军乞降,与英方议定《广州和约》，答应巨额赔款。诗即反映其事。

首联写奕山一败即退。"城上旌旗城下盟"，奕山统率大军到广之后，初遭挫折，即率重兵退据广州城，不思再战，对英军要挟甚重的休战条款满口应承，答应交赎城费及赔英商损失九百万元，接受屈辱的"城下之盟"。"城上旌旗"表明城中尚驻有重兵。《左传·桓公十二年》载，楚国伐绞，于绞城南门大败绞军，"为城下之盟而还"。此即用其典指奕山的屈辱求和，古以受城下之盟为耻辱。这句把"城上旌旗"与"城下盟"鲜明对照地摆出来，强烈的讽刺意味即在其中，手法极妙。次句云："怒潮已作落潮声。"奕山到广后，"急欲侥倖一试"（魏源《道光洋艘征抚记》），意气甚盛，故以"怒潮"喻之；可是一挫即降，"怒潮"竟变成了"落潮"，喻语贴切巧妙，讽刺也深刻有力。这一联上句之"城上""城下"，下句之"怒潮""落潮"，都各自于句中成对，而上下句又两两呼应，具见遣词造句之工妙。首联不从战事叙起，而由奕山乞降拦腰切入，开篇便把奕山的投降面目端出来示众，引人注目，极有吸引力，也使诗的起句峭拔有力，到次联再补叙战事，亦见结构上的匠心。

次联补写战事情况。首句言"阴疑阳战玄黄血"。《易·坤卦·文言》："阴疑于阳必战。"意谓阴盛为阳所疑，阳发动而阴不退让，遂致争战。此用其意，谓英侵略军咄咄逼人，引发了这场战争。"玄黄血"，《易·坤卦》爻辞："龙战于野，其血玄黄。""玄黄"为杂色。此句写战争残酷，流血遍地。"电挟雷攻水火并。"表现战斗之激烈。《管子》有"雷电之战"语，此于"电"后着一"挟"字，"雷"后着一"攻"字，极传战事凶猛之神。水、火是不相容之二物，后面着一"并"字，有力地显现出你死我活的战斗情势。

三联讥刺奕山以钱买和。"鼓角岂真天上降。"《汉书·周勃传》载，周亚夫奉命平定吴楚七国之乱，接受赵涉的建议，选一条敌军未设防的道路潜军前往，"直入武库，击鸣鼓"，使敌人"以为将军从天而下"。这句借周亚夫事反讽奕山，意谓奕山之率大军赴广，哪里是"从天而下"的周亚夫将军，而是一败即以钱买和的降将军，所以用"岂真"二字，意谓并非是，讽味辛辣。下句云"琛珠合向海王倾"，非能多谋善战，自然只有以钱买和。"琛"，珍宝。"珠"，珍珠。这里借以指大量金钱。"海王"，《管子》有"海王之国"语，本意是"以负海之利而王其业"，这里则是借以指据有海上霸权的英国。全句意谓大量金钱倾入英国侵略军私囊。

末联径直揭穿投降将军的本质："全凭宝气销兵气，此夕蛟宫万丈明。"前一句说以珍宝退敌，"宝气""兵气"的拟词绝妙。后一句说侵略者的居处珍宝光辉耀天。"蛟"，蛟龙。"蛟宫"即指龙宫。前以"海王"喻英军，这里以"蛟宫"喻其所居，前后喻语贯穿一致。"万丈明"，写所得钱财之多，亦传神。

这首诗的用喻特别值得注意。作者紧紧扣住广州濒海这一特点，即景生情，有似信手拈来，却无比新颖贴切，生动自然。诗以潮水喻战事，遂生出以"怒潮"指"战"、"落潮"指"降"的妙喻，给人以强烈的印象。以"海王"喻从海上来的英国侵略者，又引发下文一系列生动的比喻，以琛珠倾海喻向英军输纳；以"宝气销兵气"喻以钱买和；以"蛟宫万丈明"喻索勒之巨，都妙不可言。其次讥刺手法亦新颖有力。如"城上旌旗"与"城下盟"的对照,"怒潮"之化为"落潮",用周亚夫典实之反讽等。再次,造语巧妙,可以说妙语连翩,为本篇增色。最后,律诗不同于古诗在有格律,工致是艺术成熟的重要侧面,但雕琢也容易产生细巧伤气之弊。本诗处处工巧,却气势流动,大气盘旋,纵贯而下,于精美中见雄浑奔放,尤为律诗中难得之作。

"两军相接战甫交,纷纷鸟散空营逃"

——黄遵宪《度辽将军歌》

闻鸡夜半投袂起,檄告东人我来矣。此行领取万户侯,岂谓区区不余畀!将军慷慨来度辽,挥鞭跃马夸人豪。平时蒐集得汉印,今作将印悬在腰。将军向者曾乘传,高下句骊踪迹遍。铜柱铭功白马盟,邻国传闻犹胆颤。自从弭节驻鸡林,所部精兵皆百炼。人言骨相应封侯,恨不遇时逢一战。雄关巍峨高插天,雪花如掌春风颠。岁朝大会召诸将,铜炉银烛围红毡。酒酣举白再行酒,拔刀亲割生彘肩。自言平生习枪法,炼目炼臂十五年。目光紫电闪不动,袒臂示客如铁坚。淮河将帅巾帼耳,萧娘吕姥殊可怜。看余上马快杀贼,左盘右辟谁当前。鸭绿之江碧蹄馆,坐令万里销烽烟。坐中黄曾大手笔,为我勒碑铭燕然!么么鼠子乃敢尔，是何鸡狗何虫豸！会逢天幸遽贪功，它它籍籍来赴死。能降免死跪此牌，敢抗颜行聊一试。待彼三战三北余，试我七禽七纵计。两军相接战甫交，纷纷鸟散空营逃。弃冠脱剑无人惜，只幸腰间印未失。将军终是察吏才，湘中一官复归来。八千子弟半摧折，白衣迎拜悲风哀。幕僚步卒皆云散，将军归来犹善饭。平章古玉图鼎钟，搜箧价犹值千万。闻道铜山东南倾，愿以区区当芹献。藉充岁币少补偿，毁家报国臣所愿。燕云北望忧愤多，时出汉印三摩挲。忽忆辽东浪死歌，印兮印兮奈尔何！

黄由甫释本篇篇题云："中东事起，吴大澂方为湖南巡抚。吴好金石，适购得汉印，其文曰'度辽将军'。吴大喜，以为万里封侯兆也。遂慷慨请缨出关。故题云尔。"（《黄公度先生诗笺》引）这首诗是写清人吴大澂做湖南巡抚时，适值朝鲜发生东学党之乱，日本乘机出兵朝鲜，激发中日之战，即著名的甲午战争。吴喜好金石，恰好购得一枚汉印，其文为"度辽将军"，以为是封侯之兆，遂请缨出师，想完成封侯梦。作者用"度辽将军歌"命题，以度辽将军称吴，实含莫大的讽意。汉昭帝时，辽东乌桓反叛，曾以中郎将范明友为度辽将军。但吴所得之印，则为时人伪造。

诗即紧扣此事发端："闻鸡夜半投袂起，檄告东人我来矣。此行领取万户侯，岂谓区区不余畀！"四句起势突兀，气势如虎。

"闻鸡"用晋人祖逖与刘琨共眠闻鸡起舞的故事，表示志士及时奋发。"投袂起"，甩下衣袖而起，写吴大澂听说东事后的激动，形景如见。"檄"，军事文书。句意谓传檄告知日本人我来了。"我来矣"，虽只三个字，口气之大，狂傲之态，展露无遗，极善造语传情。三、四两句写吴之狂妄臆想，小小一个万户侯，自当人到爵来，不费吹灰之力。"万户侯"，汉代制度，大侯食邑万户。"区区"，小。"不余畀"即"不畀余"，"畀"，给予。意谓小小一个万户侯怎能不给我！

"将军慷慨来度辽，挥鞭跃马夸人豪。平时蒐集得汉印，今作将印悬在腰。""慷慨"，壮士不得志于心，故慷慨即表示要一逞壮志。"度辽"，指渡越辽河赴东北前线。辽河在辽宁省境，呈南北流向，辽东即因辽河之东而得名。"挥鞭跃马"，以一个骑马的动作表现其盛气猛鸷之相。"夸人豪"，自诩是人中豪杰。"汉印"即指刻有"度辽将军"之印。现在把它作为将印挂在腰间，此一动作，活画出吴想以此为祥瑞而得封侯之心境，善择细节以表情。

"将军向者曾乘传，高下句骊踪迹遍。铜柱铭功白马盟，邻国传闻犹胆颤。"四句插叙吴大澂请缨出师前之事迹。前二句指出使朝鲜。"向者"，从前。"乘传"，乘驿站的传车，即指出使。光绪十年（1884），吴曾受命"使朝鲜，定其内乱"（《清史稿》本传）。"高下句骊"即指朝鲜。朝鲜本名高句骊，王莽时，征发其兵，不顺命，乃改其名曰下句骊。后二句指光绪十一年，吴奉诏赴吉林，会同副都统伊克唐阿与俄使处置俄国侵界之事。吴据"旧界图，立碑五座，建铜柱，自篆铭曰'疆域有表国有维，此柱可立不可移'"(同前),争回俄侵之地。"铜柱铭功"即指此。"白马盟",用《战国策》"刑白马而盟之"的故实,指新立盟约。"邻国"句谓吴声威远振,邻邦听说都深感震慑。

"自从弭节驻鸡林,所部精兵皆百炼。人言骨相应封侯,恨不遇时逢一战。""鸡林",本指古新罗国(地在朝鲜半岛),唐以其国为鸡林州都督府。近世则往往以之指吉林,是因音近而附会。此即指吉林。"弭节",本谓按辔缓行,此即驻扎之意。前两句言驻扎吉林,炼就精兵。后两句言,人说其有封侯骨相,恨不能有机会打一仗。

"雄关巍峨高插天,雪花如掌春风颠。岁朝大会召诸将,铜炉银烛围红毡。酒酣举白再行酒,拔刀亲割生彘肩。""雄关",指山海关。"巍峨",高峻的样子。"颠",狂,指风大。吴大澂于光绪二十年(1894)奉命驻山海关。"岁朝",夏历正月初一。此指光绪二十一年的岁朝。"召诸将",指吴统帅的湘军诸将。下面即写大会诸将的宴饮情景。"围红毡",岁暮天寒,以红毡为帏帐。"白"是古代罚酒用的酒杯,"举白",表示狂饮尽欢之态。"生彘肩",即生猪腿。《史记》载鸿门宴上,项羽赐给樊哙一条生猪腿,樊哙即将盾牌放在地上做砧板,用刀割猪腿而食,换得项羽称其"壮士"的赞叹。此借其典,指吴在宴上大显其壮猛形象。

"自言平生习枪法,炼目炼臂十五年。目光紫电闪不动,袒臂示客如铁坚。"自此以下至"两军相接战甫交",都是写吴大澂狂言自夸。此四句言吴既熟枪法,又目锐臂坚。"闪不动",谓何物扫过眼前都不眨眼。

"淮河将帅巾帼耳,萧娘吕姥殊可怜。看余上马快杀贼,左盘右辟谁当前。"吴大澂统帅湘军,当时在前线的如叶志超、卫汝贵等均为淮军,前二句诋斥淮军无能。"巾帼",古代妇女的头巾,后亦以之代称女子。"萧娘吕姥",泛指女子。南朝梁武帝派萧宏统兵侵魏,宏畏懦不前,并欲旋师。魏人知其胆怯,乃遗以巾帼讽刺,并歌曰:"不畏萧娘与吕姥,但畏合肥有韦武。"《南史》萧娘、吕姥指萧宏,意谓其不武如女子。此用以指淮军如软弱的女人。后二句夸说自己所向无敌。"快杀贼",痛快杀贼。"左盘右辟",如云左右开弓。古乐府《陇上歌》"丈八蛇矛左右盘",即左右击刺。"谁当前",没人敢上前迎战。

"鸭绿之江碧蹄馆,坐令万里销锋烟。坐中黄曾大手笔,为我勒碑铭燕然!""鸭绿之江"即鸭绿江。"碧蹄馆",在朝鲜都城西。从鸭绿江至朝京,意即朝鲜全境。"坐",因。"销烽烟",没有战争。二句意谓将日本彻底赶出中国和朝鲜,重复和平。"黄曾",黄未详,曾指曾炳章,诸生,在吴幕中。"大手笔",书写重要文字。晋人王珣梦人给以如椽大笔,醒后对别人说:"此当有大手笔事。"(《晋书》)此即指下句勒铭燕然事。东汉窦宪伐匈奴大胜,曾登燕然山,令班固作铭,刻石纪汉功德。二句谓坐上的黄、曾文士,要准备给我作铭刻碑纪功。以上吴之自吹自擂,有如一部狂想曲。

"幺幺鼠子乃敢尔,是何鸡狗何虫豸!会逢天幸遽贪功,它它籍籍来赴死。""幺幺",微小。"鼠子",犹言"鼠辈"。"小子",对日军的鄙视称呼。"乃敢尔",竟然敢如此。十六国时前秦王堕曾骂奸佞董荣"是何鸡狗!"(《十六国春秋》)五代后唐卢程曾骂任圜"尔何虫豸!"(《新五代史》)"虫豸",泛指禽兽以外的小动物，有足的叫虫，无足的叫豸。"鸡狗""虫豸"，都是借来斥骂日军。后二句说，日人偶逢天幸就急于贪功，一齐拥来送死。"它它籍籍"，语出司马相如《上林赋》，谓交横众多。

"能降免死跪此牌，敢抗颜行聊一试。待彼三战三北余，试我七禽七纵计。"吴大澂兵至旅顺，先出劝降告示。"能降"句指此，意谓降则免死。次句说，如果敢于对阵，亦不妨一试。"颜行"，即雁行，指军队前列。吴大澂讨日檄文中有"待该夷人三战三北之余，看本大臣七纵七擒之计"，后两句指此。吴檄文中此二语亦均用古事。"三战三北"，语出《国语》，越伐吴，于笠泽、没及吴都之郊三战，吴皆败北。"七纵七擒"语出《汉晋春秋》，言诸葛亮治蜀，有孟获其人，甚孚民望。为收服他，诸葛亮对他"七纵七擒"，七擒之后，还要放他，孟获乃不再去，诚心降服。

诗至此，将吴大澂昧于大势，狂傲自是，一心企望封侯的行径，刻画得淋漓尽致。但下面陡然一转："两军相接战甫交，纷纷鸟散空营逃。弃冠脱剑无人惜，只幸腰间印未失。""甫"，始。两军刚一接战，则空营而逃。猛然的转折，分外增加了讽刺的力量。前者满口狂言，气壮如虎；后者一触即溃，懦怯如羊。后两句特别点出，丢冠弃剑皆所不惜，只庆幸腰间的汉印没有失落，讽味辛辣。

"将军终是察吏才，湘中一官复归来。八千子弟半摧折，白衣迎拜悲风哀。"吴大澂兵败，被撤帮办军务之职，仍回湖南巡抚任上。故谓"湘中一官复归来"。"察吏"，为官明察。"八千子弟"用项羽曾带江东子弟八千渡江攻秦典故，指吴大澂带湘军北上，"半摧折"，谓损失惨重。诗人特用此典，亦暗含讥刺。项羽后来在与刘邦争天下中失败，不肯再还江东，言"与江东子弟八千人，渡江而西，今无一人还。纵江东父兄怜而王我，我何面目见之！"（《史记》）而吴大澂则又靦颜接受官复原职。战国时，燕太子丹派荆轲入秦刺秦王，行时，太子与宾客，"皆白衣冠以送之"。此用其典，讽意亦明显。彼则知其一去不返，故服白衣送之，是悲壮；此则因迎丧师者归来，服白衣，场面可谓凄凄惨惨。

"幕僚步卒皆云散，将军归来犹善饭。平章古玉图鼎钟，搜箧价犹值千万。"幕僚和士兵都散去了，但吴则一切如故。"善饭"用廉颇典故，语出《史记》。赵王想复用廉颇，派使者去观察他的身体状况，使者回报说："廉将军虽老，尚善饭。"这里用"善饭"之典，很有刺吴壮健之味。"平章"，品评。"图"，摹拓或图绘。"古玉""钟鼎"皆指古文物。"箧"，箱子。此二句谓吴搜集金石文物，点检所藏尚价值千万。

"闻道铜山东南倾，愿以区区当芹献。藉充岁币少补偿，毁家报国臣所愿。"四句谓，听说要向日本赔款，愿意把这点钱献给国家，毁家报国，略做补偿。"铜山东南倾"，喻指给日本巨额赔款。"芹献"，自谦所献微薄。事出《列子》，有人向乡豪称道美食戎菽、甘枲茎、芹萍子，乡豪取尝之，口腹皆难忍受，为人哂笑。"岁币"，古时国家不敌边域，每年向其缴纳钱帛，以换取偏安。此即指对日赔款。

"燕云北望忧愤多，时出汉印三摩挲。忽忆辽东浪死歌，印兮印兮奈尔何！""燕云"，幽州、云州，今河北、辽宁西部一带。五代时后晋石敬塘曾献"燕云十六州"与契丹（即辽）。燕云为吴大澂败战之地。"三摩挲"，不断抚摸，语出古乐府《琅玡王歌辞》"一日三摩挲"。虽然忧愤极大,还不断摩挲那方汉印,真让人忍俊不置。隋代欲伐朝鲜,勒民供米以备军需,民不堪其苦。邹平民王薄乃聚众山林,自称知世郎,并作《无向辽东浪死歌》,感召民众。"浪死"即白白送死。后二句谓忽然想到这首歌,乃大叹:印呵印呵又能让你怎样!可谓至死不悟。以印而出,悬印而败,最终还是抚印而叹,真是无可奈何了。

吴大澂属当时清流人物,敢于议政言事,颇负盛名。赴朝鲜定乱,在吉林与俄定界,索回俄侵国土,亦曾有功于国。治理黄河亦有贡献。但其才实不知兵。败后,曾自叹"余实不能军"。《清史稿》本传感叹曰:"大澂治河有名,而好言兵,才气自喜,卒以虚憍败,惜哉!"

吴大澂在甲午中日战争中请缨致败,有两点显得特别突出,一是其人"虚憍",一是愚昧迷信。所谓"虚憍"(二字亦写作"虚骄"),即虚浮而骄矜。《庄子·达生篇》曰"虚憍而恃气"。吴本不知兵,凭一时意气激昂,遂毅然请缨率湘军出征,并没有全局谋划与正确军事部署,其败实属必然。所谓愚昧迷信,即仅凭搜得一枚度辽将军之汉印,便以为封侯之兆,梦想一战封侯。黄遵宪这首诗,对吴这两方面,描写得准确突出,传神尽相。关于前一点,从开篇檄告日本"我来矣",以下连用四十句,描写其口出狂言,有如连珠炮,一气奔腾,将其狂傲之气、骄矜之态,表现得淋漓尽致、活龙活现,使人如见其人、如闻其声。关于后一点,可以说刻画贯穿全诗,从出征时之悬在腰,到败逃时幸其未失,直到最后还要时出摩挲,徒唤奈何,始终不觉悟,一副愚昧可悲之相。这些绝好的铺排描绘笔墨,具见作者描状人物之功力。

本诗为讽刺诗。作者的讽刺笔墨高妙，含蓄而深刻，从不用直言揭示指斥，只将其可笑可悲之行径，汩汩写出，讽意自藏其中。如写其口出狂言的四十句诗，无一句不是写实，又无一句不是讥刺。它如"将军终是察吏才""白衣迎拜悲风哀""将军归来犹善饭""愿以区区当芹献"，无不如此。

本篇结构安排亦具匠心。突出的如前半，写其盛气激昂，笔酣墨饱，达到极致，然后陡接其败阵，却只用两句诗，战事甫交，则空营而逃。前之气势如虎，后之怯懦如鼠，在强烈的反差中取得了有力的艺术效果。

黄遵宪自言其作诗，"以单行之神运俳偶之体"，"用古文家伸缩离合之法以入诗"（《人境庐诗草序》），即注意吸取古人以文为诗的经验，本篇亦具有为文的气势与波澜曲折。虽引文法入诗，但叙写形象生动，讽语巧妙含蓄，结构安排有致，有正叙，有插叙，波翻浪涌，故长而不板，引人入胜。

诗人学识丰富，作诗广泛采摘故实成语，自称"自群经三史，逮于周秦诸子之书，许、郑诸家之注，凡事名物名切于今者，皆采取而假借之"（同上），这使他的诗歌词汇典雅富赡。本诗几乎是无一字无来历，皆有出典，但又并非全如一般用典，常常是非用其义，只取其字面，亦是诗人诗歌语言之一大特点。当然典雅词语较多，亦不免带来艰奥晦涩的缺陷。

家 国 情 深

"岂曰无衣?与子同袍"——《诗经·秦风·无衣》

"枯木期填海,青山望断河"——庾信《拟咏怀》其七

"国破山河在,城春草木深"——杜甫《春望》

"白日放歌须纵酒,青春作伴好还乡"——杜甫《闻官军收河南河北》

"笛里谁知壮士心?沙头空照征人骨"——陆游《关山月》

"王师北定中原日,家祭无忘告乃翁"——陆游《示儿》

"读史筹边二十年,撑胸影子是山川"——魏源《居庸关》三首(其一、其三)

"岂曰无衣？与子同袍"

——《诗经·秦风·无衣》

岂曰无衣？与子同袍。王于兴师，修我戈矛，与子同仇。
岂曰无衣？与子同泽。王于兴师，修我矛戟，与子偕作。
岂曰无衣？与子同裳。王于兴师，修我甲兵，与子偕行。

这首诗突出地表现了同仇敌忾、保家卫国的英雄气概。诗虽分三章，基本上是同义的重叠，而每章又只有五句二十个字。要在这样的短章中勾画出保卫国家的虎虎有生气的形象，并不容易，而本诗恰能达到这样的效果。

开篇二句便起得极妙："岂曰无衣？与子同袍。""袍"，战袍。哪里是没有衣服，只是愿意与你同穿一件战袍。构思出人意料，而用这样一个简单的愿望和设想，就把战士亲密团结、并肩向前之意表现得鲜明惹眼。这两句开门见山，陡然而起，气势非凡，一种猛锐之气喷薄而出。下两句说"王于兴师，修我戈矛"，国君发出兴兵抗敌的命令，便立即整治好武器。"王"，国君。

"于"，语助词，犹如"曰"。"兴师"，出兵。"戈矛"，都是兵器，戈，平头，侧有枝，矛则头尖锐。国君的号令与士兵的行动衔接得如此紧凑，给人以一呼百应的强烈感受，使人似乎看到了一声令下、万马奔腾的景象。就在这磅礴的气势中，充分展现了民众急赴国难的崇高精神和英雄气概。章末以"与子同仇"的单句作收。音韵上斩截干脆，与毅然赴敌的行动十分和谐，相得益彰。此句意思犹如说你的仇敌就是我的仇敌。

短诗的成功，首先在于选事的精妙，"同袍""戈矛""同仇"，都是紧要的关节，极富表现力，故语词不多，而内容饱满。其次，音节与内容配合得好，合谐一致。内容急切、紧凑，音节也迫促、斩截，吟咏起来，不禁气为之振，神为之旺。这首诗音节的力量，甚至超过语词的力量，至少二者相当。音节是诗歌不可忽视的一个环节，运用得好，能为之加力，也能为之增色。

诗的第二章、第三章内容与第一章基本相同。二章的"泽"，是"襗"的假借字，亵衣，今所谓内衣。"戟"，一种兵器，合戈矛二者的功能为一，能直刺，也能横击。"偕作"，一起起来行动。第三章的"裳"指战裙。"甲兵"，甲指甲胄，兵指兵器。"偕行"，一起同行。

"枯木期填海,青山望断河"

——庾信《拟咏怀》其七

榆关断音信,汉使绝经过。胡笳落泪曲,羌笛断肠歌。纤腰减束素,别泪损横波。恨心终不歇,红颜无复多。枯木期填海,青山望断河。

《拟咏怀》组诗是作者后期羁留北朝时期的作品。庾信早年很受梁朝皇室的信任,为东宫官属,是当时盛行的宫体诗的代表诗人之一。侯景之乱时,他为建康令,兵败逃往江陵。梁元帝在江陵即位后,派他出使西魏,正在出使期间,梁元帝为西魏攻灭,从此羁留北方。这一不幸的遭遇,使他的诗风大变,并取得较高的成就。杜甫说:"庾信文章老更成,凌云健笔意纵横。"(《戏为六绝句》)"老"即指其后期创作。《拟咏怀》组诗即为其后期的代表作。这组诗共二十七首,深切地表现了故国乡关之思,羁身异域之痛,以及屈身仕敌的愧耻不安心境。这一首是组诗的第七首,写故国之思的哀情,堪称声泪俱下。

这首诗表面是写汉之出塞事,实际是写诗人羁留北朝之怀。句句写汉事,句句影指自己,极其巧妙的比兴手法。

首二句:"榆关断音信,汉使绝经过。""榆关",犹如说榆塞,泛指北方边地。这里实际是用以指作者羁留的北朝之地。"断音信"是指断了南方的信息,也就是下句所说的,"汉使"不来了。这里借"汉使"指南朝梁、陈的人。"绝经过",断绝了往来之意。

三、四句:"胡笳落泪曲,羌笛断肠歌。""笳",古代管乐器,流行于塞北与西域一带,故诗称为"胡笳"。与下句"笛"称羌笛,意思一样,都是要点明身处异域。异国之声难启欢肠,只催悲绪,所以听笳泪下,闻笛断肠,充分表现出诗人凄清哀愁的心境。

五、六句:"纤腰减束素,别泪损横波。"身子瘦了,泪也干了。宋玉《登徒子好色赋》言"腰如束素","素"是白色的绢,"束"是一束之意,用以形容腰之白而细,"纤腰"即细腰。加一"减"字,就是腰更细了,也就是人更瘦了。"横波",眼波。傅毅《舞赋》有"目流涕而横波"句,指眼含泪水。这里用一"损"字,即泪更少了,快流尽了。"别泪",远离乡国之泪。

不仅人瘦了,泪干了,人也被忧思催老了,故七、八两句说:"恨心终不歇,红颜无复多。""恨心",不得归返乡国之恨,始终没有停歇的时候。故人也现出衰老之相。"红颜",青壮年时红润光泽的面色,"无复多",没有多少了。

诗末以"枯木期填海,青山望断河"二句结束本诗,表现归返乡国之志坚定不移,虽难以达到,但愿心不息,情深语妙。前一句用精卫填海典故,事出《山海经·北山经》,炎帝的女儿,游于东海,为水溺死,遂化为精卫鸟,常衔西山木石以填沧海。陶渊明诗"精卫衔微木，将以填沧海"（《读山海经》），即咏其事。这里略有改造变化，只言枯木期望填海，用典灵活，富于变化，意未变而语不同。后一句也是用典，表示虽未必成事，心愿不改。《水经注·河水注》言黄河经过北地富平县西，"河侧有两山相对，水出其间，即上河峡也，世谓之为青山峡，河水历峡北注"，此用其事，意谓两山相向，想要阻断黄河。枯木志在填海，青山意在断河，虽不得成，而志期不变，以喻返乡归国之志，永远不会移易。后一句也有人认为是用巨灵劈山的典故。《水经注·河水注》引古语言"华岳本一山，当河，河水过而曲行，河神巨灵手荡脚蹋，开而为两。今掌足之迹仍存"，则"青山"系指华山，本阻挡河水，使河水不得不绕行。亦可备一解。

这首诗也颇能表现庾信诗的特色。首先是用典，常常能做到用事恰切，造语新颖。如本诗的"枯木期填海，青山望断河"，表面的词感与诗意相切，而其背后所含的典故，又能恰切地表现其所欲抒发的思想感情。沈德潜所云："造句能新，使事无迹。"（《古诗源》）陈祚明亦云："学擅多闻，思心委折，使事则古今奔赴，述感则方比抽新。"（《采菽堂古诗选》）其次，在永明体基础上继续向近体发展。南朝以来，诗即重对句、用事，到南齐永明年间，更自觉地调协音律，称为新体诗，是向近体诗的过渡。这首诗也是一首向律诗靠近的新体诗。对句工整，十句诗恰恰是五组对句，音韵亦抑扬铿锵。再次，体现了南北诗风的糅合。摆脱了宫体诗的"绮艳"，保留了永明之后的新体诗的艺术创造，而随境遇、环境、思想感情的变化，平添一股清刚之气，具有雄壮激切的色调。恰如陈祚明所说："运以杰气，敷为鸿文。"（《采菽堂古诗选》）这一趋势，开启了隋唐以后的诗歌新路。

"国破山河在,城春草木深"

——杜甫《春望》

国破山河在,城春草木深。感时花溅泪,恨别鸟惊心。烽火连三月,家书抵万金。白头搔更短,浑欲不胜簪。

安史之乱爆发,叛军势如破竹,很快攻陷两京——洛阳、长安。唐玄宗逃往四川,太子李亨在灵武(在今宁夏)即位。杜甫正避乱在鄜州(今陕西富县),听到这个消息,即只身奔赴行在。不料半路被叛军所俘,送往长安。幸亏他名位不高,没有惹起叛军的特别注意,还有一点行动的自由。这首诗就是他困处长安时所作。

身在沦陷区里,经历着国破家离的痛苦,诗人的心境是可以想象的。"少陵野老吞声哭,春日潜行曲江曲。江头宫殿锁千门,细柳新蒲为谁绿……人生有情泪沾臆,江草江花岂终极!"(《哀江头》)就透露了其中的消息。诗人在叛军占领下的长安,徘徊旧物,触目伤怀,国破之感和家离之恨交织在一起,所以这首诗是噙着泪水写的。

首句"国破山河在",写山河虽然还是原来的山河,但已经"国破",首都已被叛军占领,天子颠沛流离。山河依旧,人事已非之感,浓郁沉深。司马光阐述此句说:"明无余物矣。"(《温公续诗话》)也许说得有些过分,但至少说明唯有山河依旧,国已破敝,"山河在"的背面,隐含换了天下之意。西晋灭亡,东晋立国以后,渡江的一些人士,"每至美日,辄相邀新亭,藉卉饮宴。周侯(周颉)中坐而叹曰:'风景不殊,正自有山河之异!'皆相视流泪"(《世说新语·言语》)。此句正有此种意味。不过一为南北之别,一为敌我之殊而已。

次句"城春草木深",谓春天本是百花争艳,一片蓬勃生机,应是游人赏春的好时节,然而此时入目的,却只是草长树茂,不见繁华气象。司马光释此句说:"明无人迹矣。"在"草木深"的背后,呈露出经过战火洗劫和敌人铁蹄蹂躏以及蛮横管制之下,人们已经无绪、无心、无胆,如往日那样自由继续往日的行事了,变得人迹罕见了。繁华的长安,未必是荒芜,但确实是荒凉了。

第三句"感时花溅泪",感伤叛军的猖獗、时局的动荡,见花亦无喜心,而泪流满面。第四句"恨别鸟惊心",云别离之苦在心,闻鸟鸣亦引起不安。古有鸿雁传书之说,故闻鸟鸣即会想到离别,而心不得安宁了。有人说,这两句是移情作用,由于诗人满怀悲伤,看见花上着露,以为花也在流泪。听见鸟儿鸣声,以为鸟也为别恨哀啼。是将花、鸟拟人化了,也不失为一解。

颈联:"烽火连三月,家书抵万金。""烽火"古代设烽火台报警,后遂以烽火指战争。"连三月",指春季三个月。烽火不停,战事不息,交通阻隔,故难得家信。说"家书抵万金",可见得到一封家信,有多么难。夸张的笔墨,更真实地表现出当时的现状。

末联:"白头搔更短,浑欲不胜簪。""白头"非指人老而头发变白,而是愁催发白。杜甫写此诗时,四十六岁。有国而不得统一安宁,有家而不得团圆相聚,在在令人生愁,自然头发被催白了。李白诗曰"白发三千丈,缘愁似个长"(《秋浦歌》),可移来解释这里的"头白"二字。头发不只变白,也不断脱落,故曰"搔更短"。头发既少又短,盘在头上不厚不实,几乎连簪子都插不住了。"浑欲",简直。"胜",承受。这句写愁怀之深,形象而生动。

作为格律诗,这首诗达到很高的境界。一至三联,对仗工整巧妙,"国破"与"城春","山河在"与"草木深","感时"与"恨别","花溅泪"与"鸟惊心","烽火"与"家书","连三月"与"抵万金",无不铢两悉称。尤其难在工巧而又自然,毫无雕琢吃力之感,词语流畅,思理密接,一气贯下,不减古体的奔腾之势。这首诗在艺术上又充分显示了显露与含蓄的辩证关系,可以说它是显露与含蓄的巧妙结合。国破、城春、感时、恨别、烽火、家书、白头、不胜簪,无不是直接道破,不能算含蓄,但全诗读来又极尽含蓄之妙,耐人深思。平直道出的词语背后都隐有深意与深情,如"山河在"的背后,隐有人事俱非之意,"草木深"的背后,隐有繁华不再之意,呈露出经过战火洗劫和敌人铁蹄蹂躏,繁华的长安已经一片荒凉气象。花本娱人,而见花流泪,鸟可传书,而闻鸟惊心,都寓有感时、恨别的深愁重恨。"烽火连三月""家书抵万金",隐有荒乱阻隔、信息难通之意,"搔更短""不胜簪",隐有忧能伤人、摧人欲老之意。所以整首诗都是以直言隐深意,词语浅直,情意幽深。

"白日放歌须纵酒,青春作伴好还乡"

——杜甫《闻官军收河南河北》

剑外忽传收蓟北,初闻涕泪满衣裳。却看妻子愁何在?漫卷诗书喜欲狂。白日放歌须纵酒,青春作伴好还乡。即从巴峡穿巫峡,便下襄阳向洛阳。

自安史之乱爆发,杜甫的心就紧紧系在国事上,为官军之败而悲,"野旷天清无战声,四万义军同日死"(《悲陈陶》);为官军之胜而喜,"中兴诸将收山东,捷书夜报清昼同"(《洗兵马》)。入蜀以后,虽远离与叛军胶着的战地,但时时都期望官军早日收复失地,直捣叛军老巢。肃宗乾元三年(760),唐军统帅李光弼在河南打了几个胜仗,在怀州(今河南沁阳)击破安太清军,在河阳(今河南孟县)击破史思明军。诗人写下《恨别》一诗说:"洛城一别四千里,胡骑长驱五六年。……闻道河阳近乘胜,司徒急为破幽燕。"司徒,即指李光弼。幽燕,即叛军老巢。此可见诗人心期所在。唐代宗广德元年(763)诗人在梓州(今四川三台)听到了更加振奋人心的大胜消息，就是诗题所说的官军收复河南、河北。这一年，史朝义兵败自杀，部将先后纷纷投降，河南、河北很快均告光复。"河北"是安史叛军发难之地，"河南"是叛军以秋风扫落叶之势横扫之地。如今全被收复，安史之乱彻底平定的日子不远了，国家能以光复，诗人也可以结束漂泊生涯返乡了。诗人在此诗末自注："余田园在东京。"唐代的东京即洛阳，是对西京长安而言。国家重光、归家在望，在诗人心头引起的喜悦之情是可以想象的。这首诗即倾倒其当时心绪，浦起龙说它是杜甫"生平第一快诗"（《读杜心解》），毫不夸张。我们看诗人是怎样表现其欢腾雀跃之情的。

首句是叙事，"剑外忽传收蓟北"。"剑"指剑门关，剑门以南的地方称"剑外"。诗人当时所在的蜀即在剑门之南。"忽传"，说明消息来得很突然。岂止消息突然，史朝义兵败，部将纷纷投降，大片沦陷地域遽告光复，形势急转直下，来得突然。"蓟北"，泛指幽州、蓟州一带地方，今河北北部地区，乃叛军发难的根据地。收复了蓟北，长达八年的安史之乱结束在望了。这是多么重大的喜讯！故次句写诗人闻讯的激动："初闻涕泪满衣裳。"一听到便泪水夺眶而出。这不是悲伤的泪水，而是喜悦的泪水，喜极而泣。《羌村》诗里写杜甫回到家里，"妻孥怪我在，惊定还拭泪"，那眼上的泪水，也是喜泪。因为写得真实，故有分外感人的力量。"满衣裳"，说明泪水横流，表现了喜的激动程度，这是诗人狂喜的第一种表现。

颔联首句"却看妻子愁何在"。"却看"，回头看看。"妻子"，是"妻"与"子"两个名词的联合，指妻子和儿女。"愁何在"？还是愁云密布吗？意思自然是说愁容已经一扫而空了。也于此可见，诗人平日念国思家，常常是愁锁眉头的。愁容不见，这是狂喜的第二种表现。此联次句曰："漫卷诗书喜欲狂。""漫卷"，随便一卷，胡乱一卷。诗书也不读了。诗人此时避徐知道兵变引起的局势动荡，滞居在梓州，平时自然是写写诗、读读书打发日子，卷起诗书，是个异常的举动，完全打破了常规，真是"喜欲狂"了，这是狂喜的第三种表现。

颈联的首句"白日放歌须纵酒"。"放歌"，高歌；"纵酒"，狂饮。又是放声歌唱，又是一醉方休，因喜极而失态的样子鲜活如画。这是狂喜的第四种表现。此联次句曰："青春作伴好还乡。""青春"，指春天。虽只二字，阳光明媚，绿草如茵，翠叶繁茂，鲜花着树，尽在其中。真是难得的结伴还乡的好季节。黄生说"'青春作伴'四字尤妙，盖言一路花明柳媚，还乡之际，更不寂寞"（《杜诗说》），颇能道出其中的底蕴。这句虽然还是说打算，但满有立即起身的架势。这是狂喜的第五种表现。

末联云："即从巴峡穿巫峡，便下襄阳向洛阳。"承上句"好还乡"而来，是那种狂喜的延伸，虽然还是预想，却一似已经上了路。两句诗中有四个地名，古诗中极为罕见，的确是一种创造。这四个地方，就是诗人从梓州起身到洛阳田园故居必经的几处。"巴峡"，指四川东北部巴江中的峡。"巫峡"在四川巫县东，因巫山而得名。"襄阳"在湖北北部。"洛阳"在河南北部。两句诗只摆出还乡路线，还乡之意已跃然纸上。于巴峡之前加一"从"字，于"巫峡"前着一"穿"字，于襄阳前着一"下"字，于洛阳前着一"向"字，使人强烈地感受到诗人忙不迭地奔驰，真有"千里江陵一日还"(《早发白帝城》)之势。诗人急切归乡之情洋溢其中,用字造语,堪称上乘。

这是一首七律,共八句,除首句叙事外,其余七句全是写情。但都是用诗人的行为或心中的愿望打算来表现。从泪满衣裳,到看妻子愁容,到漫卷诗书,到放歌纵酒,直到还乡之愿与经行之途,无不如此。把狂喜之态淋漓尽致地描写出来,狂喜之情全都具象化了。故形象鲜明,情景动人,生动活泼,引人入胜。其次,一系列狂喜之态,紧密相接,一气贯注,有如瀑水下泻,无一丝阻滞,令人分外感受到狂喜的力度。再次,诗以朴实的笔墨写真情实感,无一点矫揉造作,感人至深。王嗣奭评此诗曰:"绝无妆点,愈朴愈真,他人决不能道。"又说:"说喜者云喜跃,此诗无一字非喜,无一字不跃。"(《杜诗详注》引)的是一片奔腾的狂喜之情、传神的狂喜之态。

"笛里谁知壮士心?沙头空照征人骨"

——陆游《关山月》

和戎诏下十五年,将军不战空临边。朱门沉沉按歌舞,厩马肥死弓断弦。戍楼刁斗催落月,三十从军今白发。笛里谁知壮士心,沙头空照征人骨。中原干戈古亦闻,岂有逆胡传子孙?遗民忍死望恢复,几处今宵垂泪痕!

家国情深

陆游从小就遭遇金兵南下之难，随父亲一路向南迁徙，"儿时万死避胡兵"（《戏遣老怀》）。他较早就有抗击金军、收复失地的壮心。二十岁时，写下"上马击狂胡，下马草军书"（《观大散观图有感》）的诗句。他一直站在抗战派立场，曾因支持张浚出兵，被指责为"交结台谏，鼓唱是非"（《宋史》），而被罢官。但他志怀不改，时时系心的仍是"安得铁衣三万骑，为君王取旧山河"（《纵笔》）。但南宋几次对金订立屈辱和约，称臣、割地、纳金，只能落得偏安一隅的命运，苟安图存。这与陆游的期望大相径庭。这首诗比较全面地表现了诗人在当时形势下的思想与感情。

"和戎诏下十五年，将军不战空临边。""和戎"，本指实行与少数民族统治者和睦相处的政策，也往往用于迫于敌强而缔结屈辱和约的场合，是带有遮掩性的说法。这里的"和戎诏"即指南宋孝宗隆兴二年（1164）所下与金人议和的诏书，宋廷与金人订立了割地纳币的屈辱和约。这首诗作于宋孝宗淳熙四年（1177），距隆兴诏书已历十四年，诗言"十五年"，是就概数而言。因为有和约，将军虽然统兵边域，却不北伐，故曰"不战空临边"，只是白白驻守在那里。诗人《醉歌》说"战马死槽枥，公卿守和约"，与此一样意思。

"朱门沉沉按歌舞，厩马肥死弓断弦。""朱门"，漆成红色大门之家,即大官豪宅。"沉沉",形容宅第深邃,重门叠院。"按歌舞",依旧是歌舞升平、醉生梦死,主人毫不以恢复为意自在言外,语虽简,含义甚深。"厩",马棚。战马因为不战,只吃草料,闲居不动,已经肥胖致死;作战的兵器呢,弓也因久不使用,朽断了弓弦。举出"马""弓"二者,其他战备物资的情况,自可想象。一片武备松弛、边防不固的景象,无怪诗人悬念在心、悲慨不安了。

"戍楼刁斗催落月,三十从军今白发。""戍楼",边地设的警楼。"刁斗",军中所用器具,白天用以煮饭,晚上用以打更。立岗打更,是为防敌,没有战事,岗楼更声,从夜响到天亮,不过徒催月落,无谓地打发日子而已。"催落月",平常的诗语中,含有深慨。又为下句做了很好的铺垫,三十岁从军,如今头发已经白了。将军是不战空临边,战士也是在边地空耗岁月。把这种情景,与金兵占领了整个中原大地的形势,做一对比,能不伤怀悲慨吗!

"笛里谁知壮士心,沙头空照征人骨。""笛里"指笛声里。本诗题名《关山月》,为汉乐府《横吹曲》,本是笛曲,王昌龄诗"更吹羌笛《关山月》"(《从军行》),可证。笛声里吹出的是什么"壮士心"呢?说起来,是相当复杂的。壮士离乡背井,别妻弃家,是为了北伐中原,收复失地,为国献身,那才是生命有意义的一掷。现在呢,久滞边地,空受离情煎熬,与恢复大业毫不相关,当时的统治阶层,谁能了解笛里传出的这种"壮士心"呢?残酷的现实是,壮士不只在沙原上熬白了头,甚至无谓地葬身于此。"沙头空照征人骨",这无谓牺牲中,含有多大的怅恨!

"中原干戈古亦闻，岂有逆胡传子孙？"中原地区自古以来，也曾有战事，有外敌入侵，但都被抗击，驱逐出境，哪有让他们久据此间，子孙世代相传的！这是对南宋偏安的有力的一击。"干戈"，古代两种兵器名。干是盾，戈横刃，可以横击，均系常用兵器，故多以干戈指称战争。

"遗民忍死望恢复，几处今宵垂泪痕！"诗笔再转向遗民。"遗民"指困处沦陷区的民众。"忍死望恢复"，希望活着看到光复，可见其期望收复失地的迫切心愿。不知今夜又有多少地方泪水长流了。遗民是诗人常常系怀的，他的《秋夜将晓出篱门迎凉有感》诗说："遗民泪尽胡尘里，南望王师又一年。"但年年都是落空的，与此处表现的感情一样。

这首诗篇幅不长，语言亦很平实。但诗人选择的都是最令人悲慨的情事。从将军空临边，到战士空耗岁月，到敌人在中原传宗接代，到遗民忍死等待光复，没有一宗不是刺人心腑，令人怅恨不已的。一宗宗排写下来，令人触目惊心。南宋苟安的可恨可悲，尽在不言中。这首诗对南宋统治层的揭露十分有力，控诉也十分有力。加之诗人笔端饱含感情，可以说是血泪的悲吟，感人至深。诗虽然全是使用叙述语，但一些诗语的创造，如"戍楼"句、"沙头"句，有浓郁的文学味，增加了诗作生动引人的力量。

"王师北定中原日,家祭无忘告乃翁"

—— 陆游《示儿》

死去元知万事空,但悲不见九州同。王师北定中原日,家祭无忘告乃翁。

陆游于宋宁宗嘉定二年(1209)逝世,享年八十五岁。这是他临终前写下的一首诗。题目叫作《示儿》,也就是留给儿子们的话,对他们提出期望与要求,显然有遗嘱的性质。但四句诗中,丝毫没有涉及家事,而只有国事,国事又只是恢复大业,表现出诗人一生直到闭目之前的期许所在。读了上面《关山月》这首诗,已经可以了解陆游一生的心志,《示儿》这首诗可以说是给他的心志画上了圆满的句号。

"死去元知万事空,但悲不见九州同。"明明知道人死了,一切都会化为乌有,但是,没有活着见到驱除金人,收复失地,大宋重光,这真是使诗人死不瞑目的事情。他只能带着沉痛的悲伤离开这个金瓯不完的现实。两句诗,把恢复大业、祖国统一在诗人心中的分量，突出地表现出来。"元"，同"原"，本来之意。古代中国划分为九州，"九州同"即全国统一。

面对金人占据着整个中原地带，诗人虽然不得不含恨离世，但他坚信不会让"逆胡"在这里"传子孙"，一定有恢复统一的一日。金人南下以来，虽然南宋节节败退，统治层不断屈辱求和，但也总是有将领和民众奋起抗击的行动，从宗泽到张浚、到韩侂胄，前仆后继，不时振起，保卫国家，这是中华民族的脊梁。会有后人继承他们的精神，奋起抗争，直到把金人驱逐出中原，收复那"三万里河东入海，五千仞岳上摩天"（《秋夜将晓出篱门迎凉有感》）的大好河山。所以此诗有了那十分肯定语气的后两句："王师北定中原日，家祭无忘告乃翁。"诗人没有一点犹疑，相信定会有这一天的到来，嘱咐儿子这一天来了，一定不要忘记告诉自己。"中原"，按宋朝与金所定屈辱和约，东从淮河以北、西从大散关以北均划为金人所有，包括了整个中原地区。"家祭"，每逢节日及忌日，举家祭祀先人。"乃翁"，你们的父亲，诗人自指。

陆游自言"六十年间诗万首"（《小饮梅花下作》），这么多的诗作，都表现了一些什么内容呢？梁启超《读陆放翁集》写其感受说："诗界千年靡靡风，兵魂销尽国魂空；集中什九从军乐，亘古男儿一放翁。"梁氏在这首诗的末尾自注曰："中国诗家无不言从军苦者，惟放翁则慕为国殇，至老不衰。"梁氏说陆集中十分之九是从军乐的内容，自古以来不愧"男儿"之称的就是陆游。又说他慕为"国殇"，"国殇"本为《楚辞·九歌》的篇名，歌颂为国牺牲的烈士，后来即用以指为国献身。可见陆诗的突出内容是言兵，讲恢复。梁氏特别提出"兵魂""国魂"来赞许陆游。所谓"兵魂"即勇于抗敌，不怕牺牲;所谓"国魂"即热爱国家,绝不允许外人侵占一寸土地。"兵魂"与"国魂"深刻阐释了陆诗的精神。这首诗也是其中之一。

清代后期诗评家潘德舆提出"质实"一境,言"质则不悦人,实则不欺人"(《养一斋诗话》)。质就是朴质,不故弄狡狯以讨人喜欢;实为则真实,不以不实欺骗人。陆游此诗可以说达到了质实的高境。语言朴质平实,毫不做作,汩汩而出,掏出心窝子里的话来,真实到不能再真实,全以真情打动人。这是真和朴的艺术力量。陆游自己也是自觉地走这样艺术道路的,曾自言"文从实处工"(《示友》)。贺贻孙评此诗曰"率意直书,悲壮沉痛",可谓中的。

"读史筹边二十年,撑胸影子是山川"

——魏源《居庸关》三首(其一、其三)

十里嵚奇托一程,连云虎跨是关城。雄山尚作窥边势,古涧难平出塞声。

——《居庸关》其一

读史筹边二十年,撑胸影子是山川。梦回汉使旄头外,心在秦时明月先。

——《居庸关》其三

这组诗作于清道光九年（1829）。这一年诗人参加进士考试，再度落榜，捐了个内阁中书候补，游历长城，写诗抒感。居庸关在今北京市西北的军都山上，为长城关隘之一。其地正当两山夹峙之间，地势险要，关城雄伟。诗人的好友龚自珍，在《说居庸关》一文中描述说，关凡四重，从南口起为下关，又北为中关，再北为上关，最北为八达岭。每关相距十五里，各有长一里的关城一座。上关关城北门大书"居庸关"三字，八达岭关城北门大书"北门锁钥"四字。而自南口入，则流水淙淙，其间道路，"或容十骑，或容两骑，或容一骑"，可见其不同寻常的形势。正如元人贡奎诗所吟："居庸关高五十里，壁立两崖相对峙。"所以自古被称为九塞之一。

　　第一首歌咏关城，借吊古以抒怀。首二句"十里嵚奇托一程，连云虎跨是关城"，点出关城，妙在不陡然亮出，而是舒徐推出，从山路的跋涉入笔。"十里"以成数说，言山路的漫长。"嵚奇"即"嵚崎"，山势高峻倾侧的样子。正是在这样的山路上攀登过一程，才迎来那景慕已久的关城。"连云"言关城所处地势之高，"虎跨"言关城威武耸立之势。汉末诸葛亮品评金陵的形胜曾说"石城虎踞"，那是形容雄峙江边的石头城；这里描状横截两山峰口的关城，则云"虎跨"，一字之易，陡增神采。两句诗使我们似乎看到诗人沿着崎岖的峡谷向岭端挺进，蓦然之间，一座直插霄汉有似猛虎跨立的巍峨关城闯入眼帘。语不急迫，境则劲拔，人们不由地被吸引到那峻伟雄浑的境界之中，笔墨极有魅力。

前两句引出关城，后两句即就关塞形胜生发，吊古写怀："雄山尚作窥边势，古涧难平出塞声。""雄山"一如古昔，依然危立在那里，呈现出窥伺边域情势的姿态。一个"窥边势"，把山写活了，有目不转睛之态。一个"尚作"，寓意沉深，言外之意，自古及今，它从不曾忘怀巩固边防的重负。"古涧"指发源于八达岭的古㶟余水。"出塞"为汉乐府《横吹曲》曲名，相传其声易动游客之思。古往今来，不知有多少兵丁将士因边城不靖而经受过出塞的悲凉。把"古涧"的水声喻指为《出塞》的曲声，里面隐含一个问题：人当如何呢？难道反可以置边事于不顾吗？不过这一层含而不露，让读者自己去体味。清嘉庆以来，沙皇俄国日益成为我国北部边防的严重威胁。沙俄无理要求当时属于我国内河的黑龙江的航行权，悍然宣布当时属于我国领土的库页岛和岛上居民受其保护，我们不难体味诗的感怀所在。正是这样，诗语将吊古与念今糅合为一，意蕴深厚，激荡着系心边事的爱国主义挚情。

第三首抒写心志。前两句言一身所备，后两句言一心所系。首二句云："读史筹边二十年，撑胸影子是山川。"据诗人之子魏耆说，魏源年十五即"好读史"，平生又喜游历山水，有一方小印曰："洲有九，涉其八；岳有五，登其四。"所至则研讨山川形胜及其历史变迁。道光二年（1822），他被直隶提督杨方邀至古北口，更得观察地形，研磨军务。所以此诗首句的"读史筹边二十年"，是实实在在的自白，极有分量。正是这样，胸中装满祖国河山。宋人苏轼有过"撑肠挂腹"（《试院煎茶》）的话，"撑胸"

二字善铸前人词语，不仅给人以填塞满溢之感，而且有胸中的块垒只此无它之概。"影子"二字用得极妙，装在胸中的，自然只能是山川影像，转实为虚，有一种空灵之美。此句表现满腹山川之意，形象而生动，堪称妙造。

前两句用赋笔，径直叙出；后两句则转用典故，曲折表现。"梦回汉使旄头外，心在秦时明月先。""梦回"句用西汉张骞和东汉班超事，他们二人曾出使西域，巩固了西北边城，显示了汉代强大的国势。"旄头"，使臣所持节杖，上端缀有旄牛尾。"梦回"即梦中。"心在"句借唐诗以指秦筑长城之事。王昌龄《出塞》诗云"秦时明月汉时关"，指秦、汉凭借长城以防北敌。这里截取"秦时明月"与上句"汉使旄头"相对，专指秦。秦曾使蒙恬率三十万众，北逐戎狄，而筑万里长城，西起临洮，东至辽东。两句诗言梦魂所系、心绪所关在秦、汉的强大国势和巩固的边防，其艺术表现则善用典实而造语工妙。"梦回"与"心在"，"汉使旄头"与"秦时明月"，"外"与"先"，都铢两悉称。这首诗前两句将山川罗塞胸中，可谓一收；后两句使心魂驰于广域，可谓一放。一收一放之间，诗人巩固祖国河山的热肠尽现纸上。

名业千秋

"羽檄从北来,厉马登高堤"——曹植《白马篇》

"洪波浩荡迷旧国,路远西归安可得!"——李白《梁园吟》

"为君一击,搏鹏九天"——李白《独漉篇》

"不见篱下菊,但余墟中烟"——白居易《访陶公旧宅》

"眼中战国成争鹿,海内人才孰卧龙"——康有为《出都留别诸公》

其二

"羽檄从北来,厉马登高堤"

——曹植《白马篇》

白马饰金羁,连翩西北驰。借问谁家子?幽并游侠儿。少小去乡邑,扬声沙漠垂。宿昔秉良弓,楛矢何参差。控弦破左的,右发摧月支。仰手接飞猱,俯身散马蹄。狡捷过猴猿,勇剽若豹螭。边城多警急,虏骑数迁移。羽檄从北来,厉马登高堤。长驱蹈匈奴,左顾凌鲜卑。弃身锋刃端,性命安可怀?父母且不顾,何言子与妻!名编壮士籍,不得中顾私。捐躯赴国难,视死忽如归。

《白马篇》属乐府《杂曲歌辞》中的《齐瑟行》,以首二字名篇。《乐府诗集》说:"白马者,见乘白马而为此曲,言人当立功立事,尽力为国,不可念私也。"道出了本篇的主题。诗人以高度的热情塑造了一个焦心国事、勇于献身的少年英豪形象,寄寓自身渴望建功、不惜为国捐躯的壮怀。

这首诗结构巧妙,形象丰满。开篇便引人入胜。按照所写内容,也可以从壮士生平叙起,不过那样不免平铺直叙,失去神采。诗人拦腰切入,以登程赴敌的场面发端,一开始便是一个警动引人的镜头:"白马饰金羁,连翩西北驰。""羁",马络头。"连翩",形容马不停蹄。一匹装饰华贵的白马,向西北狂驰而去。这一突兀呈现的形象,第一,使诗起得飞动有神,虎虎有生气;第二,紧紧攫住人们的注意力,引发人们的好奇心,使人不禁要问:马上是什么人?他做什么去?下文便分承这两个问题展开人物形象的刻画,结构既严紧又富波折,妙不可言。

从"借问谁家子"到"勇剽若豹螭",围绕第一个问题——马上是什么人而展开。开端采用乐府民歌中常用的问答句式过渡:"借问谁家子?幽并游侠儿。"诗语跌宕有致。"幽并",幽州、并州,今河北、山西北部地方,古代多产勇毅剽悍的游侠。取这里人物,自易见主人公的不凡。"少小去乡邑,扬声沙漠垂。"前一句说他年轻时便离开乡土,见出男儿志在四方的气概;后一句说他扬名边域,见出他屡立战功的业绩。四句诗已将人物的神采雄姿屹立纸上,下面再用追叙之笔补写主人公武艺精湛、气质勇悍,具体丰实人物内涵。八句诗分三个层次:"宿昔秉良弓,楛矢何参差。"二句点明手持良弓坚矢,为写射做铺垫。"宿昔",一向。"楛矢",用楛木做箭杆的箭。"参差",矢在箭袋中长短不齐的样子。"控弦破左的,右发摧月支。仰手接飞猱,俯身散马蹄。"四句以上下左右驰射的铺排描写,勾勒其每发必中的高超技艺。"控弦",拉弓。"的",靶子。"月支"与下一联的"马蹄",亦箭靶名。"猱",猿类动物,行动轻捷。"接",准确射中。"散",射裂。"狡捷过猴猿,勇剽若豹螭。""狡捷",灵巧敏捷。"勇剽",勇猛剽悍。

"螭"传说中似龙的动物。动作敏捷赛过猿猴,勇猛剽劲如豹似螭。猿猴、豹螭的比喻,生动贴切,也可以说以画龙点睛之笔传壮士狡捷、勇剽之神。这一段描写形神皆备,故能给人鲜明深刻的感受。

从"边城多警急"起,围绕第二个问题——做什么去而展开。"边城多警急,虏骑数迁移。羽檄从北来,厉马登高堤。"原来是边城警报频繁,敌兵不断向内深入,从北传来紧急的征召文书,所以策马登堤飞驰而去。"檄"是用于征召等事的文书,表示紧急时上插羽毛,称"羽檄"。"厉马",犹如说用力鞭马。古代的"堤"往往也是重要的大道。这四句写得情事紧凑,转接迅疾,有力地传出敌军压境的紧急气氛和主人公疾赴国难的精神风采。"长驱蹈匈奴,左顾凌鲜卑。"活现出主人公凌厉破敌的气概。"长驱"即势如破竹,"蹈"字、"凌"字,也都能传所向无敌之神。"匈奴",古代活动于我国北方的少数民族,秦汉以来常为边患。"鲜卑",东胡种族,东汉开始强大,形成对中原王朝的边疆威胁。

篇末八句,着重揭示主人公捐躯报国的心志:"弃身锋刃端,性命安可怀?父母且不顾,何言子与妻!名编壮士籍,不得中顾私。捐躯赴国难,视死忽如归。"既然置身战场,就不可顾惜生命,父母尚且不顾,更不用说妻子儿女。既然身在军籍,就不得顾念一己私事,勇赴国难,视死如归。此节都是直言倾述,却不枯燥乏味。其奥妙在于:第一,为国忘家,视死如归的献身精神,感人至深;第二,前文有对人物的丰富形象描写,这一部分只使人感到人物精神品格的进一步升华;第三,句式多变——"弃身"二句用诘问句,"父母"二句用感叹句,"名编"四句用断语句,故无单调之感。"壮士籍",即军籍。

这首诗本意是在抒写诗人自己的心志,却通过塑造一个为国献身的壮士形象来表现,是传统比兴手法的运用和扩展,大大增强了诗歌的形象性。其次,由于剪裁与结构的巧妙,整篇劲健飞动、转折多姿,有很大引人的力量。再次,人物的刻画相当丰满,高强的武艺、勇敢的精神、为国献身的品格融为一个整体。而这一切又是通过少小离家赴边、闻敌飞马登程、临阵不惜捐躯等具体方面,一层层展示出来,故鲜明真切,深印人心。

"洪波浩荡迷旧国,路远西归安可得!"

——李白《梁园吟》

我浮黄河去京阙,挂席欲进波连山。天长水阔厌远涉,访古始及平台间。平台为客忧思多,对酒遂作梁园歌。却忆蓬池阮公咏,因吟"渌水扬洪波"。洪波浩荡迷旧国,路远西归安可得!人生达命岂暇愁,且饮美酒登高楼。平头奴子摇大扇,五月不热疑清秋。玉盘杨梅为君设,吴盐如花皎白雪。持盐把酒但饮之,莫学夷齐事高洁。昔人豪贵信陵君,今人耕种信陵坟。荒城虚照碧山月,古木尽入苍梧云。梁王宫阙今安在?枚马先归不相待。舞影歌声散渌池,空余汴水东流海。沉吟此事泪满衣,黄金买醉未能归。连呼五白行六博,分曹赌酒酣驰晖。歌且谣,意方远,东山高卧时起来,欲济苍生未应晚。

  这首诗一名《梁苑醉酒歌》,写于天宝三载(744)。在此三年前,李白得到唐玄宗的征召,满怀实现理想的期望,奔向长安。结果不仅抱负落空,立脚也很艰难,屡遭谗毁,终于被玄宗"赐金放还"(《新唐书》本传),只能重回漫游的路上。诗人离开长安,东行赴大梁、宋州。这首诗就写于游走梁、宋之时。

  诗题名为《梁园吟》,吟、引、行、歌等皆属乐府名目,唐人喜用此类自拟新题以标歌行体的诗作。如岑参《热海行送崔侍御还京》中的"热海行",《火山云歌送别》中的"火山云歌",皆属此类。梁园,一名梁苑,汉代宗室王梁孝王所建,此处则借以指梁地,诗歌由梁地遗迹引发反思,故以"梁园"命篇。

  李白得到玄宗征召,不啻一步登天,但"君王虽爱蛾眉好,无奈宫中妒杀人"(《玉壶吟》),结果遭谗被放,又跌落到地上。这一巨大的波折,在诗人心中所掀起的波澜,是可以想见的。这首诗的高妙处,就在于把他此时所产生的激越而复杂的感情,真切感人地抒发出来。我们好像被带入天宝年间,亲耳聆听诗人的倾诉。下面就看看诗人如何创造性地抒发这股激情的。

  从开篇到"路远"句为一段,写作者离开长安后抑郁悲苦的情怀。离开长安,意味实现政治理想的追求夭折,使李白陷入极度的苦闷和茫然。对这种低沉迷惘的情绪,诗人不取直接诉说的笔墨,而是融情于景,自然而隐微地展露,更多文学的意味。"我浮黄河去京阙,挂席欲进波连山",这真是行路难了。"去京阙",离开京城长安。诗人走的是黄河水路,"挂席",张帆起程。"波连山",汹涌的波浪有如群峰起伏,多么艰难的路程!这不正是作者脚下坎坷不平的仕途么!似是写实,却隐含奥意,发挥了以景寓情之妙。曹植写其入京朝见魏文帝,希望能为魏国做些事情,文帝却令其返回封地,不许他参政。曹植写出京后的行程,特别强调"霖雨泥我涂,流潦浩纵横"(《赠白马王彪》),泥泞难行,表现其不愿离京之情,与此是同一艺术表现思路。"天长水阔厌远涉,访古始及平台间。"万里长河直伸向缥缈无际的天边,多么遥远的前路,一个"厌"字,充分显示出诗人对这种无谓奔波的厌倦,于是转向了访古。诗人寻访古迹,到了平台。"平台",春秋时宋平公所建,旧址在宋州州治(今河南商丘)东北。四句诗粗粗读来,似写离京东行的经历,然而景中寓情,失意厌倦之情绪充溢字里行间,我们似乎感觉到诗人那沉重、疲惫的步履。这样的笔墨,造成一种浓郁的气氛,笼罩全诗。

诗人欲以访古排遣愁绪,而访古又徒增忧思:"平台为客忧思多,对酒遂作梁园歌。却忆蓬池阮公咏,因吟'渌水扬洪波'。"忧怀难遣,遂对酒高歌以抒积郁。因为所作为"梁园歌",诗人心头不禁泛起阮籍的哀吟。"阮公"指阮籍。他处于魏晋易代之际,司马氏加紧篡魏的步伐,他不愿依附司马氏,感到前路渺茫,无比孤独与悲伤,其《咏怀诗》诗中有云:"徘徊蓬池上,还顾望大梁。渌水扬洪波,旷野莽茫茫。……羁旅无俦匹,俯仰怀哀伤。"古人、今人,遭遇何其相似!这更加触动诗人的心事,不禁由阮诗的"蓬池""洪波"想到浩荡的黄河,由浩荡的黄河又引向迷茫不可见的长安。"洪波浩荡迷旧国，路远西归安可得！""旧国"指长安。"西归"，指再返长安，实以此指实现壮怀，然而不可得了。这一声慨叹含着对理想破灭的无限惋惜和愤懑，道出了忧思纠结的根源。以上十句诗，感情回环往复，百结千缠，表现出深沉的忧怀，为下文做好了铺垫。

从"人生"句到"分曹"句为一段。由感情方面说，诗人情绪更加激昂，苦闷之极转而为狂放；由诗的意脉方面说，由忧怀郁结转而为排解忧怀，诗由低回掩抑一变而为旷放豪纵，境界一新，是大开大阖的章法。"人生达命岂暇愁，且饮美酒登高楼。"诗人以"达命"者自居，"达命"即将一切委之于命运，对不合理的人生遭遇采取藐视态度，不再理会。于是登高楼，饮美酒，一遣愁怀。李白本来不是拘孪的儒生，生性不受礼法约束，行为放达，平视一切，杜甫诗中曾说："李白一斗诗百篇，长安市上酒家眠，天子呼来不上船。"（《饮中八仙歌》）如今激愤满怀，行为就更加狂放恣肆。"平头奴子摇大扇，五月不热疑清秋。""平头"，一种头巾，平民所戴。戴平头巾的奴仆摇动大扇，凉风习习，虽是五月炎天，好像暑热已退，爽秋来临，环境宜人。"玉盘杨梅为君设，吴盐如花皎白雪。"杨梅醮盐食用，味更甘美。"吴盐"，吴地产的盐，"皎白雪"，洁白似雪。对此自可开怀畅饮。"持盐把酒但饮之，莫学夷齐事高洁。"以梅下酒，及时行乐，不必像伯夷、叔齐那样苦苦拘执于"高洁"。伯夷、叔齐是殷末周初的人，反对周武王伐纣，认为是以臣伐君，以暴易暴，周朝建立后，不食周粟，隐于首阳，以薇代粮，终致饿死。志行高洁、名垂青史的人，士大夫们常引以为同调。李白行事亦可称"高洁"，这里却偏偏说"莫学"，正可看出诗人理想破灭后极度悲愤的心情，他痛苦地否定了正面的追求，这就为下文倾泻火山爆发一般的愤激之情拉开了序幕。

"昔人"以下进入了情感激烈的高峰。李白痛苦的根源主要来自对功业的执着追求，这里便像汹涌的浪涛一样向功业思想冲刷过去。诗人即目抒怀，就梁园史事落笔。"昔人豪贵信陵君，今人耕种信陵坟。"信陵君为魏国公子无忌，著名的战国四公子之一，当时甚有作为，名著史册，其墓葬在大梁之南。当年豪贵的信陵君，又怎么样呢？今日已经丘墓不保，其所在地被耕种为田了。"荒城虚照碧山月，古木尽入苍梧云。""荒城"指古大梁城遗址，前句言"月"未变，而城已荒，故言"虚照"，非当年所照了。"苍梧"，山名，也叫作九嶷山，在今湖南宁远县境。"苍梧云"，旧时传说云出苍梧，入于大梁。后句言只有古树参天，高耸云端。再看看梁孝王，他的宫殿呢？活动在他周围的文人呢？那热闹喧天的歌舞呢？"梁王宫阙今安在？枚马先归不相待。舞影歌声散渌池，空余汴水东流海。"一代名王梁孝王的宫室已成陈迹；昔日孝王座上的上宾枚乘、司马相如，也已早做古人；轻歌曼舞一样不见了任何踪影，只有汴水依然东流而已。"枚马"即汉代著名辞赋家枚乘、司马相如。"汴水"，流经大梁的一条水名。一切都不耐时间的冲刷，烟消云散，功业又何足系恋！"荒城"二句极善造境，冷月荒城，高云古木，构成一种凄清冷寂的色调，成为遗迹荒凉很好的烘托。"舞影"二句以渌池、汴水较为永恒的事物，同舞影歌声等人世易于消歇的事物对举，将人世飘忽之意点染得十分浓郁。"沉吟此事泪满衣，黄金买醉未能归。"想到这些，不禁泪下，而大饮不休了。"连呼五白行六博，分曹赌酒酣驰晖。""六博"，古代一种棋戏，两方各有六枚棋子，行子时还要掷彩。"五白"即掷彩时呼叫想要得到的胜彩。"分曹"指分为两伙赌酒。"驰晖"，飞驰而去的时光。如果说开始还只是开怀畅饮，那么，随着感情的激昂，到这里便已近于纵酒癫狂了。呼五喝六，分曹赌酒，酣饮豪博的情景如见。

否定了人生的积极事物，自不免消极颓唐。但这显然是有激而然。狂放由苦闷而生，否定由执着而来，狂放和否定都是变态，而非本志。因此，愈写出狂放，愈显出痛苦之深；愈表现否定，愈见出系恋之挚。刘熙载说得好："太白诗言侠、言仙、言女、言酒，特借用乐府形体耳。读者或认作真身，岂非皮相！"（《艺概》卷二）正因为如此，诗人感情的旋律并没有就此终结，而是继续旋转升腾，导出末段四句的高潮："歌且谣，意方远，东山高卧时起来，欲济苍生未应晚。""东山"句用谢安故事。"东山"在浙江上虞县境。东晋谢安隐于此，后出山，对东晋政局有决定性作用。"时起来"，逢时而起。"苍生"，百姓。"济苍生"，济世安民。诗言总有一天会像高卧东山的谢安一样，逢时而出实现济世的宏愿。多么强烈的期望，多么坚定的信心！李白的诗常夹杂某些消极成分，但总体上并不使人消沉，就在于他心中永远燃烧着一团火，始终没有丢弃追求和信心，这是十分可贵的。这首诗最后还是落在等待时机济世建功的积极心态上。

这首诗，善于形象地抒写感情。诗人利用各种表情手段，从客观景物到历史遗事以至一些生活场景，把它如触如见地勾画出来，使人感到一股强烈的感情激流。我们好像亲眼看到一个正直灵魂的苦闷挣扎与冲击抗争，从而感受到社会对他的无情摧残和压抑。清人潘德舆说:"长篇波澜贵层叠,尤贵陡变;中陡变,尤贵自在。"(《养一斋诗话》卷二)这首长篇歌行体诗可说是一个典范。它随着诗人感情的自然奔泻,一似夭矫的游龙飞腾云雾之中,不可捉摸。从抑郁忧思变而为纵酒狂放,从纵酒狂放又转而为充满信心和期望,波澜起伏,陡转奇兀,愈激愈高,好像登泰山,通过十八盘,跃出南天门,踏上最高峰头,高唱入云。

"为君一击,搏鹏九天"

——李白《独漉篇》

独漉水中泥,水浊不见月。不见月尚可,水深行人没。

越鸟从南来,胡雁亦北度。我欲弯弓向天射,惜其中道失归路。

落叶别树,飘零随风。客无所托,悲与此同。

罗帷舒卷,似有人开。明月直入,无心可猜。

雄剑挂壁,时时龙鸣。不断犀象,锈涩苔生。国耻未雪,何由成名!

神鹰梦泽,不顾鸱鸢。为君一击,搏鹏九天。

附:《独漉篇》古辞

独漉独漉,水深泥浊。泥浊尚可,水深杀我。喈喈双雁,游戏田畔。我欲射雁,念子孤散。翩翩浮萍,得风遥轻。我心何合,与之同并。空床低帏,谁知无人?夜衣锦绣,谁别伪真?刀鸣削中,倚床无施。父冤不报,欲活何为?猛虎斑斑,游戏山间,虎欲啮人,不避豪贤。

《独**漉**篇》为乐府旧题,属《舞曲歌辞·晋拂舞歌》。关于"独漉"之义,旧说不一。"独漉"也写作"独鹿"或"独禄";又唐人王建《独漉歌》云"独独漉漉",将二字拆开重叠。据此,二字也可能是一种搅水声的象声词。

李白的《独漉篇》是仿古辞而作,所以将古辞附后。两相比照,虽依仿的痕迹明显,经过诗人的创意造言,却另成佳构;虽经重新创造,却又保有古乐府的原汁原味。本篇写复父仇者的行动和心境,共六解:一解言路险,二解言形单影只,三解言心神不宁,四解言夜入仇家而未得其人,五解叹报仇未果,六解忧虑再遭仇家毒手。表现手法上多用比兴,李白发展了比兴手法,依约古辞另作生发,别铸意象,更换主题,成为新颖别致的感慨身世、抒发壮怀的诗篇。

这首诗的写作年代不明,又多出以比兴,从来以为难解。陈沆说:"此篇自昔付之不解。"(《诗比兴笺》)他据篇中"国耻未雪"等语,断为安史乱后李白跟从永王李璘时作,亦为揣测之辞。细按本篇辞意,大致是抒写追求施展抱负过程中的遭遇和感怀,更近于安史乱前的作品。诗人有《邺中赠王大劝入石门山幽居》诗,内容情调与此诗颇多近似处，可为参证。诗云："一身竟无托，远与孤蓬征。千里失所依，复将落叶并。……欲献济时策，此心谁见明？……壮士伏草间，沉忧乱纵横。飘飘不得意，昨发南都城。紫燕枥上嘶，青萍匣中鸣。投躯寄天下，长啸寻豪英。……富贵吾自取，建功及春荣。"不过其中多直抒胸臆语，《独漉篇》则将情绪转化为浑融的意象，内蕴也更为深厚浓郁。

第一解四句是对亲身经历的现实的总概括："独漉水中泥，水浊不见月。不见月尚可，水深行人没。"泥浊喻官场的黑暗，水深喻世路的险危。水面澄清，明月才会显出光洁的身影，在一片污泥浊水中，只能隐没无见了。诗人在《行路难》中说："何用孤高比云月！"不过是愤激语，他从来是以孤高云月自许的。"水浊不见月"，就是诗人在腐朽的现实中埋没无闻的命运的写照。"泥浊"之喻从古辞中来，但古辞中无月，加上了"月"，境界陡变，蕴意自深。古人写清水中月的倒影，屡见不鲜，孟浩然"江清月近人"即是；写浊水中失去月的身影，则自李白本篇始，造境新辟。后二句诗境再推进一步。水浊还不过是使明月不显，水深却可以成灭顶之灾。诗人有过触目惊心的经历，他置身过"豺狼磨牙竞人肉"（《梁甫吟》）的险恶环境，遭受过"白璧何辜，青蝇屡前。群轻折轴，下沉黄泉"（《雪谗诗赠友人》）的谗间围攻，所以曾借古人发出深沉的感慨："子胥既弃吴江上，屈原终投湘水滨。"（《行路难》）这一切在诗人胸中旋转升华，凝聚成一个难以摆脱的阴影："水深行人没。"平淡的五个字包含深厚的现实内容，具有巨大的艺术概括力。

在"水深行人没"的世路中，诗人随时都可能遭到"中道无归路"的噩运。这种前路不幸的感伤心境，把诗人推向第二解四句："越鸟从南来，胡雁亦北度。我欲弯弓向天射，惜其中道失归路。"越鸟南来，胡雁北去，它们都迎着季候踏上征程，在辽阔澄碧的天宇里，自由地向着美好的目的地展翅飞去。诗人已经弓张持箭欲发，却弛弓收箭，停下手来，"惜其中道失归路"，不忍心使它们的幸福与追求中道夭折。俗话说"同病相怜"，诗人对自己面临的噩运感到哀伤，并通过对征雁命运的体贴表现出来，抒怀婉曲，耐人玩味。古辞以不忍使田畔双雁遭受"孤散"的不幸，曲折地表现歌者的孤独之感，诗人的构思显然源于古辞，但经过重铸新词，便形成独具寓意的新境界。

混浊险恶的政治现实，使诗人自从"仗剑去国，辞亲远游"（《上安州裴长史书》）以来，始终处于漂泊不定的境地。虽曾一度被玄宗召入长安，很快又被排挤出来。"叹我万里游，飘飘三十春"（《门有车马客行》），"一朝去金马，飘落成飞蓬"（《东武吟》），这种身世之慨，在第三解四句中，托意于落叶表现出来："落叶别树，飘零随风。客无所托，悲与此同。"那一片落叶，脱离本生的枝干，随风远扬，茫然没有归宿，就是诗人的投影。木叶别枝，在秋气肃杀季节，诗人以落叶为喻，比起转蓬来，多一层"飘零"色调，为末句的"悲"字酝酿了浓郁的气氛。

第四解四句又别开一境。在一切尘嚣都已退去的静夜里，诗人独处帷帐之中。清风将帷帘轻轻掀起，明月径直闯了进来。"罗帷舒卷"，帷帐随风屈伸开合。"似有人开"，言"似有"，即无有人开。"明月直入，无心可猜。""无心可猜"四字力重千钧。在污泥一般的环境中，只有对明月可以坦露胸怀。明月是无心的，不会猜忌诗人；诗人是无私的，不怕明月相窥。纯洁的心，皎洁的月，两相辉映，使小小帷幕形成一个玉洁冰清的世界，与庸俗浊恶的人世关系形成鲜明的对照。诗人说过："白雪难同调。"(《翰林读书言怀呈集贤诸学士》)他在人世间孤高难和，却在自然中寻找到了知音。无怪诗人写下许多爱月的诗篇，并在本篇第一解中以月自喻了。这一解写得风有心，月有意，人有情，境界优美，意蕴沉深。阮籍《咏怀诗》说"薄帷鉴明月，清风吹我襟"，有此篇明澈之景，孤独之情，却缺少本篇人与月相对的莹洁的意蕴。本解显然是从古辞"空床低帏"引发，但受诗人感情的支配，不循旧路，别辟奇境。

  第五解六句写未能用世的蹉跎之慨。《拾遗记》载，古帝颛顼"有曳影之剑"，若四方有兵，剑则飞起，"未用之时，常于匣里如龙虎之吟"。诗以这一故事为本创造艺术形象，"雄剑挂壁，时时龙鸣"，被悬置的剑，不甘寂寞，虎啸龙咆，急切的用世之心如见。下面一转，"不断犀象，绣涩苔生"，可断犀象的宝剑，被弃置不用，不但锈生其上，连青苔都滋生到上面来了。前后的鲜明对照，不禁使人油然而生无限惋惜之情。"绣"字或疑为"锈"字之讹，是可能的。诗人《淮南卧病书怀寄蜀中赵征君蕤》说："吴会一浮云，飘如远行客。功业莫从就，岁光屡奔迫。……古琴藏虚匣，长剑挂空壁。"抒发的是与本解相同的感慨。此解末两句是画龙点睛之笔，"国耻未雪，何由成名！"表明其志在洗雪国耻，成就功名。

  第六解写高远的志怀，也是通过一个故事铸造诗的形象。"神鹰梦泽，不顾鸱鸢。为君一击，搏鹏九天。""梦泽"，古代楚地的泽薮名，亦与云泽合称云梦泽。"顾"，视。"鸱""鸢"，皆鹰一类鸟，此对神鹰而言，指凡鹰。"搏"，击。"九天"，古说天有九重，此言天之高。《庄子·逍遥游》篇言大鹏攀附大风"而上者九万里"。《幽冥录》载：楚文王好猎，有人献一鹰，迥异常品。楚文王携之猎于云梦。它对凡禽俗鸟不屑一顾，只是瞪目远望天际，"俄有一物，鲜白不辨。其鹰竦翮而升，蠢若飞电。须臾羽堕如雪，血下如雨。良久有大鸟堕地，其两翅广十余里，喙边有黄"，乃大鹏之雏。诗人将此事熔铸为四句诗，更为精粹警动。以表现其无视凡鸟，惟击九天之鹏的高志远怀。

清人王琦说："此诗依约古辞，当分六解……解各一意，峰断云连，似离似合，其体固如是也。若如作一意解去，更无是处。"（《李太白全集》）颇能抉发此篇章法与构意的特色。不过值得强调的是，虽然解各一意，感兴无端，却都紧紧围绕作者身世感怀这一中心。散视，如粒粒明珠；统观，又自然成串。而且，从揭露腐朽的现实始，经过回环哀愤，以高远的志怀结，表现了诗人那种特有的"天生我材必有用"，"长风破浪会有时"的乐观主义精神。艺术表现上则有浓郁的乐府民歌风味，音韵流美，摇人情思，比兴连翩，蕴意深浓。一幅幅画面，一幕幕情景，鲜明如绘，境界引人。创意造言，都别致不凡。

"不见篱下菊，但余墟中烟"

——白居易《访陶公旧宅》

垢尘不污玉，灵凤不啄膻。呜呼陶靖节，生彼晋宋间。
心实有所守，口终不能言。永惟孤竹子，拂衣首阳山。夷齐各一身,穷饿未为难。先生有五男,与之同饥寒。肠中食不充,身上衣不完。连征竟不起,斯可谓真贤。我生君之后,相去五百年,每读五柳传,目想心拳拳。昔常咏遗风,著为十六篇,今来访故宅,森若君在前。不慕樽有酒,不慕琴无弦;慕君遗荣利,老死此丘园。柴桑古村落,栗里旧山川,不见篱下菊,但余墟中烟。子孙虽无闻,族氏犹未迁;每逢姓陶人,使我心依然。

唐宪宗元和十年(815)秋,白居易因直言极谏被贬官为江州司马。次年春,游庐山,经陶渊明家乡,访其故居,写下这首诗。陶为浔阳柴桑人,其地在唐时江州治所浔阳西南不远的地方。题中称"陶公",表示尊敬,透露出景仰之情。诗前有一篇小序,把写作背景交代得很清楚:"予夙慕陶渊明为人。往岁渭川闲居,尝有效陶体诗十六首。今游庐山,经柴桑,过栗里,思其人,访其宅,不能默默,又题此诗云。"可见作者"访其宅"实由"思其人","思其人"又实由"夙慕"其"为人"。诗的重心全在对人的"思"与"慕"上。所以,题为《访陶公旧宅》,实际于"宅"落墨不多,于"人"则眷眷不已。

陶渊明是东晋末年、刘宋初年的杰出诗人。他不满意官场的腐朽与污浊,归隐田园,清操自守,写下不少妙造化境的田园诗,成为田园诗的开创者。白居易对陶有一种特殊的感情,他一向喜读陶诗,

"数峰太白雪,一卷陶潜诗"(《官舍小亭闲望》),常常是对景把卷,品玩不已。其诗风也深受陶的影响。翁方纲就说过:"白公五古上接陶。"(《石洲诗话》)至于对陶之为人,白居易尤其敬佩之至。诗人曾颂陶说:"归来五柳下,还以酒养真;人间荣与利,摆落如泥尘。"(《效陶潜体十六首》其十二)陶之守志安贫、不慕荣利的高风亮节,深印在诗人心中。白居易也是个"志在兼济,行在独善"的人物,时运来时,要"为云龙,为风鹏","陈力以出",行其"兼善之志";时之不来,则"为雾豹,为冥鸿","奉身而退",守其独善之行(《与元九书》)。在坎坷的宦途上,他每逢遭遇逆境时,尤其与陶神交魄和。元和五年,诗人被排斥出朝廷为地方官,后又因母死居忧渭村,在渭上曾写效陶体诗以抒怀;如今无辜被贬江州,满怀"天涯沦落"之感,自然更神往于陶了。他访陶宅,决非一时兴之所至,泛游古迹,而是与陶的遭际、操守有共鸣。所以,不仅由"思其人"而访其其宅,访后还"不能默默",必须一吐方休,盖有自家的一层感慨在内。正是这样,整首诗语极平实,而情极深挚。

诗以两句比兴发端。"垢尘不污玉,灵凤不啄膻。"首句从客体对主体的影响上说,尘垢污染不了纯洁无瑕的玉;次句从主体对客体的态度上说,非竹实不食、醴泉不饮的凤凰不会去啄食腐朽腥膻之物。前者正是说陶渊明的出污泥而不染;后者正是说陶渊明的拒庸腐而不沾。两句比兴,一颠一倒,将陶渊明的皎皎清操凝聚为鲜明的形象,人尚未出,精神风貌已赫然在眼。诗起得有势,有力,有神。

人虽高洁,生非其时,全不能发挥作用,是陶之可慨处。"呜呼"四句即对陶之遭遇抒慨。"呜呼陶靖节,生彼晋宋间。心实有所守,口终不能言。""靖节"是陶死后的谥号。"晋宋间",即晋、宋易代之际,一方面是晋代末世的腐朽,一方面是刘宋代晋过程的残酷倾轧,陶生其时,虽心有是非,而口不得言。四句诗饱含对陶生不逢时的慨叹与惋惜,其中又何尝不关合着诗人自己的遭际。诗人所处的环境,虽还不至于"口终不能言",但是"言"之结果,斥逐远州,与"不能言"又相去几何?所以慨古也是伤今,慨陶也是伤己,妙在借他人酒杯浇自己块垒,含而不露,虽有而似无,似无而实有。

陶渊明的可贵,不只在乱世而"有所守",尤在守之艰难。"永惟"以下十句写这一点,但不直说下来,先推出伯夷、叔齐做陪衬:"永惟孤竹子,拂衣首阳山。夷齐各一身,穷饿未为难。""永惟"即长想。"孤竹子"即指伯夷和叔齐,他们是商代孤竹国君的两个儿子。周武王伐纣灭商,他们认为以臣伐君不义,故拂衣而去,隐于首阳山,以野菜为粮,不食周粟。诗人推出夷、齐,是为与陶比说,突出陶之守志尤为艰难,所以特别强调夷、齐忍受穷饿不出一身,还不算最难。陶就不同了:"先生有五男,与之同饥寒。肠中食不充,身上衣不完。连征竟不起,斯可谓真贤。"陶渊明有五个儿子同受饥寒,而征书迭至,却坚卧不起,不惟不怕自己饿肚子,也不怕困窘累及子孙,见出"真贤"的本色。其实夷、齐采薇而食,饿死首阳,谈何容易!诗人却只就"各一身"上生发,成为形象上之反跌,不仅将陶之不凡烘衬得十分突出,也使文章摇曳多姿。同样,"同饥寒"三字已括尽贫困,下面偏又从"肠中""身上"分别对饥、寒申说一句,不惟不显繁复,只觉诗语迭宕多姿，穷馁之相更为分明，都是极善用笔的地方。

诗到这里为止，对陶主要是慨其遭遇、颂其节操。"我生"以下二十句始写仰慕之情。以舒徐之笔，汩汩叙来，如茧抽丝，一唱三叹。首四句写目想心眷之状。"我生君之后，相去五百年，每读五柳传，目想心拳拳。""五柳传"即陶之《五柳先生传》，它传神地描绘出陶的隐逸生活情态和清操峻节。"目想"，即在想象中揣拟其人。"心拳拳"，就是衷心系念不已。虽生世不接，每读其传，未尝不思其为人，念其形容，足见眷慕之深至。接着再推出昔咏今访之情："昔常咏遗风，著为十六篇。今来访故宅，森若君在前。"前二句即指诗人闲居渭上时写下的《效陶潜体诗十六首》，歌咏陶之遗风。后二句谓今日又亲来访其旧宅，仿佛陶渊明就立在目前。"森若"，肃穆的样子，表现其无比敬重的心情。四句将思慕之情表现得更加浓至。接着写思慕之内容："不慕樽有酒，不慕琴无弦；慕君遗荣利，老死此丘园。"诗语之妙在于不平直道出，先用两个"不慕"做陪衬。陶渊明嗜酒，其《饮酒二十首》诗序说："偶有名酒，无夕不饮。"又史载他置无弦琴一张，每饮酒适意，便抚弄以寄其意，这些均非诗人所慕，故云"不慕樽有酒，不慕琴无弦"。有此两句托衬，诗人所慕之遗荣利、终老田园更加赫然醒目了，文笔也波折有势。

"柴桑"以下八句写凭吊之怀。前四句着眼于宅，后四句着眼于人。诗人言宅不盯在残基遗址的败瓦颓垣上，而从大处落墨，写得境界恢阔："柴桑古村落，栗里旧山川。"陶之居处晋时属柴桑县，栗里是陶时常经行之处。一个"古"字，一个"旧"字，吊古之情扑面而来。陶之《饮酒》其五云："采菊东篱下，悠然见南山。"《归园田居》其一云:"暧暧远人村,依依墟里烟。"接着二句以陶之诗境铸句,将伤逝之情包蕴于生动的画面中:"不见篱下菊,但余墟中烟。"种菊人已不在,故篱下无菊;村落世世代生息,故荒凉尚有烟。一个"不见",一个"但余",鲜明的对衬,唤起人们"昔人已乘黄鹤去,此地空余黄鹤楼"(崔颢《黄鹤楼》)的强烈感受。末四句:"子孙虽无闻,族氏犹未迁;每逢姓陶人,使我心依然。"虽陶渊明的后裔已无从寻觅,但族姓尚存,只要见到陶姓人,便依依不舍。爱屋及乌,深情绵邈。这个结尾情韵悠然,余音无尽。

这首诗语言平实,情事无奇,但读来津津有味,就在于情深意挚,笔端饱含感情,浅淡语,寻常事,琐琐叙来,无不楚楚动人。此首诗运笔上善使衬句,诗语摇曳多姿,也增加了荡人情思的力量。

"眼中战国成争鹿,海内人才孰卧龙"

——康有为《出都留别诸公》其二

天龙作骑万灵从,独立飞来缥缈峰。怀抱芳馨兰一握,纵横宙合雾千重。眼中战国成争鹿,海内人才孰卧龙?抚剑长号归去也,千山风雨啸青锋。

康有为是资产阶级改良派的领袖人物,识见深敏,志怀高远,毅力坚强,很有一种改造旧体制、创造新政体的势不可挡的气势。从清光绪十四年(1888)起的十一年中,他七次上书清帝,力言变法图强,试图展开变法维新的强大攻势。这首诗写于光绪十五年,即其第一次上书清帝之后。他在这次上书中提出"变成法""通下情""慎左右",吹响了变法维新的号角。因顽固派的阻挠,此书未得上达,次年九月康有为离京南归广州,写下这首诗告别京师友人。此诗题下自注曰:"吾以诸生上书请变法,开国未有,群疑交集,乃行。"初试锋芒,虽未成功,已经震动了朝野。

"天龙作骑万灵从,独立飞来缥缈峰。"以天龙为马,而万神相从。骑既非凡,仪从队伍也神异庞大,浩浩荡荡。此中显现的奇伟形象,很有呼唤风云、旋转乾坤的气概。屈原《离骚》写其升天的仪从队伍:"前望舒(月御)使先驱兮,后飞廉(风神)使奔属。鸾皇为余先戒兮,雷师告余以未具。吾令凤鸟飞腾兮,继之以日夜。飘风屯其相离兮,帅云霓而来御。纷总总其离合兮,斑陆离其上下。"亦可谓浩大众盛。受律诗字数的限制,诗人只用"万灵"二字,给人的感受,不下屈骚,可以说各有千秋。"飞来",飞来峰在杭州灵隐寺前,相传是从天外飞来,故名,但这里并非实指灵隐寺前的飞来峰,而是说诗人独自立在一个天外飞来的奇峰之上。"缥缈",隐隐约约,若有若无,形容其峰高插云汉,在虚无缥缈之间。两句诗有力地表现出诗人高视阔步、俯瞰寰宇的胸怀与气魄。

"怀抱芳馨兰一握,纵横宙合雾千重。""芳馨",香气,此即形容兰花之气味。"一握"犹如说一把。屈原《楚辞》常以兰、桂、蕙、芷等香花香草喻指高洁人格和美好品德,这里即袭其手法,以怀香握兰,自指其具有救国壮心的高尚品格。"宙合",《管子》有《宙合》篇,旧注以为所言之道,包罗古今,此处用以指天下。"雾"喻指危害国家势力的重压。句意谓整个中华大地无不为大雾覆盖。一方面是个人怀抱救国之志,一方面是国家雾霾沉沉,在二者的鲜明对比中,更加凸显出诗人救国之志的坚毅、救国行为之艰难和对国家现状的深忧重慨。

"眼中战国成争鹿,海内人才孰卧龙?""战国",从周烈王二十三年(前403)韩、赵、魏三家分晋起,逐渐形成齐、楚、燕、韩、赵、魏、秦战国七雄,争夺天下,史称战国。这里则用以指当时帝国主义列强。"争鹿",争夺天下。《史记》言秦末形势:"秦失其鹿,天下共逐之。"《晋书》载石勒之语曰若所遇对手是东汉光武帝刘秀,"当并驱于中原,未知鹿死谁手"。此用"战国""争鹿"喻指列强虎视眈眈,争欲吞并中国。自鸦片战争以来,英、法、俄等列强不断入侵中国,订立不平等条约,到诗人写此诗时,已渐形成瓜分中国的形势。形势阽危如此,但是中国可有人力扼横流?"卧龙",三国时蜀国诸葛亮的别号。诸葛亮多谋善治,一出山便奠定了天下三分的局势。"孰卧龙",以诘问句表示当世没有卧龙,言外之意则以卧龙自许,再一次表现了作者以救国自承的壮怀。

"抚剑长号归去也，千山风雨啸青锋。""抚剑"，按剑。古人常以这个举动表示感情激动。"长号"即长啸。啸是撮口成声，长啸亦是表现情感的激越。陶渊明有《归去来兮辞》，表归隐之志。这里只是借用其字面，诗人此次还归广州，是继续为变法维新进行理论和人才的准备，并非离世归隐，故有下句。"青锋"，即剑。"啸"，鸣叫。古人常以剑鸣表示壮怀，李白《独漉篇》"雄剑挂壁，时时龙鸣"，即其例。但此处青锋之啸，也不同一般，其声有如"千山风雨"，表现了作者实现变法维新的高亢情绪。

这首诗表现诗人的高远的志怀、理想和刚毅坚韧的个性，笔墨形象，含蕴深厚，给人留下深刻的印象。拯救国家的抱负，变法维新的高志，可触可感。诗人采取了浪漫主义的艺术表现手法，开篇两句最为典型，颇有屈骚的笔墨色彩。但屈骚的丰富想象，瑰丽造境，多为比兴象征，而此诗之恢奇想象，则为实描笔势。似乎作者真的骑着天龙，百神相追随，独自站在缥缈的飞来峰上，似幻似真，独具一格，别开一境。其次，诗作有效地利用了夸张笔墨。除浪漫主义手法本身即富于夸张之外，它如"纵横宙合"的强调，以"雾千重"喻危害势力的重压，以"千山风雨"描写剑的啸声，都以夸饰的笔墨增加了警动的力量和诗篇豪迈奔腾的气势。再次，词语选择精审准确，往往以极少的笔墨表现了深刻的内蕴。如以"战国"表现列强环伺中国的形势，以"争鹿"表现列强瓜分中国的野心，以怀香握兰表高尚品格，以"抚剑""啸青锋"表现壮怀激烈。最后，一般说来，表现奔放豪情、高远志怀更宜于古体，故浪漫主义诗人李白的激情诗作多为古体歌行，此诗则为七律，却具有古体乐府歌行般的豪迈奔腾的气势，亦可称之为一绝。

曲 曲 传 真

"寄书问三川,不知家在否?"——杜甫《述怀》

"贫家一举动,终始靡不难"——郑珍《溪上水碓成》

"读书牛栏侧,炊饭牛栏旁"——郑珍《读书牛栏侧》(三首录二)

"寄书问三川,不知家在否?"

——杜甫《述怀》

去年潼关破,妻子隔绝久。今夏草木长,脱身得西走。麻鞋见天子,衣袖露两肘。朝廷愍生还,亲故伤老丑。涕泪授拾遗,流离主恩厚。柴门虽得去,未忍即开口。

寄书问三川,不知家在否?比闻同罹祸,杀戮到鸡狗。山中漏茅屋,谁复依户牖?摧颓苍松根,地冷骨未朽。几人全性命,尽室岂相偶?嵚岑猛虎场,郁结回我首。

自寄一封书,今已十月后;反畏消息来,寸心亦何有?汉运初中兴,生平老耽酒;沉思欢会处,恐作穷独叟。

这首诗写于唐肃宗至德二载(757)五六月间。前一年六月,安史叛军攻陷潼关,玄宗仓皇逃往西蜀,太子李亨奔赴灵武即位,长安落入敌手。诗人先已由奉先携家小到白水,此时又由白水避贼北上,一路备尝艰辛,将家属安顿在鄜州(今陕西富县),便与家人分手,只身奔赴灵武(在今宁夏)。不幸半途被贼兵俘虏,押解到长安,时在八月。从那时起,诗人一直困处长安城中,直到次年入夏后,才从长安潜逃到凤翔(在今陕西)。随着平叛军事的进展,肃宗已由灵武移师凤翔。杜甫见到肃宗,被授以左拾遗,可是其家室还处于沦陷区中,这首诗就是抒发对家室的渴念和忧惧之情。

我国古典诗歌,大体有两种创作倾向:一种是所谓浪漫主义,主要咏歌理想、激情以及采用非现实的艺术手法即幻想之类的形式,屈原、李白都是突出的代表;一种是所谓现实主义,实实在在地叙写事实和抒发真实情感,笔路完全是现实生活形态,以实笔写实事,杜甫、白居易是突出的代表。这首诗,就是杜甫现实主义笔墨的代表作之一。

诗题是《述怀》,"怀"字是一个很宽泛的概念,感怀思绪无不可以包容进去。这首诗虽然中心是念家,却不同于一般太平时期的思乡怀土。国家处于大动乱之中,个人和家庭的遭际,无不与国家的命运密切相关,家愁不能不与国恨搅合在一起。所以,题目的"怀"字是下得活,也下得切的。

全诗可分为三段。前十二句为第一段,以概括的叙事交代思怀的来由,囊括了整个大动乱中诗人及家庭的经历遭遇,可视为全诗的引起。诗从潼关失守发端,这是诗人被迫与家人离绝的直接原因,"去年潼关破,妻子隔绝久",为全篇念家的主题立下主干,定下基调,即忧虞妻子儿女的命运。三、四两句写从长安逃往凤翔:"今夏草木长,脱身得西走。"凤翔在长安之西,故云"西走"。从贼窟中脱身,无疑是冒着生命危险的。杜甫《自京窜至凤翔喜达行在所》诗说:"生还今日事,间道暂时人","死去凭谁报,归来始自怜"。可见当时那种随时都可能丢掉性命的险境。这首诗因为重点不在这里，没有具体展开描写，但是"草木长"三字具有强烈的暗示力量，草木枝叶茂密，才便于藏身，别具一种含蓄而耐人咀嚼的风味。

"麻鞋"以下六句写到凤翔后的情况。"麻鞋见天子，衣袖露两肘。"脚着麻鞋，身穿露肘的破烂衣衫，拜谒肃宗，这短短两句把诗人刚从贼中逃归的那种困敝狼狈之相活撮在纸上。一方面见出诗人善于捕捉事物特征、图貌写神的工力，一方面也表现了诗人能"雅"敢"俗"的艺术胆量。有些鲜活的日常情事，未曾入诗，从已有的传统表现来看，便不免有些"俗"，也就是不雅。有些诗人求"雅"，拘束于传统，常常丢掉了某些鲜活的现实内容。想一想，脚着麻鞋，露着两个肘棒，去朝见威严的天子，这样的画面不是有些失"雅"吗？但是杜甫能"雅"，也敢"俗"，才将如此生动的景象写入诗中，这是对现实主义表现领域的重要开拓，也是杜甫现实主义笔墨的创造，故他的诗的真切传神，常常高于别人。杜甫的这种笔墨，也见于他诗，如《北征》中写归家后所见小儿女的形景与情态，《遭田父泥饮美严中丞》中写田父真朴粗俗的言谈举动，无不具有这样的艺术效果，这是杜诗艺术表现中值得注意的一点。接下去两句："朝廷愍生还，亲故伤老丑。""愍"，哀怜。朝廷悲悯他活着回来，亲朋故旧则伤感他的苍老憔悴。也许是诗人刚从敌人的铁蹄下脱身，对于上上下下的温暖关怀有着特殊敏锐的感受吧，才能写得如此真情感人。"老丑"是写历险逃亡而衰惫不堪的样子，与《自京窜至凤翔喜达行在所》的"所亲惊老瘦"意思相近。"涕泪授拾遗，流离主恩厚"二句写得官的感受。按照正常的顺序应是诗人流离之中，被授以拾遗之官，君恩深厚如此，感激得涕泪交流。诗人在遣词造句时有意颠倒其次序，增加诗句的劲峭顿挫,这是杜诗常用的笔法。本段的末二句言"柴门虽得去,未忍即开口","柴门"指寄居鄜州贫陋的家,意谓本可以请假探家,但刚刚接受官职,而又国难当头,天子恩深,不忍立即提出请求。既表现出对君主信用的感戴之情和国而忘家的高尚胸怀,又绾合念家之意,遥扣开端的"妻子隔绝久",显示出杜诗章法谨严的特色。这一段以质朴凝练的语言,将繁复的情事叙述得简明清晰,离家与思家的缘由交代得一清二楚,下面两段便集中进入本篇的核心部分,抒写念家之怀。

"寄书问三川"以下十二句为第二段,从自己的悬揣逆测写对家室系念关切之情。"寄书问三川,不知家在否?"三川,县名,在今陕西鄜县南,当时杜甫家室寄寓这里。以寄书探信领起,书虽已发,心却忐忑不安,揣测不定家人是否还幸存人间。"比闻同罹祸,杀戮到鸡狗。""比",近来。"罹",遭受。近来听说敌人残暴屠戮,鸡犬不留。这可怖的情景使诗人陷入一系列不祥的揣测之中。"山中漏茅屋,谁复依户牖?"山中那座不遮风雨的破茅屋,谁还在依门相望等待他回来?不直言还有什么人在,而言"谁复依户牖",增加了形象感。"摧颓苍松根,地冷骨未朽",那颓败的苍松根下,埋葬的新死者尸骨尚未朽坏吧!古人墓地多植松柏,摧颓是毁废残败之意,苍松只言根,又状以"摧颓"二字,隐隐透露出敌人洗劫之残酷,与前"草木长"有异曲同工之妙。"地冷",暗示着时节,"骨未朽",即新死的形象化说法。字字坐实,无一浮辞长语,见出老杜用字的精谨。"几人全性命,尽室岂相偶?""尽室",全家。能有几人保全性命,一家人岂能阖门安好?言外之意,即使幸有人存,也不会是阖家团圆了。本段以"钦岑猛虎场，郁结回我首"作结。那山中的聚落也许被敌人洗劫一空，人烟绝灭，成为野兽出没的场地了；此二句或者可视为比喻，以猛虎喻残暴的敌人，意谓所居之地成为猛虎肆虐的处所。"嶔岑"，山高的样子，此指杜家居处。此情此景还不足以使诗人频频回首、郁结衷肠吗？在这一段里，诗人一口气用四个揣想，如滚滚浪涛，汹涌而来，愈激愈高，将诗人焦灼不安的心境和心系家室安危的挚情淋漓尽致地表现出来，非一两句概念的诉说可比。心极惨，调极悲，撕人心肺。他那忧惧交加之情，也以巨大的艺术感染力沉重地压在读者心上。

"自寄一封书"以下八句为第三段，紧承上段悬揣遥忆，进一步展拓诗境，深入抒怀。前四句从寄书杳无回音上生发，"自寄一封书，今已十月后；反畏消息来，寸心亦何有？"发书已越十个月，却不得一毫信息。寄书本来为得回音，如今却生怕回音到来了。因为说不定会带来难以承受的噩耗，反不如蒙在鼓里为好。连自己也迷惑不解这究竟是一种什么心境了，写忧惧之情可谓入木三分。申涵光说："'反畏消息来，寸心亦何有'二句，非身经丧乱，不知此语之确。"（《杜诗详注》引）这二句刻画心境的真切入微，确非凭空杜撰者可拟。后四句从胜利的未来上落想。"汉运初中兴，生平老耽酒；沉思欢会处，恐作穷独叟。""汉运"是借汉指唐。西汉灭亡，光武帝重建东汉，称汉之"中兴"，这里借以指平叛斗争的节节胜利，唐之中兴有望。诗人平生好饮，但是瞩目未来，天下重光之时，举家欢会之处，也许只剩下自己孑然一老了。这就把念家的沉痛之情推到极点，诗也就此终止。

这首诗除了杜诗的一般优点之外，突出有两方面的特色。一是以朴实的笔墨写怀,全在一片至情感人。杜甫是至性过人的诗人,他于国有义,于民有情,于家有爱,全是真情流之楮墨,无一毫矫情造作之处,句句文笔平实,却句句真情沁人心肺。杨伦说:"公诗只是一味真。"(《杜诗镜铨》)一语破的。二是善于描摹心境。特别是二、三两段,以诗人擅长的现实主义笔触细腻地表现自己忧惧念家的情怀,从多侧面反复生发,酣畅淋漓。正如王嗣奭所说:"他人写苦情,一言两语便了。此老自'寄书问三川'至末,宛转发挥,蝉联不断,字字俱堪堕泪。"(《杜臆》)表现了杜甫将现实主义手法运用到刻画心理活动方面所达到的深度与高度。

"贫家一举动,终始靡不难"

——郑珍《溪上水碓成》

贫家一举动,终始靡不难。区区水碓耳,匝月功始完。余岂好多事,在昔多所艰。赤脚老丑婢,娿姗聋且顽。遣之事春簸,炊或不给焉。有时得母助,乃始足一餐。无已作此举,令水为春人。内顾无竹木,未免乞比邻。稽迟到兹日,始已事而竣。狭巷清且驶,白石周四垣。回回外板斡,苏苏云子翻。佣者相顾喜,贺我春百年。嗟我佃耕此,瘠确缘溪干。年丰不偿苦,足得十大盆。安能尽碓力,碓成殊养闲。苦心顾为此,亦觉笑旁观。世事那尽计,感慨系斯篇。

郑珍也是以现实主义笔法写诗的佼佼者。不过与杜甫不同,他是以现实主义精神、宋诗的笔路写实,将二人作品对照起来读,更易看出唐格宋调笔墨的差异。

本诗的题目是《溪上水碓成》,"溪上",指小河边。"碓",使谷粒脱壳的工具。"水碓",利用水力驱动。"成"指水碓完工。这首诗是水碓造成之后,诗人记叙建造的过程和抒发内心的感慨。

前四句是写贫家每做一件事总是很艰难。"贫家一举动,终始靡不难。区区水碓耳,匝月功始完。"造一个水碓这样区区小事,竟经历足足一个月才完成。"靡",无。"匝月",满一个月。"功",指水碓工程。

"余岂"以下十句,写造水碓的原由。"余岂好多事,在昔多所艰。"贫家举事很难,为什么还要造水碓,并非我喜欢多事,而是过去生活中遇到了不少难处。下文即详说其难处。"赤脚老丑婢,婴姗聋且顽。"家里有一个老婢女,驼背,耳聋,又不大听使唤。"赤脚",韩愈《寄卢仝》"一婢赤脚老无齿",这里也许是袭用其语。"婴姗",匍匐的样子,这里形容其腰背弯曲。"顽",指有点犟劲,不大听话。"遣之事舂簸,炊或不给焉。"派她去舂米,又效率很低,有时供不上食用。"舂"用杵臼舂米。"簸",用簸箕簸除糠皮。"炊"即指做饭。"不给",供不上。"有时得母助,乃始足一餐。"有时需母亲下手帮忙,才勉强够吃一顿的。"无已作此举,令水为舂人。"不得已才造水碓,让水做舂米手。《周礼·地官》有"舂人","掌供米物"。"令水为舂人",有意作趣语,诗语生动。

"内顾"以下十句,写造作水碓及碓成情况。"内顾无竹木,未免乞比邻。"看看自己家里,没有竹木材料,于是向邻居乞助。"稽迟到兹日,始已事而竣。"迁延到今天,才完事峻工。"稽迟",进展缓慢。"已事",了事。"狭巷清且驶,白石周四垣。"前一句说清澈的溪水从狭窄的巷子流来。"驶",指溪水流淌。后一句说用白石砌成水碓围墙。"垣",矮墙。"回回外板斡,苏苏云子翻。"两句描写水碓舂米的情景。"回回",旋转的样子。"外板"指接受水流冲击发力的轮板。"斡",旋转。"苏苏",描状米粒搅动的声音。"云子",碎云母,见葛洪《丹经》,此用以比喻米色洁白。这两句使用对句,外则板转,内则米翻,想像其形象,吟诵其音节,赞赏喜悦之情充溢其中,堪称绘形传情的妙笔。"佣者相顾喜,贺我舂百年。"大家一片欢欣鼓舞,投来祝贺之语。

"嗟我"以下是本诗的末节,写出令人意想不到的感慨,盎然有趣。"嗟我佃耕此,瘠确缘溪干。""嗟",感叹声。"佃耕"租地耕种。"瘠确",土质硗薄坚硬。"干",河岸。意谓租种的这块地是靠近河边贫瘠的土地。"年丰不偿苦,足得十大盆。"即使遇上丰年,也抵偿不了付出的劳苦汗水,最多得到十大盆粮食。"安能尽碓力,碓成殊养闲。"如此一点收成,怎么能尽水碓的能力呢?碓虽成了,殊不知只能让它养闲。"苦心顾为此,亦觉笑旁观。"苦心造成了水碓,大半闲置不用,只可旁观,自己亦觉得好笑。"世事那尽计,感慨系斯篇。"世上的事哪里能尽如所愿,只好写篇诗发发感慨了。

　　这首诗，写造水碓的因由、过程、结果，细腻真切，其情景及人的心理，读来历历在目，是写实的好手。凌惕安《郑子尹年谱》引此诗入谱，言"录之以见先生当日家庭状况"，的确可见作者彼时生活一斑，即在其刻画真实具体。为使写实不至枯燥乏味，诗人选材择事、造语遣词，都着意于生动有趣。事既曲折有味，语亦富于幽默感。故全篇意趣引人。宋诗多喜散文化笔墨，此诗亦是典型的表现，其中如"遣之事春簸，炊或不给焉""稽迟到兹日，始已事而竣"，尤为突出，使诗语绝无平滑之感，而瘦硬有力。

"读书牛栏侧，炊饭牛栏旁"

——郑珍《读书牛栏侧》（三首录二）

　　读书牛栏侧，炊饭牛栏旁。二者皆洁事，所处焉能常？
　　读求悦我心，食求充我肠。何与粪壤间，岂有臧不臧！

——《读书牛栏侧》其一

　　闰岁耕事迟，一牛常卧旁。龁草看人读，其味如我长。
　　置书笑与语，相伴莫相妨。尔究知我谁，我心终不忘。

——《读书牛栏侧》其三

郑珍一生大体沉沦于社会底层，最高也未越过县的教官之职，而且连这样的卑官也不能常常保持。不少时间，是生活在农村里，身亲农作，生活困窘，甚至有时衣食不继。他曾自言："某寒士也，朝耕暮读，日不得息，即如今时叶落霜白，寒风中人，而披单衣。执钱镈（古代的农具，钱似铲，镈似锄）躬致力于塉埆（贫瘠的土地）之上。"（《与周小湖作楫太守辞贵阳志局书》）这使他与古代的一般寒士作家不尽相同，有一种士子兼农夫的独特的生活天地，因而也有一种独特的生活视角和思想感受。他的诗歌创作倾向又主张必须有"我"，要"自打自唱"（《跋〈慕耕草堂诗钞〉》）。他以现实主义创作精神，不厌细琐，不避俚俗，生动逼真地展现出他拥有的这个独特天地的方方面面，不少是古人笔墨所罕见的，给人以新鲜感。这里选录的两首诗，即展示其中的一个侧面。

先看第一首。"读书牛栏侧，炊饭牛栏旁。"在牛棚旁边读书，也在牛棚旁边做饭。"二者皆洁事，所处焉能常？"读书也好，做饭也好，都是干净的好事，其所在地点怎能固定不变。言外之意是，读书不一定非在书室不可，做饭也不一定非在屋内锅旁不可。"洁事"在什么地方都可以进行。"读求悦我心，食求充我肠。"读书是获得知识，丰富思想，故曰"悦我心"；做饭是为了解饥，填饱肚子，故曰"充我肠"，二者都是那么重要。"何与粪壤间，岂有臧不臧！"与牛棚的粪污有什么关系，岂有好不好的问题。"悦我心"之"读"不可少,"充我肠"之"食"不可缺,农作的大助力牲畜又不能不照料,即使把读书、炊饭挪在充满粪污的牛圈旁,又有什么好不好之分。"臧",善,好。

士子读书是常事,但在牛圈旁读书,则少见了。又在那里做饭,就更少见了。读书、炊饭都是"洁事",也是常事,其处岂能有常。在牛棚旁边读书、做饭也很自然。这样的生活内容及其中体现的观念和感情,不是一般士子所有的,以赞赏的态度,加以歌咏,让它进入文学殿堂,更是绝无仅有了。

再看第三首。是写与牛的精神交流。"闰岁耕事迟,一牛常卧旁。""闰岁",有闰月的年头。古时所用的历法,是夏历,即一般所称的阴历,它与太阳历有差数,故每五年要设两个闰月,才可以相合。有了闰月,节气推迟,农作也开始较晚。人不下地干活,牛也得到休息,所以常常躺在身边。"齝草看人读,其味如我长。""齝草",牛是反刍动物,吃草时先把草吞到胃里,然后再一点点倒回口里慢慢嚼食消化,俗谓倒嚼。倒嚼的牛"看人读",自然是看着诗人读书,下一句就比较复杂了,"其味如我长",自然是说像我读书那样津津有味,"其味"也明显是指牛的滋味,那么,是指牛倒嚼嚼得津津有味呢,还是说牛看人读书看得津津有味呢,还是二者兼而有之呢?就很难确指了。但无论如何,其中显示的是人与牛非常亲合、亲密的关系。如果不是常常驱使牛、精心照料饲养牛的主人,很难与牛有这样深厚的感情,牛也不会与主人以这样的姿态呈现。牛看人读书,看得有味;人看牛的神情,亦看得有味。真不知何者为牛之味,何者为人之味。人、牛交流为一了。这种真切的情景的呈现,亦是古诗中少见的。真可谓独特的生活,独特的情境,新颖有味。"置书笑与语,相伴莫相妨。"诗人也真的被牛的神情感动了,放下书跟它笑着谈起话来,希望永远这样相伴,而不相妨。人不妨碍牛休歇倒嚼,牛不妨碍人聚神读书,长久如此亲爱相处。结尾曰:"尔究知我谁,我心终不忘。"你能知道我是谁,我会终身铭记的。这个结语,又显有弦外之音。诗人这里不感到对牛弹琴,因为牛甚解人,倒是向牛寻觅知音了,其世无知音之慨,即在其中。陈衍称许郑珍的诗"历前人所未历之境,状人所难状之状"(《石遗室诗话》),这首诗可为例证之一。

朦 胧 诗 境

"沧海月明珠有泪,蓝田日暖玉生烟"——李商隐《锦瑟》

"刘郎已恨蓬山远,更隔蓬山一万重"——李商隐《无题四首》其一、其二

"春蚕到死丝方尽,蜡炬成灰泪始干"——李商隐《无题》

"沧海月明珠有泪,蓝田日暖玉生烟"

——李商隐《锦瑟》

锦瑟无端五十弦,一弦一柱思华年。庄生晓梦迷蝴蝶,望帝春心托杜鹃。沧海月明珠有泪,蓝田日暖玉生烟。此情可待成追忆,只是当时已惘然。

王士禛说:"一篇《锦瑟》解人难。"(《仿元遗山〈论诗绝句〉》)这首诗的含义,一直众说纷纭,莫衷一是:或以为是悼亡之作,悼念妻子;或以为是怀思失恋的爱情遭遇,"别有所欢,中有所限,故追忆之而作";或以为是回顾生平政治经历的小结;等等,都可以讲得通。因为其意象空灵,给从不同角度诠释留下了广阔的空间。

诗以首句前二字命题,古人常有此作法,近于无题。但本诗"锦瑟"二字与"华年"往事相牵连,或许有象征美好事物或壮盛年华之意。此诗的总体创作风神,与诗人多篇《无题》诗一致,难以确解。结合作者生平经历和众多诗作内容考索,此诗当是怀思往事。所怀往事系属感情经历，而又非指某一具体事实，具有一定的综合性。

首句"锦瑟无端五十弦"，《汉书·郊祀志》载："泰帝使素女鼓五十弦瑟，悲，帝禁不止，故破其瑟为二十五弦。"这句即承此神话传说，泰帝已破为二十五弦，你这个锦瑟为什么还偏偏要五十弦呢？一定要弄到悲不自胜的境地吗？这是用怪怨的方式表现自己心藏最深重的哀思。"无端"，无缘无故，没来由。次句"一弦一柱思华年"，这就不是没来由了，华年往事很多，五十弦还多么！"华年"即盛年，指青春年华。"柱"是承弦的支架，每弦一柱。此句说每一弦的哀音，无不集注在华年往事上。这也就是白居易《琵琶行》"弦弦掩抑声声思，似诉平生不得志"的境界了。只不过白诗是讲"不得志"，这是讲怀思往事。这一句比较清楚地透露出此诗的主旨，是怀思华年的经历和遭遇。

第三句"庄生晓梦迷蝴蝶"，用《庄子·齐物论》中的寓言故事：庄子说他做梦化为蝴蝶，蝴蝶并不知本然的庄子。梦醒之后，则又发现自己原是庄子，不是蝴蝶。他进一步思考，却更加迷惑，到底是庄周梦为蝴蝶了呢，还是蝴蝶梦为庄周了呢？完全搞不清楚了，此即所谓"迷蝴蝶"。这个寓言的本质意义是什么呢？是有真有幻，真幻难辨。诗人用这个寓言，也当是指喻回思感情经历时的感受，似真似幻。说它似真，是说确曾有过那些经历；说它似幻，是说那段经历有如一场春梦。人们常说人生如梦，那也许就是一场场梦吧！是真？是梦？诗人不禁在真、梦之间犹疑徘徊了。描写心理感受，真切深刻。第四句"望帝春心托杜鹃"。《华阳国志》记载蜀地的历史传说，蜀有王名杜宇，"杜宇称帝于蜀，号曰望帝"。后来"禅位于开明。帝升西山隐焉。时适二月，子鹃鸟鸣，蜀人悲之，故杜鹃鸟鸣，即曰望帝也"。后遂有杜鹃为望帝魂魄所化的传说，并与杜鹃啼血联系在一起，表其悲苦。这里用此典故表明：往事虽已如梦如烟，但自己萦心刻肺，绝难忘怀，恋念不已，有如望帝化为杜鹃，悲鸣不息一般。这一联两句用典与对仗之妙，可与《无题》中"春蚕""蜡炬"一联媲美。不过那两句真切，这两句迷离。

第五句"沧海月明珠有泪"，是写泪，通过写泪表明其情怀至痛。此句兴象、意境之妙，堪称绝诣。珠为蚌所产，传说蚌每向月张壳，吸收月之精华，滋育其珠。《博物志》又载南海外有鲛人，水居如鱼，"其眼泣则能出珠"。则泪又是珠。诗人糅合此类内容熔铸成美妙的诗句。大海、明月、珍珠、泪水，既各有别，又相互关联融通，相映相衬。泪为水，沧海则为浩瀚之水；泪圆亮如珠，珠晶莹似泪，明月又似大珠。泪、海、珠、月融汇成一种深广凄清的境界，使泪具有了异常哀伤的色调。《世说新语》言晋人顾恺之的哭状"声如震雷破山，泪如倾河注海"，虽极号哭之相，但就给人以哀感来说，比之李句，实相去千里。此句之写悲，兴象鲜明，意境凄迷，哀情深浓，但可感而不可析说，充分表现出作者创造朦胧意境的艺术造诣。第六句"蓝田日暖玉生烟"，写难再身临其境。"蓝田"，山名，在陕西长安县南，其山产玉。西晋陆机《文赋》有云"石蕴玉而山辉"，所谓"山辉"，即指蕴玉之处上有光气。此句之"玉生烟"的"烟"，即指光气。中唐诗人戴叔伦的话说得更为分明："诗家美景，如蓝田日暖，良玉生烟，可望而不可置于眉睫之前也。"（司空图《与极浦书》引）李商隐此句诗可以说就是用戴氏语"蓝田日暖，良玉生烟"减去"良"字而成。蓝田玉山上有光气,这一景象含有什么意义,戴叔伦已经指出来了,"可望而不可置于眉睫之前也"。远望则有,近前则无。作者用此典故,显然意思在说,往事可以回味,但再想重历则不可能了,有如玉山之光气,可望而不可即了。其中含有无限惋惜与惆怅。两句说往事可为之哀伤流涕,却无法重返其境了。这一联意象之美妙,又胜过前一联。

末联"此情可待成追忆,只是当时已惘然","惘然"即惘然若失。此情非今日追忆时如此,即在当时已惘然若失了。诗人的感受,大约与其经历的是一种绝望的爱情相关,其所爱恋的对象,或为宫女,或为道士,或为贵势家中某等女子,总之有种种现实的阻隔,虽两心相印,却不可能有美满结局。说无不可,说有又只能是相互在感情上的迷恋,故当时才有惘然若失之感。他的《无题》诗说"扇裁月魄羞难掩,车走雷声语未通""身无彩凤双飞翼,心有灵犀一点通""蓬山此去无多路,青鸟殷勤为探看",《嫦娥》诗说"嫦娥应悔偷灵药,碧海青天夜夜心",都是反映此种情境。

这首诗意象缥缈空灵,含义难于捉摸,可以说是一种朦胧诗境。李商隐是此种诗境的创造者,这也是他对古典诗歌艺术的独特贡献。诗人喜欢婉转曲折地表现情意,落笔时总是避实就虚,充分发挥想象力和艺术创造力,将情思反复推勘,酿造成富有象征意义的、扑逆迷离的朦胧意象。即使是用典,也只是摆出典实,毫无指喻明示,如"庄生"一联,只是摆出两个典故,含义则留给读者去玩味。诗人又喜用丽辞藻彩,装点一个斑斓的外表,故而秾丽迷离、情深意远。冯浩说他"总因不肯吐一平直之语,幽咽迷离,或彼或此，忽断忽续，所谓善于埋没意绪者"（《玉谿生诗集笺注》）。所以，此诗精微缛丽、晦暗朦胧，不是晴日的光辉，而是朦胧的月色，形成一种独特的意境美。

一般的抒情诗，都有物象，有感情，即所谓情景交融。这首诗物象不少，锦瑟、弦柱、庄生、蝴蝶、望帝、杜鹃、沧海、明月、珠泪、玉烟，不一而足，其中表现的恋念悲思之情也极深挚，但诗人组合成意象后，则情意深隐难识。诗人有意用一种意象的奇特组合，表现其深层的情思。读者必须摸到诗人的实际思想脉络，才能了然这些意象的逻辑关系；否则，甚至会觉得意象拼凑杂乱，不可理喻，怎么从庄生迷蝶就连到望帝托鹃了呢？怎么从沧海月明就连到蓝田日暖了呢？情思的逻辑是在这些奇特的意象组合背后。诗的意象组合，显然具有诗人的独自特点，跳跃性大于连贯性，象征性大于描述性，多义性多于单义性。特别是中间两联，都不能停留在字面的意义上，而是要探究其实际所指，才能有豁然的了解。

"刘郎已恨蓬山远，更隔蓬山一万重"

——李商隐《无题四首》其一、其二

来是空言去绝踪，月斜楼上五更钟。梦为远别啼难唤，书被催成墨未浓。蜡照半笼金翡翠，麝熏微度绣芙蓉。刘郎已恨蓬山远，更隔蓬山一万重。

——《无题四首》其一

朦胧诗境

　　《无题四首》诗是爱情诗还是政治诗，有寄托还是无寄托，看法历来不尽一致。一般说来，古人中以为有寄托者居多，如纪昀认为"四首皆寓意之作"（《瀛奎律髓》纪批），冯浩更指实为都是"恨令狐绹之不省陈情"（《玉谿生诗集笺注》）。今人则不如此拘泥，认为第四首比兴之意显然，前三首则主要是写失意的爱情。诗无寄托，属于赋笔，以创造意象直接抒情；诗有寄托，属于比兴，也要通过意象的创造表现情事，借情事以寓意。所以有寄托也好，无寄托也好，在诗的第一个层面上，是没有多大差别的，都不妨碍我们对其意象创造与情事表现上的艺术造诣进行分析。

　　先看这第一首，写远别中的刻骨相思。诗人是从诗中主人公的梦境被打破入笔："来是空言去绝踪，月斜楼上五更钟。"主人公被五更的钟声惊醒了，醒后只见月光斜射在楼上，写钟声敲破残梦的情景如画。题为李白之作的《忆秦娥》开篇说："箫声咽，秦娥梦断秦楼月。"秦娥被箫声吹破残梦，醒来只见月光笼罩秦楼，和这里的境界很相似。不过李词尚有"梦断"二字点明，此句则毫无痕迹，全凭读者依据上下文来体会，更为含蓄蕴藉。主人公梦醒之后，再回味一下梦中的情景，不禁发出首句那深沉的怨叹："来是空言去绝踪。"梦是虚境，虽然入梦而来，此"来"还是空言；可是一梦醒来，虚境散为乌有，倒真个是"去绝踪"了。此句构想之奇妙，造语之隽永，传情之深微，均堪称入化。这一联诗语的处置，不受情事历程束缚，将一、二两句倒置，得以用怨叹语发端，盘空而起，喷薄而出，虽写柔情却不落平弱，见出作者措置自如的才华与善于结构的匠心。

领联进一步写醒后的情态。出句"梦为远别啼难唤"，要特别注意"啼难唤"三字。主人公不禁涕泪涟涟想要唤回却又很难唤回的是什么呢？显然就是刚刚被打破的那场梦。远别自然无法见面，一旦梦中相会，这梦就因为"远别"而显得格外珍贵，却不幸被钟声敲破，自然无限伤心地想要唤回，然而即使流干眼泪也召唤不回来了。正是如此，才逼出下句"书被催成墨未浓"，匆忙作书以寄渴思之情，以抒怅恨之怀。梦境难续，用信来弥补，这信是被一片深情、一腔激情催成的，所以连墨汁也等不及研浓。"墨未浓"，极普通的情事，用在这里刻画作书的急遽，极有力。

梦是唤不回来了，恋恋的深情使诗人不禁把目光移向了梦中相会的床席，所以颈联移到对床帐的描写："蜡照半笼金翡翠，麝熏微度绣芙蓉。"烛光穿过帐幔微弱地照在被子上，麝香的香气透过帐幔轻轻地散发出来。"蜡照"即烛光，造语力求创新。"半笼"言烛光之半明不暗，描写也传神。《楚辞·招魂》有"翡翠珠被"之语，"金翡翠"即指用金线绣成翡翠图案的被子。"翡翠"，鸟名，有蓝、赤不同毛色。"麝熏"，指麝香的香料味。情人所熏的香料气味还不断传来，描写细腻，令人更具真切感。鲍照《拟行路难》中有"七彩芙蓉之羽帐"，这里"绣芙蓉"即指绣有荷花图案的帐幔。这一联自然是写实，主人公在草成一封情书之后，呆呆地望着床帐出神。表面看来，只是对物的描写，实际上字里行间弥漫着对梦境的深情留恋和梦醒人空的惆怅之感，那里不就是方才梦中相会的处所吗？进一步揭示了主人公怀思的痴情与怅惘的意绪。潘岳《悼亡诗》写怀念亡妻说"望庐思其人，入室想所历"，"流芳未及歇，遗挂犹在壁"。"流芳未及歇"，尤此诗的"麝香微度绣芙蓉"。虽然潘诗乃悼现实人亡，李诗系感梦中人去，二者情事不同，但其艺术境界与表现手法有相近之处。

尾联以抒写相见无望的痛楚情怀作结："刘郎已恨蓬山远，更隔蓬山一万重。""刘郎"指汉武帝刘彻。李商隐《海上谣》"刘郎旧香炷，立见茂陵树"，即以"刘郎"称刘彻。《汉书·郊祀志》载武帝不仅曾"遣方士入海求蓬莱"，还曾亲自"东巡海上"，"求蓬莱神人"，"庶几见之"，然而终无所得。二句即用其事以喻主人公的绝望心绪。诗言已恨蓬山远，更隔蓬山一万重，是用递进一层的比衬写法，使人更加突出地感到真是远不可及。后来欧阳修《踏莎行》词言"平芜尽处是春山，行人更在春山外"，可谓青出于蓝了。

飒飒东风细雨来，芙蓉塘外有轻雷。金蟾啮锁烧香入，玉虎牵丝汲井回。贾氏窥帘韩掾少，宓妃留枕魏王才。春心莫共花争发，一寸相思一寸灰。

——《无题四首》其二

这是《无题四首》中的第二首,和前一首一样也是写一种近乎绝望的爱情相思。但取材与描写的情景,则迥然不同,表现出作者创作诗歌的丰富多彩。开篇两句是写女子的住处,但没有出现朱门闺阁之类的场景,只是推出一片自然风光:"飒飒东风细雨来,芙蓉塘外有轻雷。"东风吹春,细雨绵绵,荷花池塘的远处,传来轻微的雷声。这画面里有春意萌动的气象,而细雨阴霾的天气,又给它涂上一层黯淡的色调。这朦胧迷离的意象,与下面要写的相思情怀,浑融无间。意象与诗情的密合,分外增加了诗的感染力,绝非推出一座闺楼所可比拟的。

颔联写女子的生活情态。着重在两件事上——燃香与汲水,都是闺中常有的情事:"金蟾啮锁烧香入,玉虎牵丝汲井回。"前一句写燃香。"锁"指香炉上管控开关的鼻纽,上有金色蟾蜍形状的装饰物,用一"啮"字表现蟾蜍与鼻纽的动态关系,生动传神。"烧香入",言入室燃点香炉里的香料。后一句写汲井。"玉虎"井上用玉装饰的虎形辘轳,"丝"指汲水的井绳。燃香、汲水这两种情事,或是女主人公的亲力亲为,或是她观看身边侍女的所行所为,总之,月换星移,只将情景摆出来,一种寂寞无聊、单调乏味的气息,便扑面而来。这是因为作者善于取材用笔以酿成一种气氛的缘故。陶渊明《饮酒》其五"采菊东篱下,悠然见南山",只选取采菊、见山两个动作,便充分表现出悠然自得的生活情态,与此相类，都深得艺术创造的奥妙。

颈联言爱情难得美满的结局。两句都是用典故表现。出句"贾氏窥帘韩掾少"，用西晋贾充女儿与韩寿的故事，表现女子是有倾注感情的对象的。"掾"是僚属之意。韩寿做贾充的属吏，一次被贾充女儿从窗中窥见，爱上了他，二人遂私相交好。对句"宓妃留枕魏王才"，用魏曹植与甄逸之女的故事，表现女子对感情的专注与坚定，生不能相合，死亦不会相忘。《文选·洛神赋》李善注说：曹植求甄逸之女，但曹操把她给了曹丕，曹植思念不已。黄初年间，曹植入京朝见曹丕，曹丕此时已为魏文帝，而甄后也已被郭后谗死，曹丕遂将甄后的玉缕金带枕赐给他。曹植返回封地，在洛水岸边休息，思想甄后，忽见甄后前来说："我本托心君王，其心不遂。此枕是我在家时从嫁，前与五官中郎将（即曹丕），今与君王。"曹植遂因此而作《感甄赋》，后来魏明帝改其题为《洛神赋》。"宓妃"相传为伏羲氏女儿，因溺死于洛水而为洛神。因《感甄赋》已更名为《洛神赋》，这里即以"宓妃"指甄氏。曹植为魏宗室诸王，故称"魏王"。

律诗的中间两联要求对仗，前一联巧用词语，对仗工巧，"金蟾"与"玉虎"，"啮锁"与"牵丝"，"烧香入"与"汲井回"，都铢两悉称；这一联运用两个典故，而构词亦对仗精工，因难见巧，都显示出诗人驾驭近体诗律的艺术功力。

尾联是名句："春心莫共花争发，一寸相思一寸灰。""春心"即相思之心。"花"指烛花，面对绝望的爱情，主人公警戒自己也劝喻对方，不要让相思之情与烛花争燃，每一火花的闪爆都会化为一段灰烬。构想的巧妙、形象的新颖、表情的贴切深刻、意与象的关合自然,都极为罕见,而与诗人另一首《无题》的名句"蜡炬成灰泪始干"则有异曲同工之妙。

"春蚕到死丝方尽,蜡炬成灰泪始干"

——李商隐《无题》

相见时难别亦难,东风无力百花残。春蚕到死丝方尽,蜡炬成灰泪始干。晓镜但愁云鬓改,夜吟应觉月光寒。蓬山此去无多路,青鸟殷勤为探看。

为了了解这首诗所抒写的特定爱情背景中特有的感情,可以先从末联看起。末联出句说"蓬山此去无多路","无多路"即"无他路",意为无路可通;"蓬山"是传说中海上三神山之一,即蓬莱,从来是一个可望而不可即的地方,说明对方处于难得相见的处所,所以只能使"青鸟殷勤为探看"。青鸟是神话传说中西王母的使者,可以自由传递消息的,诗人的感情只能在幻想中靠它略为表达了。显见此诗是抒写一种生死不渝但难以实现的绝望的爱情,全诗以看不到前景和出路的低沉情绪为基调。

明白了诗中所写爱情的性质,再从头来看。首句"相见时难别亦难"，是讲见、别两境。"相见时难"并非说很难见面，而是说虽相见，由于所处的环境、地位以及某种原因，亦难通情愫。所以，即使相见，亦很难处。诗人的别首《无题》诗说"扇裁月魄羞难掩，车走雷声语未通"，写虽相逢而不能交言；"身无彩凤双飞翼，心有灵犀一点通"，写只能心通而不能实交，均属这一种情境。后三字说"别亦难"，是说不见而处于分别状态，为相思熬煎，同样难处；不是说相见后分别的难舍难分。这句诗概括地讲相逢时也好，不见时也好，都极难处。次句说就在这难耐的情境里又一个美好春光逝去了："东风无力百花残。"这一句伤春的慨叹里，包含多少年华消逝之叹、良辰美景虚度之恨！韵致宛然的形象中包蕴着丰富的情思。以东风之有力无力表现春来春去，造语、构思新妙生动。东风催春，百花盛开；东风力微，百花凋残。内蕴深，形象妙，正是这两者的美妙结合，使它成为名句。

次联写至死方休的刻骨相思与始终不渝的爱情。感情抒写得分外深挚感人，在于使用了两个绝妙的比喻："春蚕到死丝方尽，蜡炬成灰泪始干。"春蚕吐丝，直至丝尽茧成，身化为蛹而止；蜡烛燃烧，直至蜡油流尽，蜡捻成灰而终。二者无不是付出了最后的牺牲，以之喻情之深挚，深刻有力。粗粗看来，这两句似乎是一个意思，其实大同之下，又有小异。前一句重在说相思，扣在"丝"上，后一句重在说哀，扣在"泪"上。二句相互映发，情浓意足。诗人《无题》诗中多有名句，如"身无彩凤双飞翼，心有灵犀一点通"，"春心莫共花争发，一寸相思一寸灰"，此联堪与之媲美。

第三联由己而推想到对方，揣想其愁思无绪的情景："晓镜但愁云鬓改，夜吟应觉月光寒。"清晓对镜梳妆，会见鬓发日添白丝,感到青春虚度而愁绪重重;夜不安席,对月沉吟,应当感到环境的孤寂、心境的凄凉。"改"字、"寒"字都下得极妙。云鬓虽非一日而白,却日日在变,一个"改"字,对方那珍视青春、苦熬岁月的情景如见;一个"寒"字,岂止夜气清泠,孤凄心绪之"寒"也隐隐可见。李商隐学诗的路径是跟从杜甫,杜甫《月夜》写思念在鄜州的妻子,第三联设想妻子于月夜中思念自己的情景说:"香雾云鬓湿,清辉玉臂寒。"此联的艺术构思与之相关,但绝非依样画葫芦,而是脱胎换骨,自成新境。诗人可以思念对方,揣想对方,却不得见对方,于是有末联的寄意于青鸟:"蓬山此去无多路,青鸟殷勤为探看。"蓬山可望而不可即,只有劳烦青鸟传送慰意了。而青鸟传信只是虚幻的神话,留下的只是永恒的隔绝与无奈。这首诗抒情的浓挚、意象的幽美、造语的创辟、对仗的工致,都表现了诗人高超的艺术技巧。

好山好水

"林壑敛暝色,云霞收夕霏"——谢灵运《石壁精舍还湖中作》

"江流天地外,山色有无中"——王维《汉江临泛》

"白云回望合,青霭入看无"——王维《终南山》

"溪山雨后湘烟起,杨柳愁杀鹭鸥喜"——魏源《三湘棹歌·蒸湘》

絶妙好诗——如何读懂古典诗歌

"林壑敛暝色，云霞收夕霏"

——谢灵运《石壁精舍还湖中作》

昏旦变气候，山水含清晖。清晖能娱人，游子憺忘归。出谷日尚早，入舟阳已微。林壑敛暝色，云霞收夕霏。芰荷迭映蔚，蒲稗相因依。披拂趋南径，愉悦偃东扉。虑澹物自轻，意惬理无违。寄言摄生客，试用此道推。

先看诗题。"精舍"，书斋，学舍，亦指僧、道居处或讲道说法之所。"石壁"，地名。诗人的《游名山志》言"湖三面悉高山，枕水渚山，溪涧凡有五处。南第一谷，今在所谓石壁精舍"。可见石壁精舍在巫湖旁侧南端的山谷中。这首诗写的是诗人从石壁精舍归返湖畔居所时所历情景与感悟。

首四句从石壁的风光写起。"昏旦变气候，山水含清晖。清晖能娱人，游子憺忘归。"本篇的重点是在归舟所历的"湖中"，所以对石壁只是虚写。主要出以赞叹之笔，夸说石壁精舍所在山中景色迷人，令人欢畅，竟使游子流连忘返了，其风光之美自可想见。汉乐府民歌《陌上桑》写罗敷之美，不正面描写她的容貌，只写人们看见她时的倾倒之态：挑担子的老人放下担子呆看，忘记了行路；年青人忙着整理头巾，希望一博青睐；耕田锄地的壮汉子也都撂下了手中的活计，注目观望，使人觉得罗敷美不胜言，与此是同一种笔墨。至于石壁的具体风光，除了点明早晚气候变化很大之外，实际只有两个字，即"清晖"。虽只二字，却可使人清晰地感受到冈峦溪涧在阳光照射之下，山光水色交织而成的那种清新明丽的景象，可见作者选词状景的精妙。"憺"，安适，安于，这里有沉迷其中的意思。"游子"，诗人自指，因是出游石壁精舍，故自称游子。

"出谷日尚早，入舟阳已微"二句为过渡句，交代由石壁精舍返家。"出谷"，指从石壁精舍所在山谷中出来。"日尚早"非指早晨，而是太阳还很高的意思。"入舟"指放舟进入湖中。"阳已微"，太阳已快落山了。傍晚时的太阳不比中天时节，看似还高，倏忽即落。再加山路较长，所以出谷时太阳虽高，入湖中时，却已只剩一抹余晖了。写夕阳落山的情景，剀切逼真。

"林壑"四句写湖上所见傍晚风光，是本诗的重点，用实笔精细刻画。最能表现诗人写山水笔墨的特点与成就。黄昏时分，大地上的一切逐渐转为黯淡，而最先暗下来的，莫若丛林与壑谷，故云"林壑敛暝色"。"敛"字用得有精神，好像把黑暗收聚拢来。白日落山，天边飘扬的云气接受夕阳返照，染成一片彩霞，故云"云霞收夕霏"。"收"字亦用得妙，好像云霞把夕霏吞噬尽净。"敛"字、"收"字都把自然无生物写得充满活气。"霏"，飘浮的云气。湖面上荷株丛立，菱角飘荡，在夕阳余照下，花叶交辉，光点闪烁，故云"芰荷迭映蔚"。"芰"，菱角，水生植物。"迭"，交互。"映蔚",相映生辉。香蒲、稗草,丛生湖畔,在习习晚风中,相互簇拥摇曳,故云"蒲稗相因依"。"蒲",也叫香蒲,水中植物。"迭映蔚""相因依",将大自然写得充满和谐的气息。四句写景不仅刻画入微、逼真传神,而且善于构图。前二句远瞻遥视,写岸山的林壑,天边的彩霞;后二句近观俯察,写水面的荷芰,湖畔的蒲稗,给人一幅富有景深和层次感的立体的画面。

"披拂趋南径,愉悦偃东扉。"写舍舟登陆,归返居室。"披拂",吹拂,这里是迎风而行之意。"趋南径",往向南的小路走。"趋南径"之前加上"披拂"二字,见行走之悠然情态;"偃",躺卧歇息。"扉",门。"东扉",指居所屋室。"偃东扉"之前加上"愉悦"二字,见自得自足之怀。

经历石壁的愉人清晖,饱览湖中的黄昏美景,体验偃仰于床的归歇惬意,引出末四句的深切感受:"虑澹物自轻,意惬理无违。寄言摄生客,试用此道推。""虑澹",指沉迷于山水之中,思怀恬淡。"澹",淡泊。"物",身外之物,这里指功名利禄。"自轻",自然变得无足轻重。此句意谓不会为那些东西焦心系思了。"意惬",称情适意。人的生活能够惬意,就合于自然之理。意谓不必再有其他追求了。魏晋以来,道家思想盛行,人们往往追求一种适意自得的生活境界,诗人这里也正是以此为高境。"摄生客",注意保养生命的人。"此道",指"虑澹"二句所言的道理。诗以告诫人生作结。

经过东晋玄言诗长时期的发展,谢灵运虽然突破玄言、走向山水,但还不能尽脱玄言的影响,山水诗中往往拖着一条玄言的尾巴。不过这首诗结尾的几句玄言,并非孤立的抽象说教,而是作为山水生活中的一种体会，与前面生动的山水生活描写融为一体，要算是对玄言运用得较好的一例了。

《文心雕龙·明诗》说："宋初文咏，体有因革，庄老告退，而山水方滋，俪采百字之偶，争价一句之奇，情必极貌以写物，辞必穷力而追新。"说明了这时山水诗在艺术追求上的特点，即注意用偶句，讲求每一句的奇妙，感情一定要通过极貌写物也就是描状物象来表现，而词语又必力求新辟。这首诗正体现了这样的特点。

"江流天地外，山色有无中"

——王维《汉江临泛》

楚塞三湘接，荆门九派通。江流天地外，山色有无中。
郡邑浮前浦，波澜动远空。襄阳好风日，留醉与山翁。

汉江即汉水，发源于陕西，流经湖北襄阳等地，至汉阳入长江。诗人于开元十八九年间（730-731）知南选至襄阳，这首诗即写在襄阳城外汉水中泛舟的观感，鲜明地勾勒出汉水的雄姿，具有阳刚之美。

首联说："楚塞三湘接，荆门九派通。""楚塞"与"荆门"，均指汉水流经之地。"三湘"与"九派"，则约言汉水相通之所。"楚塞"指湖北北部古楚国险要之地,汉水流贯其中;"三湘",湖南湘江的总称,于湖南北部入长江。汉水、三湘既皆入长江,则一水相通,故言"接"。"荆门"指湖北中部荆门县南之荆门山,汉水流经其东。"九派",古称长江至浔阳分而为九,即今江西九江一带。汉水既入长江,则与九江亦一水相通,故言"通"。诗本写在襄阳城外的汉水中泛舟,但不仅就眼前所见落笔,而是在汉江的地理形势上构想,就其所经所通之地,用四个地理名词有力地展现出汉水的雄姿,它流经湖北的楚塞、荆门,南通湖南三湘,东连江西九江,境界之开阔,气象之宏伟,摇人心目。是善于状景者,也是善于开篇之笔。

颔联转写江中眺望之景。"江流天地外,山色有无中。"泛舟江中,向源头望去,水与天接,江似从天而降;向下游瞻视,茫无尽头,江水又似流出大地之外,故云"江流天地外"。而透过阳光辉耀下的江面水气遥望,远山迷蒙隐约,似有似无,时有时无,故云"有无中"。二句写汉水之绵长,岸外景色之浩莽,画面雄浑阔大,堪与首联媲美。而写景之真切传神,亦入木三分。

颈联写汉江的水势。"郡邑浮前浦,波澜动远空。""郡邑"指襄阳城。江面辽阔,舟随江涛起伏,瞻望郡邑,在视觉上,有似郡城漂浮水上,随波上下;遥望远空,亦摇晃不定,似随波浪荡簸。此联不直接描写波涛水势形态,而从泛舟水上的视觉感受落笔,写江水汹涌之状,笔路新颖,静景被置于动态之中,分外引人,与前两联之写汉江雄浑阔大,亦十分相应。

前三联将汉水的雄姿、美丽的风光写足,尾联以山简的典故作结,表现诗人的陶醉,由景至情,衔接自然:"襄阳好风日,留醉与山翁。"前句是一声点赞,"好风日",襄阳的美好风光,尽括于三字之中。"山翁"指晋代山简,他为征南将军时,镇襄阳,好酒,常至习家园池,对景痛饮。这里以山简自喻。诗意说,襄阳如此美好风光,自应对景开怀,一醉方休了。语中洋溢着对汉江美景由衷赞赏之情。

这首诗以境界开阔,画面雄浑,气势劲健,与诗人写静谧之境的篇章,堪称双美。

"白云回望合,青霭入看无"

——王维《终南山》

太乙近天都,连山到海隅。白云回望合,青霭入看无。
分野中峰变,阴晴众壑殊。欲投人处宿,隔水问樵夫。

从诗题上就可以看出这首诗是为终南山写真,不过不是从远观静览中刻画,而是从游山人眼中写出,充满活气。

首联:"太乙近天都,连山到海隅。""太乙"也称太一,是终南山的主峰。"天都"指天帝所居之所。太乙峰头上接天府,极写其高。又帝王都城亦可称为"天都",终南的主峰太乙,就在唐代都城长安附近的武功县(在今陕西省),"近天都"又隐有近傍帝都之意。释为天帝居所,则言其高;释为帝都,则明其位置。不论诗人是有意双关,还是无意巧合,字面之义自可囊括二者。终南山是一条很长的山脉。据志书记载,它西起甘肃陇山,东跨河南商洛,绵亘千余里。诗人以即目所见,结合志书所载,发挥想象,以"连山到海隅"有力地表现出太乙峰的峰峦绵连,直向海角展开去的雄姿。如果说首句重在言其高峻,那么此句则重在言其广大。首联已境界大开,为下文开拓了广阔的描写空间。

颔联:"白云回望合,青霭入看无。"写入山所感。凡是大山、高山,必多雾气,人在雾气中行走,并不觉察,待走得远了,回头望去,如片片白云堆垛,故云"白云回望合"。"合",凝聚之意。向前望去,青气迷蒙,有似碧色云气一般,然而一步步走近,却无非葱茏林树,并不见云气,故云"青霭入看无"。这是人们游山常有的体验,常历之景一经诗人熔铸为艺术形象,便觉异常动人。

颈联:"分野中峰变,阴晴众壑殊。"写登上中峰之顶的感受。古代天文学将天上十二星辰的位置与地上州国区域相对应,称某地为某星之分野。上句取此以为形容语,言至中峰,两侧已属不同的分野,足见大山跨越之广阔。向下望去,一道道深邃的涧谷,夹着一道道高高隆起的山脊,重叠推排开去。阳光投射下来,承阳一面为晴,背阳一面为阴,故言"阴晴众壑殊",众多壑谷,晴阴丛错。这一句陡增大山的立体感。如果说"连山到海隅"是写群峰纵伸之相,那么,"阴晴众壑殊"便是展示层山横拓之景。

末联:"欲投人处宿,隔水问樵夫。"想找一个人家投宿休歇,乃向砍柴人问路。妙在"隔水"二字。"水"指涧谷的溪流。隔水相问,声音可达,涧谷不是很宽,然而很深很长,不是可以轻易绕到对岸。二字中,含有清晰的涧谷形势的画面。而两人隔水问讯之景,又有力地烘衬出终南山的高大。

全诗以游程进展为线索,以移步换景的手法,从各个角度写出终南山之不凡气象。首言其高,次言其广,中间两联创造性地运用"分野""阴晴""白云""青霭",进一步皴染高峻广大,形象鲜明,气氛浓郁。末联隔水问宿的设置,更使画面具有尺幅千里之势,挹之不尽的余韵。

"溪山雨后湘烟起,杨柳愁杀鹭鸥喜"

——魏源《三湘棹歌·蒸湘》

溪山雨后湘烟起,杨柳愁杀鹭鸥喜。棹歌一声天地绿,回首浯溪已十里。雨前方恨湘水平,雨后又嫌湘水奔。浓于酒更碧于云,熨不能平翦不分。水复山重行未尽,压来七十二峰影。篙篙打碎碧玉屏,家家汲得桃花井。

"三湘"是流经湖南境内的三条水名,即蒸湘、资湘、沅湘,均向北流,汇入湖南北部的洞庭湖。诗人《三湘棹歌》自序曰:"楚水入洞庭者三:曰蒸湘,曰资湘,曰沅湘,故有'三湘'之名。"蒸湘即湘江,发源于广西灵川县之海阳山,流至湖南南部的永州，与潇水汇合称潇湘，再北流至湖南衡阳与蒸水汇合，而称蒸湘。这首诗即写乘舟经行蒸湘所见之景。"棹"也写作"櫂"，桨，驶船的工具。"棹歌"，驶船时所唱之歌。故本诗带有民歌风调。

"溪山雨后湘烟起，杨柳愁杀鹭鸥喜。""溪山"，不只有水，而且有山，可见蒸湘沿岸青山绵亘。"烟"指雾气，雨过之后，还弥漫着蒙蒙雾气。树木要靠雨水滋润生长，新雨过后，"杨柳"何以反而"愁杀"？盖雾气笼罩，全陷于迷蒙之中，是抑郁色调，而非开朗气氛。这一个"愁"字，含意甚可咀嚼，为杨柳推出一种特别的意境，引人想像雾中杨柳的迷人风色。"鹭"即鹭鸶，水鸟。鸥亦水鸟。水鸟喜水，雨水来了自然分外欢快。一个"愁"字，一个"喜"字，把植物、动物都拟人化，写活了，充满生气。再回头看那"雨后""烟起"一联，又何尝不充满动态。"后"者，行为之后，"起"者刚刚发生。青山、溪水、杨柳、鸥鹭、迷蒙雾气交织成的这幅画面，尽可让人们玩味蒸湘风光之美妙。

"棹歌一声天地绿，回首浯溪已十里。"天空蔚蓝，岸山青绿，溪水澄碧，这些都囊括在"天地绿"三字之中。人就在此青装绿裹的天地里行船。行船不言行船，而言"棹歌一声"，生动活泼。柳宗元《渔翁》诗"烟销日出不见人，欸乃一声山水绿"，这句也许受此启发。船在行进，再回头看那浯溪，已经在十里之外了，写船行之速新颖有味，能跳出一般语言表述的旧套，引人入胜。浯溪，在湖南祁阳西南，北流入湘江。为什么船行如此迅疾？原来雨后湘水奔腾："雨前方恨湘水平，雨后又嫌湘水奔。"此中的"恨"字、"嫌"字，都不可太坐实认真，真个又恨又嫌，颇有打是亲、骂是爱的味道。无非借此以表现蒸湘雨前雨后两境。未雨之前,安流无波;雨过之后,急流奔驰。

"浓于酒更碧于云,熨不能平翦不分。""浓于酒"是说湘水之令人陶醉,更甚于酒;"碧于云"是言水色之鲜绿,赛过碧云。"碧云"一词,古人常用,如江淹诗"日暮碧云合,佳人殊未来",白居易诗"声断碧云外,影沉明月中"。"碧",玉名,色绿,此即谓绿色。"熨",以熨斗熨物使平。雨后湘水奔流,波涛翻卷,怎能用熨斗熨平?"翦不分",则是李白"抽刀断水水更流"的境界了,奔腾流泻之水怎么能用翦刀截断。"熨不平""翦不分",都是常识可知之事,难在诗人有此奇想,遂成此不凡之诗句。诗笔妙构无处不有,全在诗人能够发觉拾得。

"水复山重行未尽,压来七十二峰影。"湘水曲曲弯弯,随岸山的山脚转折,在此湾时,迎面来者是山,绕过山脚,进入下一湾,则迎面又来一山,此所谓"山重"。湘水虽是一条水,但随山曲折,过了一湾又一湾,此所谓"水复"。正是如此,湾不尽,山不了,故云"行未尽"。陆游诗云:"山重水复疑无路,柳暗花明又一村。"(《游山西村》)可与此一境界对看。衡山在湖南衡阳县,有祝融、紫盖、天柱等七十二峰,蒸湘经其侧,故云"压来七十二峰影"。影指山在水中的倒影。不言岸上七十二峰,而言水中之倒影,境界更为引人。"压"字亦用得得力,既能显示峰峰高耸之势,又能传倒影倾卧江中之神。

"篙篙打碎碧玉屏,家家汲得桃花井","篙",撑船的长竿。"碧玉屏",用绿玉制作的屏风,用以喻湘水。"桃花井",即桃花泉,在江苏扬州清代盐政衙署内,此泉亦称"桃花井",水质清澈，用以泡茶，味道好，颜色佳。诗人曾参与东南地区之盐政改革，熟悉其处，故用以比喻湘江水，意谓这里的人，家家都能得到桃花泉水。

　　这首诗写蒸湘水色山光之美，传神尽相，形象鲜明，而富于意境。因系棹歌，故取民歌风调。诗语流畅，但处处可见诗人用词力求不落常套。诸如"愁"与"喜"、"平"与"奔"、"熨"与"蔚"、"压来"与"打碎"、"碧玉屏"与"桃花井"等，字为寻常之字，用于其处，则新颖不同凡响，深得作诗选词造句之奥妙。

故事佳酿

"结发同枕席,黄泉共为友"——无名氏《焦仲卿妻》

"意态由来画不成,当时枉杀毛延寿"——王安石《明妃曲》其一

"错怨狂风扬落花,无边春色来天地"——吴伟业《圆圆曲》

"结发同枕席,黄泉共为友"

——无名氏《焦仲卿妻》

孔雀东南飞,五里一徘徊。"十三能织素,十四学裁衣,十五弹箜篌,十六诵诗书。十七为君妇,心中常苦悲。君既为府吏,守节情不移。贱妾留空房,相见常日稀。鸡鸣入机织,夜夜不得息。三日断五匹,大人故嫌迟。非为织作迟,君家妇难为。妾不堪驱使,徒留无所施。便可白公姥,及时相遣归。"

府吏得闻之,堂上启阿母:"儿已薄禄相,幸复得此妇。结发同枕席,黄泉共为友。共事二三年,始尔未为久。女行无偏斜,何意致不厚?"阿母谓府吏:"何乃太区区!此妇无礼节,举动自专由,吾意久怀忿,汝岂得自由!东家有贤女,自名秦罗敷。可怜体无比,阿母为汝求。便可速遣之,遣去慎莫留!"府吏长跪告,伏惟启阿母:"今若遣此妇,终老不复取!"阿母得闻之,槌床便大怒:"小子无所畏,何敢助妇语。吾已失恩义,会不相从许!"

府吏默无声,再拜还入户。举言谓新妇,哽咽不能语:"我自不驱卿,逼迫有阿母。卿但暂还家,吾今且报府。不久当归还,还必相迎娶。以此下心意,慎勿违吾语。"新妇谓府吏:"勿复重纷纭!往昔初阳岁,谢家来贵门。奉事循公姥，进止敢自专？昼夜勤作息，伶俜萦苦辛。谓言无罪过，供养卒大恩。仍更被驱遣，何言复来还？妾有绣腰襦，葳蕤自生光。红罗复斗帐，四角垂香囊。箱帘六七十，绿碧青丝绳。物物各自异，种种在其中。人贱物亦鄙，不足迎后人。留待作遗施，于今无会因。时时为安慰，久久莫相忘。"

鸡鸣外欲曙，新妇起严妆。著我绣夹裙，事事四五通。足下蹑丝履，头上玳瑁光，腰若流纨素，耳著明月珰。指如削葱根，口如含朱丹。纤纤作细步，精妙世无双。上堂谢阿母，母听去不止。"昔作女儿时，生小出野里，本自无教训，兼愧贵家子。受母钱帛多，不堪母驱使。今日还家去，念母劳家里。"却与小姑别，泪落连珠子。"新妇初来时，小姑始扶床。今日被驱遣，小姑如我长。勤心养公姥，好自相扶将。初七及下九，嬉戏莫相忘。"出门登车去，涕落百余行。

府吏马在前，新妇车在后，隐隐何甸甸，俱会大道口。下马入车中，低头共耳语："誓不相隔卿，且暂还家去，吾今且赴府。不久当还归，誓天不相负。"新妇谓府吏："感君区区怀。君既若见录，不久望君来。君当作磐石，妾当作蒲苇。蒲苇纫如丝，磐石无转移。我有亲父兄，性行暴如雷，恐不任我意，逆以煎我怀。"举手长劳劳，二情同依依。

入门上家堂，进退无颜仪。阿母大拊掌："不图子自归！十三教汝织，十四能裁衣，十五弹箜篌，十六知礼仪，十七遣汝嫁，谓言无誓违。汝今无罪过，不迎而自归？""兰芝惭阿母，儿实无罪过。"阿母大悲摧。

还家十余日,县令遣媒来。云有第三郎,窈窕世无双,年始十八九,便言多令才。阿母谓阿女:"汝可去应之。"阿女衔泪答:"兰芝初还时,府吏见丁宁,结誓不别离。今日违情意,恐此事非奇。自可断来信,徐徐更谓之。"阿母白媒人:"贫贱有此女,始适还家门,不堪吏人妇,岂合令郎君?幸可广问讯,不得便相许。"

　　媒人去数日,寻遣丞请还,说"有兰家女,承籍有宦官"。云有第五郎,娇逸未有婚,遣丞为媒人,主簿通语言。直说太守家,有此令郎君,既欲结大义,故遣来贵门。阿母谢媒人:"女子先有誓,老姥岂敢言?"阿兄得闻之,怅然心中烦,举言谓阿妹:"作计何不量!先嫁得府吏,后嫁得郎君,否泰如天地,足以荣汝身。不嫁义郎体,其往欲何云?"兰芝仰头答:"理实如兄言。谢家事夫婿,中道还兄门。处分适兄意,那得自任专?虽与府吏要,渠会永无缘,登即相许和,便可作婚姻。"媒人下床去,诺诺复尔尔。还部白府君,"下官奉使命,言谈大有缘"。府君得闻之,心中大欢喜。视历复开书,便利此月内,六合正相应。"良吉三十日,今已二十七,卿可去成婚。"交语速装束,络绎如浮云。青雀白鹄舫,四角龙子幡,婀娜随风转。金车玉作轮,踯躅青骢马,流苏金镂鞍。赍钱三百万,皆用青丝穿。杂采三百匹,交广市鲑珍。从人四五百,郁郁登郡门。

　　阿母谓阿女:"适得府君书,明日来迎汝。何不作衣裳?莫令事不举!"阿女默无声,手巾掩口啼,泪落便如泻。移我琉璃榻,出置前窗下。左手持刀尺,右手执绫罗。朝成绣夹裙，晚成单罗衫。晻晻日欲暝，愁思出门啼。府吏闻此变，因求假暂归。未至二三里，摧藏马悲哀。新妇识马声，蹑履相逢迎，怅然遥相望，知是故人来。举手拍马鞍，嗟叹使心伤。"自君别我后，人事不可量。果不如先愿，又非君所详。我有亲父母，逼迫兼弟兄，以我应他人，君还何所望！"府吏谓新妇："贺卿得高迁！磐石方且厚，可以卒千年，蒲苇一时纫，便作旦夕间。卿当日胜贵，吾独向黄泉。"新妇谓府吏："何意出此言！同是被逼迫，君尔妾亦然。黄泉下相见，勿违今日言！"执手分道去，各各还家门。生人作死别，恨恨那可论！念与世间辞，千万不复全。

府吏还家去，上堂拜阿母："今日大风寒，寒风摧树木，严霜结庭兰。儿今日冥冥，令母在后单。故作不良计，勿复怨鬼神！命如南山石，四体康且直。"阿母得闻之，零泪应声落。"汝是大家子，仕宦于台阁。慎勿为妇死，贵贱情何薄？东家有贤女，窈窕艳城郭。阿母为汝求，便复在旦夕。"府吏再拜还，长叹空房中，作计乃尔立，转头向户里，渐见愁煎迫。

其日牛马嘶，新妇入青庐。庵庵黄昏后，寂寂人定初。"我命绝今日，魂去尸长留。"揽裙脱丝履，举身赴清池。府吏闻此事，心知长别离。徘徊庭树下，自挂东南枝。

两家求合葬，合葬华山傍。东西植松柏，左右种梧桐。枝枝相覆盖，叶叶相交通。中有双飞鸟，自名为鸳鸯，仰头相向鸣，夜夜达五更。行人驻足听，寡妇起彷徨。多谢后世人，戒之慎勿忘！

绝妙好诗——如何读懂古典诗歌

这首诗最早见于南朝徐陵编辑的《玉台新咏》,题为"无名人"《古诗为焦仲卿妻作》,把它看作是佚名作者写的一首古诗。汉末流传下来一批五言古诗,都是文人学习乐府里面的五言所作,均不署作者,大约那时的五言还是属于俗体之故。宋人郭茂倩编《乐府诗集》,将此诗收入《杂曲歌辞》,题目简化为《焦仲卿妻》,则视为一首乐府诗。后人习惯取其首句为题,称《孔雀东南飞》。从文笔风格上看,它当是一首民歌而经过文人的加工润色。这首诗前有一短序,可能是徐陵收入《玉台新咏》时所加。序云:"汉末建安中,庐江府小吏焦仲卿妻刘氏,为仲卿母所遣,自誓不嫁。其家逼之,乃投水而死。仲卿闻之,亦自缢于庭树。时人伤之,为诗云尔。""建安"是后汉献帝年号(196—219),"庐江"是汉代郡名,治所在今安徽庐江县西。"刘氏",诗中已明言名为兰芝。此序已将故事的内容及发生的地点、时间,交代清楚。诗共三百五十多句,一千七百余字,在叙事诗中,篇幅之长前无古人,后世也罕见。明代王世贞誉为"长诗之圣",清人沈德潜也称它是"古今第一首长诗",此诗确实是诗苑的一篇奇构。民歌往往是集体创作,在口头流传中,传诵者会不断加以修饰和丰富。《序》言"时人伤之",诗当作于事发后不久,即公元二世纪前后,但收录于《玉台新咏》时,已是六世纪初,中间经历四百多年时间,所以诗中出现一些汉末以后的词语,也有些不同版本的文字差异，不足为奇。全诗大致可分为十二个自然段。

从开篇到"及时相遣归"为第一段，写刘兰卿自觉婆母不满意自己，主动提出不如"遣归"。开篇用孔雀南飞与反复徘徊起兴，是古诗写夫妇离别常用的手法。如《艳歌何尝行》"飞来双白鹄，乃从西北来……五里一返顾，六里一徘徊"即其一例。起兴之后，就是兰芝向仲卿的倾诉。这段倾诉讲出了她巧于织作、通音乐、明诗书，嫁到焦家后，起早贪晚地劳作，三天就能织出五匹，可是婆婆还嫌她干得慢。兰芝看准了不是活计快慢问题，而是婆婆不喜欢自己，便让丈夫禀告婆婆，遣归娘家好了。这不是一般女姓所能做到的，显露出兰芝的性情，察事清醒，处事果断，刚毅有主见。"箜篌"为弦乐器。"大人"指婆婆。"公姥"本是公婆之意，这里是偏义复词，重在"姥"字，从诗中内容看，并没有公公。

从"府吏得闻之"到"会不相从许"为第二段，写焦仲卿听了妻子的倾诉，便去找母亲理论。他说自己本没有做大官的命，幸而得到这个妻子，她才过门两三年，品行也没有什么不正的地方，不知为什么让母亲不满意。焦母听了便申斥儿子太恋惜媳妇了，说这个媳妇没有礼节，举止自作主张，东家有个好女子秦罗敷，美丽无比，我就为你求婚，赶快把这个媳妇遣归娘家。焦仲卿抗议说，一定要休了她，就一辈子不再娶了。焦母捶床大怒，斥责儿子竟敢帮助媳妇说话，说我对她已经没有恩义，不会答应你不休她。这里表现出焦母的专横，蛮不讲理。她不喜欢这个媳妇，不论儿子感情如何，也必须遣归。这段文字里，"不厚"，犹如说不合意。"区区"，诚挚爱恋之意。"自专由"，举动自作主张。"可怜"，可爱。"体无比"，谓婀娜多姿无人可比。"床"是古代一种坐具，是从席地而坐到坐椅子的过渡，略有高度，更适于休歇。

从"府吏默无声"到"久久莫相忘"为第三段。写焦仲卿安抚妻子并提出权宜之计。他对兰芝表明，不想休妻，但母亲相逼，妻子可以暂回娘家避避锋头，他去府里当班，回来再去接妻子。兰芝回答说，不要再多事了，从嫁到这里，凡事顺着婆婆的意思，日夜勤苦劳作，结果还是遭到驱遣，还说什么再接回来！我有不少东西，留下来，但人贱物也被轻视，不足以给再娶的新人用，就留着送人和作为纪念吧，长久不要相忘。这里表现出兰芝对仲卿的挚爱深情。"报府"即赴府。"下心意"，犹如说一时委屈一些。"初阳"指阴历十一月。"伶俜"，连翩不绝。"萦苦辛"，辛苦缠身。"绣腰襦"，绣花的短袄。"葳蕤"，本是草木下垂的样子，这里形容短袄襟上的穗子。"复斗帐"，如斗倒扣形状的双层帐子。"箱帘"，箱子和镜匣子，"帘"假为"奁"，梳妆匣子。

从"鸡鸣外欲曙"到"涕落百余行"为第四段。写兰卿辞别婆婆与小姑，特别突出她辞别婆婆的从容镇静和辞别小姑的缠绵深情。她精细打扮，拜别婆婆，话也说得得体：生于野里，缺少教养，有愧嫁给贵家子。得到婆婆钱财不少，但不能使婆婆满意。今天回返娘家，往后让婆婆受累了。表现出一个生性善良、心胸宽大的女姓形象。待到与小姑话别，就泪流满面了，嘱咐小姑费心侍养婆婆，互相扶持，到了初七、下九游戏时，别忘了自己。这些话说得深情感人。之后出门登车，洒泪而去。"严妆"，细致装束。"四五通"，指每事都反复整饬。"玳瑁"，海中动物，其甲可以做装饰品。"纨素"，洁白精致的细绢，"流纨素"，像纨素一样细柔。"珰"，耳饰。"明月"指珠形。"初七"，指七月七日乞巧节，女子在这一天祭织女星。"下九"，古人以每月二十九日为上九，初九日为中九，十九日为下九。妇女常在这一天聚会玩耍，称"阳会"。

从"府吏马在前"到"二情同依依"为第五段。写仲卿与兰芝相誓。他们在大道口相会。仲卿对兰芝向天发誓，绝不相负。兰芝说，若不见弃，希望不久就来接我。你做磐石，我做蒲苇。蒲苇柔纫如丝，磐石沉实不会转移。她告诉仲卿，自己有一个亲哥哥，性行急暴，恐怕不能任她主张。二人举手相别，惆怅不已，依依不舍。"隐隐""甸甸"都是象声词，拟车声。"隔"，离开。"区区"，拳拳爱恋。"见录"，肯收留。"纫"，疑当为"韧"，柔软而结实。"父兄"亦为偏义复词，兰芝只有兄，父已不在。"劳劳"，忧怀惆怅。

从"入门上家堂"到"阿母大悲摧"为第六段，写兰芝回到娘家的情况。兰芝回到娘家，干什么都觉面上无光。母亲责备她若没有过错，怎么会被遣归。兰芝向母亲澄清之后，母亲只有大悲伤而已。此段写到家的情景，真切如画。"进退无颜仪"，尤其笔入细微。"无颜仪"，意谓面上无光。"无誓违"，或疑"誓"乃"䜘"之讹误，"䜘"乃古"愆"字，亦过失之意。"无䜘违"没有过错违逆。古代女子归宁，都由娘家人来接。"不迎而自归"，则是被休弃的情况。"悲摧"，悲极之意，悲催内脏。

从"还家十余日"到"不得便相许"，为第七段，写县令来为其子求婚。兰芝归家十几天，县令便遣媒人来为其三公子提亲，说公子能言多才。母亲让兰芝去应对。兰芝含泪说，仲卿曾发誓不分离，违背这份情意，恐怕不妥。母亲回绝了媒人，言语婉转有力。

"窈窕",美好的样子。"便言",口齿伶俐。"令",美。"丁宁",嘱咐。"非奇",犹如说不妙。"信",使者,这里即指媒人。"徐徐",慢慢。"始适",始嫁。

从"媒人去数日"到"郁郁登郡门"为第八段,写郡太守为其公子求婚。"寻遣丞请还",是说不久县令派遣县丞去府里请示事情归来,他对县令说了两件事,一是有兰家女子,出身官宦人家,可为三公子求婚。一是说主簿传达太守的话,他的五公子,尚未婚娶,让我做媒人,向焦家求婚。于是县丞来焦家说明此意。刘母推辞说,女儿先曾立誓,我不能再说什么。兰芝的长兄听说,不耐烦地对兰芝说,太守之子还不想嫁,今后还想怎么样?兰芝回答长兄,我被遣归,怎么处置自然随长兄的意。在封建家庭里,父亲死了,长兄就是家长,一家之主。兰芝自然知道这一点,她的态度同样表现了她明察情势,处事果断。这里,显示出兰芝的长兄,专横暴戾、贪利无情,完全不考虑妹妹的愿望,逼其再嫁。长兄所想的只是嫁郎君如登天,甚至不如刘母,还有一点人情味,多少能考虑女儿的心意。媒人回报郡守,太守听了十分高兴,当即翻检历书,选了吉日。于是传语筹办婚事,准备船只车马,聘金布匹,购买山珍海味。络绎不绝的人群,连连出入郡府,热闹非凡。太守家把婚事办得华贵且热闹。这段涉及一些风俗和名物:"承籍"指承继先人官籍。"宦官",即官宦。"娇逸",美好突出。"主簿",吏胥名目,府、县均有。"结大义",即指结亲。"作计",打主意。"不量",不惦量轻重。"否泰",《易经》中的两个卦名,意义相反,"否"为不利,"泰"为大吉。所以说有如一在天上,一在地下。"荣汝身",使你荣耀。"义"是修饰语,美好。

"其往",此后。"要",要约,指与府吏不分离的誓约。"渠会",其会。"和",指答应。"诺诺""尔尔"都是应答声。"视历""开书"指翻查历书,选择吉日。"六合"指月建与日辰相合。共有六,即子与丑、寅与亥、卯与戌、辰与酉、巳与申、午与未为相合之月日。"青雀""白鹄"都是指鸟形船头。"舫"即船。"四角"指船的四角。"龙子幡",绣有龙图案的旗帜。"婀娜",轻柔飘扬的样子。"踯躅",形容马匹伫立徘徊。"骢",青白杂色的马。"流苏",彩丝做的下垂的穗子。"金镂鞍"指金色丝线织成的鞍垫,流苏即垂于垫缘。"赍",付给。给三百万钱,都是用青丝绳穿着。"交",通教,使令。"广市",广为采买。"鲑",鱼菜的总称。"珍",美味。"郁郁",众多的样子。

从"阿母谓阿女"到"千万不复全"为第九段。写兰芝被迫嫁,仲卿闻讯赶来,同誓以死殉情。兰芝在母亲催促下,含泪做成嫁衣。日色渐暗之后,便出门哭泣。仲卿听到兰芝再嫁的消息,请假赶回。兰芝熟悉仲卿的马声,赶紧迎上去,悲叹地说明缘由。仲卿开始对兰芝不免有些误解,说了些带有讽意的话语,祝贺她得高迁,说自己当独去黄泉。兰芝对仲卿说,你怎么说出这样的话,都一样是被逼迫,你是这样,我也是这样,我们黄泉下相见,不要违背了今天的约言。两人分道各自回家。本段末四句,当是歌者感叹之语。生人作死别,其恨怎可言说!要想到与世间辞别,就再也不会活过来了。"事不举",事情办不成。"琉璃榻",镶有琉璃的矮床。"晻晻",日色无光。"暝",天黑。"摧藏",极悲,犹如说肝脏俱裂。"蹑履"，穿鞋。"不可量"，不可逆料。"详"，细知。"亲父母"，生身父母。这里是偏义复词，单指母。"应他人"，许配给别人。"卒"，终。"同是被逼迫"，指仲卿被母亲逼迫休妻，自己则是被逼迫再嫁。"尔""然"，都是如此之意。

从"府吏还家去"到"渐见愁煎迫"为第十段。写仲卿决计自裁之后，辞别母亲。当晚大风折木，严霜摧兰，善于以凶恶风色，烘衬即将发生的不祥大事。仲卿对母亲说明，是他自己的打算，不要埋怨鬼神，愿母长寿。母亲听了，泪水应声而下。劝儿子说，你是大家子，将来会在台阁做官，不要为这个媳妇寻死，一贵一贱自相分别有什么薄情？东家有个姑娘，我会让你们很快成婚。仲卿回到自己房里，长叹不已。打定自缢的主意。"严霜"，寒霜。"日冥冥"，如日之无光，比喻将死。"四体"，谓两手两足，即指身体。"康且直"，健康硬朗。"零泪"即落泪。"台阁"，指入仕朝廷。这句是说仲卿前途远大，将来能做大官。"贵贱"指仲卿贵，兰芝贱，两相悬隔，休妻亦不算薄情。"窈窕"，美好。"艳城郭"，全城最艳丽。"乃尔"，如此，指自杀方法。"立"，定下来。

从"其日牛马嘶"到"自挂东南枝"为第十一段。写兰芝与仲卿双双殉情。这天牛马鸣叫，兰芝进入婚礼帐棚。黄昏人静之后，乃投池自戕。仲卿听到此事，知道永远别离了，遂在树上自缢。"青庐"，以青布做的帐蓬，专为婚礼用，是一种习俗。"庵庵"同"晻晻"，日色无光。

从"两家求合葬"到"戒之慎勿忘"为第十二段。写合葬结局。两家都求合葬，乃葬在华山旁边。墓地上种植了松柏梧桐，枝枝相覆压，叶叶相交叉。里面有一对鸳鸯鸟，相向而鸣，夜夜叫到五更。走路的人停下脚来听，寡妇听见也不得安眠。最末两句是歌者的话，郑重告知后世人，以此为戒不要忘记。"华山"，山名，地点不可考。当在故事发生不远的地方。"多谢"，郑重告诉。

这首诗深刻地揭露了封建礼教摧残青年男女爱情婚姻幸福的罪恶。焦、刘二人情投意合，本可以恩爱美满的生活下去，却遭到粗暴地蹂躏。摧残首先来自焦母，兰芝不中婆婆的意，便犯了封建礼教中妇女的"七出"之条。《大戴礼记·本命》说："不顺父母，去。"《礼记·内则》也说："子甚宜其妻，父母不悦，出。"封建社会中只要公婆不合意，媳妇便失去了在家庭中的地位，兰芝因此被休弃回家。接着而来的打击是刘兄。封建婚姻，当事男女没有自主权，要凭"父母之命，媒妁之言"，在封建家长制中，父死，长男便是主权的继承者。兰芝死了父亲，她的命运就握在兄长手里。兰芝归家，仲卿私下与她约定，设法接回她。这前景本已很渺茫，刘兄的逼婚，更使二人立即断绝了一切希望。在仲卿、兰芝面前的路，不是向礼教屈服，便是牺牲自己。他们选择了后一条路，以殉情表示了对爱情的忠贞和对封建礼教的抗议。他们的行动闪烁着反抗的光芒。

作为一首叙事诗，其艺术成就也是值得注意的。首先，它成功地塑造了几个鲜明的人物形象，如男女主人公及焦母、刘兄等。这些人物既是一定社会类型的代表，又有独自的个性，成为有血有肉的活生生的人物。如刘兰芝与焦仲卿同处受迫害的地位，也都忠于爱情和有反抗精神，但比较起来，兰芝头脑更为清醒，对客观形势看得分明,不大存有什么幻想,性情刚毅,行动果决,反抗性更为强烈。她从在焦家的切身体验中认识到"非为织作迟,君家妇难为",便主动提出"遣归"。当仲卿嘱咐她暂且归家,避过一时再来迎接,她也不抱多大希望。她知道无过而被驱遣,"何言复来还"!当她受到兄长逼婚,深知这个"性行暴如雷"的人物是不会任自己主张的,便毅然回答:"处分适兄意,那得自任专。"兰芝是富有感情的,她对仲卿的爱,对小姑的亲热,都是最好的说明。但当不幸来临时,她看得清,拿定主意,绝无幻想之心、犹疑之态。焦仲卿也忠于爱情,从他以死殉情来说,反抗精神也不下于兰芝。但他较多幻想,个性略为罢软,处事优柔寡断。当他听到兰芝倾诉不堪驱使的情况后,便想去说服母亲,受到母亲一顿申斥后,虽然当面表示"今若遣此妇,终老不复取",态度很坚定;但仍不能完全违拗母意,劝慰兰芝暂时忍受些委屈,归家暂避,把希望寄托于渺茫的未来。事实上,他的希望、期待、幻想,一个个被现实击得粉碎。总之,人物有独特性格风貌,各具一副面目。

　　诗虽长,但不同于小说,篇幅毕竟有限,人物形象刻画的鲜明,除从行事的态度、举动的细节上表现外,首先得力于个性化的语言,以较少笔墨传出较分明的个性色彩。如焦母的语言,当仲卿向她申辩兰芝并无偏邪行为时,她断然驳回道:"何乃太区区!此妇无礼节,举动自专由,吾意久怀忿,汝岂得自由!"仲卿表示一定要遣归便终身不娶,她更"槌床便大怒",呵斥道:"小子无所畏,何敢助妇语。吾已失恩义,会不相从许!"那种蛮横无理、专断寡情、自尊自是的品性都从语言的声口中活现出来。

　　其次,故事情节安排得引人入胜。作者对情节做了精心的剪裁，所取情节，或者具有尖锐的矛盾冲突，或者充溢真情蜜意，或者显示情事的紧张发展，无不具有牵系人心的力量。如诗的开始在两句起兴之后，并不平铺直叙地介绍兰芝是怎样女子，她怎样嫁到焦家，如何操劳，又如何遭到婆婆嫌厌，而是从兰芝向仲卿倾诉焦家的媳妇难做，请求遣归开始，一下子就进入矛盾冲突和戏剧性场面，而上述的一切都在倾诉中简洁精辟地表现出来。全诗情节的发展，很少用枯燥叙述的笔墨，而是通过一幕幕生动场面的转接体现出来。从开篇兰芝向仲卿倾诉起，接下去仲卿向母分辩求情，仲卿与兰芝议定暂归之策，兰芝与婆母小姑辞别，仲卿相送路旁与兰芝互誓，兰芝至家生母的惊怪，县令、太守为其子求婚，刘兄的逼婚与兰芝的佯允，太守家备办喜事，仲卿闻变对兰芝的误责，二人以死相誓，仲卿辞母，直至双双殉情，无不显现在历历如见的生动情景中。而每一关节性的情景之后，总给人留下一种悬念，诱使人们寻根觅委。所以诗虽长，并不使人感到冗沓，读来津津有味。

再次，充分体现了民间叙事诗的艺术手法特色。第一，大量使用对话，诗中的对话占篇幅的大半。这些对话使人们直接接触到人物的性情、神态、声口以及人物间的纠葛，生动活泼。第二，铺排的笔墨。如开头的自述："十三能织素，十四学裁衣，十五弹箜篌，十六诵诗书。"实际生活中的情事不会如此次第井然，但经如此集中铺排，女主人公的手勤心巧、多才知礼的形象更为突出。他如兰芝辞别婆婆时装束打扮的一段铺排，使兰芝的美貌留给人深刻的印象。又如太守府备办迎亲一段，如果不是用铺排的笔墨，很难那样有力地传出富贵豪华的气象和红火热闹的气氛。此外，诗不避粗俗的描写，反而更真切传神。如焦母的"槌床便大怒"，刘母的

"阿母大拊掌"等,后来杜甫学习这一点,给他诗中的某些叙事片断添加了无限活趣。

最后,浪漫主义手法的运用。主要表现在诗的结尾上。二人殉情后,合葬于华山旁,所植松柏梧桐,都像得了人气,相亲相近,"枝枝相覆盖,叶叶相交通"。不仅如此,还出现一对鸳鸯,夜夜相向鸣叫到五更。想象丰富优美,充分表现了人们对男女主人公的同情,对他们不屈的意志的肯定,以及希望他们得到幸福的热诚愿望,并在幻境中向封建礼教示威。这使这首诗成为现实主义与浪漫主义相结合的杰作。

《孔雀东南飞》标志我国叙事诗的高峰。不过此后叙事诗始终没有得到长足的发展,唐以后市民文学兴起,用韵文叙事的艺术形式在说唱文学中发展迅速。

"意态由来画不成,当时枉杀毛延寿"

——王安石《明妃曲》其一

明妃初出汉宫时,泪湿春风鬓脚垂。低徊顾影无颜色,尚得君王不自持。归来却怪丹青手,入眼平生几曾有?意态由来画不成,当时枉杀毛延寿。一去心知更不归,可怜著尽汉宫衣。寄声欲问塞南事,只有年年鸿雁飞。家人万里传消息,好在毡城莫相忆,君不见咫尺长门闭阿娇,人生失意无南北。

故事佳酿

这首诗咏昭君出塞事。诗题的"明妃"即王昭君，西汉元帝时的宫妃。西晋时，避晋文帝司马昭讳，改称明君，又因她有宫嫔身份，南北朝人直称为明妃。她字嫱，湖北秭归人。汉元帝时，以良家女选入宫，未得召幸。后匈奴王呼韩邪来朝，请求与汉结姻，元帝遂将她赐遣，做了匈奴王后。

关于她的故事，史书、笔记的记载，细节不全同，说明在流传中续有增衍变化。东汉班固《汉书》的记载最早也较单纯，言"单于自言愿婿汉氏以自亲，元帝以后宫良家子王嫱，字昭君，赐单于。单于欢喜"，《后汉书》提到"及呼韩邪死，其前阏氏子代立，欲妻之。昭君上书求归，成帝敕令从胡俗，遂复为后单于阏氏焉"。阏氏是单于妻之称号，单于死，前阏氏之子立为单于，按匈奴的习俗，可以以昭君为妻，等于以后母为妻，与汉俗相乖，所以昭君曾上书成帝求归汉庭，而成帝未允其请，令其顺从胡俗。到了晋葛洪《西京杂记》，则牵扯进画工之事，言元帝后宫人数众多，令画工图画形貌，按图召幸。宫人都贿赂画工，"独王嫱不肯，遂不得见。匈奴入朝，求美人为阏氏，于是上案图以昭君行。及去，召见，貌为后宫第一，善应对，举止闲雅。帝悔之，而名籍已定，帝重信于外国，故不复更人。乃穷案其事，画工皆弃市"，包括善画人物的毛延寿也被杀。到了南朝刘宋时期范晔的《后汉书》又有一说，言"时呼韩邪来朝，帝敕以宫女五人赐之。昭君入宫数岁，不得见御，积悲怨，乃请掖庭令求行。呼韩邪临辞大会，帝召五女以示之。昭君丰容靓饰，光明汉宫，顾景裴回，竦动左右。帝见大惊，意欲留之，而难于失信，遂与匈奴"。此言昭君之出塞乃因在宫中不得召幸，心积悲怨，乃自请求行。而临行时，元帝亲见其容貌而大惊，欲留而不遣，又难于失信，不得不遣行。

昭君的故事大体如上。歌咏史事的诗，自然以史事为对象，但如只是呆咏史事，复述故实，只能写出押韵的史传，成不了艺术品。咏史诗的高妙全在作者对史别有会心，因史见意，借题发挥，使诗中不只有史，而且有我，史为体魄，我为精神，方见神采。所以这类诗，史事如何是一方面，作者主意如何又是一方面。咏史者大都是对史事各有所取，或者说各有侧重；其寄意则各有所主。这是读这类诗不可不注意的。关于王昭君的歌咏，也不例外。如在王安石之前，题咏已经不少，取事寄意则各有不同。如石崇《王明君辞》言"殊类非所安，虽贵非所荣"，"昔为匣中玉，今为粪上英"，以为是鲜花插在了粪污上，虽贵非荣；江淹《恨赋》云"紫台稍远，关山无极。……望君王兮何期，终芜绝兮异域"，悲悯其不得再见君王，而憔悴于胡地；李白《王昭君》曰"燕支长寒雪作花，蛾眉憔悴没胡沙。生乏黄金枉图画，死留青冢使人嗟"，悲悯哀叹其没有黄金贿买画工，而葬身异域；杜甫《咏怀古迹》曰"一去紫台连朔漠，独留青冢向黄昏。画图省识春风面，环佩空归月夜魂"，虽与李白诗一样悲悯其孤死胡地，侧重点却不全同，李诗重在无钱贿买画工，杜诗则重在画图省识，未被识得真面。王安石这首诗又与前人大不同，着重咏歌"失意"不遇的主题，选取史事、刻划描写无不紧紧围绕这一中心，将失意主题发挥到极致。立意新颖，笔墨集中，主旨鲜明，故鹤立诗坛。而诗中提出的"人生失意无南北"，也成为警句。方东树说："此诗言失意不在近君，近君而不为国士之知，犹泥涂也。"（《昭昧詹言》）可谓一语破的。李雁湖说："诗人务一时为新奇，求出前人所未道，而不知其言之失也。"（《王荆公诗注补笺》）谓"言之失"则为保守的偏见，"求出前人所未道"，乃中肯之评。

全篇的章法安排，也匠心独运，全诗每四句一节，共四节，层层转折，愈出愈奇，引人入胜。首四句云："明妃初出汉宫时，泪湿春风鬓脚垂。低徊顾影无颜色，尚得君王不自持。"发端即妙，径直从昭君出汉宫入手，劈头便是一句"明妃初出汉宫时"，有如漫衍平原，突然天外飞来一峰。此种发端，真有开山劈岭之手段，突兀警动，摇人心目。接着便推出她辞宫去国之悲凄形象。杜甫咏昭君诗有句云"画图省识春风面"，以"春风面"指昭君的美貌容颜，这里即以"春风"指面。泪满娇容，沿鬓脚涔涔流下，那一种心含巨痛又不可恣情一号、强抑而终不可抑的吞声悲抑情态如见。这里不取《后汉书》所言"丰容靓饰，光明汉宫"，而做了相反的描绘，是为了切合表现失意的主旨。第三句写其失意神情。"低徊"是盘桓流连。"顾影"，自怜之态。徒有出众之貌，不得君王赏识，只有顾影自怜了。人处失意无绪之中，自然失去平日的光采，故云"无颜色"，非谓不美。短短七个字，活画出那一种时命不偶、自惜自怜的失意情态。此种地方，均显示出作者刻画形容的工力。本节末尾收束的一笔，更将昭君的美貌烘衬到了十成，如此低抑无绪的姿容尚使元帝倾倒不置，平时的美貌动人自可想象。从此节看，诗人不取《后汉书》昭君主动"请掖庭令求行"之说，而是扣在被远遣失意这一主题上。所以昭君虽远嫁绝域，为单于之皇后，贵盛已极，却不易其怀思故宫旧国之心。

次节四句转到元帝斩画工事上。"归来却怪丹青手，入眼平生几曾有？意态由来画不成，当时枉杀毛延寿。"事见《西京杂记》，已见上引。妙在四句虽言其事，却非依样葫芦，而是别出心裁的翻案文章。昭君的美姿，固然是画工呈献的画图上所未见，"几曾有"做问句，即未曾有之意。但是形貌易写，神态难传，所以诗人尖锐地提出"意态由来画不成"，意谓即使画工不索贿作弊，图绘又哪里能十足的传真！真是白白地屈杀了毛延寿。议论创辟，出人意料，其中又含有多么深刻的教训！世上不知有多少事，就是因为人们持一种"画图省识"的态度，而酿成难以弥补的谬误。诗人的翻空出奇，不仅使诗情陡起波澜，也大大提高了诗的境界，不能不令人击节赞叹。

第三节四句再回到昭君身上，写其身处绝域的心境。"一去心知更不归，可怜著尽汉宫衣。寄声欲问塞南事，只有年年鸿雁飞。"她明知一去不返，却不忘故国旧宫，诗人用不改汉装表现出来。"著尽汉宫衣"，可见时间之久，心志之坚。她虽远处绝塞，却仍时时系念塞南汉事，诗人用徒望鸿雁高飞表现出来。年复一年，只有鸿来雁往，关山迢递，信息难通，自在言外。两句都善于选择富有表现力的细节与情事，以少许表多多，笔墨简约而情思深厚，抒写含蓄而意象鲜明。愈是写出昭君情志的眷眷不移，愈能显示出她远离旧主、身陷绝域的失意的悲凉，这成为下一节的铺垫。

末节四句又是一平地波澜，出人意想的翻折。"家人万里传消息，好在毡城莫相忆，君不见咫尺长门闭阿娇，人生失意无南北。"家人终于传来了消息，却是一句劝慰语：安心地生活在异域他方吧，别再苦苦系念故宫旧主了。匈奴人住毡制的帐蓬，以"毡城"称其都城，造语新异有味。远遣异域，固是失意，近傍君旁，就不失意吗？不见阿娇就被冷落在长门宫里吗？"阿娇"是汉武帝陈皇后之名，她失宠后闭居长门宫。同是失意，何论南北，何分远近！"人生失意无南北"，这画龙点睛的结句，把失意的主题推向最高潮，诗也就戛然而止。诗虽止，但由于此句概括力之强，却引人深思不已。

这首诗作于嘉祐四年（1059），此前一年，作者有《上仁宗皇帝言事书》，提出变法纲领，强调"方今之急，在于人才而已"，并指出选拔人才"非专用耳目之聪明而听私于一人之口也"，主张察言行，"试之以事"。此诗突出佳人失意主题，批判元帝"画图省识"之举，也许不无某种意义上的关联吧！何况在古诗中，佳人不偶常被用作贤士不遇的比兴，二者事虽异而精神实通。诗的意象能够别含不尽之意、弦外之音，自然会意蕴深沉、耐人玩味。

"错怨狂风扬落花,无边春色来天地"

——吴伟业《圆圆曲》

鼎湖当日弃人间,破敌收京下玉关。恸哭六军俱缟素,冲冠一怒为红颜。红颜流落非吾恋,逆贼天亡自荒宴;电扫黄巾定黑山,哭罢君亲再相见。相见初经田窦家,侯门歌舞出如花;许将戚里箜篌伎,等取将军油壁车。家本姑苏浣花里,圆圆小字娇罗绮;梦向夫差苑里游,宫娥拥入君王起。前身合是采莲人,门前一片横塘水。横塘双桨去如飞,何处豪家强载归。此际岂知非薄命,此时只有泪沾衣。熏天意气连宫掖,明眸皓齿无人惜。夺归永巷闭良家,教就新声倾坐客。坐客飞觞红日暮,一曲哀弦向谁诉。白皙通侯最少年,拣取花枝屡回顾。早携娇鸟出樊笼,待得银河几时渡。恨杀军书底死催,苦留后约将人误。相约恩深相见难,一朝蚁贼满长安。可怜思妇楼头柳,认作天边粉絮看。遍索绿珠围内第,强呼绛树出雕栏。若非壮士全师胜,争得蛾眉匹马还。蛾眉马上传呼进,云鬟不整惊魂定。蜡炬迎来在战场,啼妆满面残红印。专征箫鼓向秦川,金牛道上车千乘。斜谷云深起画楼,散关月落开妆镜。传来消息满江乡,乌桕红经十度霜。教曲妓师怜尚在,浣纱女伴忆同行。旧巢共是衔泥燕，飞上枝头变凤凰。长向尊前悲老大，有人夫婿擅侯王。当时只受声名累，贵戚名豪竞延致。一斛珠连万斛愁，关山漂泊腰支细。错怨狂风扬落花，无边春色来天地。尝闻倾国与倾城，翻使周郎受重名。妻子岂应关大计，英雄无奈是多情。全家白骨成灰土，一代红妆照汗青。君不见，馆娃初起鸳鸯宿，越女如花看不足。香径尘生乌自啼，屧廊人去苔空绿。换羽移宫万里愁，珠歌翠舞古梁州。为君别唱吴宫曲，汉水东南日夜流。

吴伟业以擅写七言歌行著称。《四库全书总目提要》说他"歌行一体，尤所擅长。格律本乎四杰（王勃、杨炯、卢照邻、骆宾王）而情韵为深；叙述类乎香山（白居易）而风华为胜，韵协宫商，感均顽艳，一时尤称绝调"。就是说，格律承袭初唐四杰，而情韵则较四杰为深；叙事近于中唐白居易，而风华则较白氏为高。因他能充分吸收前人的成就，又加以富有个性的创造与发展，特色鲜明，卓立文坛，以致其诗被称为"梅村体"（梅村为诗人之号），成为艺苑一枝奇葩。这首诗就是"梅村体"的代表作，我们可以从中体会梅村体的艺术特色。

题名《圆圆曲》，诗自然以"圆圆"为中心线索。"圆圆"，即陈圆圆，为明末苏州名妓。她的经历与遭遇，涉及一个重要历史人物，即吴三桂。因此，本诗的内容含量，就非限于圆圆，而比较深厚复杂了。

涉及吴三桂与陈圆圆故事的记载不少,诸如娄东梅村野史(即吴伟业)《鹿樵纪闻》、刘健《庭闻录》、陆次云《圆圆传》、《明史·盗贼传》《清史稿·吴三桂传》等,所记细节不尽一致,可见传说异闻不少。吴伟业也只是根据他所见所闻之资料创作此诗,表达他自己的观念,读者不必纠缠于此诗中所言之细节。

开端四句说:"鼎湖当日弃人间,破敌收京下玉关。恸哭六军俱缟素,冲冠一怒为红颜。""鼎湖"用黄帝的典故指明朝末代皇帝崇祯之死。《史记·封禅书》载,黄帝采首山之铜,在荆山下铸鼎。鼎成之后,有龙下迎黄帝,黄帝乃乘龙升天,其地遂称为鼎湖,后遂用此故实指帝王之死。崇祯十七年(1644),闯王李自成帅农民起义军攻入明都北京,崇祯自缢身亡。第二句是说吴三桂。明都危急时,崇祯帝曾封吴三桂为平西伯,命其入卫京师。吴三桂当时为锦州总兵,坐镇宁远(今辽宁兴城),乃率兵入山海关,到达丰润(今河北唐山)时,起义军已攻破北京。李自成以其所俘吴三桂之父吴襄胁吴投降。吴已应允,但行至滦州(今河北滦县),听说其妾陈圆圆为起义军将领刘宗敏掠去。乃怒还山海关,并降清,引清兵入关,为清军前驱,猛攻起义军。"破敌收京"即指此。"敌"指李自成起义军。"京"即指明都北京。"玉关"指山海关,吴三桂军是从山海关一路向西推进,直至进入北京。"下玉关",从玉关而下。第三句是说明军哀痛崇祯帝之死。"六军",泛指天子的禁军,此即指明军。"缟素",白色孝服。此句言明军忠心耿耿。第四句言吴三桂。他则是为其妾之被夺而怒发冲冠,以致引清兵入关。"冲冠",形容怒相。两句将吴三桂为一己之私的行为，与明军的忠义表现对相比，吴三桂行为的卑下，不言自明。诗人不满吴三桂的行为，表现得隐约有力。

"红颜流落非吾恋，逆贼天亡自荒宴；电扫黄巾定黑山，哭罢君亲再相见。"前两句作吴三桂的口气说。第一句表白引清兵入关，攻打起义军，并非因为爱恋圆圆。"红颜"即指陈圆圆。"流落"，指其被刘宗敏霸占。第二句言起义军被逐出北京，乃是天意，因其豪侈腐朽。"逆贼"，诬称起义军。"荒宴"，游乐不已。第三句言吴三桂击败起义军。"黄巾"，即黄巾军，东汉末年张角领导的农民起义军，此借以指李自成起义军。李自成本已攻入明都北京，灭亡了明朝。但因吴三桂降清，为清兵前驱，起义军又被逼出北京，西走山西。"电扫"，形容吴三桂军进攻迅疾劲猛。第四句言吴哭祭君亲之后，又与圆圆团圆。吴三桂为明臣，"君"指崇祯皇帝，"亲"指其父吴襄。吴襄本被俘在起义军中，李自成见吴三桂叛迎清兵入关，行至永平，遂将吴襄杀死，并返回北京，尽屠襄家人口。诗人将吴三桂与圆圆的"再相见"，紧接在"哭罢君亲"之后，两事安置在一句之中，颇具讽刺意味。其中又可见作者对吴三桂行径的讽味。

"相见初经田窦家，侯门歌舞出如花；许将戚里箜篌伎，等取将军油壁车。"此前八句是本诗的开端，但并不是事情的初始。这四句才开始叙述吴三桂与圆圆相识的经历。如此安排，见出作者结构篇章的匠心。现在这个开端，是事件的大关节处。一开始就将它推出来，如奇峰陡现，警动引人。而且足以引起人们的好奇心，想问个事情的究竟，下面也就顺势补叙以前的事情。"田窦"，指汉代的窦婴和田蚡，二人皆以外戚身份封侯，为朝廷贵势，这里借以指崇祯帝田贵妃之父田弘遇。吴三桂初见圆圆，是在田弘遇家的请宴上。毛奇龄《后鉴录》言"弘遇好结纳，缙绅皆乐与往还"，又言"三桂与戚畹田弘遇游，观弘遇所买金陵娼陈沅者而悦之"。"侯门"即指田弘遇家，田弘遇曾官太子太保左都督。歌女舞女众多而美丽，所谓"出如花"。第三句说田弘遇答应吴三桂的请求，愿意割爱，将陈圆圆献给他。"戚里"，汉代京城中居住外戚之地，这里指田家。《后鉴录》亦明言"皇亲周奎、田弘遇、袁祐……赐诸戚里"。"箜篌"，乐器名。"箜篌伎"，即指陈圆圆。第四句说等待吴三桂来接陈圆圆。"将军"指吴三桂。古乐府《苏小小歌》曰："我乘油壁车，郎乘青骢马。"苏小小为钱塘名妓，此用其车名指吴三桂来迎娶圆圆的车乘。

"家本姑苏浣花里，圆圆小字娇罗绮；梦向夫差苑里游，宫娥拥入君王起。"这四句再往前推进一步，言陈圆圆入田家之前的情况。可称为倒叙之倒叙，此诗结构迂回多变化，绝不平直。"姑苏"，今江苏苏州。"浣花里"是唐代成都名妓薛涛的居所。写陈圆圆住处，却用薛涛的居所，意在指明圆圆苏州名妓的身份。这样的表现手法也很罕见，见出作者遣辞用语力求新创而不陈熟。"罗绮"，华美的纺织品，"娇罗绮"，比罗绮还要娇美。三、四两句是说圆圆曾做梦游吴王宫苑，宫女簇拥左右，送入王宫，受到吴王的喜爱。"夫差"，春秋时吴国的君主。"君王起"，受圆圆美貌引动，起身相迎。诗人写圆圆这个梦境，隐隐约约有以圆圆为西施转世之意，或者说，很强调用西施比拟圆圆。此诗多用西施典故，不是偶然的。这个梦境的设置，也意在表明，圆圆不仅色艺俱佳，心志亦高，憧憬王妃地位，非寻常之辈。

"前身合是采莲人，门前一片横塘水。横塘双桨去如飞，何处豪家强载归。此际岂知非薄命，此时只有泪沾衣。"前两句写圆圆当初在家时的居处和生活情景。"横塘"，指江苏吴县西南的大塘，纵贯南北。此言圆圆家门面临横塘，她常常在那里采莲。"前身"，为佛教语，指前世之身。此承上梦入吴王宫苑而言，西施转世意味更浓。接下去两句言被豪家强行载归。"双桨去如飞"，是说豪家载归之船，行走疾速。"何处豪家"，即指田弘遇家。《明伦汇编官常典》载："奸民多寄产于抚宁侯朱国弼、嘉定伯周奎、附马都尉万炜、都督田弘遇家，称为四姓佃户，以避徭役，抗赋税。"田家堪称豪家。末两句言当时哪里知道这并非薄命，前途未卜，只有泪下沾衣。所谓"非薄命"，指圆圆此后的奇遇而言，亦即下文所言"无边春色来天地"。

"熏天意气连宫掖，明眸皓齿无人惜。夺归永巷闭良家，教就新声倾坐客。""熏天意气"，即意气熏天，指田弘遇富贵有势。"连宫掖"，田弘遇为田贵妃之父，故与内宫相通。"掖"即掖庭，为嫔妃所居之地。此即指田贵妃。"明眸皓齿"，眼睛水亮，牙齿洁白，形容女子之美，杜甫诗"明眸皓齿今何在"（《哀江头》），这里是指陈圆圆。相传田弘遇曾将圆圆献给崇祯帝，但皇帝不喜欢。陆次云《圆圆传》载："畹（指田弘遇）进圆圆。圆圆扫眉而入，冀邀一顾，帝穆然也。旋命之归畹第。"此句即指其事。第三句即是说圆圆又回到田家。"永巷"，深巷。第四句说在田宅学习音乐新声，其弹奏之高妙，令宾客为之倾倒。

"坐客飞觞红日暮，一曲哀弦向谁诉。白晳通侯最少年，拣取花枝屡回顾。"四句写在田家筵席上，圆圆得到吴三桂的赏识。第一句写宴饮宾客的场面。"飞觞"，传杯狂饮之相。"红日暮"，直饮到太阳落山，可见兴致之高。这是与宴宾客的情况。那么陈圆圆呢？一系列的遭遇使她没有这样的心境了。被豪家强携而归，献与帝王又不得一顾，只落得一个贵家歌妓的身份，与那"梦向夫差苑里游"的向往，真是天上地下。所以是"一曲哀弦向谁诉"。所弹曲音则不免是"弦弦掩抑声声思，似诉平生不得志"（白居易《琵琶行》）了。第三、四两句言筵席上吴三桂拣拾花枝，频频回顾，赏识圆圆。"白皙通侯"指吴三桂，"白皙"言其面容洁白。"通侯"汉时名称，言其功德通于王室。

"早携娇鸟出樊笼，待得银河几时渡。恨杀军书底死催，苦留后约将人误。"此四句以圆圆口气说。圆圆之"哀弦"意在向知音倾诉，得到了吴三桂的赏识眷爱，二人可以说已经心心相印。因此圆圆产生了一个强烈的愿望，希望吴三桂能够早日将自己携出樊笼，结成幸福美满的婚姻。"娇鸟"，圆圆自指。"银河几时渡"，用七月七日牛郎织女渡银河相会的神话，表示结合的愿望。可惜，当时军情紧急，吴三桂不能立即经办婚事，只能留下后约，奔赴军前。时吴三桂为锦州总兵。"军书"，指抗击李自成起义军的军令。"底死"，犹言拼死。"将人误"，指不久起义军进入北京，圆圆另遭掠走的遭遇。

"相约恩深相见难，一朝蚁贼满长安。可怜思妇楼头柳，认作天边粉絮看。""蚁贼"是对李自成起义军的蔑称。前二句指李自成起义军进入北京。"长安"，汉、唐的都城，此借以指明都北京。二人相约恩义虽深，但如此之形势下却是相见难了。后二句很妙，"思妇"指陈圆圆，身陷京城。时吴三桂在山海关外，所以说圆圆只能将楼头的柳絮，认作是天边的粉絮。表现遥想相思的构思和造语，都极精巧别致。

"遍索绿珠围内第，强呼绛树出雕栏。若非壮士全师胜，争得蛾眉匹马还。"前两句讲起义军将领刘宗敏围吴三桂在京宅地，掠走陈圆圆。《后鉴录》载刘宗敏听说陈圆圆貌美，"亲围三桂宅，缚其父襄而曳陈沅去"。陈沅即陈圆圆，名沅，小字圆圆。"绿珠"，西晋权贵石崇之妾。"绛树"，三国时的美人，此以指圆圆。"内第"，贵势之家妻妾所居之处。"雕栏"，有雕绘装饰的栏干，用以指内第华丽的建筑。后两句说，若非吴三桂战胜，怎么能够将圆圆用匹马接回。"壮士"自然是指吴三桂，吴三桂尽可有更多称呼，皆不用，偏用"壮士"二字，实有讽味。不损一兵一卒谓之"全师"，用此二字讽意亦显然。必须活着，如果战死，一切也结束了。

"蛾眉马上传呼进，云鬟不整惊魂定。蜡炬迎来在战场，啼妆满面残红印。"四句写吴三桂迎接圆圆归来的情景。"蛾眉"，眉毛如蛾须一样美丽，常以喻美女，此即指圆圆。"马上"指不用下马，可以骑马进来。圆圆虽脱掠者之手，惊魂已定，但归来匆匆，头发还未来得及梳理整齐。写其时狼狈归来的情景如见，很有杜甫从贼陷区逃归见天子时"麻鞋见天子，衣袖露两肘"的神韵，也很有白居易《长恨歌》写杨贵妃听说玄宗使者到来"衣冠不整下堂来"的意味。"蜡炬"即蜡烛，李商隐《无题》诗云"蜡炬成灰泪始干"。这里是用魏文帝的故实。《拾遗记》载魏文帝迎娶薛灵芸时，京城外数十里路，烛光不绝。这句又将蜡烛高烧迎接圆圆，与"在战场"紧密相连，造成一种不谐调的气象。此诗多处用此种手法以隐讽刺之意。"啼妆"是一种妆容，东汉梁冀妻孙寿所创，以粉拭目，下作啼痕。"残红印"，泪水冲刷残留红色脂粉的痕迹。

写圆圆激动喜泪交流的情景，活灵活现。

"专征箫鼓向秦川，金牛道上车千乘。斜谷云深起画楼，散关月落开妆镜。"清人入北京后，授吴三桂平西王册印，命从英亲王阿济格大将军西进讨伐起义军，向山西、陕西进军。这四句即写其事。"秦川"，指古秦国之地，今陕西中部和甘肃东南一带。"金牛道"，从陕西通蜀的道路，自陕西沔县始。"斜谷"，在陕西郿县东南。"散关"即大散关，在陕西宝鸡西南。这都是一些军事要地，消灭起义军必夺之处。这四句中，前两句，秦川配上箫鼓，金牛道配上车千乘。后两句，斜谷、散关，不仅配上自然景观"云深""月落"，还配上圆圆的居处与生活景象，"起画楼""开妆镜"。对吴三桂专征的叙述，毫不枯燥，语言多变，形象鲜明，灵动引人。

"传来消息满江乡，乌桕红经十度霜。教曲妓师怜尚在，浣纱女伴忆同行。旧巢共是衔泥燕，飞上枝头变凤凰。长向尊前悲老大，有人夫婿擅侯王。"本诗写吴三桂至进兵陕甘而止，时吴已封平西王，陈圆圆自然已是王妃。从此段开始，另辟一境界，写陈圆圆飞黄腾达的经历传到她的家乡，引起的反响。"江乡"指陈圆圆之故里苏州。"乌桕"即乌臼，树名。南朝民歌《西洲曲》曰"日暮伯劳飞，风吹乌臼树。树下即门前，门中露翠钿"，可见南方宅前喜植此种树木。"红经十度霜"，用乌臼树叶十度经霜打变红，表示经历了十年时间。笔墨形象而生动。当然这可能是个约数。如果是实数，则大体可以推断此诗写于清世祖顺治十年（1653）左右，吴三桂与圆圆的故事发生在顺治元年（1644）。"教曲妓师"，指教圆圆弹曲的曲师，今尚健在。"浣纱女伴"，指圆圆被豪家强行载走之前，一起交往游嬉的女友，"忆同行"，即指这些女伴忆想圆圆。"浣纱"，洗衣。西施入吴宫之前，曾在溪边浣纱。言浣纱女伴，又是有意以西施比拟圆圆。"旧巢"二句用比兴手法，说明当时在一般民众屋中衔泥筑巢的燕子，现在却成有的了飞上高枝的凤凰，比喻贴切生动。"长向"二句承上继续写圆圆同伴的感慨。"尊前"，犹如说筵席上。"尊"，酒杯。"悲老大"，意谓悲伤年老色衰。白居易《琵琶行》写琵琶女自叹身世"老大嫁作商人妇"。"有人"则指圆圆，其夫吴三桂做了平西王。"擅"，据有。

"当时只受声名累，贵戚名豪竞延致。一斛珠连万斛愁，关山漂泊腰支细。错怨狂风扬落花，无边春色来天地。"此段为作者抒写感慨。当时只因为色艺好、声名高，惹来不少搅扰，贵戚名豪争相延请与宴，故云受了"声名累"。"延致"，延请招致。"一斛珠"言身价高，语出《梅妃传》传奇。唐玄宗曾赐一斛珍珠给梅妃，妃作诗，玄宗命乐工度为《一斛珠》曲。此以指圆圆身价很高。"斛"，量器名，盛十斗。但此身价却与高于它万倍的愁相连，指引来不少坎坷的遭遇。"关山漂泊"指不得安定生活。"腰支细"，因劳顿不堪而身体削瘦。"错怨"二句以"狂风扬落花"喻指圆圆遭遇的种种挫折与不幸，诸如为豪家强载而去，不受帝王欣赏，为刘宗敏所掠等，贴切形象。落花又为狂风簸荡，真不知前景如何，自会抱怨不已，然而是"错怨"了，因为由此终得迎来飞黄的命运，成为王妃，实是"无边春色来天地"。

"尝闻倾国与倾城，翻使周郎受重名。妻子岂应关大计，英雄无奈是多情。全家白骨成灰土，一代红妆照汗青。""倾国""倾城",形容美貌。李延年《佳人歌》曰:"北方有佳人,绝世而独立。一顾倾人城,再顾倾人国。"谓全城的人为其美貌吸引、倾倒,这里指陈圆圆。"周郎"指三国时吴国大将周瑜,这里借以指吴三桂,言吴因陈圆圆而得高名。"翻使周郎受重名"何谓?吴三桂因圆圆而得重名指什么?吴三桂为了圆圆而引清兵入关,扫除了起义军,又灭亡了明代的残余势力,由此而得平西王册印,甚至"进称亲王",堪称受了重名。但本为明之将领的他,如此作为,肯定会被世人钉在耻辱架上,这"重名"也够沉重的了。讽刺之深刻、表现之隐而不显,确是妙笔。"妻子岂应关大计"用的是诘问句,即不应关系大计,而实际却关系了大计。对吴三桂行径不足之意,溢于言表。"英雄"句表面似乎是为吴三桂解脱之语,英雄多情,但深入一体味,不对了,这不还是因"多情"而坏了大事吗?不仍是为一己私情而丢弃了国之大义吗?"全家"句是说吴三桂全家被杀。李自成得知吴三桂引清兵入关,乃杀死已俘在军中的三桂之父吴襄,又回北京杀了吴襄全家。"一代红妆"即指陈圆圆,她却名垂史册了。"汗青",古代以竹简书写,竹简要先用火烤出水气,既便书写,又防虫蛀,后遂以汗青指史书。吴三桂全家惨死,只使一个女人留传百世,两相对照,多么不谐调,让人哭笑不得。

"君不见,馆娃初起鸳鸯宿,越女如花看不足。香径尘生乌自啼,屟廊人去苔空绿。换羽移宫万里愁,珠歌翠舞古梁州。为君别唱吴宫曲,汉水东南日夜流。"此为本诗结尾,用吴王夫差与西施的故实,结束全诗并抒写诗人的感慨。"馆娃",指馆娃宫,吴王夫差在灵岩山上所建,居西施。"鸳鸯宿",谓夫差与西施在这里双栖双宿。"越女"即指西施,其为越人。"看不足",言夫差对西施爱恋至极。此二句言夫差得西施时的宠爱情景。接下去两句则陡转为写夫差之宠西施，终成陈迹。"香径"，指采香泾，"径"即"泾"，在灵岩山前。"尘生"指香泾已成废墟。"屧廊"指响屧廊，此廊以楩木、梓木铺地，西施踏之有声，故名。但踏者西施已去，只有绿苔遍地。诗人如此下笔，用意是什么呢？值得深思。吴三桂宠其爱妾的日子不会久长的，而且必会成为历史陈迹，但他为此而得的恶名则无法洗净了。五、六两句转到写吴三桂与圆圆的现实情况。"羽""宫"均为古代五音之一，"换羽移宫"即指演奏音乐。"珠歌翠舞"，指以珠翠饰妆的歌女舞女。"古梁州"，指古国梁州，其地在今陕西韩城一带。吴三桂率兵西进，正在这一带，与下文之"汉水"，均指这一带地方。意谓吴三桂又开始在那里歌舞不休。但诗人要为他"别唱吴宫曲"，所谓吴宫曲，即指前数句所言夫差与吴王的故事，一切将成为陈迹，只有汉水东流是永恒的。是善意的警告，还是不满的诅咒，则仁智自见了。

吴伟业写作这首诗，是想传圆圆之事，还是想借圆圆之事批评吴三桂的行事？恐怕二者兼而有之，而且后者的分量不下于前者。吴伟业是崇祯年间的进士，官至少詹事。明亡以后，便归里闲居。清顺治十年出仕，三年后因嗣母故去丁忧归乡，直至逝世。他一生对自己曾仕清三年悔恨不已，自言"误尽平生是一官，弃家容易变名难"。可见其出仕也是迫于某种形势，而非心甘情愿的。他对吴三桂的行为不满是很自然的。

这首诗差不多是为圆圆作传，情事纷繁，诗人能够精选关键节点落笔，达到了紧凑而丰满的效果，表现得完整而不冗杂。情事的跳转之间，似断实连，既简约又耐人寻味。全诗的结构，很见匠心。完全避去平铺直叙之笔，迂回穿插，变化多端，盎然而有趣味，引人入胜。描写笔墨，特别注意词语的新创，形象的鲜明生动，故虽属叙事为主，却不抽象。妙用典故，特别是多用夫差、西施的故实，使某些诗语有些扑朔迷离。同时作者将讽意深藏于字里行间，行文之妙，充分发挥了语言的表现能力。如果将此诗与白居易的《琵琶行》对照起来读，更可深刻体会到吴梅村歌行的独特艺术特点及其艺术创造。

奇章妙构

"愿为市鞍马，从此替爷征"——北朝民歌《木兰诗》

"江畔何人初见月，江月何年初照人"——张若虚《春江花月夜》

"同是天涯沦落人，相逢何必曾相识"——白居易《琵琶行》

"沿溪数十家，家家住云罅"——魏源《四明山中峡诗》其二

"明知须臾景，不许稍绸缪"——黄遵宪《今别离》（四首录二）

"愿为市鞍马,从此替爷征"

——北朝民歌《木兰诗》

唧唧复唧唧,木兰当户织。不闻机杼声,唯闻女叹息。问女何所思,问女何所忆,女亦无所思,女亦无所忆。昨夜见军帖,可汗大点兵;军书十二卷,卷卷有爷名。阿爷无大儿,木兰无长兄,愿为市鞍马,从此替爷征。东市买骏马,西市买鞍鞯,南市买辔头,北市买长鞭。朝辞爷娘去,暮宿黄河边。不闻爷娘唤女声,但闻黄河流水鸣溅溅;旦辞黄河去,暮至黑山头。不闻爷娘唤女声,但闻燕山胡骑鸣啾啾。万里赴戎机,关山度若飞。朔气传金柝,寒光照铁衣。将军百战死,壮士十年归。归来见天子,天子坐明堂。策勋十二转,赏赐百千强。可汗问所欲,"木兰不用尚书郎,愿借明驼千里足,送儿还故乡"。爷娘闻女来,出郭相扶将;阿姊闻妹来,当户理红妆;小弟闻姊来,磨刀霍霍向猪羊。开我东阁门,坐我西间床。脱我战时袍,著我旧时裳。当窗理云鬓,对镜帖花黄。出门看火伴,火伴皆惊惶。"同行十二年,不知木兰是女郎。"雄兔脚扑朔,雌兔眼迷离。双兔傍地走,安能辨我是雌雄!

奇章妙构

南朝民歌中有一首长篇抒情诗《西洲曲》，抒发儿女柔情，缠绵悱恻；北朝民歌中则有这首长篇叙事诗《木兰诗》，刻画巾帼英雄，虎虎有生气：好像是北人尚武、南人温柔，不同习尚蒸郁出来的两只风格迥异的歌谣。《木兰诗》的写作时代、作者、本事都有争议，大体说来，它可能是后魏时期的作品，本为民歌，在流传中经过文人润色。木兰大概实有其人，但本事已不可考，而且其形象无疑在口头流传中文学化了，典型化了。诗写木兰女扮男装，代父从军的故事，塑造了一个勇敢、聪慧而又品格高尚的巾帼英雄形象，展示了平凡女子蕴藏的才干，在男尊女卑的封建社会里放射异彩。

"唧唧复唧唧，木兰当户织。不闻机杼声，唯闻女叹息。""唧唧"，叹息声。诗从木兰的叹息声拦腰切入，不从可汗点兵写起，避去了平铺直叙，一开始便能引起读者的注意，是个好开头。"户"本谓门，此即指房室或窗。"杼"，织布机上系纬线的梭子。听不见织布机的声音，只能听到木兰的叹息声，把木兰的愁心苦绪表现得十分突出。而"当户织"的情景，既与女子日常生活情事切合，也增加了诗的形象性。开篇这四句章法安排、重点描写都颇妙。"问女何所思，问女何所忆，女亦无所思，女亦无所忆。""思"与"忆"同义，却铺排成两个问句，再搭配上两个答句。千回百转，才落到"昨夜见军帖"的事件上，真是"千呼万唤

353

始出来"。看似闲笔,实际是将木兰心事之重更加凸显出来,文章也摇曳生姿。从"唯闻女叹息"直到"昨夜见军帖",于叙事的情理、文章的意脉,都是顺畅的。去掉这四句未尝不可,但那样,诗的韵味、活脱都要大为减色了。

"昨夜见军帖,可汗大点兵;军书十二卷,卷卷有爷名。"到这里才图穷匕见,正面点出木兰愁叹的原因。"军帖",征兵的文书。"可汗",古代鲜卑、柔然、突厥、回纥、蒙古等北方民族最高统治者的称号。说"十二卷",说"卷卷",都是民歌常见的铺排夸张写法,颇能传出征召紧急的气氛,但不可以实求。"阿爷无大儿,木兰无长兄,愿为市鞍马,从此替爷征。""阿爷"指父亲。从父亲角度说,没有大儿子;从木兰角度说,就是没有长兄,二句是一个意思。民歌常常这样不避重复,酿成对称的句子,使得音韵优美,便于吟诵记忆。"市鞍马"就是备军装,用它来表明从军的意愿,词语显得生动形象。

"东市买骏马,西市买鞍鞯,南市买辔头,北市买长鞭。"西魏实行府兵制,被征召者需自备马匹弓箭等装备。"鞯",马鞍垫子。"辔头",马笼头与马嚼子。为置备军装,于东、西、南、北四市各买一物,实际上不会如此,但用这样句法一铺排,那种置装的紧张气氛就出来了。这也是艺术的妙用所在。"朝辞爷娘去,暮宿黄河边。不闻爷娘唤女声,但闻黄河流水鸣溅溅;旦辞黄河去,暮至黑山头。不闻爷娘唤女声,但闻燕山胡骑鸣啾啾。"这两组长句不仅音韵优美,表达内容也深沉而形象。"朝辞""暮宿","旦辞""暮至",两个朝暮的紧密相接,把军行的疾速和遥远有力地表现出来,令人真有"关山度若飞"的感觉。而写木兰的思亲思乡之情，用木兰在家常常体验的日常情景——"爷娘唤女声"，与所在异地的所闻——黄河水声、胡骑鸣声，构成鲜明对比，表现得含蓄、深沉而富有韵味。"黑山"，山名，在今内蒙古自治区呼和浩特市南。"燕山"，山名，即杭爱山，在今蒙古境内。"溅溅""啾啾"都是象声词，模拟水声及马鸣声。下面写战争："万里赴戎机，关山度若飞。朔气传金柝，寒光照铁衣。将军百战死，壮士十年归。"本诗写战争的仅此六句。与他处语言风格明显有异，可能是文人润色的笔墨。"戎机"即军事。"朔"，北。"朔气"，北方的寒气。"柝"，军中用具，白昼用以做饭，夜晚用以打更。"金"指铁，其器为铁制。"铁衣"，战士身穿的铠甲。这六句写战争，前四句只写了军行之速和经行地方之寒。后两句，"将军"句见出战斗的激烈、牺牲之大，是高度的概括。后一句则交代战争时间之长和胜利归来。"将军"和"战士"是互文见义，不是战死的只有将军，归来的只有壮士。

"归来见天子，天子坐明堂。策勋十二转，赏赐百千强。可汗问所欲，'木兰不用尚书郎，愿借明驼千里足，送儿还故乡'。"写策勋和木兰的态度。"明堂"是天子朝见诸侯、举行祭祀等活动的地方。"策勋"，即是奖赏军功授予勋位。勋位等次不同，每升一等为一转。"十二"是言其较高。此诗多用"十二"这个数字，如"军书十二卷""同行十二年"等，都不可坐实。"百千强"，超过百千。"尚书郎"，官名。尚书衙署的郎官。"明驼"指骆驼。这里显示出木兰的高尚品质，不贪官位。

诗的后部是本诗最精彩的片断，写木兰归家的情景。"爷娘闻女来，出郭相扶将；阿姊闻妹来，当户理红妆；小弟闻姊来，磨刀霍霍向猪羊。"爷娘互相扶持，说明年纪已老，但女儿归来，太高兴了，所以不辞辛苦要到城外迎接。"郭"指城。姐姐听说妹妹归来，赶紧化妆打扮。小弟听说姐姐归来，急忙磨刀准备杀猪宰羊。"霍霍"，急遽的样子。这种铺排的笔墨，有力地表现出全家的欢腾雀跃。笔墨之妙，可以与《陌上桑》"行者见罗敷，下担捋髭须。少年见罗敷，脱帽著帩头。耕者忘其犁，锄者忘其锄。来归相怨怒，但坐观罗敷"一段对读体味。"开我东阁门，坐我西间床。脱我战时袍，著我旧时裳。当窗理云鬓，对镜帖花黄。"进入闺阁，坐上旧时的床席，脱去戎装，换上平民的衣服。梳好鬓发，化好额妆。音节的流美，一宗宗情事的紧密相接，让人深切地感受到那种由衷的喜悦之怀，胜过千言万语。"云鬓"，如云的鬓发。"帖花黄"，一种面妆，在额头上涂上黄色，有似圆月形的。打理停当，完全恢复了女子原装，出来看看军中同行的伙伴，无不惊讶："出门看火伴，火伴皆惊惶。'同行十二年，不知木兰是女郎。'"想不到同行多年，竟不知木兰是个女郎。

末尾以幽默风趣的话语结束本诗，重在不辨雌雄："雄兔脚扑朔，雌兔眼迷离。双兔傍地走，安能辨我是雌雄！""扑朔"，形容兔子跳跃的样子；"迷离"形容兔子眼神不清的样子。此二句互文见义，雄兔也眼迷离，雌兔也脚扑朔，所以双兔傍地而行，怎么能辨得出雌雄呢。比喻之妙，不禁惹人粲然。

作为一首叙事诗，《木兰诗》篇幅不算长，但描写具体，场面生动，人物形象突出，情节推移牵动人心，音节优美，这与诗的艺术技巧之高和民歌特有的艺术手法表现力之强密不可分。第一，诗的剪裁取舍精当。木兰代父从军，女扮男装，置身行伍，历时十二年，其间可写的情事很多，诗则只截取几个紧要关节，这就能腾出篇幅做绘声绘色的描写，凡落笔之处都能给人以生动深刻的印象，引人入胜。在已选取的关节上，也不平均使用力量，根据表现主题、刻画人物的需要，有详有略。如后半归家改装、出见伙伴用繁笔，突出"同行十二年，不知木兰是女郎"的传奇性；而中间的战争过程及归来策勋，则都用简笔。第二，注意章法和用笔的跌宕多姿。如开篇不从军情紧急、可汗点兵写起，而从木兰当窗纺织、叹声不止发端。再从木兰愿意代父从征中补叙出可汗点兵之事，避去了平铺直叙，一开始便能引起读者的好奇心。接下去讲木兰叹息的缘由，如果径直接到"昨夜见军帖，可汗大点兵"，意脉甚顺，但歌者偏偏于此间添上四句衬笔。两问两答，摇漾不平。第三，描写生动。描写的笔墨突出地运用了民歌中铺排叠句的表现手法，如写置备军装，铺排到东、西、南、北四市购买，紧张的置装气氛便充溢字面。写征程也是用一组叠句将"朝辞""暮宿"和"旦辞""暮至"紧凑地连接一起，军行的疾速活现纸上。后面写爷娘姊弟迎接木兰归来的叠句，传达出全家热烈欢腾的气氛。爷娘姊弟的行动又都切合其年纪、身份、心理，栩栩如生。诗末以二兔扑朔迷离、雌雄难辨为喻，烘托外人不辨木兰性别，形象生动，又特别表现出民间文学的幽默风趣。第四，人物性格丰满，真切传神。作品虽然写的是英雄形象，却不单纯勾画英雄行为，而是扣住女中豪杰的特点，不排斥儿女情的描写。从开篇的当窗织，到征程中的忆念爷娘唤女声，到归来后"对镜贴花黄"的改装，无不充满浓郁的生活气息，给人以无比的真实感，写出一个活生生的巾帼英雄来。第五，音韵优美。诗除了多用叠句外，也使用接字与钩句法，如

"军书十二卷,卷卷有爷名""归来见天子,天子坐明堂"等。它如"开我东阁门,坐我西间床,脱我战时袍,著我旧时裳",句式全同,两两对应,而连用四个"我"字,这些都增加了音韵的铿锵流美,读起来使人有珠圆玉润之感。

"江畔何人初见月,江月何年初照人"

——张若虚《春江花月夜》

春江潮水连海平,海上明月共潮生。滟滟随波千万里,何处春江无月明。江流宛转绕芳甸,月照花林皆似霰;空里流霜不觉飞,汀上白沙看不见。江天一色无纤尘,皎皎空中孤月轮。江畔何人初见月,江月何年初照人?人生代代无穷已,江月年年只相似。不知江月待何人,但见长江送流水。白云一片去悠悠,青枫浦上不胜愁。谁家今夜扁舟子,何处相思明月楼。可怜楼上月徘徊,应照离人妆镜台。玉户帘中卷不去,捣衣砧上拂还来。此时相望不相闻,愿逐月华流照君。鸿雁长飞光不度,鱼龙潜跃水成文。昨夜闲潭梦落花,可怜春半不还家。江水流春去欲尽,江潭落月复西斜。斜月沉沉藏海雾,碣石潇湘无限路。不知乘月几人归,落月摇情满江树。

《春江花月夜》是乐府旧题，属《清商曲·吴声歌》。其歌辞比较浓艳。但张若虚这篇，却能洗尽绮靡浓艳的富贵气、脂粉气，表现出清新流丽的风格。诗写游子、思妇的离情，但把离情的抒发安置在一个用春、江、花、月、夜交织成的清幽画面里，便独开一境，自成格调。闻一多先生誉为"诗中之诗，顶峰上的顶峰"，并说"一切的赞叹是饶舌，几乎是亵渎"，可见他对此诗的艺术造诣的赞叹。

诗每四句一换韵，形成一节，为一个小的意义单元。全诗总起来可以分为三大段。前八句为第一大段，写春、江、花、月、夜五者所形成的幽丽浑灏的画面。开篇四句："春江潮水连海平，海上明月共潮生。滟滟随波千万里，何处春江无月明。"由春江落笔，逐步推开。江潮连着海面，海面连着明月，明月连着万里长空，将它皎洁的光辉洒遍千万里长的春江上。四句展开的背景之浩瀚无际，有囊括宇宙的气魄。"平"是平满之意，写江潮与海水一平。"滟滟"，描写月光照在水面上，粼粼闪烁。接着四句将镜头收敛到月夜江边的景色："江流宛转绕芳甸，月照花林皆似霰；空里流霜不觉飞，汀上白沙看不见。"江水曲折流经布满芳草的原野上，月光照射下的两岸林花都似小冰粒。空中的流霜人不觉察，汀上的白沙也都看不见，写一切都被明月的清辉吞没改装的光景，刻画入微。"宛转"，写江水绕岸曲折流转的样子。"芳甸"，野外之地称甸，芳指花草。"霰"，高空中的水蒸气遇冷凝结成的小冰粒，似米糁子。这种善于攫取事物特征的刻画，将春江月夜独有的景色凸现在读者面前。而月是其中最突出的事物，这就很自然地过渡到下文月与人的关系。

"江天"以下八句为第二大段，从前一段广漫幽美的背景描写转到人生感慨。诗人以永恒的事物"年年只相似"的明月,与流转不息的事物"代代无穷已"的人生相对照,便自有人世飘忽的深沉感慨流荡其中。"江天一色无纤尘,皎皎空中孤月轮。江畔何人初见月,江月何年初照人。"面对澄明一色的江天和空中皎皎的孤月,诗人飞腾神思,追索到历史的源头:最初江畔什么人看见月亮?月亮又是从哪一年开始照人?这富有哲理的问题把读者带入一个绵远的时间长流里。"人生代代无穷已,江月年年只相似。不知江月待何人,但见长江送流水。"从那遥远的初始以来,江月年年相似,而人生则世代流转,不知送走了多少离人思妇的年华,只见长江流水不息!将自古以来的离人别绪一起抒发了,极大地扩展了诗歌内容的含量。这段里提出"不知江月待何人",又隐隐有一离人呼之欲出,从而自然地转接到下文描写具体的游子思妇的情怀。

"白云"以下二十句为第三大段,描写游子思妇的离别相思,没有指实哪一对离人思妇,却包容了所有离人思妇。第一节四句云:"白云一片去悠悠,青枫浦上不胜愁。谁家今夜扁舟子,何处相思明月楼。"首二句托物寓意,那悠悠飘去的一朵白云,就是漂泊江上的游子的象征。"青枫"句则糅合前人创造的意境写情。《楚辞·招魂》曰:"湛湛江水兮上有枫,目极千里兮伤春心。"江淹《别赋》曰:"春草碧色,春水渌波。送君南浦,伤如之何!"青枫浦引起人们丰富的离愁别恨的联想。"浦",水边。"扁舟子""明月楼",点出游子与思妇,一者流荡江上,一者相思楼头。从此以下,八句写思妇,八句写游子。

写思妇的前四句云:"可怜楼上月徘徊,应照离人妆镜台。玉户帘中卷不去,捣衣砧上拂还来。"着重于低回缠绵的月色。它徘徊于闺楼之中，敷洒在闺中事物之上。也许月圆人不在，月色显得恼人吧，想要驱走它，却"卷不去""拂还来"，写尽思妇百无聊赖的烦恼心境。"徘徊"，描写月光留连之态。"砧"，捣衣石。后四句又生痴想："此时相望不相闻，愿逐月华流照君。鸿雁长飞光不度，鱼龙潜跃水成文。"既然此时正在千里共明月，相望不相闻，干脆乘着月光飞去吧，可是仰望天空，只见雁飞，月华光影是不动的；俯瞰流水，也只见波纹闪动，看不见下面潜行的鱼龙。古有鲤鱼传书之说，此两句意谓，乘光飞去不行，请鱼传书亦无望。思妇思情之深切，渴思不得一见的无奈情态如见。

　　写游子的前四句云："昨夜闲潭梦落花，可怜春半不还家。江水流春去欲尽，江潭落月复西斜。"渲染春将尽而人不归，中有无限感慨。"闲"，安静之意。"潭"指江水深处。花落草长，是春归之象。所以下句感叹春已过半，还未能归家。春光正如江水，不断流逝，天上的明月也一次次西斜沉落。反复强调水流月落，加浓了春光的流逝感，也更深沉地抒发出游子惜时盼归的急切心境，属于善于渲染烘衬的笔墨。后四句则直吐恨怀："斜月沉沉藏海雾，碣石潇湘无限路。不知乘月几人归，落月摇情满江树。""碣石"，山名，在河北北部临渤海处。曹操《步出夏门行》的《观沧海》篇，尚有"东临碣石，以观沧海"之语，但六朝时则已沉入海中。"潇湘"，水名，发源于广西的湘水，流至湖南南部零陵，与发源于湖南九嶷山的潇水汇合称"潇湘"。碣石在东北，潇湘在西南，相距悬远，故曰无限路。这里都是用泛指渲染归家路途之遥远。但不知又有几多离人乘月归去，自己却羁留不还。将沉的落月摇漾起满怀苦情，唯有洒向江树而已。怅恨之情，浓郁沉深。"摇情满江树"的构想，巧妙而迷蒙，以此为结，余味悠然。这一句显然有《西洲曲》"海水摇空绿"的影子。

这首诗值得注意的，首先是用春、江、花、月、夜的自然风色，交织成一幅清幽的画面，把游子思妇的情怀置于其中描写，不仅为写离情别开生面，而且，展开一个广阔的空间和绵远的时间背景，使人有宇内同慨、古今同慨之感，大大展拓了诗的境界与诗的内涵。其次，它洗尽浓艳，变为清丽，境界澄明，音韵流转，创造出一种新的风格。其中表现的青春易逝、年华似水的惆怅之感，大约是一种时代症候。刘希夷的《代悲白头翁》也是如此，其名句如"今年花落颜色改，明年花开复谁在""古人无复洛城东，今人还对落花风""年年岁岁花相似，岁岁年年人不同"。《红楼梦》中的黛玉葬花词，即学此种。再次，这首诗全是作者进行客观描述的口气。无论是风物背景，还是游子、思妇的情怀，诗人都体情入微，情景真切，笔端充满感情，十分感人。

"同是天涯沦落人，相逢何必曾相识"

——白居易《琵琶行》

浔阳江头夜送客，枫叶荻花秋瑟瑟。主人下马客在船，举酒欲饮无管弦。醉不成欢惨将别，别时茫茫江浸月。忽闻水上琵琶声，主人忘归客不发。寻声暗问弹者谁，琵琶声停欲语迟。移船相近邀相见，添酒回灯重开宴。千呼万唤始出来，犹抱琵琶半遮面。转轴拨弦三两声，未成曲调先有情。弦弦掩抑声声思，似诉平生不得志。低眉信手续续弹，说尽心中无限事。轻拢慢捻抹复挑，初为霓裳后六幺。大弦嘈嘈如急雨，小弦切切如私语；嘈嘈切切错杂弹，大珠小珠落玉盘。间关莺语花底滑，幽咽泉流水下滩；水泉冷涩弦凝绝，凝绝不通声暂歇。别有幽愁暗恨生，此时无声胜有声。银瓶乍破水浆迸，铁骑突出刀枪鸣。曲终收拨当心画，四弦一声如裂帛。东舟西舫悄无言，唯见江心秋月白。沉吟放拨插弦中，整顿衣裳起敛容。自言本是京城女，家在虾蟆陵下住；十三学得琵琶成，名属教坊第一部。曲罢曾教善才伏，妆成每被秋娘妒。五陵年少争缠头，一曲红绡不知数。钿头云篦击节碎，血色罗裙翻酒污。今年欢笑复明年，秋月春风等闲度。弟走从军阿姨死，暮去朝来颜色故。门前冷落鞍马稀，老大嫁作商人妇。商人重利轻别离，前月浮梁买茶去。去来江口守空船，绕船月明江水寒；夜深忽梦少年事，梦啼妆泪红阑干。我闻琵琶已叹息，又闻此语重唧唧。同是天涯沦落人，相逢何必曾相识。我从去年辞帝京，谪居卧病浔阳城。浔阳地僻无音乐，终岁不闻丝竹声。住近湓江地低湿，黄芦苦竹绕宅生。其间旦暮闻何物？杜鹃啼血猿哀鸣。春江花朝秋月夜，往往取酒还独倾。岂无山歌与村笛？呕哑嘲哳难为听。今夜闻君琵琶语，如听仙乐耳暂明。莫辞更坐弹一曲，为君翻作琵琶行。感我此言良久立，却坐促弦弦转急。凄凄不似向前声，满座重闻皆掩泣。座中泣下谁最多？江州司马青衫湿。

"**诗**到元和体变新"（白居易《余思未尽加为六韵重寄微之》）。白居易的这首《琵琶行》和另一首歌行名篇《长恨歌》，都是"元和体"的典型作品。诗人也颇以此自赏，所谓"童子解吟《长恨》曲，胡儿能唱《琵琶》篇"（唐宣宗《吊白居易》）。

《琵琶行》作于诗人贬官江州司马期间。诗前有序，比较具体地说明了写作的原委。诗人于唐宪宗元和十年（815）被贬官江州（州治在今江西九江市），次年秋天在九江西的湓浦口送客，与琵琶女相遇。她本是京师长安的倡女，年长色衰，嫁给商人。诗人与琵琶女虽有官、妓的悬别，遭遇却有类似点，都曾在京师，都曾有过盛时，又都经历了天涯沦落，"同是天涯沦落人，相逢何必曾相识"。所以写琵琶女的凄苦身世时，渗透着诗人自身的坎坷遭遇，投入了浓重的感情，故楚楚动人。

全诗可以分为四段。从开篇到"犹抱琵琶半遮面"为第一段，写因送客而与琵琶女巧遇。"浔阳江头夜送客，枫叶荻花秋瑟瑟。"开篇便单刀直入点明江边送客，次句环境的烘托颇妙。夜里，又是一片秋风，枫叶荻花在风中摇曳，沙沙作响，色调黯淡，气象萧索，与主客凄凉伤别的情绪浑融一体。长江流经九江的一段称浔阳江。"主人下马客在船，举酒欲饮无管弦。"而当主人下了马，被送的客人已经登上船，正欲饮一杯别酒时，却连助兴的音乐也没有。"醉不成欢惨将别,别时茫茫江浸月。"没有音乐,所以"醉不成欢",只有惨凄的别离。诗写到感情高峰时,陡转成景语,往往能收到一加一大于二的效果。相伴的只有那江中月的倒影,和笼罩在茫茫江面上的蒙蒙月色,离别的哀凄惆怅之情激荡其中。这里特别渲染乏乐寡欢,是叙述下文闻乐而追寻的很好的铺垫。所以"忽闻水上琵琶声",便"主人忘归客不发"了。这音乐的引人力量该有多大!于是"寻声暗问弹者谁",因为是黑夜,互相望不见,只能顺着声音来的方向,试着喊一声:什么人在弹琵琶呀?听到喊问,琵琶停了下来,但"琵琶声停欲语迟",欲吐还吞,欲应未应。琵琶女本是倡女,不比大家闺秀,但本诗中出现时总是腼腆羞怯,是因为已经年老色衰,处于沦落境地,而且已经从良嫁人,自不比从前。于是主客"移船相近邀相见,添酒回灯重开宴"。"回灯",重新燃烛。虽然是重整宴席,盛情邀请,对方却"千呼万唤始出来",而出来之后,"犹抱琵琶半遮面"。羞于见人、懒于抛头露面之态活现纸上。在这些情态背后,隐藏着琵琶女盛衰升沉的复杂心绪,耐人寻味。至此,我们也就可以明白,诗人为什么无一语及其衣着相貌,而专着意在情态上,正是为写琵琶女的沦落身世酝酿气氛。这一段笔墨迤逦而来,从"夜送客"引到"无管弦",从"无管弦"引到"琵琶声",从"琵琶声"引出千呼万唤始出来的琵琶女,读来津津有味。

从"转轴拨弦三两声"至"唯见江心秋月白"为第二段,写琵琶女受邀弹奏琵琶,但非泛写弹技的高超,曲调的美妙,而是围绕本篇的主题,紧扣琵琶女感伤身世的心绪展开描写。所以,"转轴拨弦三两声",便"未成曲调先有情"。"轴",琵琶上紧弦的部件。"弦弦掩抑声声思,似诉平生不得志。"弦弦低抑,声声有思,都在不得志上。"掩抑",低沉。"低眉信手续续弹,说尽心中无限事。"以音写心,道尽了不幸的经历。"轻拢慢捻抹复挑,初为霓裳后六幺。""拢""捻""抹""挑",都是弹琵琶的指法。"霓裳""六幺"则是曲调名。霓裳即《霓裳羽衣曲》,六幺本名《录要》,后来讹为此称。下面具体描写弹奏的乐声。从文学描写上来说,物象有形象,较易落笔;音乐抽象,最难描摹。诗人却以生花的妙笔,将音声化为鲜明的形象,清晰地传达给读者,见出描写手段的高妙。主要是以人们经验习熟的事物为比喻,令人对复杂多样而又变化多端的音声可触可感。"大弦嘈嘈如急雨,小弦切切如私语;嘈嘈切切错杂弹,大珠小珠落玉盘。"大弦嘈嘈,有如疾风骤雨;小弦切切,有如喁喁私语;大弦小弦交错纠葛时,则有如大大小小的珠子一齐抛掷在玉盘里,各自发出力度不同的响声。"间关莺语花底滑,幽咽泉流水下滩;水泉冷涩弦凝绝,凝绝不通声暂歇。""间关",鸟鸣声。声音悠然圆润时,好像黄莺鸣声穿花而出;曲调幽抑呜咽时,有如水行沙上,声音碎杂细微。"水下滩"一作"冰下难",水行冰下,滞涩不畅。从下文"水泉冷涩"看,此说甚有道理。正如人伤心到极点,抽噎哭不出声来,哀弦也如冰下水泉由冷涩而凝绝,进入无声。但音乐在人们心头卷起的哀伤却继续盘旋荡漾,让人们在无声中咀嚼,另有一番滋味:"别有幽愁暗恨生,此时无声胜有声。"后一句由于道出了富有哲理的境界,常被人们引用于各种相类的场合。经过如此一个低回、压抑的过渡,感情又猛然涨至高潮。"银瓶乍破水浆迸,铁骑突出刀枪鸣。"乐声突发,如银瓶忽然爆裂,水浆四溅而出;又如铁骑驰突,刀枪齐鸣。最后,"曲终收拨当心画,四弦一声如裂帛。"曲子奏完,用拨在琵琶中间一划,四弦并发,声如裂帛。"拨",弹弦的工具。"画"同"划"。琵琶戛然而止,此时,一切都静悄悄:"东舟西舫悄无言,唯见江心秋月白。"其实江心秋月早就存在,第六句就说"别时茫茫江浸月",不过方才都被带入音乐的境界里,一切都不在视野内了。乐声一停,如梦方醒,才又感到置身于秋江月色之中,写音乐迷人的情景,十分传神。

从"沉吟放拨插弦中"至"梦啼妆泪红阑干"为第三段。由托曲宣情过渡到琵琶女直言身世。"沉吟放拨插弦中,整顿衣裳起敛容。""沉吟",心事满怀的情态。"敛容",端正面色。整衣敛容都是表示严肃敬重的态度。把拨别在琵琶弦上,开始向客人敬诉心曲了。"自言本是京城女,家在虾蟆陵下住;十三学得琵琶成,名属教坊第一部。"她本是京城女,住在虾蟆陵,早年便学得一手好琵琶,是教坊中的色绝艺高的艺人。"虾蟆陵"在曲江附近,是舞伎歌女聚居之处。传说此地本为汉代大儒董仲舒的墓地,其门人过此要下马致敬,故名下马陵,在民间渐讹成虾蟆陵了。"教坊"是唐代官设机构,掌管音乐与教习歌舞。接下去六句写她技艺之高和受到热捧的情况:"曲罢曾教善才伏,妆成每被秋娘妒。""善才",教坊曲师之称。一曲奏罢曲师都认下风,每当打扮好,秋娘也嫉妒其美。唐时歌舞妓女多以"秋娘"为名。"五陵年少争缠头,一曲红绡不知数。"长安少年争赠缠头,一曲奏罢,不知有多少礼品送来,可见人们为之倾倒非常。"五陵年少"指长安少年。"缠头",赠给歌舞妓女的绫帛类礼物。"绡",是一种轻薄精美的丝织品。"钿头云篦击节碎,血色罗裙翻酒污。"饮宴兴高时,用首饰打拍子,敲得起劲,首饰都敲碎了,鲜艳的罗裙也满是碰杯泼酒的痕迹。两句话画出酣饮狂欢之态。"钿头云篦",两端有钿花装饰的篦子,插于发上为饰物。"钿",金属做成的花。"击节",奏乐时打拍子,本专有其物,这里是写喝得兴起,便拿起首饰来打拍子了。"今年欢笑复明年,秋月春风等闲度。"用"秋月春风"的交替表示一年,不只形象,而且颇有良辰美景的味道。"等闲",随便,不经意。"弟走从军阿姨死,暮去朝来颜色故。"不知不觉间,弟弟走了,养母死了,人也年老色衰了。"门前冷落鞍马稀,老大嫁作商人妇。"商人为利所趋,不在意别离,"商人重利轻别离,前月浮梁买茶去。去来江口守空船,绕船月明江水寒",抛下自己在江口独守空船。末句特别点出只有清冷的明月和寒凉的江水相伴,更凸出了孤寂气氛。"浮梁",今江西浮梁县。"夜深忽梦少年事,梦啼妆泪红阑干。"在这种情境里,夜里忽然梦见少年时的情景,不禁泪湿枕席。"红"指化妆品的红色。"阑干",泪水纵横流淌。至此我们才明白,那开篇处的"水上琵琶声"正是琵琶女梦醒之后,独起抚弄琵琶在抒怀。

　　琵琶女昔盛今衰的身世与诗人贬官谪降的遭遇何其相类,怎能不引起诗人"迁谪意"呢?末段乃转入抒写本身贬官失意之情。"我闻琵琶已叹息,又闻此语重唧唧。同是天涯沦落人,相逢何必曾相识。"两相比照,感慨沉深,诗人写下了后两句那动人心弦的名句。"唧唧",叹息声。同病相怜的心境,使诗人自写失意的这一段,并没有去详陈贬官的不幸遭际,而是着重于"浔阳地僻无音乐",他希望再听一次琵琶女那能打动他身世之感的乐声。"我从去年辞帝京,谪居卧病浔阳城。浔阳地僻无音乐,终岁不闻丝竹声。""谪居"即贬官。浔阳地方偏僻,终年听不到音乐。"住近湓江地低湿,黄芦苦竹绕宅生。其间旦暮闻何物?杜鹃啼血猿哀鸣。"这个地方靠近湓水,地势低湿,长满了芦苇竹子。"芦"前加一"黄"字,"竹"前加一"苦"字,色沉味苦,都是在渲染凄苦寂寞的气氛。这里早早晚晚能听到什么呢?是杜鹃声、猿声。诗人取的这两种动物,一是杜鹃,本有杜鹃啼血故事,凄苦至极。而猿声的常态即是哀厉。几句诗中无论写及植物还是动物,都不忘怀要表现的情调,加浓其气氛。"春江花朝秋月夜,往往取酒还独倾。岂无山歌与村笛?呕哑嘲哳难为听。"每逢良宵美景,只能对景独酌,没有音乐助兴。虽也有山歌民乐,但不堪入耳。"呕哑""嘲哳"都是声音杂乱繁碎的意思。"今夜闻君琵琶语,如听仙乐耳暂明。莫辞更坐弹一曲,为君翻作琵琶行。"今夜听见你的琵琶演奏简直像听到仙乐,耳目一新。所以请她再弹一曲,并为她作《琵琶行》。"感我此言良久立,却坐促弦弦转急。凄凄不似向前声,满座重闻皆掩泣。""却坐",后退坐下。琵琶女得知诗人身世之后,再弹奏出的乐声,也与前奏不同了,大约更多了一层诗人的身世之悲,更多一层同病相怜之感吧!诗人也听得更如醉如痴:"座中泣下谁最多,江州司马青衫湿。""青衫",古时服制颜色有官级的规定,唐制品级较低的八、九品官,服色为青。诗人这时为州司马,官阶是将仕郎,从九品。

  本篇的动人处首先在于诗人的迁谪之感是通过惋叹一个歌女的身世表现的,歌女的身世又是先通过琵琶的弹奏表现的,千回百转,曲折中又有曲折。其次,正因为如此构思,于是由送客引出琵琶声,由琵琶声引出琵琶女,由琵琶女引出琵琶的弹奏与弹者的身世，再由琵琶女的沦落引到自身的贬谪，展开丰富的情节和画面，把抒怀高度形象化了。再次，琵琶女的身世以琵琶的曲调烘托，作者的遭遇又以琵琶女的身世烘托，琵琶的声调、歌女的今昔、诗人的经历，交织成一片，互相映发，气氛浓郁，动人心弦。第四，善于描写，境界鲜明，如"千呼万唤始出来，犹抱琵琶半遮面"，"别有幽情暗恨生，此时无声胜有声"，笔墨都传神入化。特别是对抽象的音乐的描写，最见描写功力，是诗人独创的贡献，影响深远。

"沿溪数十家，家家住云罅"

——魏源《四明山中峡诗》其二

上山瀑在前，下山瀑随后，下山云披足，上山云压首。山云平屋头，水云平屋下，沿溪数十家，家家住云罅。溪左田苗青，溪右田水白，朝朝望云起，夜夜见云黑。山深云液积，尽化流泉清，家家吸空翠，妇孺皆聪明。郎家住云南，访侬到云北，带来岭上云，映到松篁碧。郎家住云北，送侬到云南，同饮桃花水，影照桃花潭。人家闭门早，飞瀑檐前挂。住山五百年，阅尽云变化。君欲归人间，去去休回顾。俄顷白云生，下山不知路。

《四明山中峡诗》共二首，这是第二首。这组诗题之下有诗人的自注，大意说四明山的中峡为长岭，"岭巅终年云不绝，号曰二十里云。峡之南曰云南，峡之北曰云北。田畴村落，分受两峡水，泉石林竹幽绝。居人由云南往云北必逾长岭，名曰过云"。因为处于大山深处，"虽越人莫知游者"。唐代末年，谢遗尘"隐其中，赋诗传世，而游踪仍罕至，故志乘（指地方志）多以过云在大兰"。到了明末黄宗羲修《四明志》"遍搜亲历，始获其胜，而更正之焉"。按此注中，"唐末"二句叙事简括，易使人误解，以为谢遗尘赋诗传世。据唐末陆龟蒙《四明山诗序》，实为谢遗尘访陆龟蒙谈四明山的佳胜，向陆索诗，陆为之赋九题。后呈皮日休，皮又依题和之。赋诗者实为皮、陆，陆倡皮和。宋罗浚所修《四明志》，明沈明臣《四明山记》，明末黄宗羲《四明九题考》所言均与陆序合。皮、陆所赋之诗载《松陵集》。黄宗羲纂《四明山志》时，曾亲历实境考察所称九题之地，知道陆、皮二人亦未尝身历其地，只是"凭遗尘之言凿空拟议"（黄宗羲《四明山九题考》），所赋之诗亦未能得九题之实。有的甚至连方位也没弄清楚。"过云"为四明九题之一。魏源性喜山水，有穷幽极深、探奇访胜的浓厚兴趣，故身历其地，以酣畅的笔墨描绘出这一奇云幽境。

这首诗是写四明山的中峡过云岭，即二十里云。有了诗人的自注，便容易体会诗中所写的景象了。"上山瀑在前，下山瀑随后，下山云掖足,上山云压首。"过云岭的主要风光,是岭巅长年云雾不断,而左右两谷则瀑水奔流。诗人巧妙地用对称句,将二者凸显出来。上山时,瀑水似迎面而来,下山时,瀑水又似紧随脚后。下山时云雾紧紧缠绕两足,上山时云雾浓浓遮盖头顶。水缠云绕的景象,鲜明如画。"掖""压"二字也用得有力,传其情景入微。

这四句是从上山下山的情景说,下四句从家居状况落笔:"山云平屋头,水云平屋下,沿溪数十家,家家住云罅。""平",齐平,涨满之意。山云与屋顶一齐,即屋顶以上皆是山云。"水云"指水上雾气,与屋脚一齐,屋脚以下皆是溪云。故有下两句,沿溪数十户人家,都住在云罅里,也就是山云与水云相隔的那一条缝隙中,这真是个云中世界了。接下去四句继续写溪畔住家的环境:"溪左田苗青,溪右田水白,朝朝望云起,夜夜见云黑。"溪谷的左边的田里,是绿色的庄稼;溪谷的右边的田里是一片白水,当是晚种之田或捕捉水产之处。每天早晨都可见云升起,水上的雾气往往生于清晨,所谓晨雾;每天夜里都可以看见白云转黑,此指夜雾随夜色而渐黯淡。"山深云液积,尽化流泉清,家家吸空翠,妇孺皆聪明。"四句又从云、水的功效上描写。山深云厚,云本蒸发的水气所成,积多积厚则转化为水。诗人有一个美丽的想象,即溪水都是云液所化,所以说"尽化流泉清"。家家户户生活在这样的环境里,呼吸清新空气,饮用清澈泉水,故大人小孩都聪明。"翠",绿色的玉,这里即指清泉。"孺",小孩子。耳善听曰"聪",眼善视曰"明",耳聪目明,表明人的健康。

"郎家"以下八句,诗人设为情人往来,更为具体形象地描写过云岭的二十里云:"郎家住云南,访侬到云北,带来岭上云，映到松筼碧。"二十里云横亘于过云岭上，形成云南与云北。"侬"，吴语的自称，男女均用，此则为女子。郎家住在云南，访她来到云北，必须通过二十里云，所以说"带来岭上云"。"筼"是竹子。"碧"，绿色。"郎家住云北，送侬到云南，同饮桃花水，影照桃花潭。"诗末作者自注曰："云南村曰桃花坑，有岩长数百丈，高数仞，石色红白相间，如桃花初发，故亦名小桃源。"上四句说"郎家住云南"，此四句说"郎家住云北"，可见其中所说的"郎"与"侬"，都非指一对情侣，而是泛指。这八句的构想很巧妙，不仅为诗增加了情韵和趣味，通过这样的生动形式，将二十里云描写得更为具体形象。"人家闭门早，飞瀑檐前挂。住山五百年，阅尽云变化。"是写溪上人家的生活习性与经历，夜晚休歇较早，而瀑水就在檐下奔流，那水声也许就是催眠曲吧。住山数百年，看尽了岭云、山云、溪云的变幻多姿的形态。陶渊明《桃花源诗》说桃花源"奇踪隐五百，一朝敞神界"。本诗自注中说云南村叫"桃花坑"，"亦名小桃源"，诗说"住山五百年"，也许不是无谓的，而是隐以世外桃源相拟。下句云"君欲归人间"，也隐隐以世外相指。深山峻岭中的这片云中人家，实不啻一个雾中"桃源"。结尾四句云："君欲归人间，去去休回顾。俄顷白云生，下山不知路。"你要离开这里下山，千万不要回头。说不定刹那之间，白云迷漫，看不见路了。这个结尾不仅曼妙多姿，也为山云增色。

我国写山水田园的诗歌较早就表现出两种不同的创作倾向：一种是诗人主观色彩较浓，借景抒情，重在造境；一种是偏于山水客观形象的描写，诗人的主观色彩较淡，重在写貌。前者如陶渊明的田园诗"采菊东篱下,悠然见南山";后者如谢灵运的山水诗"密林含余清,远山隐半规"。魏源的山水描写则属后者,并将此种倾向推至顶点。他自称"从此芒鞋踏九州,到处山水呈真面"(《游山吟》其一),他的山水诗就是要写出各地山川的"真面"。宋代写意派山水画家米芾自言其画山水"信笔作之,多烟云掩映树石,多取细,意似便已"(《画史》),画史上称为"米家山"。魏源就批评说"无黛无树墨模糊,人言此是米家图","千嶂雷同千面混"(《游山吟》其五),即看不出某山某水的个性特点和诸山诸水的差异。这首诗写过云岭的风光和居家情景,就是写实的笔风,描写细腻真切,淋漓尽致,使人有亲临其境之感。又全诗采用民歌风调,音韵流美,尤其情侣相访相送的构想,分外加浓了幽奇山水中的盎然生意。

"明知须臾景,不许稍绸缪"

——黄遵宪《今别离》(四首录二)

别肠转如轮,一刻既万周。眼见双轮驰,益增中心忧。古亦有山川,古亦有车舟。车舟载离别,行止犹自由。今日舟与车,并力生离愁。明知须臾景,不许稍绸缪。钟声一及时,顷刻不少留。虽有万钧柁,动如绕指柔。岂无打头风,亦不畏石尤。送者未及返,君在天尽头。望影倏不见,烟波杳悠悠。去矣一何速,归定留滞不?所愿君归时,快乘轻气球!

——《今别离》其一

汝魂将何之？欲与君相随。飘然渡沧海，不畏风波危。昨夕入君室，举手搴君帷。披帷不见人，想君就枕迟。君魂倘寻我，会面亦难期。恐君魂来日，是妾不寐时。妾睡君或醒，君睡妾岂知？彼此不相闻，安怪常参差。举头见明月，明月方入扉。此时想君身，侵晓刚披衣。君在海之角，妾在天之涯。相去三万里，昼夜相背驰。眠起不同时，魂梦难相依。地长不能缩，翼短不能飞。只有恋君心，海枯终不移。海水深复深，难以量相思。

——《今别离》其四

这组诗共四首，这里选录了一、四两首。先看第一首。写离别之情的诗，历代不绝，数量之多，堪称汗牛充栋。这首诗也是写离别之情，但绝异传统之作，是写有了火车、轮船之后的离别新况味，便面目一新，给人新颖奇妙的感受。

首四句说："别肠转如轮，一刻既万周。眼见双轮驰，益增中心忧。"孟郊诗曰："别肠车轮转，一日一万周。"（《远游联句》）也是用"轮转"描状别思纠结不伸。说"一日一万周"自是夸张。此诗则更推进一步，成为"一刻既万周"，因为火车、轮船,行驶的速度远非古代交通工具可比。这里正提示着新事物带来的新变化。分别在即,两情依依,离人总是希望多留一会,即使是片刻也好。古诗就说"屏营衢路侧,执手野踟蹰","长当从此别,且复立斯须"(李陵《与苏武诗》)。可是火车、轮船行驶既快,则分手亦速,不容恋恋逗留。所以下两句说眼看着轮转,不断增加离别的忧伤。"中心"即心中。据梁启超《饮冰室诗话》所引、孙雄编《道咸同光四朝诗史》所录,二字又作"心中"。

"古亦有山川,古亦有车舟。车舟载离别,行止犹自由。"四句写古代交通工具条件下的离别。那时候,乘车也好,乘船也好,分别时,行止都有自由,即都可自主。"行"指起程,"止"指暂时逗留。是行是止,可以任由离人决定。"自由"即自主之意。这四句中的前两句,显然主要是说"古亦有车舟"。但单句无偶,不成诗语,所以配上一句"古亦有山川"。此句实与离别无大关系,虽属配句,却亦巧妙。山为陆,与行车合;川为水,与驶船合,显得水乳交融,具见诗人撰作之高妙。

"今日舟与车,并力生离愁。明知须臾景,不许稍绸缪。"这四句再与今日离别情况对比。今日的离别,车船都疾速,加劲增长离愁。明知即将分手,没有多少相聚时光,却不许稍有缠绵。"并力",合力,一齐用力。"须臾",片刻。"景",时光。"钟声一及时,顷刻不少留。虽有万钧柁,动如绕指柔。岂无打头风,亦不畏石尤。"钟声一响,或汽笛一鸣,马上起行。即使柁重万钧,起动起来,十分轻易。即使狂风大作,亦不能阻其前行。因其均为蒸气机械动力。"钧",重量单位,三十斤。"绕指柔",柔软可以绕在指头上,形容轻易。晋人刘琨诗:"何意百炼刚,化为绕指柔。"（刘琨《重赠卢谌》）"打头风"，迎头而来的逆风。古乐府《丁都护歌》："愿作石尤风，四面断行旅。""石尤"指石尤风。《江湖纪闻》载："石尤风者，传闻为石氏女嫁为尤郎妇，情好甚笃。为商远行，妻阻之，不从。尤出不归，妻忆之病亡。临亡长叹曰：'吾恨不能阻其行，以至于此。今凡有商旅远行，吾当作大风，为天下妇人阻之。'自后商旅发船，值打头逆风，则曰石尤风也，遂止不行。"此言火车、轮船连石尤风也不惧怕。

"送者未及返，君在天尽头。望影倏不见，烟波杳悠悠。"四句写乘火车、轮船分别之快。送行的人还没有回身，远行的人已经到了天边。望其影，忽然就不见了，入眼的只有浩渺的烟波。"杳"，深远。"悠悠"，绵长无际。

"去矣一何速，归定留滞不？所愿君归时，快乘轻气球！"表现送行者的感慨与期望。走得是这么快，归返时是否会久久停滞呢？但愿返归时能乘轻气球。"不"，即"否"，问辞。"轻气球"，亦新事物，以气体充盈载体，飘游飞行。此愿其速归。《气球考》载，乾隆时，法国有人始以布缝制为球，以氢气纳球体，遂能翱翔空中。

这首诗意在歌咏新事物火车、轮船。火车、轮船效用甚多，给人类带来的方便价值不少，但诗人并不下力歌咏这些，而只从二者对人们别离带来的新况味入手，便趣味盎然，生动引人，在有趣的品味中，赏识新事物的出现。将今别离与古别离对比来写，古别离更富人情味，今别离则全无人情味，一切服从于机械。此种笔墨是抑，还是扬？就在抑扬难辨之中，完成了新事物带来新变化的主题。诗写今别离与古别离都用略带铺排的笔墨，刻画可谓淋漓尽致，亦是优美的描写笔墨。

再看第四首。这是歌咏地球东西两半球昼夜相反的新知。但不是科学地言明其理,而是通过巧妙的构想,写成一篇优美的诗作,生动有趣的表现了主题。

诗设想为一位女子的自述。由她想追随正居住在另一半球的丈夫开端。当然不是真的亲身前往了,而是假托为梦魂的行动:"汝魂将何之?"是女子自问之语,你的游魂想到哪里去?"之",前往。接着是自答语:"欲与君追随。"想追随丈夫在一起。于是"飘然渡沧海,不畏风波危",不惧怕风波之险,渡越了隔绝两半球的大海。但是"昨夕入君室,举手搴君帷。披帷不见人,想君就枕迟",昨天晚上到了你的寝处,伸手掀开帷帐,却见不到人。想是你就寝比较晚吧!其实是因为所住非同一半球,女子的夜间正是男子的白天。他不是就枕迟了,而是出去工作了。

"君魂倘寻我,会面亦难期。恐君魂来日,是妾不寐时。"四句再反转过来说。如果是你的魂来找我,大概也难以会面,恐怕你来的时候,正是我不睡觉时节。"寐",睡眠。

"妾睡君或醒,君睡妾岂知?彼此不相闻,安怪常参差。"四句再总合起来说。我睡的时候,你或者正醒着;你睡的时候,我怎么能知道。相隔遥远,互不相通,怎么能怪乖舛不一。"参差"本是长短高低不齐,引申为差错不合。

"举头见明月,明月方入扉。此时想君身,侵晓刚披衣。"现在抬头看见月亮,月光照进门里。想你此时,当正时光破晓,起身穿衣了。"扉",门。"侵晓",刚刚天亮。

"君在海之角,妾在天之涯。相去三万里,昼夜相背驰。眠起不同时,魂梦难相依。""海之角""天之涯",即天涯海角,指相距遥远。你我相隔三万余里，白天黑夜正好相反，睡觉起床时间不同，魂梦怎能相聚？"眠起"，睡觉与起床。

"地长不能缩，翼短不能飞。只有恋君心，海枯终不移。海水深复深，难以量相思。"前二句构想奇妙。地不能缩短，又翼短难飞，真是无法相见了。造成了只有一颗挚爱之心，海枯石烂也不会变。先言海水深而又深，再言如此深水亦难以量尽相思，相思之情之深可以想见，造成了后面诗语有力的反迭。

这首诗构想巧妙，魂梦相追的设想，为描写两半球昼夜相反的情景，开辟了广大的诗歌表现空间。其铺叙刻画之语，也尽情尽相，始终奇趣引人。全诗音韵流美，颇有民歌风味。

近代诗歌出现的一个重要现象，便是"诗界革命"。歌咏伴随近代科学发展而涌现的新事物，即是其中内容之一。这类诗拓宽了诗歌题材和反映生活的领域，写出了古典诗歌所没有的新内容，具有变革发展的意义。而黄氏此诗，将此种内容出以意趣盎然的笔墨，尤其是别有天地的创造。

杂花一束

"莫嫌荦确坡头路,自爱铿然曳杖声"——苏轼《东坡》

"东风露消息,万物有精神"——王铚《春近》

"欲知万里苍梧眼,泪尽君山一点青"——张元幹《潇湘图》

"莫嫌荦确坡头路，自爱铿然曳杖声"

——苏轼《东坡》

雨洗东坡月色清，市人行尽野人行。莫嫌荦确坡头路，自爱铿然曳杖声。

"东坡"是一个地名，在北宋黄州州治黄冈（今属湖北）城东。它并不是什么风景胜地，但对作者来说，却是灌注了辛勤劳动、结下深厚感情的一片生活天地。宋神宗元丰初年，苏轼被贬官到黄州，弃置闲散，生活很困窘。老朋友马正卿看不过眼，给他申请下来一片撂荒的旧营地，苏轼加以整治，躬耕其中，这就是东坡。"荒田虽浪莽，高庳各有适。下隰种秔稌，东原莳枣栗"（《东坡八首》其二），诗人不只经营起禾稼果木，还在这里筑起居室——雪堂，亲自写了"东坡雪堂"四个大字，并自称东坡居士。所以，他对这里是倾注着感情的。

诗一开始便把东坡置于一片清景之中，"雨洗东坡月色清"。僻冈幽坡，一天月色，已是可人，又加上雨后，皎洁的月光透过无尘的碧空,敷洒在澡雪一新、珠水晶莹的万物上,这是何等澄明的境界!确实当得起一个"清"字。谢灵运写雨后丛林之象说"密林含余清"(《游南亭》),诗人的用字直可追步大谢。

诗人偏偏拈出夜景来写,不是无谓的。这个境界非"市人"所能享有。"日中为市",市人为财利驱迫,只能在炎日嚣尘中奔波。唯有"野人",脱离市集、置身名利圈外而躬耕的诗人,才有余裕独享这胜境。唯幽人才有雅事。所以第二句云:"市人行尽野人行。"这读来极其自然平淡的一句诗,使我们不禁从"市人"身上嗅到一股奔走闹市的喧闹气息,又从"野人"身上感受到一股幽人僻处而自足于怀的味道,而那自得、自矜之意,尽在不言中。诗人在另一首诗里说:"也知造物有深意,故遣佳人在空谷。"(《寓居定惠院之东杂花满山有海棠一株土人不知贵也》)那虽是咏定惠院海棠的,实际是借海棠自咏身世,正好帮助我们理解这句诗所包含的意境。

那么,在这个诗人独有的天地里,难道就没有一点缺憾吗?有的,那大石丛错、凸凹不平的坡头路,就够磨难人的了。但不要畏难,"莫嫌荦确坡头路"。"荦确",山多大石的样子。然而有什么了不起呢?将拄杖着实地点在上面,铿然一声,便支撑起矫健的步伐,更加精神抖擞地前进了。"自爱铿然曳杖声",多么豪迈的气概,多么坚强的毅力,多么乐观的精神!没有艰难,哪里来征服的欢欣!没有"荦确坡头路",哪能有"铿然曳杖声"!一个"莫嫌",一个"自爱",那以险为乐、视险如夷的奋勇直前的气势,都在这一反一正的强烈感情对比中凸现出来了。这"荦确坡头路"不就是诗人脚下坎坷的仕途么!诗人对待仕途的挫折,从来就是抱着这种开朗乐观、意气昂扬的态度，绝不气馁颓丧。这种精神是能够给人以鼓舞和力量的。小诗所以感人，正由于诗人将这种可贵的精神与客观风物交融为一，构成浑然一体的境界，句句均是言景，又无句不是言情，寓情于景，托意深远，耐人咀嚼。同一时期，作者有《定风波》词写其在风雨中的神态："莫听穿林打叶声，何妨吟啸且徐行。竹杖芒鞋轻胜马，谁怕？一蓑烟雨任平生。"与此诗可谓异曲同工，拿来对照一读，颇为有趣。

"东风露消息，万物有精神"

——王铚《春近》

山雪银屏晓，溪梅玉镜春。东风露消息，万物有精神。索漠贫游世，龙钟老迫身。欲浮沧海去，风浪阔无津。

此诗是春来抒怀之作。前四句写春近之景，后四句抒身世之感。

首联展示一幅春日将临的画面："山雪银屏晓，溪梅玉镜春。"包裹着积雪的山峦，起伏绵延，像一道银色的屏风。妙在着一"晓"字，不只使人感到银装素裹的洁白，还强烈感受到那晨曦透射下的晶莹的闪光。静踞的山峦，眠伏的积雪，顿时都带上活气。山雪,自然还显示着严冬的余威,然而就在这冰环雪绕的环境中,那涧谷中溪边的梅树,已经迎寒张开笑脸,对水弄姿,报告着春天的讯息。这就把"春近"之意写足了。这句妙在着一"春"字,有了它,不必细描溪梅的情景,其花绽枝头的倩影自在人们想象之中。以"银屏"状积雪的山峦,以"玉镜"状清澄的溪水,都颇贴切,但笔墨都算不上洒脱,甚至略感板滞,然而有了"晓"字、"春"字,便一似血通脉畅,死者都随着转活。艺术的辩证法常常在这种相反相成中创造出无限佳境。

"溪梅玉镜春"已经包含了"东风露消息"之意,次联首句偏再一语道破,岂非蛇足,破坏了诗的含蓄意境!不然,此时此处是少它不得的,因为要靠它带出下句:"万物有精神。"这后一句,使诗境陡然得到展拓和升华。如果说首联不过写出了春近之"象",那么这一联便写出春近之"神",抉发出春给万物带来的那种生机蓬勃的内质。陈衍评说"语有精神"(《宋诗精华录》),确能一语破的。

面对生意盎然的春近气象,一己的身世、心境如何呢?恰恰相反:"索漠贫游世,龙钟老迫身。""索漠",枯寂无生气的样子。"龙钟",步履维艰的老态。贫穷落拓,而又老境将临,心情自然是抑郁的。诗人在南宋高宗绍兴年间,得到常同的荐举,曾为枢密院编修官,后因忤奸相秦桧意,遭到贬斥。在腐败的政局中,他有志难伸,自不免潦倒落寞之感了。也许是春日的生机太刺激了诗人的索寞身世之感吧,也许是诗人索寞的身世更敏感于春日的生机吧,总之,二者因缘会合,把诗人置于刘禹锡所说"沉身侧畔千帆过,病树前头万木春"(《酬乐天扬州初逢席上见赠》)的境地。强烈的对照,酿出浓郁的气氛,这又是艺术辩证法创造的奇境。

　　诗人在写此诗之前,曾有一首诗的题目中说,"予得请庐山太平观,将归隐浙东山中",故有末两句:"欲浮沧海去,风浪阔无津。"前一句暗用孔子"道不行,乘桴浮于海"(《论语·公治长》)语意,虽说是显示出他想从宦途中引退避世的人生态度,但那持道不移、守志不阿的精神仍然激扬其中。不过风横浪险,恶波无涯,他还没有找到安全的渡口,前途仍是渺茫难料的。退身亦未必有路,足见他慨世之深,结得不弱。

"欲知万里苍梧眼,泪尽君山一点青"

——张元幹《潇湘图》

　　落日孤烟过洞庭,黄陵祠畔白蘋汀。欲知万里苍梧眼,泪尽君山一点青。

　　这首诗见于宋曾季貍《艇斋诗话》,曾被采入《宋诗纪事》,张元幹的本集《芦川归来集》失载。《四库全书总目提要》言及此诗时云《题潇湘图诗》,可见它是一首题画诗,所题之画为《潇湘图》。"潇"在这里是水清深的样子,潇湘犹如说清湘。因为湘水流入洞庭，所以古人对往往是潇湘、洞庭混言不分的。

从诗中看，《潇湘图》的画面是：夕照中，一叶扁舟经过洞庭湖滨的黄陵祠前，君山遥处湖中，只呈清清一点的痕迹。诗人没有呆咏画面的景物，而是就中生发，利用有关的神话传说，别构一动人情境，寓志抒怀，在优美的画面中注入深厚的情思与意蕴，把题画诗写活了、写深了。

关于湘水，很早就有尧的两个女儿——娥皇、女英的传说，散见于先秦以来多种古籍。相传二女嫁为舜妃，后来舜到南方巡视，死于苍梧，二妃追赶不及，溺死于江湘之间。所以《水经注》说二妃哭舜，"以涕挥竹，竹尽斑"。屈原《九歌》中祀湘水神的《湘君》《湘夫人》，也常被附会这个传说，王逸注《楚辞》便以为《湘夫人》篇指尧之二女。这些优美的神话和文学作品都成为诗人构思的材料。

首句"落日孤烟过洞庭"是从整幅画面着眼，着意勾勒荒旷孤寂的环境，为下面抒写凄凉哀怨感情酿造气氛，所以特别突出"落日""孤烟"两个意象。洞庭水面浩荡，张孝祥《念奴娇·过洞庭》词谓"玉鉴琼田三万顷"，天边一轮落日正贴近水面，最足以展示湖水的渺漫无涯，这落日黄昏自然又带来迷蒙的暮色。就在这辽阔黯淡的背景上，只有一叶扁舟、一缕孤烟浮动。唐诗人王维写大漠辽阔荒凉的名句"大漠孤烟直，长河落日圆"，诗人只撷取其"落日""孤烟"四字，移写洞庭，别成佳境，可谓善于用古。

次句转入黄陵祠前近景："黄陵祠畔白蘋汀。"黄陵祠即黄陵庙，在湖南湘阴县北，洞庭湖南岸，是为纪念舜之二妃而建。故《水经注》言："湘水又北，径黄陵亭西，右合黄陵水口。其水上承大湖（即指洞庭湖），湖水西流，径二妃庙南，世谓之黄陵庙也。言大舜之陟方也，二妃从征，溺于湘江，神游洞庭之渊，出入潇湘之浦。"又引《湘中记》云："湘川清……故民为立祠于水侧焉。荆州牧刘表刊石立碑，树之于庙，以旌不朽之传矣。""蘋"，当为蘋，两字形似而误。《楚辞·九歌·湘夫人》篇有云："登白蘋兮骋望，与佳期兮夕张。"朱熹言："蘋音烦，一作蘋，非是。"蘋草秋生，南方湖泽多有，似莎而大，为雁所食。从汉王逸以来，《湘夫人》被认为是写二妃，则两句的意思是二妃站在长满白蘋的湖畔，纵目张望，等待所期的人到来。"汀"是水边的平地，此字亦从《湘夫人》中来，该篇中有"搴汀洲兮杜若"之句。诗人于"黄陵祠畔"特别加上"白蘋汀"，正是想使人们联想二妃之事。虽仅言祠，而祠中所祀之人自在；虽只摆出"白蘋汀"，也隐现着"登白蘋兮骋望，与佳期兮夕张"的意象。而画意、诗意的内涵都因此丰富起来，深刻起来。那湖上的扁舟也许正朝着家乡的方向驶去，这黄陵庙中的二妃呢？当此日暮黄昏时刻，又伫立在白蘋丛中骋望那日夜怀思的舜了吧！这句用黄陵祠引入诗中歌咏的主角——二妃；用《湘夫人》句意引入诗中歌咏的主题——怀思。暗运诗意于写景之中，曲折含蓄，耐人寻味。

后二句集中刻画二妃对舜怀思的深沉："欲知万里苍梧眼，泪尽君山一点青。""苍梧"即九嶷山，传说为舜死处与葬地，在今湖南南部宁远县南，与洞庭遥处湖南南北两端，故言"万里"。"苍梧眼"，望苍梧之眼，仍从二妃一边说。一个"眼"字，活画出时刻想望系思的神态。君山，在洞庭湖偏北水域，相传为二妃所居。这二句紧接上句说，想要知道二妃对舜怀思有多深，悲伤流泪有多多吗？那就看看君山吧，二妃的泪水已经水漫金山了，君山已经只剩山头那青青一点了。二句虽然仍是以泪写萦心伤悼之情，却避开一般常用的"斑竹"之典，即景生情，别构奇境，新颖引人。"泪尽君山一点青"，整个湖水都是二妃泪水汇成的，悲痛之深，自可想见。

  一幅《潇湘图》可以从不同角度去题咏，为什么诗人特别敏感于二妃思舜之情呢？这不能不说与其伤时之感相关了。诗人是北宋末、南宋初的爱国作家，他的两首寄李纲和送胡诠的《贺新郎》词，是爱国词中的佼佼之作。北宋为金人所灭，徽宗、钦宗二帝被掳到遥远的东北边荒。南宋立国，人们曾寄予很大的复国希望，但最高统治层一味妥协退让。结局终究是失地不会收复，二帝也归返无望。当诗人看到《潇湘图》时，神话中与时事相类的情事不禁涌上心头，借二妃的酒杯浇自己的块垒便自然而然了。二妃之思里，糅合着诗人故君往世之思；二妃之泪里，掺合着慨世伤时之泪。大约也正因为渗透着诗人现实的感情，这个古老的神话故事才被写得这么深情感人。小诗的妙处就在于画面鲜明，情境动人，寄意遥深，蕴藉隽永。看来，抒写慨世伤时之情并非只有剑拔弩张一种风格。

后　记

　　从上世纪六十年代初我任教北京大学中文系时起，中国古代文学史就是我教授的一门主课。分析古代文学作品，传授阅读、赏析的方法，都是题中应有之义。其间，也曾将一些心得体会，撰作成文，发表于相关的书刊。去年，我和先慎兄编写的《简明中国文学史》第二版修订完成，责任编辑徐迈女士提议是否可以做一点古典文学作品的普及工作，这无疑是一件很有意义的事情。对于建树社会主义核心价值观，中国传统文化是不可或缺的要素，而古代文学则是传统文化中重要的生动引人的部分。能有所贡献，也是发挥生命的价值。但我年事已高，精力有限，不免有些犹豫。想到几十年来在这一方面的积累，又似乎可以完成，便应承试着做一做。

　　于是与徐迈女士往复商议本书的性质与编写原则。这是一本普及古典文学作品的书籍，但也应具有自己的特点，大体上有如下一些方面。第一，它不只是一般鉴赏作品，更要注意有意地指引阅读分析的方法与门径，加强"金针度人"的作用，故有了本书的副标题"如何读懂古典诗歌"。第二，鉴赏必须以读懂作品为前提。作品没有读懂便赏析其艺术，终不免有隔靴挠痒的缺憾。故分析文字，应有讲有析，讲是明其义，析则赏其美。第三，所选作品，自然是具有艺术创造特色的好作品，同时还要充分认识古典诗歌体式的多样性、丰富性，注意包括各种类型诗歌，以便在广泛接触和相互比对中，有更全面深入的把握。故选诗，不避其篇幅长短。第四，不偏狭地就诗论诗，注意作品的写作背景和从文学发展流程中观察，使分析尽量深厚一些。第五，依据作品的主题和艺术表现特色或流派，编辑成组，以便突显作品本身的特色和提供具体比较的方便。按上述原则撰写，分析文字不免略有加长，但似乎也值得。

明确了编写原则，开始撰作。除新撰部分篇章，主要是利用已有的研究成果，按照本书的要求进行改编、修订或调整、整合，使之成为体现本书编写原则的篇章。这方面包括历年文学史讲稿、文学史著述、作家专论中的相关内容，以及曾经发表的单篇赏析文章。历时半载有余，完成了这本小书。有些新的做法，还是试验的性质，希望听取读者的意见与批评。

还要郑重表示的，就是十分感谢责编徐迈女士，感谢她对本书所费的心血与精力，本书一些好的编写原则即出于她的睿思，对撰作的内容也多有宝贵意见。也十分感谢北大出版社，给了本书与读者见面的机会。

孙　静

2015年11月4日